全民阅读精品文库

当代中国最具实力中青年作家作品选

季栋梁中短篇小说选

吼 夜

季栋梁 著

中国言实出版社

图书在版编目（CIP）数据

吼夜：季栋梁中短篇小说选 / 季栋梁著 . -- 北京：
中国言实出版社，2016.9
ISBN 978-7-5171-2011-7

Ⅰ . ①吼… Ⅱ . ①季… Ⅲ . ①中篇小说—小说集—中
国—当代②短篇小说—小说集—中国—当代 Ⅳ .
① I247.7

中国版本图书馆 CIP 数据核字 (2016) 第 234337 号

出 版 人：王昕朋
责任编辑：胡　明
文字编辑：张凯琳
封面设计：水岸风创意文化

出版发行　中国言实出版社
　　　　　地　　址：北京市朝阳区北苑路 180 号加利大厦 5 号楼 105 室
　　　　　邮　　编：100101
　　　　　编辑部：北京市海淀区北太平庄路甲 1 号
　　　　　邮　　编：100088
　　　　　电　　话：64924853（总编室） 64924716（发行部）
　　　　　网　　址：www.zgyscbs.cn
　　　　　E-mail：zgyscbs@263.net
经　　销　新华书店
印　　刷　北京温林源印刷有限公司
版　　次　2016 年 10 月第 1 版　　2016 年 10 月第 1 次印刷
规　　格　710 毫米 × 1000 毫米　1/16　16.25 印张
字　　数　230 千字
定　　价　40.00 元　　ISBN　978-7-5171-2011-7

目录

小事情

坐　牢

福根坐在大门口看着天空。天空有几朵闲云，一会儿羊一会儿狼地变幻着，似乎有意和人玩耍，没有一点儿雨样。

大门口的那棵杨树叶子卷得像雨槽，灰蒙蒙的，风掠过时发出金属的声音，像有人心里督乱敲着碎犁铧。

远处的秦山河谷赤彤彤的，像着了火一般，在阳光下十分刺眼。

福根揉揉两眼，觉得眼睛生疼生疼的。

"日他妈。"福根这样骂了一句，又骂了一句。他吃了一锅子烟后，看看到了饮牲口的时候，便将烟锅收了起来别在腰里。

福根赶着驴去驮水。到了窖口见窖口有狼藉的鞋印。鞋印上纳着很好看的蛇抱九蛋图样。再看看窖口有湿坨，他心里仿佛给人揪了一把。这三伏天，日头像炭火一样，烤得驴毛都一层层地掉哩，昨日的水痕怎么也不会湿到今天，再说他打水小心得像打油，咋会把水洒成这样？他爬在窖口一看，锁子是给人撬过了。狗日的用了啥家伙撬的，水泥沿子都撬坏了。他扑通地瘫坐在窖口，浑身无力。他从腰里取下烟锅又吃了一锅子烟。然后取过斗子，放下窖去，一直放到窖底，一量却让他出了一身虚汗，他的水整整下去了一尺一寸五。在这缺水的日子，他每天驮水都要量一量窖里的水。他心里好不后悔，婆姨说这几天许多人家的窖都干了，会有偷水的，让他晚上守水。他撒了个懒，说不咋的，窖口是水泥做的，锁子又大，可是现在……他霍地站起来，踏踪追找，就这样一直找到了旦子家。

来到旦子家门口，福根停下脚步，他想旦子要是不承认，自己该咋说呢？旦子是一条道走到黑的人。不进去咋都不行，那是一尺一寸五的水呢！

旦子也正坐在院子里眯着眼睛，看远天那几朵闲云一会儿羊一会狼地变幻着，一会儿又像一群狗在乱追乱咬。旦子心里想狗日的云是下雨的东西，现在却在哪里要哩。这时间福根的影子就直直地戳到了他跟前。他没有抬头看，他知道是福根，心里一阵发虚。

福根手里提着根杨木棒子，是从旦子家的院墙根拔下来的。旦子怕猪拱墙根，在院墙根栽了些木棒，猪一拱就拱到棒子上去了。

"狗日的，你偷了我家的水！"

福根说。他的影子完全遮盖了旦子。

旦子的眼前出现了短暂的黑暗。他抬起头来，他的眼睛在毒裂的日头下有些模糊，两个眼旮儿有两疙瘩洁白的眼屎，十分刺眼。他挤巴挤巴眼睛说："你别赖人，我偷了你家的水你有啥证据？"

"你狗日的别装蒜，我赖你？我把脚踪打到你家来了。"

福根这么说着，他用那根棍子不停地捣着干透了的地面。地面上就出现了一个个小窝窝。

旦子站了起来说："你别赖人，我没偷。"

福根说："你狗日的不认账？"

旦子眯着眼睛说："我没偷为啥要认账？这世道越来越日怪了。"

福根想说你婆姨会纳蛇抱九蛋，你鞋底上总纳蛇抱九蛋，可他又想现在我要说出来，他把鞋藏起来或者扔了，不就没证据了。人要要起赖来，人是没有办法的。他就说："你说你没偷让老天说话吧。"

旦子就说："让老天说话吧。"

福根盯了旦子几眼，他听到旦子说这话时底气不足，就又说："让老天爷说话吧，老天爷说话就要人命哩。"

旦子抬头看看他说："要就要球子，命有啥值钱的。"之后便不再没说什么，继续看天了。那闲云已经游远了。

福根觉得自己要说的话还没有说完，可是又不知道还要说啥，想了想便出来了。到了门口他又回过头来说:"让老天爷说话!老天爷一说话就要人命哩。"

福根回到家把水倒进缸里,喂好了驴就去找村长。

村长也在院子里眯着眼睛看那几朵闲云。在村长家看那几朵闲云时,闲云已远到了南山,什么都不像了。村长没有像他和旦子蹴在地上,村长是躺在一把红椅子上。县里有个单位来村子里扶贫,给村子的学校送来些桌椅板凳,最好的一把椅子村长留下了。

村长看看福根,福根就说:"村长,我家的水让人偷了。"

村长说:"噢。"

福根说:"是旦子干的,我把脚踪一直打到他家去了。"

村长说:"噢。"

福根说:"你是村长哩,你不能不管。"

村长说:"噢。"

福根说:"村长,你不能只是噢,现在的水是啥,你比我清楚。"

村长说:"噢。"

福根说:"你看你还是村长哩,你光噢,我的水给人偷了。"

村长往起坐了坐说:"噢,你没偷过水?"

村长把话说得很轻,轻得像出气(呼吸)一样。可他这么一说,福根的底气就开始泄了,狗日的老天爷做弄人时谁没偷过水呢?可是旦子狗日的心太黑,一下子就偷走了他一尺一寸五的水,因此他强鼓着气说:"旦子一下子就偷走了我家一尺一寸五,我也只有不到三尺水了。"

村长说:"噢,这狗日的天气。"村长说着他又眯着眼睛找那几朵闲云去了。

福根站在那里,没办法说了,一下子没了主意。福根想那是一尺一寸五的水哩,他偷水从来都没偷过人家那么多的,一尺一寸五水他一家人能吃上一个多月哩。可村长只是个"噢"。他站在村长家门口想,便明白过来,村长之所以这么说,跟前几天的事有关。前几日村长的爹死了,人家都出5块钱的礼,可是他没钱,满村子借了个苦才借了3块钱,就出了3块钱。村长一定记住了这事。

福根离开了村长家,在山头上看了一阵天,那几朵闲云也游得不见了,天就展展像一块一色的石头了。他说我不能这么就算了。他就想到了派出所。他想我一开始就该找派出所，村长算个×，偷东西的事派出所管哩。他很后悔去找村长。在村子里的小卖部，他赊了包带把的香烟。

来到派出所，他看到有两个人，也在告状。他在一旁听了听也是水被偷了。

派出所里有两个公安，福根拆开了烟递了根过去，可那两人没接。他就有点儿手足无措。

一个公安说："这狗日的天旱得，到处是偷水的，得处理一下，小事弄成大事哩。"

于是两个公安穿好服装一个跟那人走了，一个就跟福根来了。

公安骑了摩托捎着福根来到了村子里。福根做梦也没有想到他还因此坐了一回摩托。看着这个公安也就二十三四的样子，心里想人家把人活得，人家家里一定不愁吃水了。因此心里就有些说不出的滋味。

福根领着公安先在窨上看了现场，又顺着那脚踪找到了旦子家。

旦子想着福根大不了叫村长来，能咋样？可是他没有想到福根直接叫了公安来了。摩托声响到院子里来的时候，他心里就一阵乱动。他在院子里转来转去，想找个地方躲起来，可是却又不知道要躲到哪里去，这时间福根就带着公安进了院子。

公安看看旦子说："你就是旦子？"

旦子一时间没反应过来，他还在想着要躲起来的事。村里有句俗话：宁去地府阎罗殿，不和公安打照面。没好事。

福根说："你没听见？公安同志问你哩。"

旦子忙说："我是我是。"

公安说："你偷了福根家的水？"

旦子说："我……没……偷。"

旦子本想把话说得硬气一点，可是他没有想到话说出来却成了这个样子，结巴不说，还软不拉达的，像是放了一个很没味道的屁一般。

公安说："把你家的鞋拿出来。"

旦子进去抱出一堆鞋来。

福根和公安翻了许久，却没翻出几双鞋底上有蛇抱九蛋图样的鞋来。

公安看看福根，福根脸上出了一层汗，他说："他一定把鞋藏起来了。"

公安说："那我们进去找找。"

旦子把在门上说："我家的鞋都在这里，连我婆姨脚上穿的都扒下来了。"

旦子这么说着，婆姨就从屋里走了出来，果然净着两只脚。

公安说："让开，别阻拦我办案，小心我把你铐起来。"说着扬扬手中明晃晃的铐子，一把扯开了旦子。

公安和福根进了旦子的家，他们就用不着再找那双鞋了，因为摆在他们面前的全是水，大小12个缸和所有的盆盆罐罐都盛着水。静静的水映着从窑门口进来的阳光，把整个窑洞照耀得金碧辉煌。

公安没有见过这么光亮的水。他有些发呆。

福根爬在水跟前激动地说："这是我家的水，这是我家的水。"

公安想了想走到旦子跟前说："你还有啥话说？"

旦子蹴在地上把头埋到两腿之间，福根说："你别装，你狗日的心太黑了。"

公安说："偷东西是要坐牢的。"

福根说："你说咋办吧。"

旦子不说话，旦子抬起头看天。

公安说："那就赔吧。"

福根说："咋赔，水没价，值钱的时候有钱买不上，不值钱的时候一分都不值。"

公安想了想说："那你说咋办？"

福根没想到公安会问他这话，他说："我也不知道。"

旦子说："你看上啥拿啥吧。"

公安说："那就这么办了。"

福根说："我要水，我啥都不要，我要水。"

福根的声音很大，像是一种什么夜鸟的叫声，听起来让人有些骨头发酥。

公安瞪着眼说："这样你找我干啥，那我走了，你把他当水的吃上吧。"

公安这么一说，福根就不敢说话了，他说："公安同志，你说咋办就咋办吧。"

旦子家没有一样东西值钱的。

公安和福根从窑里找到了院子里，没找到什么。后来公安就看到了那只拴在树上的羊，公安就说："那就这只羊了。"

旦子的婆姨见他们要拉走羊，立刻像只抱小鸡的母鸡横过来说："这是我的羊，你们拉走，我就死。"

公安见这个净着脚的女人这样说话，真就没了办法，他说："你偷了人家的水还不想赔，那就让你男人坐牢。"

旦子站起来说："坐牢就不赔了？"

公安说："坐牢就不赔了。"

旦子就说："得坐多长时间？"

公安说："最少也得一年。"

旦子不说话，旦子婆姨就说："那就坐牢，管吃管喝，一年的口粮就省下了，省下的就是挣下的。"

公安说："你们要想好，旦子好好干，有坐牢的那些时间还怕挣不回只羊来？"

旦子说："这狗日的天气一年没下雨，把啥都晒没了，挣个屁，我坐牢。"

公安说："你想好了。"

旦子说："想好了。"

公安又问旦子的婆姨说："你呢？"

旦子婆姨说："想好了。"

公安说："那就这样了。"说着就把铐子铐在了旦子的手上。

福根没有想到事情弄到了这个地步，他拉住公安说："你看这事做的，你看这事做的，要不你走，我跟他们再说……"

公安黑了脸说："你这是想做啥，耍我！"

旦子说："没啥说的，我坐牢。"说着便径自骑到摩托上去了。

福根看着摩托出村子去了，他一下子瘫坐在山梁上。

旦子被拘留的第三天就下了场大雨，那雨大得像龙王爷的肚子烂了。水村成了一个水的世界。水村140多眼窖个个喝了个饱饱。

福根往窖里收满水回来，看着天空，心里却骂狗日的老天爷，你这不是做弄人吗？

雨一停，他立刻往派出所赶。正好那公安在。福根忙递了根烟过去，那公安没接说："又啥事？"

福根讨好地笑着说:"这雨下得,这雨下得,旦子他……"

公安说:"旦子得拘留 15 天。"

福根说:"公安同志,你看这雨下得,能不能不拘留了?"

公安说:"你当这是你们家,想咋弄就咋弄?"

福根就无法说了,他看看公安,公安看报了,便回来了。

过了几天,旦子回来了,福根碰到旦子的时候想说点啥,可旦子像没看见他一样。

"日他妈!这事做的,这事做的。"他这么骂着想本来是准备和旦子做亲家的。

差　价

屠夫阿三眯着眼睛看日头的时候,日头就成了十来个,十来个日头,都散出好看的光圈圈来,让阿三觉得眼前的光景真好看,当他睁开眼睛看时,一切又都没有了,他说真日怪。又把眼睛眯上,又把眼睛睁开,又说真日怪。

屠夫阿三是坐在土峁峁上这样看日头的。这么看了几遍,他就站起来,在山峁峁上走来走去,边走边骂道:狗日的,还不来,再不来老子可要走了。

太阳酷烈起来了,由一块烧红的钢板,变成了烧红的针。一下一下往肉里扎,汗水就顺着那被出的孔往外渗,像泉子一样。

他不停地用衣襟煽着胸前,往狼崾岘看了看,还不见陈树,狗日的跌到沟里去了吗?他并没有走,他说我为啥要走。

在峁峁上来回走了几趟,一点儿风都走不出来,他索性就躺在峁峁上唱起来:

想和三妹妹亲上个口,

背后来了哪一只狗。

拾起砖头来打狗啊,

砖头咬了我的手啊!

……

阿三眯着眼睛正唱着，就觉得耳朵里痒痒的。他用小手指头剜了剜。继续眯着眼睛看着日头唱，耳朵又痒了起来。他再去剜，手却触到了一根狗尾巴草，他睁开眼睛一看，是陈树。就坐了起来说："我当你不来了，我都要走了。"

"走就走了，日能的。"陈树说着坐了下来。

"说了？"

"说了。"

"咋样？"

"她敢咋样？！"

屠夫阿三就从牛仔裤口袋里掏出一盒"金驼"烟来，递给陈树一根，自己点了一根，吃了两口，他依然眯着眼睛看日头，看着看着他说："你把眼睛眯起来看日头，有好些个日头哩。"

陈树就把眼睛眯起来看。看了一会儿他说："球，就一个日头。"

屠夫阿三眯着眼睛看着日头说："你眼睛有问题，明明几个你说一个。"

陈树眯着眼睛看着日头说："明明一个，你说几个，你眼睛才有问题哩。"

屠夫阿三说："眯起眼睛就是几个哩，你说一个，还说我眼睛有问题。"

陈树说："把一个日头看成几个还说别人眼睛有问题，也不怕人笑话。"

他们说着就不看日头了，陈树在地上抠土，抠了一个很深的壕壕，他抬起头来的时候，就想起来了，就说："你得找我些钱才对。"

屠夫阿三睁开了眯着的眼睛，盯着陈树说："你说啥？"因为看太阳看得时间有些长，他眼前的陈树就有些模糊。

陈树说："你得找我些钱才对。"

屠夫阿三说："我找你些钱才对？找你些钱才对？对啥对！"

陈树说："你妹妹一只眼，我妹妹两只眼。"

屠夫阿三说："两只眼睛一只眼睛都一样，能看着就行，我还嫌多长了一只眼哩。"

陈树说："不一样，就是不一样，要不人生来为啥就两只眼睛不生一只眼睛呢？"

屠夫阿三看看陈树，陈树没有让步的意思，他就站起来在走。陈树就说："你得给我补点，不补我吃亏哩。"

屠夫阿三又递了一根"金驼"过去说："咱都是亲戚了，还这么说。"

陈树说："亲戚是亲戚，钱是钱。这不一样。"

屠夫阿三说："我不补，我妹妹就是少了一只眼睛，其他和别的女人一模一样，啥都不少。"

陈树说："少一只眼睛就是少，你得补差价，就是到了集市上也是这个理，你一只眼的牛不找差价能换两只眼的牛吗？"

屠夫阿三不想再说了，就走。

妹妹的眼睛是他小时候玩射箭射瞎的，那时候他们都把柳树枝弯起来，把废了的胶轮车子内胎铰一条子下来拴在两头，折一支芨芨在一头插一根针，射箭。后来他就把箭射进妹妹的眼睛里。那时间他挨了爹一顿打，但他没有想到更大的灾难在这里等着他。

陈树说："你走就走吧，不换就算了，我去找着换两只眼睛的女人。"

屠夫阿三听得这话就停了下来，不换咋行呢，他又回过头来。这时间他看到了远处的一群羊，看到羊群他就想起前些天的事来。

前些天他去集上杀猪，回来时和村子里打背斗买背斗的王羔子走到一块儿，他们谝着谝着，王羔子说前天我看件好事哩。他说问什么好事，王羔子就说："小菊和另一个男人正好着呢，我在山顶上放羊，他们就在一个山沟沟里，看得好鲜好鲜。"

他就问："脱裤子了没？"

王羔子说："他们抱在一块儿。"

他就放心了，只要裤子没脱，再啥事都不是个啥事。他不想再听王羔子说啥了。

王羔子却又说："后来他们就躺下去了。"

他又忍不住了问："躺下去以后呢？"

王羔子说："他们互相摸。"

他又问："他们怎么摸？"

王羔子说："咋说呢，反正是摸，到处都摸。"

他有点儿紧张地说："到处都摸后来呢？"

王羔子说："后来他们嘴对着嘴，和电影里的一样。"

他又问："嘴对着嘴后来呢？"

王羔子叹了一口气说："没有后来了。"

他真正急了说："咋会没有后来呢？"

王羔子说："真的没有后来了。"

他急了一把就拉住了王羔子说："咋会没有后来呢？"

王羔子说："后来我的羊跑到庄稼地里去了。"

他问："那男人是谁？"

王羔子说："这我不能说。"

他想到这里就对陈树说："你妹妹和人好过，可我妹妹却是正正经经的，从没惹过骚，这我都不说。"

陈树说："你见着了？"

屠夫阿三说："我没见着，可有人见着了。"

陈树说："谁见着了？"

屠夫阿三不能说出人来，就说："反正有人看见了，你妹妹和一个男人在后沟里。"

陈树说："你连人都不敢往出献？"

屠夫阿三说："反正有人看见了，你妹妹和一个男人在后沟里抱在一起，还摸。"

陈树说："我妹妹肚子大了？"

屠夫阿三说："我咋知道。"

陈树说："那你还说啥？"

屠夫阿三没说的了，就蹴在地上吃烟，后来他说："咱扯平算了，我不说你妹妹和人好过，你也别说我妹妹一只眼。"

陈树说："不行，你得给我补点，不补点我吃亏哩。"

屠夫阿三盯着陈树看了看说："你要多少补头？"

陈树想了想说："咱结了亲就是一家了，就五百吧。"

屠夫阿三从地上蹦了起来说："一只眼睛就五百！"他在地上走了几步又说："一只眼睛五百？你说胡话哩。"

陈树说："要是再啥还可以少点，眼睛就在脸上，人一抬眼就看见了，看见了就老觉得不好受。"

屠夫阿三说："看惯了就好了，我一开头看着也觉得别扭。"

陈树说:"我看不惯,再说别人会笑话我,说我两只眼睛换了一只眼睛却啥也没占上。"

屠夫阿三想了想说:"五百太多了,二百。"

陈树就说:"你也别说二百,四百。"

屠夫阿三说:"不行,我杀一年猪才挣几个钱,二百五,再多一分钱我都不出了,成了成,不成了就算球了。"

陈树就眯着眼睛看日头,这时候他看日头真成了好几个了,他就说:"成,但过门那天你得把钱带来,没钱我可不给人。"

他看了看屠夫阿三又说:"咱都是好亲戚,莫为这事失了和气。"

屠夫阿三说:"行。"

屠夫阿三答应了,他想起女人,想起女人的肉肉。他心里说就当个亏吃吧,亏吃下去都是福哩。

陈树和屠夫阿三又坐在那土梁上吃起烟来,他们边吃烟边眯着眼睛看日头。

陈树眯着眼说:"这下我看出来了是六个,不,是七个。"

屠夫阿三眯着眼说:"五个。"

陈树眯着眼说:"七个。"

屠夫阿三眯着眼说:"五个。"

他们这么说着,那日头就有好几个在他们的眼前起起落落。

牛 万

牛万睡在炕上,他很想睡着,可是他睡不着,他一闲就想起这事。地里没活了,心里活就多了。

婆姨睡得很闲,在炕上摆得展展的,像雨天里枝叶舒展的树叶一样。

"日他妈,拾了块烂铁打了个镰,心闲做了个心不闲。"

他坐了起来,从脖子里摸出一个虱子来挤了。对着指甲唾口唾沫,把指甲在衣服上蹭了蹭,跳下炕趿着鞋就走。

他蹴在院子里,手不停地在院子里抠着,他心不闲,手就闲不住。他的手像犁地一样在地上抠。

"日他妈，要想心闲，就得把心里的活儿做了。"

"我得找他程旺去。"他说。

"我得找他狗日的去。"

说着他站起身来就走。

地上留下他用指头抠出来的横横竖竖的沟沟道道。阳光就顺着那些沟沟道道流着，水一样。他刚刚蹴在这里的时候，那沟沟道道里全是阴凉。

牛万顺着山走，程旺住在半山上。

牛万来到程旺的院子里，听到程旺在唱秦腔，就心里骂："你狗日的好心情，你唱，有你唱不出来的时候。"

这么说着他就走进了程旺的院子里。

程旺坐在院子中央，跷着二郎腿，嘴里咬着烟锅，像一张犁。他的面前是铺开的芨芨，打了一半的背斗底子，活像一张喜蛛蛛网正往下织着。

"程旺，疤疤头不还我那100块钱。"他说。他觉得自己的声音还不够威。"他总说过些日子，可这都一年多了。"他声音大了许多。

"有人给我说疤疤头说他根本就不想还，他有钱，还拿着钱在人面前晃晃。"他觉得他声音够大的够威的了。

程旺看都不看他，他咳出一口浓浓痰来，扑地吐向不远处的鸡。

那鸡便立刻将那痰扯进肚子里去。

他又蹴在那网上像只老奸巨猾的蜘蛛开始编织。

"那是你的事。"他说。

"你找疤疤头去。"

"我拿你的钱了，你左手给我了还是右手给我了？"

"扑——"，他又吐出一口痰来。那鸡又扯了进去。

"我找了，他总是说过些日子。"

"过些日子就过些日子，你急啥？我借他钱要了5年。"

"可这都一年多了。"

"你又不急着使钱。"

"可他抽过滤嘴烟，那天我找他他还喝酒吃肉，像过大年一样。"

"那你也一抽过滤嘴，也吃肉喝酒过大年呀，谁拦你？"

"人要是那么过日子，日子就快到头了。"

"那你找我干啥，我又不是你儿子，又不是你老子。"

"可借钱时你说借给他，他回去就还你，我才借给他的。"

"我说了？"

"你咋没说，你说你借给他，他回去就给你还。"

"我叫你吃屎你吃不？"

牛万傻了眼，他没想到程旺这么说话，就说："你这么说话，你看你这话说的。"他觉得已经没有说的了，他都这么说话了。

"你看你，这么说话？！"

走到门口他回过头来又说。

一年前，他去赶集。他家里有三只山羊，抠了一斤绒。当时好没啥急用，只是听说绒价好，就想卖了去。到集上就卖了105块钱。钱刚刚数过，还没装进里面的衣袋里，程旺和疤疤头就走了过来。

疤疤头掏出过滤嘴烟来递给他一根，他没想到疤疤头会递给他烟，疤疤头从来都没递烟给他过，他接得有些慌乱。

之后疤疤头就说："绒卖掉了？"

"卖掉了。"

"那把钱借我转个手。"

他没有言语，看看程旺。程旺也抽着疤疤头的过滤嘴，说："借他转个手，他回去就还你。"

"我回去就还你。"

他就没了说的，便把钱借了疤疤头。

过了几天，他就去找疤疤头。疤疤头说："过几天。"

后来他一找他就说："过些天。"

"日他妈，我那天不抽他那支烟就好了，我就不借他钱了。"他从程旺家出来坐在山坡上说。

"抽了人家的烟你就不能不借给人家钱，不借那像个啥？"他说。

人有时候就得这样，人就是人。

"日他妈我得找他去。"

疤疤头住在一块平地。从他家走疤疤头家总要爬过一座山，他这一年多来不知爬了多少趟。他爬一次总说这次他不会再说过些日子了吧，可疤疤头总是说过些日子吧。

疤疤头住房，砖木的，还弄了个大红铁大门，远远地看像个庙。

疤疤头小时候长了一头疮，好了头发就一坨一坨的，像块豹子皮。人就叫疤疤头。后来头发长得像索草一样歪，可人们还叫他疤疤头。

远远地听见疤疤头屋里传来好听的歌，他知道这是疤疤头的录音机在唱，他每次来他狗日的都心里没事地闲坐在阴凉下听那女子唱。有时候他还跟着唱，像驴叫。

大门开着，疤疤头坐在椅子上听歌，他旁边放着过滤嘴烟，嘴里咬着过滤嘴烟，手里端着铁茶杯。

"过些天吧。"疤疤头说。他摇晃着头。他听歌时总是这样摇晃头。

牛万想他狗日咋不从那椅子上摇下来呢？

"过些天吧。"

"你都说了几十遍了。"

"我啥时借你钱来着？"

"去年3月11日集上。"这个日子他记得十分准确。

"我咋不记得了。"

"程旺在当面，他还说着让我借给你的话。"

"那你找他去。"

"是你借了我的钱。"

"我不记得了。"

"你咋这人，你看你这人。"疤疤头惊出他一身冷汗。

"你说程旺见了，你把程旺叫来。"

牛万不想见程旺，也不想叫程旺，他怕程旺再说"我叫你吃屎你吃不"的话。

疤疤头说完就进去了。他一个人站在院子里。他看着这房子，忽然他想尿尿，他想看看狗日的后圈在哪里，可是他改变主意，掏出来就尿。他这泡尿真多，他尿了好长时间，地面让他冲了个坑出来。

疤疤头走出来说："你在我院子里尿尿。"

"我没尿。"

"我明明看见你尿。"

"我不记得了。"

"好，你尿吧，想尿你就尿吧，你别想要钱。"

牛万回家了。他说："日他妈，这事弄成了这样，早知道打死我也不接那烟。"

牛万不再找疤疤头了。

牛万只要一碰到疤疤头就对着疤疤头尿尿。

疤疤头总是把头发往后捋着说："你尿吧，那东西谁眼里没见过，手里没攥过。"

这天，疤疤头领回一个水灵的妹子走过来，他眯着眼躺在墙根下，看着疤疤头走过去。疤疤头脚步很轻，临过时还对着他捂着嘴笑。

他狗日的要脸哩，牛万心里想只要他狗日的要脸，这事就好办。

疤疤头轻手轻脚地刚从他身边走过不久，他就冲着疤疤头的背影喊："疤疤头。"

疤疤头和那女子回转身来看他；他看到疤疤头浑身颤了一下。

他对着他们便解裤带。

疤疤头惊了一大跳，一个蹦子跳过来抱住他说："过些天。"

"现在。"

"明天。"

"现在。"

疤疤头从身上摸出一百元来说："日他妈，你看你弄的这事。"

疤疤头和那女子走了。

牛万拿着钱说："日他妈，这事弄成这样子。"

后来他一想起这事就说："日他妈，这事弄成这样子。"

吼夜

    一场透雨，又被伏天里的阳光一蒸，糜子就疯了。一同疯了的还有草，才锄过几天，又蹿出一拃多高，夺糜子的力哩。垄间的草用锄一拉就解决了，可糜子缝里的草得佝腰下去拔才能解决。巧红做活细致，就连才破土出来的毛毛草也不放过。因此，更多的时候巧红佝着腰，整个人就淹没在墨绿的糜子中，只能看到那水红衫子在风中一漾一漾的。

    青木松橼一样的臂膀有的是劲，一把大板牙锄一抡扎进土里一拉，就发出哧哧的破裂声，板结得坚硬的土疙瘩都被拉了起来。在齐腿深的庄稼地里干活真是一种享受。青木锄了很远，却没了巧红的气息。巧红的气息很浓，青木不用看，就知道巧红的远近。他回头看看，见巧红拄着锄左顾右盼，就说糜子长得多喜人，还拴不住你的心？巧红不应答，捋了一把头发，又佝下腰去拔草。青木不锄了，点了一根烟。他要等巧红撵上来一块儿锄才有劲。一根烟快吃完了，巧红还没撵上来。这不是巧红的风格，巧红干活不弱给他。青木嗷嗷了两声，巧红还是没理会他，他便索性唱了起来：

> 心肝肉来小妹妻，
> 你想我来是假的，
> 去年从你门前过，
> 屁股一扭脸朝西，
> 生怕哥哥到屋里。

谣曲是男女对唱，他唱一段，巧红最爱接下一段。可巧红没吱声。他把"生怕哥哥到屋里"这句又唱了一遍，巧红非但没接，又跳下沟崖去了。青木就冲着那沟崖说，没一顿饭工夫你就跳了三次，小心把龙王庙冲了。说完就笑，自己接着唱下一段：

　　　　　　心肝肉来小哥哥，
　　　　　　怪我怪我错怪我，
　　　　　　我家门口是大路，
　　　　　　村子大来人又多，
　　　　　　叫我怎么喊哥哥。

　　一个大男人唱女声，嗓音就得往细里憋，再往上提，听上去就滑稽得很。青木唱女声，巧红就会接男声。可巧红蹲在沟崖下不接应，青木就没心思再唱了。谣曲一共十二段，他能一字不落地唱下去。他就是想和巧红逗上一逗，巧红没心思接应，他也觉得没意思了。

　　巧红的老毛病又犯了。结婚后巧红一直怀不上，急得心都要跳出来。五年了才开怀，巧红整天两只手护着个肚子，像抱着个瓷瓶。谷雨一生下来，巧红就像抓住了命根子，生怕有个闪失，眼睛、耳朵、嘴巴、手脚、心思全都集中在了儿子身上。出月后正赶上黄豆熟麦的季节，这季节暴雨、冰雹、狂风多，哪个都是灾难，龙口抢黄，月婆下炕，闺女出阁，秀才出庄，何况那年雨水广庄稼好。巧红也下了地，可是一下地，干不了几把活，就说：青木，你听是不是谷雨在哭？青木说：疑神疑鬼，就是谷雨哭，离得这么远能听得见？巧红说：我咋老听见谷雨在哭。青木说：那是你灌上了耳音，风吹草动都像儿子哭哩。一个上午，巧红往沟崖下跳了七八次，中间又跑回去一趟。巧红红着脸说我老听见谷雨在哭，老想尿，可蹲下又尿不了几滴。青木嘻嘻一笑说你就地蹲下尿你的，又不是没见过没用过。巧红就捣了青木一拳头。夏庄稼进仓，巧红就落下这毛病，干活干得正起劲，只要一支起耳朵听，下一步准往沟崖下跳或往豆垄麦垛后面跑。青木心疼女人，五年才开怀，村子上不是没有看笑话的人，压力有多大，爹娘对他已经说过再不生就得离了的话。头胎就是儿子，她耳朵里当然灌满了儿子的哭声。他带巧红去看过大夫，巧红死活不去，说臊死人了，这毛病又不是啥大病，谷雨大点儿就好了。

巧红上了沟崖，青木说谷雨都一岁过了，又有娘看着咋会有事？娘生了我们六个，领了一辈子娃娃，个个领得虎背熊腰的，还怕把谷雨领不好？谷雨是婆婆心尖尖上的肉，让婆婆带着比自己带还放心，巧红当然放心了。谷雨现在都把奶奶当娘了，不拿奶头哄叫不到怀里来，叫来了咕咚咕咚地疯吃上一阵子，又钻进婆婆怀里去了，仿佛巧红只是个奶瓶儿。

巧红跟了上来，看也没看一眼青木，就往前锄去。青木说现在有儿子了，就有势了，看你溜滑，糜谷都让草淹了。巧红翻了青木一眼，继续往前锄。青木只是想逗一下巧红，庄稼让草淹了，她比谁都着急。巧红可是过日子的女人。

巧红佝腰下去，两个屁股蛋子圆丢丢的，一拉锄屁股一颤一颤。青木最喜欢摸巧红的屁股，他轻巧地往前蹿了一步，在巧红屁股上摸了一把，又拧了一下。巧红直起腰来，青木就从后面抱住了她。巧红没心思和青木玩耍，往后一退，很准地踩在青木的脚面上，青木提着脚哇哇地叫起来。只要到地里，青木从不穿鞋。挨过了疼痛，青木追了上来，斜眼盯着巧红的胸脯看，两座小山包撑起那水红的衣衫，随着巧红拉锄一挺一挺的。青木心里痒痒，嬉笑着说馍头熟吧。巧红又站下了，娃娃的哭声又在耳边萦绕着，奶头就一慭一慭的，像要破了。青木越过糜垄，往巧红跟前凑了一下，见巧红没反应，就扑上去抱住说我快渴死了，嗓子里冒烟哩。说着嘴巴已隔着那衫子衔住了乳头，两手去掀巧红的衣襟。巧红回过神来一用力，青木就被推得一个仰躺，倒在糜地里。巧红掉下了脸子说大天白日的真不害臊。青木有些生气地说你这人一点儿意思都没有。巧红往前锄去，可那娃娃的哭声猫叫一样细而尖，就像什么东西在她的心上一下一下划过，奶头就像往里充气似的一下一下地鼓胀，要爆了似的。她又跳到沟崖下去了。

巧红从沟崖下爬上来，青木说你还不如回去，你这样让人咋干活？巧红不高兴了，说你干你的，我干我的。青木说可你这样，我咋干活？就像犁地，一头驴站下了，另一头驴咋走？

巧红实在撑不住了，便揭了衣襟对着糜子挤起奶来。乳汁落在糜叶上又流到地上，乳香味儿就飘散开来。儿子过了满岁了，早就贪上了五谷，公公婆婆已不止一次催促她断奶，让她生第二胎。政策规定只能生两个，间隔期四年，胎数管得很严，年限却管得很松。女人只有断了奶才能再怀，她也想着断了，再生上一个，撂给公公婆婆抓养，然后和青木进城里打工。青木说得对，这土地就是把人种进去也长不出好日子来了。巧红这几天给谷雨喂奶就一天比一天少了。要让奶憋上去，就不能经常挤，经常挤就和娃娃还在吃一样，是轻易回不去的。可她实在没办法，那哭声就像谷雨厚墩墩的小手抓捏她的奶头。

几次跳沟崖跳出了几身汗水，浑身就乏困酸软，巧红躺在蛇皮袋子上歇缓下来。青木也躺下了。巧红薄薄的水红衣衫被搓上去了一些，露出一圈白皙的腰身来。青木拨了一根毛谷子去触摸那腰身，巧红给了他一巴掌，把衣服拉下来裹严实了自己。

有两只麻雀在草地上刨食，它们刨开地皮，啄食鲜嫩的草茎。一场透雨让地皮酥软了，麻雀的爪爪一刨，嫩黄的、粉红的、淡青的草根就露了出来。它们边啄边叫，蹦蹦跳跳地互相追逐。山风刮过坡地，一点儿都不野。青木偷眼去看巧红，巧红不知在想啥。忽然一只麻雀就跳到另一只麻雀身上去了，青木看得皮紧骨壮的，他伸长脖子窥了巧红一眼，发现巧红并没看那对麻雀，目光痴痴的，就有些失望。巧红要是看见了，他就能在这野地里把事做了。青木把手伸过去，抚摸巧红的腰身，又挨了一巴掌。青木扑过去将巧红压在身下，巧红恼怒了，连掐带咬。青木嗷嗷大叫着撒手滚开，胳膊上已给巧红掐拧出几个青印，肩膀也被抠了两道血痕，火辣辣地疼。青木没想到巧红这么对他，蹬了巧红一脚，到阴凉地方躺着去了。平时巧红会像做错了事的娃娃到他身边来，可今天他躺了好一会儿，巧红都没来。偷眼去看时，巧红已锄到远处了。

一群鸟飞过了头顶，又一群鸟飞过了头顶，太阳就坐在山头上了。巧红扛着锄一阵风似的回家了。青木悠悠浪浪晃到家，巧红已做好了饭。吃饭时青木不说话，脸子拉得老长。巧红说我看看，还越来越娇嫩了，苍蝇爪爪蹭了一下都当大病害哩。说着拧了青木的脸蛋一下，又捅了青木的胳肢窝一下。青木没憋住扑哧一声笑了。女人脸皮薄，先说了话，就算道歉了。青木再板起脸孔来，也就没意思了。

谷雨跟奶奶睡，巧红逗了一阵谷雨。谷雨掀了几次衫子，巧红没给喂奶，她给婆婆说从今个起断了奶去。婆婆说就是，断了去。巧红亲了谷雨几口，回到自己的窑里。见青木还坐在那里，巧红说还不睡？青木虽不生气了，却硬撑着说你这人咋了？城里人吃过饭还散步消化消化呢。巧红说那你就学城里人出去散步吧。

巧红一边打开包袱，一边说这谷雨个儿长得太快了，三天两头就得誊鞋样子。巧红这么说着，看了青木一眼。谷雨的鞋样从前洼水灵儿家誊来还没一个月，就是小了往大放一圈儿是个啥难事？青木知道巧红在找借口，心里笑着，嘴上却说不用去誊样子了，下回咱去赶个集，儿子能穿买的鞋了。巧红停顿了一下，说娃娃是笼里的馍馍，一蒸一个样子，买一双鞋花十几块，穿不烂就穿不成了，白糟蹋钱。青木说我就喜欢糟蹋这个钱。

青木本来还想憋一阵，可他实在管不住自己了，就抱住了巧红。巧红没反抗，青木就举起巧红来，巧红却一缩身子逃开了，说看把你精神大的，我去洗脸了。青木两把就扒了个精光，巧红一上炕，他就将巧红箍进了怀里。青木做那事的时候巧红一点儿也不主动，连个声气都没。青木觉得没意思，草草地完事。巧红钻出被窝，青木打了两个哈欠，说睡吧。

青木的呼噜声响起来了，巧红摸索着穿好了衣服，轻轻出了门。出了大门那哭声就响亮起来，一浪一浪地扑过来，哭声就像找不到奶头的小嘴乱咂乱嘟，这让她的两个奶头格外地憋胀生疼。村子一片漆黑，像堆满了高高低低的铁疙瘩。多熟的路到了晚上都是陌生的，巧红走得磕磕绊绊，跟头流星的。

一道深沟像大刀砍下的，将村子劈成两半，这厢住着朱家，那厢住着牛家。门对着门都能看得见窑洞里的灯光和人影，可要走到一起，一上一下有六七里。夜里，很少有人翻这沟，累人不说，这沟还邪气。谁也记不得这沟里死过多少人，有失脚滚落摔死的，有被日子逼得没办法跳崖的，有在沟坡里放牲口割草被上面扑下来的山洪卷走的，也有莫名其妙地死在沟里的，都是冤死鬼。最多的一次死过九个人，是朱、牛两姓为了争地盘，打了族架。沟两边的人都想将对方箍在沟底，结果两姓人就在沟底相遇了，一天结束，共死了九人，伤者无数。据说冤死鬼只有拉到了替死鬼才能投胎转世，鬼怕白日不敢出来，夜里沟里就到处是冤死鬼，等着拉替死鬼。

春生有个晚上找赤脚医生给奶奶看病，到了沟里被三个鬼摁住了，都要拉他去，结果三个鬼打起来了，他才捡了条命。说得活灵活现，吓得有人尿过裤子。只要夜晚有人吼曲儿，必是有人要过沟，村里人叫吼夜！

　　巧红到了沟沿边心里发怵，是月头还是月尾记不清了，一点亮气都没有，沟墨黑得像吃人的大嘴。巧红硬着头皮往下走，刚下到半坡就摔了一跤，爬起来就听到一种像鸟又不像鸟的叫声。又想到种糜子的时候，老聋子从沟坡滚下去死了还没过五七，心里直打寒战。巧红对着摔倒的地方唾了几口唾沫继续往下走，快到沟底了，又跌了一跤，耳边是杂七杂八的声音，就是没了那尖细的哭声。巧红心里说这个小坏种，你哭出个声儿来也顶个事呢，偏偏这时没了哭声儿。越走越害怕，越害怕手脚越不利索了。忽然，沟沿上有了吼声，粗壮高亢的吼声：

> 大河向东流哇，
> 天上的星星参北斗哇，
> 说走咱就走哇，
> 你有我有全都有哇，
> 路见不平一声吼哇，
> 该出手时就出手哇，
> 风风火火闯九州哇。

　　巧红心里一下就踏实了。这歌声就像灯光，有这歌声壮胆，巧红脚下也平稳了许多。巧红屏息听听，想听出是谁，可男人吼起这歌来都一个声儿。那个"哇"字就像大戏里的黑头吼出来的，带着雄浑的尾音儿。

　　到了秋旱家门口，已是汗水湿透衫子，都能拧出水来了。巧红顾不上喘口气就进了秋旱家院子。院心有火光一明一暗的，隐约看见秋旱跪在院子里烧香。巧红轻轻地咳了一声，秋旱问了声谁？巧红说我，还不等秋旱说啥，便钻进屋里去了。

　　冬儿正愁眉苦脸地抱着娃摇来摇去，半裸的上身露出奶头来，瘪瘪的。巧红爬上炕去，抹起衣襟露出奶头，先对着墙挤掉了些奶水，然后接过娃，只见那娃鱼一样的嘴唇都青紫了。当奶头塞进娃的嘴里，娃的哭声没了，一阵咕噜咕噜的吞咽声响起来。娃贪婪地吸吮着，奶头一下子没了憋胀生疼的感觉，好不轻松，好不舒坦。奶头给娃娃厚墩墩的手抓捏着，巧红觉得浑身的筋骨都散开了。她轻轻地拍着娃的屁股蛋子，甚至发出了哦哦嗯嗯的声音。回头看冬儿，冬儿却正痴迷地看着她，她脸红了。

冬儿流产了几次才坐了胎，这娃更是命根子。她看着巧红，抚摸着巧红的后背，甚至把头贴在了巧红的背上。巧红抚摸着娃的头说这小家伙的头发好密，长大一定是个硬气的汉子。冬儿笑笑说怀上的时候他就不安分，老动。冬儿跳下炕去，拿了毛巾上来，拉起巧红的衣衫替她擦着身上的汗水，从脊背到前胸，连胳肢窝都擦了一遍。随后又跳下炕去，舀了盆清水把毛巾淘了一遍，又把巧红的脸擦了一遍。

冬儿拆开一包饼干，又喊秋早拆一瓶罐头来，橘子的。巧红说刚刚吃过饭，别费了。冬儿硬往巧红的嘴里塞了两块饼干，说这又吃不饱人。巧红说看你身子也不单薄，咋就没奶？是不是让啥把奶给踩去了？冬儿说母猪下过崽，不过已经出月，家里再没有怀崽的东西。巧红说临月时你身上装镜子了没？冬儿说没装。巧红说哎，这就是没婆婆又没娘的过错，咋能连镜子都不装？冬儿命苦，婆婆早些年就去世了，出嫁的前一年又没了娘。

奶了一会儿娃，巧红便将娃撤离奶头，说看小坏种贪的，等等再吃，把肚子吃坏了。

娃吃过奶不哭了，黑豆一样的眼睛盯着巧红。巧红在娃的脸上亲了一口，娃的嘴一嗫一嗫的。巧红轻轻戳了娃的额头一下说等会儿再吃，别胀坏了，说着觉得大腿上一热，知道娃尿了。巧红嘻嘻笑着说吃了婶的奶，还知道道个喜，刚从娘肚子里出来就这么懂事。冬儿拉着巧红的手说比他爹懂事，这话让巧红很受活。

秋早进来，把拆开的两瓶罐头一瓶递给巧红，一瓶递给冬儿。巧红没接，看着秋早她就来气了。她很想吃罐头，可今天她一嘴都不会吃。秋早和青木既是同学，又是好朋友，可到头来却狠狠耍了青木一把，让青木到现在在村里都抬不起头来。冬儿硬把罐头往巧红怀里塞，巧红说我一吃这东西胃里就泛酸水。

秋早垂着双手站在一边，巧红也不看，冬儿说秋早，今年打水泥窖的经费下来，你要再不给青木家安排，我就和你离婚。巧红却说要个水泥窖做啥？等谷雨隔了奶，青木就带我进城去，活都说下了，青木说两个人打一月工就能打两个水泥窖。

这么说着话，那娃又将头往巧红的怀里拱，巧红说来，再咂上一起子，小猪唠唠。那娃吃了一阵就叼着奶头呼呼睡去了。巧红从娃的嘴里摘出奶头来，跳下炕要走，冬儿说咱姊妹再说说话，你把罐头吃了吧。巧红说谷雨还在家里哭呢，正是缠人的时候。冬儿就对着院子喊秋早，秋早你死在外面了。巧红听了心想，儿子就是女人的势哩，没儿子的时候，冬儿给秋早低眉顺眼的，连个大气都不敢喘。秋早进来，冬儿说巧红要走了，你送送，黑天半夜的，那沟里邪乎。

冬儿要下炕送，巧红拦住说月子里见不得风，造下病是一辈子的事情。冬儿把一点钱塞进巧红手里说明天……巧红把冬儿的手打了回去说，你当谁都是那样的人，明早天一亮我就过来。巧红这话是说给秋早听的。巧红顺手将门拉严实了，秋早把一包东西递过来说给青木提着吧。巧红说不稀罕，就出了大门。巧红在前面走，秋早在后面跟着，巧红回头说你跟着干啥，回去。秋早说我送你，那沟里邪气。巧红说不用，青木在沟里等着接哩，他那人做事意长。秋早说其实我也是没办法，牛家人盯得紧。巧红说那是你们男人的事，要说你跟他说去。秋早又说他们说青木把我当猴子耍哩，在干部跟前坏我的名声哩。巧红说你们好得就差穿一条裤子了，你就信别人不信他，他是那号人？秋早又把那包东西递过来说，就当我给他赔不是了。巧红绕开秋早说要给你自己给去。

秋早被这句话钉在了那里。巧红走到远处了，秋早说回去给青木说，就说我说了，村长是个毯。

巧红走下沟坡，谣曲就漫了过来，是憋着劲儿吼出来的，那曲儿便有些走样：

> 不变猪来不变牛，
> 死了变个花枕头，
> 白天跟妹守床被，
> 晚上跟妹睡一头。

当然是秋早。这曲儿男人要发疯一样唱出来，就是有些骚情。巧红脸红了，骂了句臭男人，都是骚猪，有选这曲儿来给女人壮胆的吗？

听着这歌声，巧红翻沟时就很轻松。到沟底抬头一看，前面有一星光亮鬼火似的一眨一闪的。巧红心里紧张，脚步就迟缓了，说老聋子，咱没冤没仇，你可别害我。那火光却像钉在那里，不往前来，也不往后去。虽然秋早使了吃奶的劲还在吼，巧红还是浑身发毛，偏又传来咕咕叽叽的低笑，心揪得更紧。她都要掉头了，就听到说话声，往前走，看把你吓的？

是青木的声音，巧红长出了一口气骂道，死鬼，想把人吓死了打光棍啊。青木说那可不一定，巧红说你不是睡了吗？

村子里现在谁不知道青木和秋早是死对头？现在他和秋早连话都不说，背靠背站着哩。就在一个月前，他还和秋早站在大沟对面骂了一个下午。

要说起来，他们是村里一直坚持念完高中的同学，从一上学直到高中毕业都同一个班，大小事情都互相帮衬着，比亲兄弟还亲。巧红和冬儿也是一个村的，从小到大亲姊妹一样，两家好得打个麻雀都要分着吃。事情出在前年，老瘸子贪污了些退耕还林补助，被人家撤了，村长的位子就空了出来。青木是会计，但他想也没想村长这个事。可青木没想到自己被朱姓推出来选村长，他不想干，掌门三爷把他传了去拍桌子说这是啥事？你当你家里的事，由着性子来？十来年的书念到狗肚子里去了，连个轻重都觉不来。该花多少你花，咱朱家人摊。在族里，三爷骂谁就意味着谁确实把事做错了。

牛姓推出来的候选人却是秋早。快选举时秋早来找青木说，他们逼我参选，我才不想当这个破村长，老瘸子才弄了三千多块钱，就让人家撤了不说，还让后账找得不得安生。你说我这身体，到城里一年咋也弄个万儿八千的。我是应付差事哩，我要到城里去闯闯，我全力支持你。

青木就说我也一样，我当了一年会计不到就受够了。上面来的人让你抱头捧脚，可找他们办个事，他们看都不看你一眼。

后来，秋早当选村长，青木也没啥想法，反正他不想当村长，谷雨断了奶他就和巧红到城里去。有一次他去赶集，和在乡上当干部的一个亲戚一起喝酒。几杯酒下肚，亲戚骂了他个狗血喷头。才知道他和秋早说的那些话，秋早调盐加醋地对乡长都说了。亲戚说青木你太不成熟了，怎么能背后乱说呢？伺候领导咋啦，自古就这么个理。青木才明白秋早有多么阴险，回来就气势汹汹地找秋早骂了一架，秋早一句话都没回。他曾给三爷认过错，并发誓要把秋早扳倒。可三爷却说秋早干得挺好的。

青木出来捶着自己的头说你真是个猪脑子，三爷再厉害也是人啊，人家一次给打了两口水泥窖就把三爷收买了。和秋早骂完架的那晚，青木在月光静静的小岗上坐了半夜，才释然地嘘出一口长气来，说反正老子就没想过当村长，老子明年就到城里去……

青木坐下来，巧红说走呀，深更半夜坐在这沟里。青木说沟里看夜多好，星星像钻石一样流成一条河哩。青木又说你瓜呀？巧红嗫嚅着说那娃没奶，哭得人心焦，我奶头上就像有一双小手抓来抓去的。青木说你不是给我说去菊子家誊鞋样儿去吗？巧红说人家的心思都让你猜透了。青木说我早就猜出来了，罢罢罢，过去的事情我不想提了，再说谁能保证儿孙不吃别人的奶？秋早在沟沿上扯破嗓子还在吼：

妹妹你大胆地往前走呀，

往前走，莫回呀头，

通天的大路，

九千九百九千九百九哇。

吼完了《妹妹你大胆地往前走》，秋早又吼起《流浪的人在外想起你》，青木说挣死你个狗日的。巧红就明白了秋早听不到她上了沟沿，就会一直吼下去。

青木说，狗日的把嗓子都吼哑了。

巧红说，腿子酸困得不行了，上不了沟沿，你背我吧。

青木说，你把功劳挣回来了，让秋早背。

巧红说，这可是你说的，我叫一声他就会下来的，你信不信？

青木说，是啊，人家现在是村长了，多少女人都想着人家哩。

巧红说，放屁，说完就自顾自往沟沿上爬了。

青木紧走几步绕到巧红前面，弓下腰来说上来吧，你有儿子了，就有势了，人的脾气也就大了，不敢惹了啊。

巧红绕过青木，青木又绕到前面把腰弓下说上来吧，你省点劲，回去你还有用呢。

巧红说，秋早让我给你说一声，村长是个毬！

青木说，他真这么说？

巧红说，我哄你干啥？他还让我给你提烟酒，我说你不稀罕，要送你亲自给他送去吧。

青木说，我的好女人，还不上来？

巧红上了青木的背，摸着青木的头发说那娃头发好密，长大一定是个硬气的汉子。

青木说，有谷雨硬吗？

巧红说，长大了都那样吧。

夜黑漆漆的，对面的歌声还在吼，很嘶哑，巧红一进屋就找出手电筒来，像电影里那样向着对面晃了几个圈，那歌声才停了。

军马祭

1975 年的夏天，队长从公社里拉回一匹马，它身材高大，魁梧，块状的肌肉像隆起的岩石，全身纯白色，只在脑顶有一撮黑毛，非常醒目，像一只眼睛。

马拉回来就拴在大队部的一棵老柳树上。那是一棵已有百年高龄的大树了，硕大而茂密的墨绿色树冠与纯白的马形成了强烈的反差，使马仿佛玉石雕成的一般晶莹剔透。

人们都围着那马。马立在那里，精神抖擞，仿佛在接受检阅一般，它甚至有些傲慢，高昂着头，两只尖而小的耳朵端竖着，胸脯挺得直直的，肌腱与筋脉从那洁白闪亮的绸缎一样滑润毛皮下显露出来，齐刷刷的长鬃从脖颈的一边披落下来，像春柳纷披的柔枝或少女长披下来的秀发。那马在夏日下午的阳光里玉石一样熠熠闪耀，给人感觉就是它就是马，不是骡子，也不是牛，更不是驴。它不时地高仰长颈长嘶一声，那声音的洪若钟鼓，整个村子都回荡着它的嘶鸣声。人们都向后退一下，仿佛一个旋风刮过。

村里马，黑的黄的红的，也有白色的，但因长期的汗渍、尿渍和土尘浸染成了差别不大的土黄，斑驳而沧桑，一副萎靡而焦苦的模样，似乎和牛、驴、骡子没有不同。因此这匹马的出现让人们颇为惊奇，这种马人们只在画上才见过。那时候流行过一种年画，是几位开国伟人骑着马的画像，那些马便如这匹马一样英俊、威武。

父亲走到军马跟前，试探着摸那马，它一动不动。父亲艳羡地说："啧啧啧，这狗日的咋长的？你们说咋长的！你看这骨架，多板正，你看这鬃，多整爽，有三尺长吧，你看这毛，多干净，缎子一样，你看这蹄子，有老碗口那么大吧，这才是马，真正的马。"

父亲这样说着，村里人都发出啧啧啧的赞叹声。

队长对大家说："这是军马，备战，上面交代这是一项政治任务。"

村里人都说："军马？那一定打过仗。"

"肯定打过，你看这架势、这精神，说不定是将军骑过的。"

队长指着那马对父亲说："这马由你喂。"

队上的牲口是分在各家各户喂养的，父亲喂养牲口是出了名的。他是把牲口当人看待的人，也是个懂牲口的人。喂牲口的时候，父亲总是喋喋不休地和牲口说话，我说爹，你说的它们听得懂吗？父亲说听得懂，它们也听懂人的话哩，只不过人都以为它们听不懂，喑哑畜生不会说话，但心里明着哩。只要是父亲喂养过的牲口，没有不听父亲的话的。缺粮的时候，吃牲口料是常事，但父亲从不这样做，即使低标准时期，父亲也从不将克扣牲口的料。低标准的第二年，遇上个瞎年景，到老历二月二，村子里已经开始刨草根剥树皮了。二月二，龙抬头，大人娃娃剃光头，家家户户炒豌豆，男男女女动笾楼。二月二是个节气，炒豌豆显然是含有祈祷和祝福的意思。二月二一过，蛰伏了一冬的龙抬头了，一切就都复苏了，人们就开始种庄稼了。可是家里豆子早做口粮吃光了，连看的豆子都没了。豌豆是牲口的上好饲料，也是我们的重要口粮。过了二月二，地里的活就开了，牲口就该下大苦了。缓了一冬的牲口如果不加料，是拉不动犁，更别说送粪的车了。队里按照家家户户喂养的牲口分了些豌豆给牲口加料。可是豆子分到了家，家家都炒了豆子吃。可父亲坚决不让炒豆子，父亲说人吃豌豆几个响屁就放光了，牲口比人的苦大，吃上却长劲哩，炒吃牲口料，损阴德造孽哩，这季节的豌豆对牲口来说是金豆。

父亲盯着队长嗫嚅着说："这么大的任务，我怕是喂不好。"但他的手依然在摸马，轻轻地一下一下地抚摸。

队长拍军马一巴掌说："军马也是马，不是老虎，你怕个球，一年多给你100个劳动日。"

父亲二话没说拉上马就往回走，他边走边说："没有我喂不好的牲口。"

我正值放马的年龄，干不了挣工分的活。家里只要有劳力，不用别人催你，都要下地干活，不下地干活，挣不上工分，年底分不上口粮，要挨一年的饿的。但有了军马，我就有了活。父亲拍了一下我的头说："好好喂马，一年100个劳动日，一个假期你狗日吃粮穿衣就自己挣回来了，再也不是吃闲饭的人了。"

夏天，是牲口受罪的时候，上午天刚一明就开始犁地，两头牲口扯着一张犁在山塬上翻过来翻过去，尤其是伏里天，犁头上有肥哩，伏里天爨一椽，顶得秋上犁半年，地犁得越深越勤，地就歇得越好，第二年的庄稼才越旺。犁到下午一点，牲口们才能卸了套，饮过水便赶去草地上放牧了。

军马不参加犁地、耱地、拉车的劳作，大家都知道它是要驰骋疆场保家卫国的，而不是干犁地这类活的。所以我得整天拉着它去草地上。

清早，露水中的村子在鸡啼声中忙乱起来，太阳从东山上含着嫁娘的娇羞升上来，等它离开山畔，升向天空时，我开始把军马从圈里拉出来，一出圈它总是仰头对天长啸一声，然后打几个大大的喷嚏出来，便开始将自己的身体往长里拉，似乎每块肌肉都在用力往外扯，前腿与后腿扯得那么长，脖子也往前伸拉。骨骼筋脉发出咯吧咯吧的声音，那样清脆有力。

阳光柔柔地从高空泻落下来，每个草尖都顶着一星一点的阳光，像佩戴着上好的玉饰一样，每株草经过一夜潮气的滋润显得特别精神，直挺挺的竖着，每个叶片金箔一样闪亮，鲜嫩无比。花儿顶在草尖上，摇晃着小脑袋，艳艳的，整个草地上珠光宝气，显得十分华贵。一些虫子开始鸣叫，各种叫声不像正午时那样的混乱嘈杂，而是单纯而有规律的卖弄，比赛似的，都很谦让，你鸣罢我登场，清脆而婉转。鹧鸪、野鸡、鸽子、鹞子、老鹰在天空振羽飞翔，兔子、田鼠、黄鼠狼等在大地上奔窜，狐狸站在山峁之上，抛一个媚眼过来，然后远遁而去……整个草地显得富有而华丽。那个时候，我们的大地和天空生动而繁荣。

我拉着军马踩着米黄色的阳光走向绿色的草地，骨子里涌动着兴奋与自豪，现在想来那种感觉是出征或者远行的感觉。因为军马就在我的身后走着，它目不斜视，昂首阔步，威武而遒劲，两只小耳朵特别精神地竖着，蹄声清脆，富有节奏，整爽的长鬃挂满阳光。它不像队上的马走路的时候总是低垂着头，嗅着地上泥巴或尿痕，耳朵像煮熟了的牛筋，软稀稀地耷拉下来，步子散乱而疲惫，总是往旁边的庄稼地里扑，叼上一口庄稼。非要你用鞭子不停地抽打才能上路走向草地。

进入草地，我坐在一边看着它吃草。它一口一口地啃食着草叶草茎，它的嘴巴像一个镰刀，不是追撵着高草，而是齐刷刷地一下一下割过去，它身后的草地总是那样的整齐。它绝不吃回头草，就像一位细致的庄稼汉收割粮食一般，非常自信自己割过去的地方没有落下的一粒粮食一般。它一路吃过去，连同明媚的阳光一道吃进肚子里去了。但是它不吃花，到了花跟前，它会闻上一闻，然后绕了过去。因此它走过的草地总是鲜花灿烂。

看着它在草地上，我常常会小看我们村子里的马，它们生活得十分潦草脏乱，以至于把我们的草地都弄得脏乱潦草不堪。

小晌午时分，阳光开始暴晒起来，虫子不再像清晨那样卖弄自己的歌喉，而是一种烦躁地乱叫，仿佛是对酷热的一种控诉。这时间那些马蝇牛虻给饥饿从阴湿的睡眠中唤醒开始活动，它们的活动对象就是大牲口和人。被它们叮咬过的地方立马就肿起一个指头蛋大小的疱，奇痒无比。牲口们遇到这种东西是既恨又无可奈何，又是甩尾乱扫，又是刨蹄踩踏，又是转圈喷咬，甚至以奔跑腾跳来逃避。那种慌乱，那种恐惧，滑稽而又狼狈。可军马则是在虻蝇到来之后，并不轻易甩尾，而是直挺挺地树在那里，两只耳朵警惕地竖着，仿佛训练有素的杀手，把准时候，一尾扫过，马蝇牛虻便雨点一样落下来，有几只十几只。

军马吃饱之后，不像队上的马横卧平躺，伸着懒腰打滚，将全身上弄得脏兮兮的，毛也锈在一起，与炕上铺的浸满尿迹汤渍的毛毡没什么两样。它总是昂首挺立站着，看着远方。我总是在想，它一直看着远方，远方到底有什么呢？远方还是山呀，就是过了山也还是山。偶尔它要卧下来也是四只腿着地，爬在那里。因此它的身上总是很干净，那毛总是雪白雪白，远远地就能看见它英武的姿态与高贵的颜色光芒四射。

薄暮时分，我拉着马回家，狗尾巴草在习习晚风中赶羊儿一般将草地摇曳成一片梦幻般的洁白。军马跟着我，十分随意，我快了它也快了，我慢了它也慢了。它不时长嘶一声，山塬就久久不息地回应着。

既是军马，它就应该奔驰，像闪电一样，像狂风一样。我多么希望能够看到它真正的奔跑。我在电影里看过不少的马在奔驰，那样子多么令人神往。三爷看着军马说它一定是从草原上来的，你看这肌腱，这骨架，只有在草原上生长的马才这么匀称、结实、流畅。我也这样想，好马应该来自非常宽阔平坦的地方。三爷是去过草原的，他是脚户，新中国成立前一直赶着牲口走口外，给大户财主运送货物，曾经在口外生活过许多年，解放时才回来。他见过真正的草原，他在真正的草原上骑过马。他说草原平展展的。有多平，像炕一样的平。草长得有半人高，看上去像水一样的晃眼，风一吹整个草原就像水一样流动，银花花的，羊就像花一样显现出来，云白水亮的显眼。三爷在描述草原的时候，他的表情充满了回忆与向往。三爷喜欢给我描述草原上的事，他关于草原的描写，在几年后我就在中学课本里学到了：

敕勒川，

阴山下，

天似穹庐，

笼盖四野，

天苍苍，

野茫茫，

风吹草低见牛羊。

　　我们都相信世上真有那么平的地方，而山全集中到我们这里来了。我们这里没有马撒开奔跑的地方，到处都是山，一抬脚不是上坡就是下坡，既是相对比较平整的山塬，也是到处是壕沟，能有二三里远的一截没有壕沟，那就是好地，是吃饭过日子的宝地了。

　　我一遍一遍想象着军马在草原上奔驰的情景，但那只是一片模糊的景象，风一样的模糊。因为我们对草原没有实质意义上的理解与认识，虽然我们的老师在讲到交面那首民歌的时候，在讲《草原英雄小姐妹》的时候，我们只是在想象中理解那是一个非常平坦的地方，上面长满了草。

　　有一天，我终于看到了它的奔跑。真正的奔跑。

那天，我在山坡上放马。几个伙伴说下午我们到东塬上去放牲口吧，那里草厚塬宽。大家都相应了，于是下午牲口都卸套后我们便赶着牲口向着东塬走去。

东塬很大，是我们这方圆最大的一个塬。站在那里，尽你一眼的望。我们将周围高起来的叫塬，显然不是草原的原。在以后的日子里我才学到了"盆地"这个词，才知道我们是住在盆地里。我们的塬只是"盆地"的边沿而已。东塬离我们的村子很远，有十几里的路程。

东塬荒着，只有塬畔上有些许糜谷和胡麻，因为地势相对较高，气温低凉，相对湿润一些，加上因为远，我们一年半载才上塬放牧一次，因此草比塬下长得旺盛多了，看上去绿得无边无际。三爷说过一到东塬就能闻到草原的气息了，真正的草原就和这里差不多，只是比这大多了，大得让人不知道有多大。

塬上，飘荡着草与庄稼组合的气味，胡麻淡蓝色的花的宁静和油籽艳黄色的花的奔放漫卷着山塬，使山塬显得那样的壮美气派。当山风吹过，庄稼和草像奔跑的羊群一样顺风向前涌动着。

我们将牲口群赶到塬上，觉得自己都精神了许多。一上塬，牲口们扑到草地上，张开贪婪的大口，吞吃起草来。

可军马却不看脚下旺盛的青草，而是向远处望去，两只蹄子在地上刨着，好像一个壮汉敲鼓一般有力，让人感到大地在它的蹄下颤动。它高仰着头，长嘶一声，两只前蹄用力地攀向着天空，像人一样站了起来，那鬃立时就飞扬了起来，尾巴直伸，与脊背形成一道端直的平线，似乎每根鬃毛都充满了力量。它一声长嘶，箭一样蹿出去。仅仅在我一呆一愣之间，它已经在十几米之外了。

我们都愣了。

它奔驰起来。前蹄与后蹄扯在一道线上，下骸努力地向前伸去，身子拉得那样的舒展，比平时长出几倍。浑身所有的部位都在努力向前，那尾巴像拖着的一个扫帚。鬃毛飘逸。草地上像卷过一道旋风一样，将草与庄稼煽开一道扇子形状，它的蹄下扬起一道淡淡的尘带。那不是在跑，而是在跃，不是在大地上，而是在天空中。

塬虽说平整，也只是相对的，是一截一截的平整，这种平整实际是起起伏伏的平整，平整与平整之间有梁峁谷壑，只是平缓一些。军马，像一只银灰色的狐狸背负着阳光在奔驰，倏而出现在一个梁顶，倏而又隐入一个壑谷。时隐时现，时现时隐，越来越小了。

我们都惊讶地呼叫着，在我们的呼叫声中，它已经消失在我们目光尽处。那仅仅是十几分钟之间的事。

当我从军马奔驰带来的兴奋中清醒过来时，哇地一声就哭了，我想它一定想念它离开的地方了。它是军马，它跑了我该咋办？伙伴们都不敢说它会回来还是不会回来。其他的牲口在抬头看了军马一眼后，复又垂下头去吃草了。

三爷走过来说不会的，它会回来的。它是军马，很守规矩的。

三爷懂马，可是他懂军马吗？

我依然哭着说，我没打它，它就跑了，我没打它，它就跑了。

三爷说它一定是闻到了草原的气息了，一定是的，这方圆就这里能闻到一丝草原的气息。

我说它跑了，我没打它，真的没打它。

三爷说它会回来的。

就在我哭得天昏地暗的时候，二喜喊了一声，它回来了，你看，它真的回来了。我向那边望去，果然它出现在一个峁顶上，打了个站立之后，箭一般向我们这边驰骋过来。我们都欢呼起来。它像狐狸，更像一只豹子。在离我们最近的一个峁顶，它打了个站立，仰天长啸一声，然后直直地扑将过来，我们都吓得往开躲去，怕它刹不住。可是它到我们站的地方，四只蹄子像钉笆一样抠进地里，铲起的土块四处飞溅，然后稳稳地站在我们面前，浑身的肌腱岩石一样隆起，血管像秋日肥沃的土地里爬满了粗壮的蚯蚓，一道一道从那光滑的皮肤中突现出来。然后又是一声震撼东塬的长啸。稍时它浑身轻松舒展开去。它将头伸过来，嗅嗅我，伸出长舌来舔舔我的手背，这才吃草去了。它浑身流着汗，豌豆大的汗珠蘸着阳光一滴一滴落下。

"啧啧啧，它要用多大的劲儿才能停住？你看这蹄窝，有老碗口那么大，这么深，像是镢头刨出来的一样。"二喜说。

三爷说："军马是训练出来的，为了停下来，有的马把腿都窝折了。"

我抹了两把眼泪说："这么大的塬，它这么快就一个来回，它能跑多快？"

三爷说："要是在大草原上，它一个时辰能跑上百里。"

从此，我便恋上了去东塬放马，虽然那里离我们的村庄很远，但因为军马，我们都喜欢下午其他牲口卸套后上东塬去。而且我能感受到它对东塬的喜爱，它走向东塬就向上战场一样雄武。一上塬，它每块肌腱都会隆起，每条筋脉都会炸响，我们相信它把东塬当成了草原。也是在那时，我对草原的气息有了认识，那是平展的大地上牧草青翠鲜花开放混合出的浓郁的香气组合成的气息，狗尾巴草梦一样摇曳着铺向云白水亮的蓝天。从那时起，我们都把东塬叫草原了，而在以后的日子里，当我真正到了大草原上的时候，我才发现我们的"草原"其实仅仅是草原极小极小的一角，与真正的草原相比，它就像一滴水和一个海的关系。与此同时，我也真正为我曾经小看的家乡的马抱屈了。

那是20世纪90年代初，我有幸到了鄂尔多斯草原之上，草原的辽阔、健康、丰富、壮美让我这个从小就在山的褓褓里长大的人惊讶无比，茂盛的草与花洋溢着醇烈的香气，每个叶片都充满了精神，遥远的地方闪动着水雾一样的东西，大地呈扇状放射开去，开去……鹰在上空盘旋，鹰使天空高远，使太阳渺小，使草原宽阔，使遥远的山峦磅礴……

在一位朋友的帮助下，我看到了真正的马群在草原上的奔驰，那是草原上真正的舞蹈，是力与美的舞蹈，是为苍天演出的舞蹈，是为太阳演出的舞蹈，是集合了大地之灵性的舞蹈。牧者一个彻天而响的响鞭，壮美的马群立仿佛听到了一声召唤，在草原上涌动起来，像被聚集起来的洪水一样，没有方向的嘶喧、冲撞、纷乱、腾跳，一团乱麻一样扭扯在一起，不久之后便渐渐理出头绪来，一匹红鬃马像破匣的第一股洪水冲出了，于是整个马群便像决了口的洪水一样奔泻开了，每一匹马就是一个浪头，整个马群起伏之间让我感受到海的气势，蹄声开始整爽而节奏起来，那是浪潮涌动的整爽与节奏，草原在我们的脚下颤抖。

马群的奔驰让鹰感受到了召唤，它贴着马群疾飞，正是夕阳西下之时，落日熔金，昏黄的阳光水一样泼洒下来，马群给涂上一层金黄的壮观。

马群迅疾的速度让我对草原之大有了具体的认识，当马到达我们眼睛丈量出的草原的腹地的时候，我们再也看不到马群的速度来，马群完全是静止的，油画一般凝固在草原的腹地，像一泓粘稠的金液。

朋友说在草原马是天之骄子，人是什么都不算的。

朋友说在草原上看过骏马奔驰的人，都有一种想法，如果真有轮回转世的话，他下辈子想做草原上的马。

我点点头。

从鄂尔多斯回来，我心里久久难以平静，我才明白草原对于一个马意味着什么，那完全是一种真正的家，真正的归宿。也明白了在我们哪里为什么就生长不出来那样的马，也认识我们那里的马受了什么样的罪，造了什么样的孽了。

正是因为我们对周围牲口的漠视而使我们对军马产生了新奇感，继而产生敬畏。从草原回来之后，我就再也不敢漠视我们的马甚至是我们那片土地上任何一种牲灵了，如果真正有老天爷或者上帝的话，它们是做为人的苦力降生在我们这块干旱焦苦的土地上，成了我们活命的奴隶。

奴隶，是值得尊敬的。

军马真正的奔驰，让我们产生了骑它的向往。在那样奔驰的马背上，该是一种什么样的感觉呢？可是我们终究都不敢骑上去。毕竟它的奔驰与我们见过的奔驰有着很大的距离。只有父亲偶尔会骑骑它，也只是在村子里溜达一趟。我就缠着父亲。父亲说好牲口通识人性哩，尤其是马，马是汗龙，龙有不识人性的？父亲拉着它让我骑。有父亲在跟前我胆子就正了许多，尽管这样起初骑它的时候，我心里依然害怕，虽然村子里的大牲口我全都骑过来了，包括一些有脾气的烈性子牲口。在我的印象中，村子里的马和牛和驴和骡子没有什么不同，但它是军马，上了马背我不敢乱动，小心翼翼地骑着它，由着它的性子想咋走就咋走，不敢命令它，更不敢用鞭子。尽管三爷也对我说马只要成了军马，只会让人更舒服，不会摔人的。

慢慢地离开父亲我也敢骑了。骑在军马上，我有一种在水里的感觉，就像人随着水波一漾一漾的。它走得稳而快，仿佛是要上路远行一样，眼睛总是盯着远方，不像其他的马，与驴与骡子追咬，或者撵蚊子，叼吃路边的庄稼，再不就是头杵在地上闻尿摊，然后将嘴巴高高朝起来。用鞭子抽急了，便是一阵小跑，一前一后的乱颠，铲得人沟壕子里发烧发烫，有几次，我的沟壕子都让马背铲烂了，站的时候总要将腿叉开，否则烧疼烧疼的，娘便撕一团新棉花出来让我夹上。

从军马那次在塬上奔驰过后，二喜他们几个都说这狗日的一定打过仗，你看它跑开那架势，冲锋一样，要真正能骑上溜一趟那是啥事！

我说："谁敢骑上它溜一趟呢？"

没人敢骑，大家都觉得它跑起来不要命，太疯了太狂了，好像脚下没沟没壑平坦如砥一望无际一样。

有一天，三爷把羊赶到远离庄稼地沟壑里走过来说："我骑一趟给你们看看。"

我鼓足劲说："把我带上。"

三爷说："成。"

当我和三爷跨上它的背时，军马立刻两耳高竖，像是在等待着起跑的命令一样，三爷一抖缰绳，它在一声长啸之后便驰骋起来，那起步就是一跃，就是这一跃也在十几米之外了。那长长的鬃毛，全往背部飘来，却并不贴在背上，整齐而不蓬乱，仿佛给梳子梳理过的一般，一根一根的，根根都像在奔驰。立时我就觉得两耳呼呼的，仿佛刮起了疾风，而此刻整个山塬上一点儿风都没有，仿佛那风是从那鬃毛中卷起来的。整个东塬呈扇面展开，像是在镜子里一样，草和庄稼都模糊成一片绿海，飞速往后流动。军马不是在跑，而是在飞跃，一起一落的，稳健、飘逸、洒脱。那感觉就如同它不是在大地上奔跑，而是在水中游曳，它在跃起而落下的那一刻，你感觉它不是落在坚硬的大地上，而是在水上云上海绵上一般轻柔，一点都感觉不出震颤来，而那起落的蹄声，却分明是落在了金属之上，清脆，刚劲，有力。

三爷说将身子往下爬，小心风将你叼走。

听到三爷的声音好遥远好遥远，就像大风天吃炒面，刚一张口，风就从你的嘴里掏走带远了一般。

一趟回来，当三爷和我从马背上下来，我的身上已经让汗水洗了一般，三爷也是大汗水淋漓。三爷说好久没这么跑过马了，真过瘾。

军马在草地上吃草去了，三爷忽然长叹一声，盯着军马的背影说这马可怜哩，一匹离开草原的马，就像一个离开心爱的女人的男人一样可怜。

我说它不犁地拉车，可怜啥？

三爷说真正的可怜是看不出来的。

我迷糊地盯着三爷——这个老光棍，三爷摸摸我的头说你不懂，你还小。

有了这次经历，我骑军马的胆子大了起来。然而，我终于给军马摔了一次。有一天，我照旧到东塬上去。胆子是练出来的，况且我发现它很喜欢人骑它，上它的背时，它站得那样的稳，而且十分的配合，因此一上塬我就骑上了它。可是刚刚起步飞奔起来，忽然它扑通一声就跪卧在地，将我从头上掀了下来，扔出三四米那么远。膝盖上胳肘上的皮给刺破了，流着血，但我顾不得疼痛，爬起来扑到它跟前。它伏在地上一动不动，我吓坏了，以为它得病了，这可了不得。我拉它拍它，它仍然伏在地上。我不能不哭泣，这是一件可怕得想都不敢往后想的事情。可是就在我坐在它身边哭泣的时候，它忽然站了起来，并把头伸向我，把满嘴青草的芳香喷在我的脸上，做出让我继续骑它的姿势。我却不敢再骑它，不是怕摔，而是怕把它骑出病来。黄昏来临，它显得安静而祥和，高高地挺立在塬上，并不时长啸一声，没有表现出有病的迹象，我悬着的心放下了。回到家，我不敢向父亲提及这事。

自从队长骑了一次军马去公社开会回来，便再也不骑他那辆自行车了，军马便成了队长形影不离的代步工具。队长有全队唯一的一辆自行车，不论走哪里，总是骑着，因此他有"汉奸"的外号，因为那时间电影中的一些汉奸总是骑着自行车。他说这狗日真是驮人的东西，比坐在北京吉普上还舒服。从此，就能看见队长时不时骑在军马之上了，并吼出几声高亢的歌谣来。他将军马收回去由他喂养了。我心里充满了对队长怨恨，心里诅咒他总会有一天要让军马从身上摔下来，狠狠地摔上一跤。

终于有一天，队长让军马从背上狠狠地摔了下来，胳膊脱了臼，挂了好些时日。但队长却并没有因此而迁怒于军马，而是不停地咂着嘴唇喷喷喷地说你说这狗日的咋就这么灵，飞机过来，它都知道躲避，趴在地上一动不动，比人还会卧倒，卧得那样展，跟地面一样的平。我这才恍然大悟，那天我摔下来的时候，确实有飞机从头顶上飞过，而且很低，能够看到飞机上面的红红绿绿的颜色和大翅膀上面的小翅膀的。后来队长又说这狗日的能跑过暴雨哩。有次他去公社开会，回来的路上，他看到背后的暴雨夹杂着冰雹过来了，他抽了军马一鞭子，进了家门抽了锅子烟，暴雨才赶上来，那样的雷声，那样的闪电，要是别的马，早屁滚尿流、稀屎乱溅卧在地上了。再后来人们都见到了军马听到学生娃吹号就奔驰。

军马到了队上的第二年，上面再也没人提到喂养军马是政治任务了。一只老骡子死了，与它配套的一只骡子闲了下来。一年的庄稼两年做，犁地是我们过日子最重要的一环，不能停下来的，可是一只骡子是拉不动一张犁的。队长说把军马套上吧。

军马给拉到了场上来，当老刘给它套套绳的时候，它不让套绳上身，鼻孔喷着粗气流，仿佛非常的生气。老刘硬要套它，它就像给惹怒了的一个倔强的汉子，大发脾气，两只铁铲一样的蹄子乱刨起来，将坚硬的场上的地面刨得土片飞扬，连搭在它背上的套绳也踢断了，老刘也被踢伤了。老刘想不通，他使了一辈子的牲口，没想到让牲口给踢了。

队长去给它套套绳，它仍然又踢又跳。仿佛人们要用绳索将它捆绑起来一样，队长围着马走了几圈，又试了一次，还是不行。后来它看到只要拿堆套绳往它跟前一走，它就又踢又跳，直立起来，高昂着头嘶鸣不已，像含着多大的委屈似的。

队长看着这马良久，说这狗日的像人一样有思想哩。他抚摸着马说兄弟呀，到了我这里你就成了牲口了，牲口有不犁地的吗？可军马依然昂着头嘶鸣，两只前蹄不时向天空攀去。

队长说算了吧，就白养着它吧。

此后，这匹马就成了队长的专骑，一直到了两年后包产到户。

牲口是我们那里的重要劳力，而犁地拉车是牲口最重要的活路。包产到户时，牲口要往各家各户分，军马也作为牲口归在了牲口群里接受分配，可是分给谁谁都不要，因为它不犁地，又不拉车，我们那里养不起这样的牲口。第一轮子分过，就剩下一些老弱的牲口，军马也在其中。其实军马正当年，并不老迈。到了第二轮子，人们都宁愿要一只眼睛瞎了的老骡子，也不要军马。队长见分不下去，就说那就抓阄吧。

大家都小心翼翼地摸着那堆纸蛋，好像里面隐藏着地雷似的。然而，抓到军马的却是我的父亲。父亲拿着纸蛋苦笑着说咱还真是有了缘分了。话虽然这样说，但显然在分牲口上我们一家已经吃了大亏。不犁地的牲口在我们那里是很不值钱的，军马分到我们家，我们家等于折了两千多元的财呀！父亲内心的痛苦是可想而知的。

家里分了一匹好骡子，如今又分了一匹不犁地的军马。牲口不配套，庄稼咋做，日子是离不开犁地和拉车的牲口的。军马拉回家，父亲抽着烟一句不说，大哥说卖了吧，再添上几个钱买头骡子。父亲依然不说话。

包产到户是冬天开始的。到了春天，地里的活路开始了，又试套了几次，依然不成，父亲不得不面对现实。我们要去卖马了。

晚上，我出来看着军马，月光下的军马真如纯玉雕刻成的一样，当我把它拉进窑里时，我禁不住泪水迷蒙。第二日，父亲、大哥和我一块儿拉着军马去集市上卖。大哥骑着骡子，我和父亲骑着军马。

集市上，被买卖的牲口很多，我们同时发现了好几匹这样的军马。打问打问价格，要比一般的大牲口价钱上低很多。来买牲口的人很多，但没有人光顾军马。后来终于有一个光顾了我们，父亲说你看这马骨架多板正，鬃毛多整爽。可那人说我买牲口不是看哩，是买劳力哩，它是军马，样子活，中看不中用，不犁地，不拉车，要它做啥？好看你不留着看，拉来卖个啥？父亲说你出个价吧。那人一张嘴，就让父亲给了一拳，因为他出的价格仅仅是一只羊的价格。父亲说你狗日的看看，这是马，是优种马。父亲与那人打了起来，好在有我们弟兄两人，才没有吃亏。父亲说回，不卖了，不卖了，我拉着犁地。

牲口不配套，八十多亩地犁不成，庄稼就没法做。人拉着犁地也只是父亲的一句气话罢了。终于有一天，父亲说人既然能把训练军马，就不能把它训练成牲口吗？于是我们一家都拉着到了地里开始训马了。父亲请了二叔，二叔是队里驯马的高手，其实也无非是对牲口下得了手的人。于是父亲和哥哥、我还有二叔拉着军马走向了地里。

刚刚返春的土地上闪烁着焰火一样的地气，阳坡上晃动着嫩黄的草晕，大地上氤氲着潮润的气息。军马给拉到了地里，上了加铁链环的嚼子。两边都拴了缰绳，一边由大哥扯着，一边由父亲扯着。二叔让他们手里拉上个劲，然后开始往军马将上套缰绳。当二叔将套绳搭到它的背部的时候，它又蹦又跳，蹄子尥起，土块四溅，尽管父亲和大哥拼命地扯着嚼子，但它还是两只蹄子抛向天空。它蹦跳着，搭在它背上的套绳给踢得乱飞在几米之外。二叔手里的鞭子就像闪电一样落在了马背上。那鞭子是拧麻花一样用牛皮拧成的，二叔每抽一下，油光闪亮的马背上立刻就出现一条拇指胖的肉岭。马尥一次蹄，就要挨一鞭。它的身上布满了鞭痕。

地里像一个正在进行着的战争的战场一样，尘土飞扬，人叫马嘶。

整整一个上午，军马的背上没有搭住套绳。父亲和哥哥以及二叔像个土人一样，我家平整的土地上战场一般一片狼藉，军马那老碗口大的蹄印到处都是，马背上已经背满了拇指粗的鞭痕、尘土与汗水沾出来的洇渍。军马的两个嘴角已给扯烂，流着殷红的鲜血。

已是晌午了，父亲精疲力竭地躺在地上抽着旱烟，二叔说下午接着训这狗日的。父亲说算了吧，多少卖上几个钱再添些钱买头驴吧，我看它怕是不会犁地的。二叔说在我手里没有不犁地的牲口。下午再驯！父亲说明天再训吧，你看它成了啥样子了。二叔说要连着将狗日的驯服，不能让它缓过神来。

晚上，我进了马圈给军马填草料，看到父亲正抚摸着军马，军马的头抵在父亲的怀里，昏暗的马灯光下，父亲的脸上挂着泪痕。我将草填到槽里，父亲说去挖碗豌豆来。我回去挖了碗豌豆。父亲看看说用升子挖。我又挖了一升子豌豆。父亲连将那升子豌豆往草里掺，边和马说话了。听到父亲有些啜噎的声音，我掉下泪来。

整整驯了三天，军马终于被驯服了。虽然套地时，它的目光有些吓人，但它终于肯拉地了。只是它似乎不习惯像那匹骡子一样极慢地拉着犁走，你不用鞭子抽它它就永远慢下去。犁一插进地里，它就像一匹上路的马一样，飞速拉着往地头上跑，犁板上翻起来的土有一尺多高。父亲总是犁上几趟就停下来。

一个月以后，它终于和骡子一样，它是一个好劳力。村里人都对我们一家人说你们家可捡了个大便宜。这话我们懂，如果它一开始就能犁地，我们家是分不到它的。

不久我上了高中，高中在县城，一个学期回一趟家。军马已经完全和队上的马没有什么两样。身上脏兮兮的，混在牲口群里，已经看不出它曾经的风采了，它也从其他牲口那里学会了一切。有一年暑假，我拉它到了东塬上，它还会奔驰，只不过奔驰已经不像它闲着的时候那么风光有力了。

看着它的背影，我的两眼盈满了泪水……

只有一种鸟的鸟群

周玉说我在梦中飞起来了，那种感觉特别好。

周玉坐在七层高的楼顶上，点了支烟。这是他无数个相同的早晨中的一个。城市里是没有风的，只有各种各样涌动的气流，只有上到这样高的楼顶，才能感觉到风。他点烟点了三次才点着。周玉深深地吸了一口，让烟穿过气管抵达内脏，然后通过鼻腔缓缓流出来。楼顶上有许多石子，是经过粉碎的那种，很匀称地洒着。阳光下有些像散落的碎小的钻石，闪烁着晶莹的光泽。周玉向下看看，人似蚁队，车如流水，都裹在一层灰蒙蒙里忙乱着。太阳是盛夏的太阳，因为有风，不再像楼下那样逼人了，倒有些亲近人，让人感到温馨。

风像一把梳子，一下一下梳理着周玉，他向天空看了看，天空除了太阳，再什么都没有，只是要比向下看稍稍清亮一些。周玉的目光就有些游离，他又点了支烟。其实他并不会抽烟，可是他不知道自己不抽烟到底应该干些什么？

这时候他看到一只鸟向他这边飞过来，他心里动了一下。好久没有看到鸟了。那鸟似乎也很游离，像是不知道自己要飞到什么地方去一般在上空打着旋旋。它似乎是想要落到楼顶上来，可在接近楼顶时，它又一振翅膀飞上天空去了。它鸣叫一声，又鸣叫一声……周玉用手遮住阳光看看，不是麻雀。是一只比麻雀大又比鹰隼小的那种。两只翅膀时而平摊时而上下扇动。周玉想它一定是失群了。鸟旋了几下，终究没有落下来。不久，它叫了一声，便飞走了。周玉觉得有些失落，尽管这只鸟的飞翔他并不是太满意，在他注视过的鸟中，飞翔是十分美丽的一种姿态，但那毕竟是飞翔。只要是飞翔就是美丽的。他想或许是因为失群，影响了这只鸟的飞翔。

周玉抽完第二支烟，看看表就开始下楼。

在街上拦了一辆出租，向紫阳集团而来。

紫阳集团大楼的造型就是一个正在冉冉升起的太阳的形状，一栋18层的半圆形大楼，他的父亲解长春是这里的老总。

周玉走进大厅的时候，两个保安拦住他，他说找解长春。两个保安用别样的目光打量了他一番，问他有没有预约。他说没有，保安说对不起，请预约了再说吧。他说我是他的儿子。两个保安打量了他一番便不敢怠慢，向里通报了一下。之后便将他恭恭敬敬地送上了电梯，并领着他来到了父亲的办公室里。

父亲的办公室里烟雾缭绕，沙发上坐着两个人。他的父亲沉着脸子正对着那两个人说我说过多少次，不要急于给他们打钱过去，你们长的是猪脑袋？一个人说他们来过好几趟了，有一次他们都跪下来了，怪可怜的。父亲说跪下你们就受不了了，就可怜了？你们都是优秀党员，是菩萨？我曾经给人下跪，还抱过人家的腿呢，可是谁给过我钱。一个人说他们工人三个月没有发工资了。父亲说三个月没发工资就该我们给他们发？那我们把这里办成慈善机构算了。两个人就不再说话了，父亲每句话都是拍着桌子说的。最后，父亲狠狠地拍了一下桌子说下次要这样，你们通通给我滚蛋，妈的，再犯类似的错误，全给我滚蛋。

于是两个人起来就走了。

两个人出门后，父亲像一只发威的豹子在地上走来走去，最后坐在了老板椅上，将头稳稳地放在靠背上，深深地呼吸一口气，然后悠悠地吐出来，从身上掏出五百元钱扔到桌子上说还有别的事吗？

周玉停顿了一下说我要三万。

父亲像被利锥刺了一下忽地直起了身子说你说什么？你再说一遍？

周玉说我要三万。

周玉加重了口气，掏出一支烟来点了。

父亲像一只发威的豹子从沙发上蹿起来，扑将过来，将他刚刚点着的烟打落在地上，又狠狠地给了他一个耳光，说妈的好的一点儿都学不到，坏的倒一点儿都不少地学会了。

父亲又回到位子去了，他点了支烟，又将头稳稳地靠在靠背上说闯下什么祸了？

周玉说我们班艾莲的父亲得了大病，要做手术，得十万，我们学校捐了几万了。

父亲说啧啧啧，看看我解长春的儿子多能，一下子就捐三万！妈的，你以为老子的钱是街上到处都飞的塑料袋，一弯腰就捡上了！

周玉说文晓的父亲是个卖鹅头的，他一下子就捐了两万。

周玉看着吞云吐雾的父亲说同学们都知道你在我们班家长里是最有钱的，老师也说。

父亲把头直起来说我是最有钱的还是你是最有钱的，你逞什么能？之后把头靠了过去。

周玉拧了一下脖子说我没有多要，我一分钱都没有多要！

父亲说你自己去弄呀！妈的，这世界上到处是钱你去弄呀！

周玉说艾莲和我同桌坐了三年。

父亲说坐了三年咋了，现在亲兄弟还一个给一个挖坑哩，夫妻还同床异梦哩！

这时间来了一个电话，父亲抓起电话，问了两声后就开始骂人了，边骂边从口袋里又掏出一沓钱来说就这些了，你走吧。

周玉看看那钱，转身走了。临出门的时候他听父亲说你马上就毕业了吧，一毕业同学就没有意义了，你十六了吧，该明白这个世界了。

周玉没有回头。

周玉走在大街上，有些头晕恶心，他不知道是不是在父亲的房子时那烟熏的了，还是什么缘故。

学校离父亲的公司并不远，因此他绕了道走，他怕经过学校。

事实上他们已经放假了，只不过学生还没有离校罢了。

他站在大路的一边看着学校，学校在周围高楼林立中显得破旧沧桑，甚至有些尴尬。周玉隔着钢筋围墙看到同学们都在校园里踢足球、打排球、跳绳，有说有笑的。

他与学校背道而驰。然而，他刚一拐弯就看到艾莲。艾莲一副心事重重的样子。好在她是低着头走的，没有看见他。他躲在电杆后面，看着艾莲经过。艾莲的背影十分的疲惫，仿佛背着很大的包袱的过客。她始终低着头，仿佛脚下的路很不平整。她就这样像一滴水消失在了人流中。

艾莲消失了，周玉点了支烟，漫无目的地走着，忽然他的眼睛给一双手蒙住了，他挣脱那双蒙住眼睛的手一看，是文晓。

周玉递给文晓一根烟，文晓说你抽烟了？文晓没有接烟。

文晓说西山来了群鸟，看不看鸟去？

周玉站起来说一群鸟？

文晓说有上万只吧，电视都报道了，你没看？

周玉摇摇头。

西山在城外，两个人打了的，便往西山来了。

西山掩映在翠树苍柏之中，远远地就听见鸟鸣，看见鸟起起落落的。

他们向山上爬去，他们看到了鸟群，只是一种鸟。

周玉看看，就是他在楼顶见到的那种鸟。

周玉说只有一种鸟。

文晓说当然是一种鸟了，如果有几种或者几十种鸟，那是自然的，可现在我们这个城市一共才能见到几种鸟？连麻雀都不多见了。说着他抬往天空看了看。周玉也往天空看了看，这时他看到了一只鸟悠然地飞翔着，那平伸开来的翅膀是那样的完美。它就那样飞着，与其说是飞着，还是如说是在天空散步。他想鸟的散步就是这样吧。他不由自主地把两只胳膊也平伸开来，扇了扇。

文晓笑了说人是飞不起来的，上帝不让人飞起来。

周玉看看文晓说为什么？

文晓说让人飞起来这个世界就完了。

周玉说谁说的？

文晓说我说的。

周玉说一只鸟有多少种飞翔的姿势呢？他似乎在问文晓，却又像是自言自语。

文晓也似自言自语，又像是回答他说十几种、几十种、几百种吧，反正它们自由得很，想咋飞就咋飞。

周玉看着那只鸟又做了几个飞翔的动作，忽然说文晓，你要会飞，你会学那种鸟的飞翔？

文晓说当然是雄鹰了。说着他的两只胳膊用力地起伏了两下，看看周玉说你呢？

周玉说我就像这只鸟，在空中散步一样地飞。

西山并不高，他们很容易就到了山头上。

那些鸟就栖在树上，忽而飞起，忽而落下。

这种鸟以前这个城市有，像这样大群还没见过。

周玉说它们只是经过我们的城市。

文晓说当然，它们肯定不会在我们这个城市生活，这个烂城市，有啥意思。我以后也不在这里生活，你呢？

周玉没有回答他，只是说它们一定在它们生活的地方遭受到了威胁。

他们坐在山头上，目不转睛地看着，这些鸟只是起起落落，因为太多，因此叫声十分的嘈杂。

一位父亲领着儿子站在他们不远的地方，儿子见到了这么多的鸟非常高兴，因此不停地跳跃着，两个小胳膊像两只小翅膀上上下下地扇动。孩子忽然回头问他的父亲为什么人就不能像鸟一样飞起来呢？

父亲说人要飞起来那还了得？

孩子说我要飞起来，我要飞起来。

于是那父亲就将孩子举起来，将孩子高高扔起，一下，又一下，孩子在空中两只手就像翅膀一样扇动着，就快活地笑着，那笑声也有些像鸟鸣了。

父亲累了，将孩子放在地下，摸摸孩子的头，孩子就把头扬起来。

周玉想那孩子在父亲的抚摸下心里一定很滋润。

看了一会儿鸟，文晓说大群的鸟最没看头，没个飞翔的样子，连鸣叫也是噪音。就跟一大群人一样，最没意思了。

于是他们便一起往山下走，在经过那小孩时，周玉伸手在孩子的头上摸了两下，孩子扬起头说你摸我头干什么？

周玉没有回答。小孩又说我的头只有我爸才能摸。

周玉脸红了一下，颇有些尴尬。

两人走了一阵子，文晓说回家吧。

周玉看看他没说话。

文晓又说你有心事，你爹那么有钱，你还有啥心事呢？

周玉在回家的路上想父亲应该摸他的头的时候在干什么呢？他不用想都知道，那时间父亲忙于和母亲吵架，然后出去喝酒，把自己喝成一堆烂泥，母亲就像拖猪一样将父亲拖到门口，然后骂上一阵，再踢上一脚。

周玉现在一个人住在奶奶住过的房子里。

他从记事起就住在这个房子里，从开始的六口人住到现在只剩下他一个人了。先是爷爷走了，那时候他只有4岁。爷爷只有53岁。爷爷得的是胃癌，刚刚发现的时候做手术就能活下来，可是没钱，只好看着爷爷一天一天给病痛折磨着。有一天爷爷让他拿老鼠药来。他不知道爷爷要干什么，爷爷说他肚子里钻进一只老鼠，快把他的心吃光了。他打了个哆嗦，想那是多么可怜的事情啊，那时间家里的老鼠就是多，而且都是大老鼠。他的衣服、鞋袜动不动就让老鼠咬烂了。奶奶说他的耳朵几次都差点让老鼠吃掉了。母亲常常以此借题发挥，以老鼠骂父亲。他就拿老鼠药来，并且把开水用两个杯子倒来倒去给爷爷倒凉，看着爷爷吃下去。然后就替爷爷掩好被子。爷爷从怀里摸出五块钱说他想吃饼干，让他去买。等他买回饼干时，爷爷已经死了。

后来，又是母亲走了。从他记事起，母亲就一直在跟父亲闹，一次一次地闹，常常骂父亲是个鸟人。他不明白，难道父亲会飞吗？可是他从没见过父亲飞过。父亲没了工作后，母亲就骂得更勤奋了。有时间一天就要骂上好几次。他们一骂架，周玉就觉得自己完全是个多余的，这个时候，他就走出来，从天窗爬上去，坐在楼顶上看天，看城市。

那时候天空丰富而生动，鸟很多，有鹰、隼、麻雀、鸽子、燕子、喜鹊等，它们并不成群结伙的，一只、两只，最多也就十几只。鸟不成群结伙才会展示真正的飞翔。因此他观赏到了鸟不同飞翔姿态。鹰的傲慢、隼的机敏、麻雀的灵巧、鸽子的舒展、燕子的卖弄、喜鹊的悠闲，他模仿着鸟的飞翔，伸展着两只小胳膊，在楼顶上飞来飞去，他就会忘记家里正在进行的战争。在夜晚，他就看天上的星星和街上的灯火，看着看着他就睡着了。这个时候他就做飞翔的梦了。各种各样的飞翔的梦。常常总是奶奶将他唤醒背他下去。也就是在这个时候，他认识了文晓。有一天文晓爬了上来，他们就一同看鸟，一同学鸟飞翔，学鸟鸣叫，成了朋友。后来又成了同学。

有一次母亲和父亲又吵了起来，之后父亲扇了母亲好几个巴掌，母亲的嘴都流血了，头发像风中的麻一样混乱，母亲就提着一个箱子走了，再也没有回来，只是偶尔寄点钱回来。

母亲走后，父亲就天天醉醺醺的，有一天，父亲回来没醉，他也提了个箱子真像个鸟人一样飞走了。

周玉再次见到父亲的时候已经是八年后了，父亲已经有钱了，周玉记得父亲来看奶奶，奶奶已经在床上睡了三年了，嘴都瘪进去了，脸像核桃皮一样夸张地搐着。他给了奶奶一千块钱，奶奶说我不要你的钱，你走吧。可是父亲还是将钱放下了，然后便又走了。周玉就站在奶奶身边，起初他没有认出那就是父亲，就是老师一直要找的真正的家长。父亲走的时候干瘦干瘦的，现在已经几乎比原来宽出了一倍，肚子也鼓了起来。直到他将奶奶叫妈的时候，周玉才确认他是父亲。父亲只是用那样一种目光看了看他，没有拉他的手，也没有摸他的头，而是给了他一百块钱，他没有接，父亲就将一百块钱放在那一千块钱的旁边走了。

奶奶冲着父亲的背景说你不是我的儿子，你再别回来！

之后，周玉看到奶奶的眼里满是泪水，许久没有声息。

父亲回来后不久，奶奶就死了。周玉总是觉得奶奶就是等着父亲回来才死的。有几次，奶奶都说她快要死了，怕是再也见不到你爹了。可是奶奶却一直活着。有几次奶奶问他你梦见你爹了没？他摇摇头，奶奶就说是应该的。奶奶又问你梦见你娘了没？他摇摇头，奶奶说应该的。周玉真的没有一次梦见过爹娘，他却梦见了飞翔。他对奶奶说，奶奶说人以前是会飞的，想走哪里翅膀一展就到了。周玉就说那人为什么后来不会飞了呢？奶奶说人太坏了，飞到什么地方都不得安宁，老天就将人的翅膀收了，让人靠两条腿走路。周玉问这是真的吗？奶奶说当然是真的。说着就摸摸他的头，他就感觉到一种东西顺着头发一直传遍全身，他就将头偎进奶奶的怀里去了。

父亲回来看过奶奶。过了一周，奶奶就死了。后来周玉想要是父亲不来看奶奶，奶奶怕还不会去得那么快。奶奶死的时候，周玉一个人在跟前，他去叫过父亲。父亲是三个小时以后回来的，等父亲回来的时候，奶奶已经咽了气。父亲回来没有哭，只是说到了你享福的时候了，你却死了，真是个穷命，命穷不能怨政府呀。父亲抽着烟把头摇得像风中的叶子一样。

周玉在家里待了几天，他又去找父亲，这次他是到了父亲的家里。父亲现在住的是二层小洋楼，在紫光别墅区。

周玉想父亲不能赖掉这三万块钱的。

人都说三万块钱对父亲来说一点儿都不多，就是十万也不多。

周玉知道父亲有了老婆，而且有了一个一岁的儿子。但他一直没见过。

周玉找到父亲家的时候，是黄昏。他看到父亲的别墅镀着金箔一样的阳光，整栋别墅宫殿一样辉煌。周玉摁响门铃的时候，门铃里传来问话声：谁。

周玉说周玉。

不一会儿门就开了。是父亲开的门。

周玉进门一看，他看到了那个女人，周玉觉得她不像个已经有了孩子的女人，她比他大不了几岁。可她分明抱着孩子。

周玉没有坐，父亲说你坐呀，你是不是让老师罚站站惯了！

周玉还是没有坐，就那样站着。

那个小母亲说你看你这孩子，你父亲都说让你坐你就坐。

周玉没有坐，他就站着对父亲说三万块钱对你一点儿都不多。

父亲抬起头看看周玉，说不多，你去弄呀！妈的，这世道怎么就弄成了这个样子了。

周玉说艾莲的爹没钱就要死了，有钱就能活下来。

父亲说死了就死了，这世界上一天要死多少人，都要我去掏钱救他们么？我是上帝还是佛祖还是政府？

周玉说可艾莲的爹是我同桌的父亲，我们同桌坐了三年。

这时那个小母亲就说你看你这孩子，同桌坐了三年就坐出三万块钱的债来了，没见过你这样死心眼的孩子。

父亲说你都十六岁了，还这么不懂事，都是你奶奶教的你！

周玉火了，说你别提我奶奶，我奶奶临死的时候说叫你永远不要提她！

他的声音很大，小母亲怀里的孩子哇的一声哭了起来。

父亲也火了，吼道妈的，跟你娘一样不讲理，妈的，啥虫拉啥屎！

那小母亲也火了说这哪里像个儿子，哪里像个儿子！

周玉转身走了出来。他听到那门在他的身后像两个大铁锤碰撞以后合上了。

之后的几天，周玉没有到学校去，他一直将自己关在屋子里，要不就是到楼顶上去。那群鸟离开这个城市后，天空就越发的寂寞了。

他连文晓也不想见了。

高考开始了，整个高考结束，周玉没有见到艾莲。周玉知道艾莲放弃了高考，这在这几年已是常事了。因为对于一些家庭而言考上和没考上是没有意义的。艾莲的父亲需要钱活命，他的母亲摆着一个旧衣摊，而她的哥哥正在大学里读书，她考试还有什么意义呢？

高考结束后，周玉再次去找父亲，他想这次不在父亲的办公室里，也不在父亲的家里，他要将父亲拦在大街上。可是他没有拦到父亲。父亲不在大街上走，父亲出现在大街上的时候都是从车里走下来，然后一头扎进酒店里去。

一个华灯初上的晚上，周玉在大酒店门前转悠着，他想在父亲下车的时候拦住，再不就是走到餐桌上去。他看到父亲的车停在一家大酒店的门口，他扑了过去，可是到了父亲跟前的时候，他惊呆了，从车里下来一个女子，竟然是艾莲。

就在周玉一呆之间，艾莲已经随着父亲走进酒店里去了。

周玉站在那大酒店门口呆痴了半天，他走进了酒店。

酒店太大了，周玉根本不知道他们上哪儿去了。他问总台的一位小姐紫阳集团的老板在哪个房间，总台看了看他说不知道。

周玉说麻烦你给我查一下。

总台小姐说对不起，我们是要替客人保密的。

周玉从酒店里出来就守在父亲的车旁，他等待着父亲出来。

可是他等了许久，不见他们出来。他买了几块面包吃着，一直等了一个晚上。平日里一到晚上十点半，他就睁不开眼睛了，可这个晚上，他竟然一点瞌睡都睡不着了。

直到第二天早晨七点钟，父亲才从酒店里出来。

周玉没有迎上去，因为艾莲就在父亲的身后，他紧紧咬着自己的嘴唇，站在酒店的赤色圆柱边看着他们。艾莲脸色苍白，两眼红肿，她匆匆要走，可是父亲拉住艾莲，在艾莲的脸蛋上拧了一把说以后就不会给你这么多钱了，不过我不会亏待你的，你的第一次是给了我的！说着将一张百元钞票塞进艾莲微微敞着的胸口，并抓了一把。

艾莲挣脱父亲的手像一只受惊吓的兔子一样，几下就跑得不见。

父亲大笑起来，那笑声在清早零落的街巷十分刺耳。

周玉的嘴角流出殷红殷红的血，他伸出舌头将血舔进去，他觉得那血腥膻不已。

他跟随着艾莲，艾莲的步履有些慌乱与疲惫，她似乎始终放心不下自己的背后，不停地转回头来，这让周玉走得东藏西躲的。来到了医院里，周玉像个小偷一样走近艾莲父亲的病室。他看到艾莲的父亲昏迷着，艾莲却坐在一边垂泪，那坐姿十分的颓唐和绝望。

八点钟，艾莲走出病室，走向交费处。周玉看到艾莲将一匝子钱从那窗口递了进去，她的手在发抖。最后她跑了起来。

周玉将自己包起来在屋里睡了几天。那个夜晚让他精疲力竭，他感冒了，发着高烧，他没有吃药，也没有上医院，就那样睡着。在这几天里，他梦见自己一个人走进森林，他飞了起来，他和鸟一起在林间飞来飞去，几日来他都是这样的梦。有一次他梦见自己和奶奶一起飞翔，一直飞向高空。

他就这样睡着，直到文晓拼命打门将他打醒。

文晓说你有病了？

他摇摇头，点了支烟。

文晓说你真开始抽烟了。

周玉没说什么，屋子里有一种霉味，他拉开窗帘，阳光就扑了进来，刺得他眼睛胀疼。

文晓说东门新建的鑫鑫大楼知道吗？48层高，今天开放，有十天的免费登临期限，以后将会收费了。

周玉就洗了把脸，和文晓向东门走来。路上周玉问文晓，你做过飞翔的梦吗？像鸟一样自由自在地飞翔。

文晓说做过，只是我总是飞不起来，一次都没有飞起来。

周玉说我在梦中飞起来了，那种感觉真好。

文晓说我相信那种感觉真好。

周玉又说你说人梦见自己飞翔起来，可是飞过的地方怎么全是陌生的呢？

文晓说那当然了，如果连飞的地方都那么熟悉，那有啥意思。那些地方一定很美吧。

周玉点点头。

鑫鑫大楼临着东阳湖。东阳湖是他们经常去的，东阳湖随着他们年龄的增长一天一天改变着，现在已是名副其实的臭湖了，虽然政府近几年多次进行环保，但它毕竟比不上周玉和文晓在这里看鸟时那样的清纯了，蹲在湖边再也看不清楚自己的面庞了。那时间湖面上鸟起起落落的，现在鸟已经不见了，水是经过化学处理的水，草也是经过化学催生的草，鱼也是经过化学饲料喂养过的鱼。在东阳湖，人们才能感受学化学对人类的重要意义来。尽管人们对化学的东西有着一种本能的拒绝。

远远地他们就看见鑫鑫大楼摘星捧月一样高耸着，银灰色的表面镀着金黄的阳光，显得富丽堂皇，气势非凡。

免费的东西前总是积聚着海洋一般的人流，当他们走近鑫鑫大楼的时候，立刻感觉到一种燥热，由人体的各种气味组合成燥热，而人流不规则的流动让周玉想到"饱福"门口那口大锅里蠕动着的八宝粥。他们随着人流，像芝麻或者葡萄干一样被裹涌着。一个多小时以后，才轮到了他们登楼。观光电梯像一只手托着他们向顶楼升去，他们的身体立刻有了飞升的感觉。

到了规定的地点——一个圆形的大厅，他们走进了一个大厅，这个大厅四面全是钢化玻璃，干净的程度让人觉得什么都没有。他们沿着这个大厅走了一圈，通过玻璃看到的整个城市乌烟瘴气，只有在这样的高度他们才看清楚了平日生活的城市——永远处在灰蒙蒙的状态之中，他们知道那灰蒙蒙的东西是什么，化学有化学的解释，生活有生活的解释。人像蚁虫一样，车像甲壳虫一样。

文晓说我们的城市太脏了，你看这污染。

周玉说人还能干什么呢？我想到楼顶上去！

文晓说怕不让上。

周玉观察了一下说能上去。于是他们通过一个顾客免行的标志躲过了保安的眼睛爬上了楼顶。

楼顶上显得开阔多了，寥远沉静，太阳也并不是楼内的那种沉闷与燥热，有些媚人。

他们沿着楼顶走了几圈，最后爬在楼沿上，周玉递给文晓一支烟，文晓点了，吸了两口说你父亲以后一定会建一座比这更高的楼的。最后又说你父亲有这个实力。

周玉没有说什么，只是面部搐动了几下。

这时间他们看到了两只鹰，他们平展着翅膀，仿佛一动不动地停在空中。周玉知道他们在休息，在那样纯净的高空平摊着翅膀休息才是真正的休息，一定惬意无比。

他们从来都没有看到过鹰在这个城市的上空飞翔，即使有鹰，都像一个匆匆的过客，毫不留恋地就飞走了。

周玉看着，许久后那两只鹰开始飞翔，他们一直向着高空飞去，越飞越远，最后只剩下一个黑点大的小点。

周玉说他们太孤单了。

文晓说是啊，太孤单了。

周玉又说你说那鸟群咋就不见了？

文晓没有说话。

周玉说只有一种鸟的鸟群也是鸟群啊。

文晓说那当然，总比没有鸟群好啊。

周玉对文晓说人要是从这个地方飞下去一定能飞翔起来的。

文晓看看周玉，周玉的神情里有一种说不出的激动与兴奋。

文晓说飞不起来的，因为人没有翅膀。

周玉说人有翅膀，手臂就是人的翅膀，只不过人不常用退化了。说着他平伸着两只手臂，这样周玉就从楼顶上飞了下去，文晓看到周玉在空中的姿态像一只鹰向下俯冲而去……

西海固其实离我们很近

　　一个农民赶着驴车进城卖洋芋，一个早晨卖了不到十斤，肚饿难耐，他就将驴车拴在路旁的一棵树上，进到馆子里要了碗牛肉拉面。等吃完面出来，却见一个人正解他的驴。农民一个蹦子跳过去，结果是驴啃了树皮，人家要罚款，罚 50 块。农民傻了眼，好说瞎说人家说最少也得 20 块。农民没钱，说就那些洋芋，你要就拿些吧。人家一看他确实很穷，就倒了半袋子洋芋让农民背进单位去了。从那单位出来，农民越想越气，就展开大巴掌煽驴嘴巴，边煽边骂："你以为你是书记还是乡长，走到哪里都白吃白喝。"结果让一个过路的乡长听到了，走上前来一把揪住了农民说你骂谁哩。农民一看干部模样的人，吓坏了说我骂驴哩。那干部就扇了一个嘴说你还敢骂人。那农民说真的，我骂驴哩。

　　讲这个故事的人一再声明这是实实在在的事，说是发生在南部山区的西海固。西海固正经受着连续几年的干旱死去活来的折磨，但这并不影响我们在省城里的大吃大喝，在省城里传播这样的故事。有许多事情会影响到我们的城市生活，但干旱绝对影响不到，按农民的话来讲，我们属于旱涝保收。

　　之后，他们又讲起了西海固的笑话，说是有一位大领导到西海固视察，就问一个超生的农民，说明知道生孩子肯定要极其辛苦地才能将他们养大成人，为什么还要生呢？那个农民说领导，你不了解我们为里的情况，我们这里是点灯靠油，犁地靠牛，你说晚上没电，啥都看不上，也做不了，我们不做娃娃做啥？说正是因为此，才有了西海固村村通电的计划。

其实我们这个城市并不是本质意义上的城市，几十年前，他还像一个乡镇一样在农业文化中打发着时日，然而，几十年后，他便用城市的眼光来看待他的邻邦了。比如我们在上面的那个故事说到的西海固，我们在这个故事都像个城市人那样笑着，其实我们离西海固并没有遥远感。

就在我听到这个故事后不久，我没有想到我和这个故事不期而遇。

那个早晨，我们的城市给大雾笼罩着。这些年来我们的城市都看不到雾了。这雾肯定影响了人们的生活程序，比如我就因此没有吃早点。我对于早点吃得还是比较执着的，因为有人告诉我不吃早点易患胆结石和胃癌等病，我虽然不怎么珍惜生命，但我害怕痛苦。可这个早晨的大雾却让我没有吃到执着的早点。然而到了十点钟，我那被执着的早点惯坏了的胃已经咕咕咕地叫个不停，以至于我对面坐着的小王不时地抬起头来看我一眼，我从那目光读出来的是请您文明一点或者卫生一点。显然她是以为我在放屁。我站起来，说这烂雾，影响的我连早点都没吃，这肚子就不愿意了。小王说我也是一样，不过不是早点，而是牛奶，那个卖牛奶的没来。我说我请你去喝牛奶，小王摇摇头说算了，一过九点半，我什么都不想吃了。

我离开办公室去吃早点。一入大街，我就被一群人拦住了，挤进去一打听，和前几日听到的故事一个一模一样，只是结尾还没有出现。

那个农民双手抱着头蹴在地上，三个市管局的正在对着农民吆五喝六地，那头驴的嘴在流血，车上拉着几袋子洋芋。旁边的一棵树，皮给扯掉了一绺子，白森森的，像割开的一截皮肤。

一个大盖帽走上前去扯了一把那个农民，说你就这样蹲着，我们就会给你免了不成？

那个农民仿佛是给人打头打惯了的小孩，两只手将头抱得更紧了，他往远里挪了挪身子。

那个大盖帽又从衣领上拉了一把，又拉了一把，说快点交吧，你是赖不过去的。

那个农民嗫嚅着说大哥，我没钱，只有洋芋。

口音是西海固那边的。

洋芋，谁稀罕，喂猪的东西。

大哥，我真的没钱，我还一斤洋芋都没卖掉，我们那里旱了，一分钱的收成都没有。

我们知道你们那里旱了，就我们给你们捐款就捐了三次了。

大哥，谢谢你们，给你们添事儿了。

呵，你看真懂礼貌呀！大盖帽回头对那两个大盖帽说，之后叽叽叽地笑着。

大哥，我说的是真心话。

不管你是真心还是假意，罚款是一分钱都不会少的，你快想办法吧，要不然我就将你的驴和车子赶回去，你啥时候拿钱来啥时候赶回去。说着真的要赶车走。

那个农民急了，他有些紧张地站起来，抱住驴头，有些结巴地说大哥，你饶了我吧，我没钱，我还得卖洋芋，我有一车洋芋压在那个山畔子廖天地里，你们拿点洋芋吧。

他站起来，我这才看清他的背高高隆起，是一个罗锅。

你当你的洋芋是金蛋蛋银蛋蛋，是甚稀罕物件。

三个人终于强行将驴车赶走了，农民跟在后面一步一个大哥地喊着，他的声音带着哭音。而他的背影更像一只蜗牛。

我正欲转身走开，忽然就和那个局的局长碰了个满怀，一张嘴就说你饶了那个农民吧，他怪可怜的。

他看看我说是你的亲戚？

我说不是，西海固旱了，怪可怜的。

局长就喊了声小张，过来过来。

赶着驴车走的三个大盖帽停住了，一个小伙子跑过来。

局长说放了吧。

小张说那树给扯掉了两寸宽的一绺子皮。

局长说放了。

小张说是。

走到了驴车跟前，局长说以后可再不敢将驴拴在树上了，这街上种成一棵树花费的要比你这一车子洋芋卖的钱多。

农民把头点得跟捣蒜一样说谢谢领导，谢谢领导。

局长说你要谢就谢这位领导吧，是他帮你求的情。

他立刻掉转头来对着我一个躬又一个躬地鞠个不停。

我说快卖洋芋去吧，雾散了。

他又鞠了几个躬走了。到了不远处，我看到他抱着驴头，用衣袖给驴擦嘴上的血。这个举动深深地打动了我，我想只有一个农民才会对驴有这样的感情，然而，这在我们这个城市，却要惹人耻笑的。

他擦完驴嘴上的血，又在驴头上摸摸，像摸自己的孩子一样，我想他摸的时候心里一定非常痛苦。

晚上十点多钟了，我在家里正看一部电视连续剧，忽然听到楼道里有喘息声，很粗很重。这个喘息声一步一步升上来，之后停在了我家的门口，在门口这粗重的喘息声足足持续了两分多钟，在寂静的晚上，在空空的楼道里，跫音十分的大。我和妻子互相看看，都有些紧张。在平时，敲门声早就响起来。

我走到门前，通过猫眼往外看，可是楼道里的灯没有开，什么也看不着。

喘息声还在继续，倘若不是紧接着的一声咳嗽，我们还一定会紧张一阵子的。

敲门声终于响起来，妻子对开门的我说小心点。

我拉开门一看，是那个卖洋芋的农民。他脸色紫红紫红的，仍然大口大口地喘着气。

我不知道他要干什么，打开楼道的灯，我看到靠墙竖着一袋洋芋，那是和麻包一样大的塑料袋。

我明白过来，他是来给我送洋芋的。可这个大的一袋子洋芋，背到六楼上来，我想都有点不敢想。平日里我卖上一袋子面，50斤，需要一层一缓才能拿上来的。

他说大哥，给你放在哪？

我说你这是干什么？

他说大哥，你帮了那么大的忙，我再没啥，只有洋芋。

看他一脸紫红的难堪，我就说好好好，说着就去弄洋芋。

他说大哥，你别弄，你弄不动，弄了脏了你的衣服。说着他两下子蹬掉了鞋，蹲下身去，两只胳膊搂住那袋子，一掬，袋子就起来。

他将洋芋在我的引导下放到了阳台上，对我说大哥，你歇缓着，我走了。

我说坐下来抽个烟再走。

他说不了。

我硬拉住他，他看着我的家里，不知要往哪里坐。我将他按到沙发上，递给他一支烟，点着，问还没吃饭吧？

他说吃过了。

我说哄人吧。

他说真的吃过了。

我说你是咋找到我家的。

他说不费事，不费事。抽了几口就站起来要走。

妻子拿出几十块钱来递给他，他脸越发的紫红起来，一个劲儿往外推，我说装上吧，你不容易。

他说大哥。

我说你难着哩。

他说大哥。

这两声大哥叫得我有些无措，我看到他眼里闪烁着泪花，忙对妻子说算了吧。

他站起来就走，我将一包烟塞给他，他说大哥，我那一袋洋芋值不了你这一包烟钱的。

我沉下脸说你这就不对了，烟火不分家的，咱是朋友了，你还说这话？

他眼睛一亮说大哥，你说咱是朋友？

我点点头。

他就接过烟走了。

我说认得回去的路吗？

他说大哥，认得，认得。

进到屋里，妻子说这人是谁？

我说一个农民朋友。

她说下乡认识的？

我就讲了早上的事，妻子说人说西海固人到这城里的确良鬼得很，贼得很，还有这样有情有义的人。

我说乡下人的名声都让城里人搞坏了。

妻子感慨地说他找到咱们家多不容易。

是啊，确实不容易，我家住在环城路以外，而他绝对不会打的，他一定是赶着个驴车来的。可赶着驴车要找上多久？他一定是集市一罢就赶着驴车开始找的。

妻子有些感动。这些年感动人的事已经越来越稀罕了，因此睡下之后，我们还都在这件事里。许久后，妻子忽然说你能不能帮他销点洋芋。

我说这事怕不好办，单位谁发洋芋？那还不让人骂死呀，现在发大米都有人骂哩。

妻子说你试试吧，比方说那些建筑工地，不是有灶吗，我看给那些民工老是水煮洋芋做菜哩。洋芋放下又放不坏。

第二日，我一上班，单位小王就说昨天你那位亲戚找到你家了吗？

我说亲戚？

她说西海固口音。

我说噢，找到了。

她说那就好。

我说找到我家已经是晚上十点半了。

她说我的妈呀，下午五点钟你走了以后他就开始找你家了。

这一天我跑了一天，总算是说好了一些单位，我说西海固洋芋货真，没有化学污染，是绿色食品。当然我还告诉这些单位的领导，这是我的一个远方亲戚。妻子竟然也给联系了几家。

第二日我带着他往各单位送洋芋，他说大哥，你把单位告诉我，我慢慢找着送去，你忙你的事。

我说我没事。

可他还迟疑着，我说快走。

他嗫嚅着说我怕丢你的人，你看我这样的人。

我说这有啥丢人的，你看你这人。

他的洋芋经我这么联系着一处理，就已经过了大半，几天后的中午，他又来到了我家，提着烟和酒，我当时就火了，是真正的火了，这不到一百的东西对我来说没有什么，但对于他来说会办不少事的，甚至可以维持他们一年的零花钱的。尽管他是真诚的。我不知道如何处理这些东西，我知道硬硬让他把东西提回去，那会伤害他的，就是提回去，他也不会舍得消费掉。

这一点上还是妻子聪明，她将我的半新不旧的衣服和她的衣服收拾了一大包给了他，妻子边收拾边说我不是今年捐了两次，会给他多收拾一些的。我硬留他吃过饭，又给了他一条子烟和两瓶酒。

我们每做一件事，他的脸就紫红一下，他说大哥，这来一次就掏你一次……

我说都是朋友了，还说啥。

最后他告诉我他要回去了，山里下了点雨，回去还能赶着种点东西。他说这句话的时候，我看到他眼里亮了亮。那就是希望之光，最真实最纯正的。

我说能收上？

他说要是再有点雨水，霜来晚点，能收点，就是收不了粮食，给牲口收点草还总是行的。

我忽然想起那头驴来，我说你家在哪儿？

他说固原杨堡。

我说那你的驴咋办？

他说回，一块儿回。

我说你们是一块儿来的？

他说我让我的侄儿车把洋芋给我捎上来的，市场里要收占地费，就将洋芋卸在了山畔上，我赶着驴车上来的。

我说这么远，得走多长时间？

他说没打搅，有三天三夜就赶回去了，这几天天气长了，会快一点的。

这一年，西海固的秋天跟夏天一样的旱，秋种子种进地里刚刚露出头来，就旱死了，这一年，西海固颗粒无收。

我想他的希望一定落空了。

到了年关，他来了我家，他提着二十斤香油，他放下说是纯胡麻油。

我说你这人咋这样。

他说纯胡麻油，你吃个稀罕。

二十斤油让我吃个稀罕！可看看他黑红黑红的脸，我没再说什么。

他是带着儿子来到我家的。我以为他又是来卖洋芋的，可是他告诉我今年连洋芋都没有收上。他说是专门领着儿子来认个门，人不记恩不记情咋行？！

他的儿子不像他长得那样萎缩，眉宇间透着清秀之气，身材十分的端正、展脱，看来能长成一个标准的西海固男子汉。但很腼腆，有一点跟他爹十分相似，说句话脸就红，紫红。

他脸又红了一下，回头对身后的儿子说叫叔叔。

儿子张了几次嘴才叫出来，声音极其微弱。

他说这是你叔叔，世上的大好人，你怕啥，窝里造。

儿子的脸就紫红了。

他继续说走的时候不让你来，你喊着叫着要来，来了就这个样子。

我说别说儿子了，你还不一样。

他就嘿嘿嘿地笑，两只手不停地捏搓着。

走的时候，我和妻子一人给了儿子一百元钱，他坚决不要，我说那你就把油提走吧。

他呆了半晌，最后将钱装了起来。送他走了以后，妻子说我们给他钱他心里很不好受的。

到了第二天早晨，我上班走时，一开门，门缝里掉下来二百块钱。

这年过了不久，我又在街上碰见他。

他说天旱得不行了，来城里找活做。

我说活找下了。

他摇摇头说那边来找活的人太多，我这身体人家一看就不要。

我埋怨说咋没到家里去？

他嘴努了几努，没说出来。

我拿出手机，找了个老板说了声，就带着他找到那个工地上去了。

老板有些为难，但看在我的面子上还是留下了他。

过了一段时间，我去工地上看他，老板说他回去了。我说是不是你对他说了啥。

老板赌咒发誓说没有。

2000 年初夏，西海固旱情更其严重，夏庄稼没有种进一粒去。

报社派出一部分记者下去调查旱情，同时要讴歌当地人民群众抗旱自救的精神。我也在其中。我没有去当地宣传部门。我知道那样我看不到或者至少可以说不能够全面了解实情。我想直接深入下去。这时间，我忽然想到了我的这位农民朋友。于是，我直接朝向固原杨堡而来。

村子静卧在山谷间，像一头出尽了力的老黄牛，有气无力地爬在那里。山上有一个堡子，显然村子是因这个堡子而命名的。沿途除了树，再也看不到绿色。而星星点点的树也只是一种灰绿，不是纯粹的绿色，仿佛那小小的叶片上沾满了灰尘。

初夏的太阳已经十分的威猛，村子里洋溢着一股焦煳味，十分呛人。整个村子都十分的寂静，如果雨水广的年份，村子这个时间正是繁忙的季节。像这样的村子，80% 的男子都外出打工了。

农民朋友在家，当我走进他家的时候，他正在打芨芨背斗，像一吐丝结网的蜘蛛。他抬头看看我，当时有点痴呆，之后便像被什么刺扎了一下跳将起来，有些手足无措地说，你……咋来了，你咋来了，快进屋。

我跟着他走进了窑洞，十分的简陋。

他忙着给我倒水。我说家里就你一个人？

他说女人娃娃都出去到内蒙古抓发菜了。

我说儿子也去了？

他说念书哩。

他从一只老旧的红箱子里摸一盒烟来，拆了半天才拆开外面好层塑料包装，我一看还是我给他的那包，他说天旱娃苦了，一些娃娃都不念了，村子里就你侄儿一个还在念书，前些日子他也说不念了，要跟着那些娃到外面做工，我说你城里的叔叔是怎么给你说的，你得给你叔叔争口气，出来你叔叔会帮你的，他这才念了下去。

之后，他低着头说村里人都知道他有个城里叔叔哩。

我们正说着话，就听村子里有人在骂仗，出来看到一家门口拥着一群人，走近一看，一个老汉手里提着绳子，一个小伙子手时提着一把刀子。

老汉不断地用手扇着自己的脸说我亏先人哩，我亏先人哩。

人们上前拉他的手，他说我死了算了。

儿子说死吧，死吧，都死了算了。说着拿刀子要往自己的身上戳，却给人拉住。但还是把自己的手弄破了，血就水一样流出来。

老汉扑了几下说，苦了我那半夜功夫，做了你个狗日的出来。

儿子说，哼！你不是图舒服，你做我哩。

几个围上去，将父子俩硬硬劝散了。

他说你不要笑话，都是老天爷造的孽，那娃本是很仁义的娃娃，都是让这太阳把脑子给烤坏了，你看说出这样的话来。

我说他怎么没出去？

他说，哎……你不知道，这些年这娃一直在外面打工哩，可你知道现在的人心坏着，只使人不给钱，三年拿回来不到4000块钱。老汉硬说是儿子在外面挣了钱胡日鬼了，说哪有使人不给钱的，旧社会也没有这样的事。今年天这么旱，老子让儿子出去，儿子堵了气不出去，就在家里三天两头和老子闹事。

回去的路上，他又说都是老天爷造的孽！都旱了四年了。你莫笑话。

晚上，儿子从乡里念书回来了。

我摸摸他的头说，书念得好不？

他红着脸说，不好。

我说，书要好好念哩。

他吞吞吐吐地说，语文没考好。

停了一会儿嗫嚅着说，考了班里第二名。

我拍拍他的头说，好好读书。

他说记下了。

临走的时候，我给了儿子100块，他坚决不要，脸紫得像秋天的茄子。

我沉下脸，他搓了半天手说，老这样咋行呢？

追寻英雄的妻子

    我怀揣着 360 元钱走进胭脂巷的时候，忽然产生了一种感觉：她还是不在。果然她不在，而且让我大吃一惊的是她住的那间房子正往进搬新住户。我忙问一位像户主的汉子，这房子原来的住户呢？他打量了我几眼冷冷地说不知道。我说那你是怎么搬进这间房子的。他又打量了我几眼说租来的。我说从哪里租来的？事不过三，他有些不耐烦地说从有房子的人那里租来的。说完便丢下我进屋去了。我心里骂妈的，好像谁给你戴了顶绿帽子一样。不过我没有发泄出来，从他的块头来看，我不想做给他戴绿帽子的人。我跟着进去一看，这里已经成了一个空房。从房子里的气味和落着的尘埃可以看出这里已经好些日子没有住人了，那么证明我在第一次来这里时，她就再也没回来过。我调整了脸上的表情，不再是有求于人时的那种献媚，而是把脸子拉了下来，又问那正把一个个窗帘打开的汉子你从谁的手里租来的？

    那汉子看看我的脸，之后又看看整体的我说从陈文婷手里租来的。我说陈文婷是谁？他说你这人是咋回事？陈文婷就是陈文婷。我气势汹汹地吼道大清早的，你是不是想惹事？一句话惹得许多人都围上来看。近两年城市大搞改造，一些老旧的东西被拆除，其中有许多住宅区。胭脂巷曾经很有点名气，比一般的巷子显得富丽堂皇，是以前的烟花柳巷，红墙绿瓦，雕梁画栋，飞檐走壁，虽在岁月中显得沧桑了些，但其建筑颇有些古风遗范，因此列在最后拆除之列。倘若遇到稍有点怀旧情结的官员，或许会遗留下来。故而这里便成了一些无家可归的人的临时住所。这些有房子的人，现在忽然住得这么拥挤与开放，自然是喜欢关心别人的事的。所以谁的声音大一点，就会惹出许多赶新闻赶热闹的人。我就是从这样的环境中搬出去的。围观的人越来越多了，那汉子一双眼睛瞪了半天说荷花苑小区8号楼中单元5楼1号。我没有说谢，我几乎是横着从那屋里走出来，嘴里还骂骂咧咧的。现在的人就这样，你好好问他，他会不耐烦的，你要是发了火，他反倒耐烦了，属核桃的。走出这个单元回头再看看这间房子，心里不由一阵难过，没想到它的下一个主人竟然是这个样子，房子真正要是有人的感觉，一定不会答应让他搬进来的。走了两步，我听到身后有"咚咚咚"的声音，回头一看，那汉子三步并做两步跟了上来，他瞪着一双眼，把拳头一举一举地说今天是我搬家的日子，我不想闹什么不愉快，别以为老子怕你。我没有说话，继续往前走。他还在骂着，下次我就不会这么温柔了。

经过居委会时，我想居委会应该知道情况的，想想英雄的妻子在这里已经住过两年多了，应该是了解的，何况我们曾经给居委会打过招呼的。居委会里坐着一个老太婆——居委会主任。我至少一个月来一趟，所以就熟了。有几次在我走进她的房子时，这位老太婆一直看着我进去，又看着我出来。后来不这样看了，因为我把目的告诉她了，老太婆就很热情，每次我来总是说在或者不在，去哪儿了，多长时间能回来，要么就说你把钱搁我这儿，我给她。每逢这时，我就说我还是等她回来吧。这些年的与居委会打交道的经验告诉我，这类人喜欢说闲话，弄是非，因为她不甘寂寞，而又没有人愿意来陪她聊天什么的，因此我又说了句看她有没有什么困难，有没有什么要帮忙的。一年多来，我记不清楚有多少次在这里等过她，听着这老太婆热剩饭一样的唠叨。老太婆一看我来了，她一下子来了精神，我怕她又逮住我唠叨，便忙把来意说了，她说她也不知道，只听说她不愿意在这里住了，我想她是不是有房子了。我说你知道她搬到哪里去了吗？她摇摇头说不知道。我说那你是听谁说她不愿意在这里住了？她说是房主那天来告诉我的，她说这里她又租给另外一个人了。我又问你没有发现她搬走之前有没有什么不对劲吗？她想了想说没有什么不对劲，一回来就把自己关在房间里，从来都不出来。我想再问也问不出什么来了，便问陈文婷家有没有电话。她翻动一个已经很旧的打印的电话本找出了陈文婷的电话。我抄了电话号码就往外走，老太婆忽然说她出事了吗？我摇摇头。走了不远老太婆又追出来拉住我说我想起来了，前些日子来过一个小伙子，在她的房子里待了有一个多小时哩。我盯了老太婆一眼，或许我的目光奇怪，有些蜇人，老太婆又说我也不相信她会那样，她是英雄的妻子，来的或许是她的哥哥或弟弟。在这个居民区，谁有那样的事都逃不过我的眼睛的，现在时代开放了，那几年，我动不动就提出他一对子来。我回头又蜇了她一眼说我们只是让你关怀她，不是让你监视她。老太婆振振有词地说我这就是关怀，我们多少年才出一个英雄呀，你知道不？我没心跟她说了，逃避而去。可路上我忽然想到了自己说的监视。

在一个公用电话厅里我拨通了陈文婷家的电话号码，正好陈文婷在家，从声音听出来她已经不像她的名字那样年轻了。我想在这个有些恋人接吻都要跑到电影院、歌舞厅、大街上去的城市中，能拥有两套（或者是三套、四套）房子，一定是个不怎么平凡的人。陈文婷告诉我她也不知道她搬到哪里去了。我说那你怎么知道她不住了。陈文婷说她是打电话告诉我的，说她不住了，房子你另租吧。我一算，房租刚刚好，因为我们都半年一交。我说你知道她是在哪里打的电话吗？陈文婷摇摇头说我还问过，她没有告诉我，不过从声音上听，好像很遥远。我想挂电话了，可陈文婷又说她不租最好，免得我为难。我说为什么？她说你想想她是英雄的妻子，其实我也不想收她的房租，可是一想这样心里就难过，对自己不好交代，可是收她的房租对社会不好交代……我重重地扣了电话，看亭的老大爷以为我跟那头吵架了，便说孩子想开点，现在还生啥气，英雄气短。

"英雄"一词不能不引起我对英雄的重温。

两年前的秋天，我们这个城市里出了一位英雄。在此之前，我们这个城市陷入一种类似世界末日到了的恐慌与惊惧之中，先后有四女三男遇到了强奸与杀害。人们的胆气给吓破了，人们的精神瘫痪了。英雄就是在破这个案子时诞生了。他一个人与八个歹徒在大街上，在我们平时所说的光天化日之下，进行了英勇顽强的搏斗，身中七刀两枪，不幸与世长辞。许多人目睹了这一悲壮的场面。尽管这类英雄在全国时有出现，但在我们这个城市，尚属首例，正应了人们呼唤英雄出现的心理，尤其是呼唤公安系统英雄出现的心理。市委市政府非常重视英雄的出现，郑重地提出了"向英雄学习"的口号，各种新闻媒体及宣传工具全部聚焦在英雄的身上，通讯、报告文学、专题片相继刊出、播放。英雄走进了千家万户。英雄的葬礼成了人们回味英雄时代的一种形式。党政机关、企事业单位、学校、工厂……一时间城市的大街小巷，传扬着"金钟"这个名字，"金钟"不再是一个人的名字，而是一种精神的象征，一个形象的诞生，这个名字永垂不朽，人们永远地记住了。

但，同时人们也永远地记住了另一个名字：方其姝。她就是英雄的妻子。电视、报刊，凡有英雄名字的地方，就有她的名字，凡有英雄形象出现的地方，就有她的形象出现。英雄的形象成功地树立起来了，而她——这位普通的女性也和英雄一样佩戴上了神圣的光环。她不再孤独，她是英雄留在这个世界上的化身。她不是明星，但比明星更光彩夺目。有一个时期她静静地坐在各种各样的讲台上，听人们讲述着英雄的故事……

我们仅仅怀念崇拜英雄是远远不够的，市里决定扶养英雄的女儿——仅仅一岁就失去了父亲的女孩，每月为这个孩子发放 120 元的生活补贴。这在目前的这个社会实在不能算太多，但是却表现了社会对她的一片心意。我是具体办这事的，就是每个月将这 120 元钱送到英雄的亲人手中。在起初的两三个月里，我是按时把 120 元钱送到英雄的家里去，可是两三个月后，她对我说："以后你别送了，我去取吧。"许久之后，她又说："怪麻烦你的。"我觉得她说这话时尽管表情里满含着感激，但却十分的勉强。然而我却打算继续送下去，因为我发现英雄的妻子实在是一位漂亮的女性。因此我说："不麻烦，缅怀英雄，我们怎么能说麻烦呢？"说完这句话时，她已经转身干别的事去了。后来，她又这么说过，我还是坚持月月给她送来，因为她的单位离我们单位确实有一段路，而我的家就离她家不远。

方其姝是一位知书达礼的女性，应该说她是出身于书香门第的。"其姝"一名应该是出自于《诗经》。"静女其姝，俟我于城隅"。许多人认为这样的女性作为英雄的妻子应该是最好的，保险系数大。因为她出身于书香门第，知书达礼，就知道如何做一位英雄的妻子。所以许多人认为这个婚姻是天造地设的，可我们究竟需要英雄的妻子有什么样的保险系数呢？

回到单位，我坐在办公室里，窗外灿烂的阳光照耀着我。我在回想着这近两年的时间与她所有的接触。然而，我的脑子里却一片模糊或者说空白，因为我几乎在英雄的家里没有一次逗留超过 10 分钟。起初她对我是比较热情的，后来变得礼貌，再后来就逐渐冷漠起来，甚至带有几分厌烦。有几次，我不是去送钱，而是去看看英雄的妻子有没有女人做不了的活，比如换煤气，比如生病，比如……可是每次我去的时候，她都用那样的一种目光来看着我，仿佛我是小偷或者暗探，神情相当的冷漠。当然这是领导在怀念英雄的时候交代过的，即使我不做，也没有人会说什么，可是我想做，而且希望做成一件或者更多，甚至希望我能为她做我能做到的一切。可是她总是说我自己能行。她的语气中特别地强调了"自己"。有一次在我问过"换煤气"之后，走在大街上，我发现她坐着黄包车自己换煤气去了。有几次，我忍不住想对她说点什么，可是我终究没有说出来，英雄站在我们中间，像一堵又高又厚的墙壁，我们无法穿透无法逾越。

我们都没有想到过英雄的妻子会忽然间离开我们？英雄的妻子为什么要离开我们——这些深深关注着她一如关注着英雄一样的人们呢？我有点悲壮地想。我决定到她的单位去问个究竟。英雄的妻子是图书管理学院毕业的。她就在市图书馆上班。来到图书馆，我直接找馆长。这位五十开外的馆长告诉我她已经不在这里上班了？我说为什么呢？他说一开始她说她要请一个月的假，也没有说什么理由，但我答应了，因为她是英雄的妻子，你知道我们请假一般是不超过半个月的，尤其是近两年读书的人多了，图书馆不像前些年那样的冷清。可是一个月后她还没有来上班，我们也不知道她到底到哪儿去了。我也没说什么，别人也不会说什么，因为她是英雄的妻子。可是前几天她来信说她不干了。馆长语气带着一种冤屈，说得有些沮丧。我说她在馆里是不是……馆长打断我的话说坦白地说我没有亏待过她，我破格把她从柜台调到科室，并给了她职权，当然她的能力也是相当出色的。在我的职权范围内，能想到做到的我都想到做到了，就是在我们单位经费十分紧张的情况下，也从不拖欠她的工资。

我问她电话是从哪里打来的？馆长说她没有告诉我，但我听出来她离我们这里很遥远。我说她的工资咋办了？馆长说我说我把工资寄给你吧，可是她说算了，我不要了，因为我三个月没有上班。我说能不能让我到她的办公室里看看呢？馆长说可以。来到她的办公室门前，馆长说你看我这记性，她的办公室门锁着，我没有钥匙。我说你问问看，既然她不回来上班了，那钥匙一定会给别人了。馆长一问，果然钥匙在一个叫西娅的姑娘手里。

西娅这个名字太洋气了，但她是一个地地道道的中国人。我想她的这个名字按传统或许应该写作喜丫的，她的装束很前卫。她哼着流行歌曲打开了英雄妻子的办公室。从这间办公室里可以看出她走得太干净，走得太谨慎了。即使是废纸篓里，也没有任何值得借鉴的东西。如果不是写字台上翻开着的《霍乱时期的爱情》《少年维特之烦恼》和一边放着图书借阅证，是看不出来她曾经在这里办过公。借阅证是个牛皮纸皮的小本本，有十来页厚，上面已经排满了借阅过的书籍，已经快到要换证的时候了。而这些书籍，几乎都是些世界名著。古代的、现代的、当代的，我不知道这可不可以看做是她的思想历程呢？桌子放着几张没有用过的摘录卡片。我问身后的西娅是不是发现她走的时候有什么不对劲？西娅想了想说没有，要说有什么变化的话，那就是从英雄去世后就变了，当然遭遇那事不要说她，谁都会变的。我摆摆手。走出英雄妻子的办公室时，我忽然问西娅你们这里谁跟她关系最好？西娅说当然是我了。我说那么有没有男的来找过她呢？西娅说你指什么时间？我说就是最近或者还可以往前推推。西娅忽然十分气愤地说你怎么可以这么说她，你没有权力这么说她，她是英雄的妻子，英雄，知道吗？牺牲我一个，幸福十亿人！你这人说话太不负责任。很前卫的西娅一顿快嘴快舌，把我呛了个哑口无言。馆长也说没有，从来都没有，什么想法你都可以有，但这种想法你不能有，不该有。从图书馆出来，我才真正感觉到出了问题，可是问题有多大？问题到底出在了哪里呢？

我不得不向局里做了汇报。局里对此事的看法是："是不是……"，大家不敢说下面的话。因为在目前的情况下，报复是的事是经常发生的。而英雄正是和罪犯搏斗中牺牲的。人们有理由这样猜测事情的发展，可是我虽然有自己的看法，但我不想说出来，我不怕有人呛白，但我怕有人乱猜乱说。有人说或许她出去散心了。于是局里决定由我寻找英雄的妻子，局长说只要找到，她的任何条件都可以答应，而我们只有一个要求，请她千万不要离开我们。于是我开始寻找。

英雄的妻子不是我们这个城市的人，她出生于一个小县城，这个县城受着我们这个城市的管辖。她是大学毕业后分到这个比她的县城高一级的城市。我决定先从她的父母那里开始寻找。她父母的家证明了我们的一种猜测，这是一个书香门第，我走进她的家门时，她年过六旬的父亲正在挥笔大书。这应该是位有名气的书法家了。我说明了来意，可她的父母惊讶地说没有见。他们显出十分着急的样子。但我总感觉到他们显出的着急与他们应该显出的着急有着一定的距离。然而细致的观察告诉我：英雄的妻子不在这里。于是我说你们考虑她会到哪儿去呢？他们说他们也想不出，这孩子很少把自己的想法告诉我们的，不过这孩子很懂事，她不会出事的。我从她父母这里带着一些地址走了，但从这里出来，我找的信心受到了一定的影响，因为我都在找，而他们竟然像是与自己无关一样。我按着地址找，但每到一家，我除了得到一些地址以外，再一无所获。我手头的地址越来越厚了，她的亲戚越来越多了。我想如果照此下去，我将可能找遍整个世界，在关系错综复杂的中国，你可以把关系从一个小小的山旮旯里联系到中南海去。我不想再找下去了，更主要的是我在这一个月的东跑西颠寻找中她的亲戚终于让我明白过来，英雄的妻子不是失踪，而是躲避着我或者我们。

秋日的夜晚，已颇有些凉意，我躺在远离城市上千里之外的一个小旅店里。这是一个小县城，这个旅店也不是上档次的旅店，从进进出出的人来看，都是些乡下人。我躺在床上，不想再想英雄和他的妻子，我想把这些从我的思想中剥离出去，我挣扎了一会儿才发现这是一个很难做到的事情。可是当我的目光扫过已经有些泛黄的到处都是污点的白墙壁，在墙壁上我发现了这样的字样："不爱江山爱美人"——桃花村七队李明。我心忽然沉静下来，这是不是英雄的妻子出走的原因呢？不爱江山爱美人，是啊，在这太平盛世，什么是江山呢，没人能明白，或许就是大概念的祖国，如何爱呢？这是一个非常模糊的概念。可是什么是美人呢？没有一个人不明白的，就连这个桃花村七队的李明，从笨拙的笔体看是一个地地道道的农民，他都知道，还把"爱江山更爱美人"的名句改成这样。我想我已经想明白了，我记得她只是一个26岁的女性，即使到现在也不过是29岁……这一夜我睡得很踏实，竟然连个梦都没做。

我从这个南方小城打道回府，我想我已经见过她了，以前面对面的时候，她很模糊，现在反倒明朗起来了。她是英雄的妻子，但她只有29岁。途经H市时，我下了车，我想在这里玩上一天两天的，因为这里是旅游胜地，以风光美丽、城市文明而闻名于国，而我从来还没有旅游过这里。当然局长在我走之前一再强调经费紧张，能省就省。我也确实本着节省的态度。

然而，就在我浏览H城名胜归来在一家小饭馆里吃饭时，我看到了她。我很怀疑自己的眼睛，便往前走了几步，可是她却一扭身走进一家店里去了。我抬头看看那店，名叫"一品书店"。我边吃饭了边关注着，她进去却再也没有出来。想向老板打听一下，因为他们是门对门的关系，可是又转念一想算了。匆匆吃完饭，我便往这店里来了。这是一家不大的书店，也就有两间房大。沿三面墙壁摆了书架，中间放着几张大桌子，上面摆着书籍和报刊。有畅销书，也有世界名著。她就坐在一张写字台的后面，看着一本书。夕阳斜照在她的脸上，为她美丽的脸庞镀上了一层壮丽的色泽。我注视她良久，方才向她走过去。来到她跟前时我咳嗽了一声，她抬头看了我一眼，立刻脸色大变，忽然她说："你放过我好不好？"

这声音有些奇怪而且宏大，仿佛是积蓄了多少年气力的一种爆发。惹得几个看书的人对我注目观望。这句莫名其妙的话，让我十分的困惑与窘迫。我忙说我们到外面说话好吗？这时候她顺着楼梯向上边走。我便也跟了进去。我才明白这是上下二层，上面住人，放书，下面做门面房。出现在我面前的情形是这样的：一张放大了的英雄的遗像挂在墙上，两边吊着用黑绸挽成的祭花，一个精致的小盒，我知道那是曾经受到人人敬仰的英雄的骨灰，骨灰盒前面摆着供品，是一些水果和面包，中间有一个小香炉，燃着三柱绿香，袅袅而上。我忽然想起今天是英雄的祭日。英雄的祭日没有如此清淡过，英雄的祭日总是繁华和拥挤的。此时此刻，在我们那座城市里，英雄一定一如往年在如春的鲜花丛中、在大人物的悼词中、在小朋友的颂词中无怨无悔地微笑着……可这里一切平静怡然，旁边是一张床，床上睡着她亲爱的女儿，滋润的脸庞上洋溢着甜甜的笑容。她坐在那女孩的旁边，凝视着英雄，这颇让人感到温馨。我在英雄的像前上了炷香。她站起来对我说："说罢，你们到底准备让我怎么样？你们放过我好不好？"

我忽然脸红了，仿佛真的做了什么不该做的事一样说："你怎么这样说呢？"

她说："你不是监视我的吗？我知道你们会找我，可是我低估了你们，你们竟然会在我没有一个亲人，没有一个同学、朋友熟人的地方找到我，你们到底要怎么样？"

我说："你这里的'你们'指的是谁呢？你又怎么会想到监视呢？"这句话说出来了，我方才想起自己说过那个老太婆"监视"的话来。那么"你们"我也该明白指谁了。

她说："你们就是你们，你们怕我会给英雄抹黑，怕我让你们难堪，让你们蒙羞，我不给英雄抹黑，我不让你们难堪，我不让你们蒙羞，我离开你们，远远地离开你们，到一个完全陌生的地方来，到一个没有人知道英雄的地方来……可你们还不放过我吗？我只是个普通的女人呀！"

我看到她在艰难地将自己的泪水往回压，便说："我只是负责把抚恤金按时送到，确实没有监视你的意思，你误会了。"我又说，"如果要准确地说，我们是关怀你。"

她说："是我误会了吗？你们到底要关怀我什么呢？像我的邻居一样，像居委会主任一样，像你一样，把目光伸到我家里每一个角落里来关怀吗？像古代的帝王一样竖一个贞节牌坊以示关怀吗？"

我无法再说什么了，她虽然有些言重了，但我想现在所有的解释都是多余的。最好的办法就是离开就是消失。我从身上掏出360元来放在她的桌子上，然后说以后的我会月月按时寄来。

她站起身来惊乱地说："不要不要，你不要往这里寄，如果你真正要关怀我的话，那么我求你别告诉他们我在哪里。"

我说："那我将如何回答他们的关怀呢？"

她说："就说我死了。"

我说："你知道这样说了他们将怎么办吗？你是英雄的妻子呀！"这句话一说出，我忽然眼里泪水迷蒙。

她不言语了，神情疲惫而颓唐。我想了想说："你放心，我不会再告诉第二个人的。"我说得很坚决。

从那书店里出来，她追出来把钱硬塞进我的口袋里。我知道她的想法，如果她接受这笔钱，而且答应我每月寄钱来，那无异等于告诉人们英雄的妻子在什么地方，我们有的是追寻她以后生活的人。比如说记者，比如自由撰稿人，比如什么什么样的人……现在这样的人越来越多了。

我在大街上走着，想到她说的"监视"一词十分的冤枉。于是我想，或许我真该监视她一回。我观察了地形，好在她开的书店背后就是一家宾馆。这家宾馆档次不低，然而，我却订了一个房间。我让服务员打开房间，选择了一间最佳"监视"她的住房，爬在窗口就可以清楚地看到她二楼的卧室。我爬在窗口耐心地等待着黑夜的到来。当我想到我是在监视英雄的妻子，我心里有一种卑鄙下流的感觉，可是我还是做了。我给自己找了这样借口的：这不是监视，这是关怀。

　　当然在这里我要说明的是英雄的妻子与英雄之间的爱情是不容有半点怀疑的，甚至容不得一句不太高雅的玩笑的玷污。他们谈了一年恋爱，结婚一年半，在两年半的时间里确实是相亲相爱的，这曾经在写英雄的长篇报告文学和省报通讯中是最精彩的一章，从恋爱写到结婚，共选取了七个细节，八千余字。在三年后的今天，我至今还记得写他们爱情的精彩语句："……一个阳光明媚的春天，他们走到了一起，这是一对普通人的结合，花朵为他们开放，翠鸟为他们歌唱，所有的颜色都为这个永恒的结合绽露出最最纯正的颜色。……幸福是从这些一些细小的普通的充满鸡毛蒜皮的小事里让人感受到的，生活中相亲相爱互敬互容的细节串成了英雄一生中最闪光的珍珠，与英雄的理想事业相映生辉……"

　　在写英雄的爱情时，作者还运用了一句名诗："春蚕到死丝方尽，蜡炬成灰泪始干。"那时看来，这诗运用得恰到好处，然而现在看来，这句诗的运用到写一位已经牺牲的英雄与他的妻子的爱情中显然是不合适的，但那时那刻，我们都没有感觉出不合适来，现在看来，却是不合适的，因为英雄的妻子年仅 26 岁，人生才刚刚开了个头。

　　第二日，我决定离开这个美丽的城市，要不要再去见见她呢？在思考再三，我还是决定去再见她一面，于是我又出现在她的面前。她似乎在等着我的出现一样，十分平静地说："我知道你会来的，你怎么会走呢？"

　　我笑笑说："你错了，我今天是来再次向你许诺的，我不会让人知道你在这里。"

　　她看看我说："那你回去怎么交代呢？"

　　我轻松地说："随便编个故事就行了，时光会解决这一切的。"

　　她说："那我谢谢你。"

告别时她说："你选本书拿上吧，路上可以解闷，挺远的。"

我说："你推荐一本吧。"

她拿起一本《廊桥遗梦》说："这本书虽然写得粗糙了些，但情节挺感人的。"

这本曾经十分畅销的书我至今还没有读过。我说："谢谢！"

我要付钱，她坚决不要，我说："那就做个纪念吧。"

坐在车上我想故事如何编呢？上面毕竟是重视的、认真的。说她死了，不行，说她失踪了，更不行，那么说她嫁人了，我不敢说，虽然没有人说过英雄的妻子不可以嫁人，但也没有人说过英雄的妻子可以嫁人。不能说，尤其大喊大叫地说，我们必须提防这一点。好在时间会流失，会冲淡一些事情，包括伟人和英雄。

最好的办法就是搪塞，像我们曾经搪塞过许多事情一样的搪塞，就像我们遇到不能表达自己观点时候装牙疼一样呜哩呜啦。这点能力我还是有的。

塔吊

1

正月初八，都十点半了，大成还赖在被窝里吃烟。日子就是一本日历，一揭一张，年就到了，一揭一日，年就过了。小年前后回来，日子最不经揭。年是一个大节日，由许多小节日组成，从腊月二十三除尘，送灶王爷上天开总结会开始，三十晚上奉祭上香烧纸，磕辞年头，发压岁钱，啃骨头守夜；初一早晨磕拜年头，三挂鞭八个二踢脚炸个满堂红，将牛羊猪鸡狗全数赶出，背小携老到山梁上出行；初二女儿女婿去外父外母家拜年；初三给姑舅家拜年；初五五更起来将三十晚上到初四造下的垃圾背着到十字路口上香放炮填穷坑；初六炒煮烧炸盘儿上桌儿待承来拜年的姑亲；初七是人七日，是人的日子，不能外出，得守在家里等魂魄归来。大年三十晚上，人的魂魄都到天上逛天堂去了，初七这天才回来，人得在家里等着魂魄附体，这天人要离开了家，魂魄就找不见身体，人一年都会失魂落魄的。以前啊这年要整整过一个正月，二月二，龙抬头，家家户户吆耕牛，这年才算彻底过了。如今是连十五元宵也吃不上，二十三的骚痒也燎不上，过了初七，初八、九，男人们就要进城了。现在工都开得早，加上路途遥远，出门人多，走得迟点，车就不好坐了。今年，大成他们把进城的日子定在初十。因为工程是续建的政府工程，不存在揽活的事儿，可以迟走个两天。

麦秀忙出忙进的，圆滚滚的屁股一颤一颤的，大成趴在炕上够着扇了一巴掌，又扇一巴掌。麦秀睨他一眼，说看把你能耐的，贪样。这么说，大成就得到了鼓励，一把就将麦秀扯住往炕上拽。麦秀急了说大天白日的个愣怂样。就往开挣扎，可哪里挣得脱大成铁钳一般的大手。麦秀说晚上噻，晚上噻。大成说晚上还有晚上的。麦秀慌了，说小心娃猛的回来。大成说娃兜里有钱，你不唤，一天都不着家。两个人正拉着锯，狗疯咬起来。麦秀从窗子往外一看，是叶壮山来了。

麦秀忙抻抻衣衫，抿抿头发，从屋里出来一叉腿骑在狗背上，双腿夹了狗脖子，把叶壮山护揽进屋。大成把叶壮山让到炕上坐了，递根烟过去，抓衣服就穿。叶壮山说睡着，睡着，小心着凉。大成就披着被子坐在炕上，两人头对头吃烟。叶壮山问城里打工的情况，大成说上面要调查吗？叶壮山说不是，不是，随便问问。吃过两根烟，叶壮山就跳下炕去告辞，大成边穿衣服边说村长，有事吧。叶壮山嘿嘿一笑说没啥事，今儿个中午老叔请你们几个吃个饭，大成侄儿一定给老叔赏个脸啊。大成又点了一根烟，披着被子犯起琢磨来。

麦秀进来问叶壮山来做啥？大成说请吃饭。麦秀撇撇嘴说他请吃饭？不知道葫芦里又卖啥药哩。大成说难道还卖毒药不成，借他个胆他也不敢。麦秀说你应承了？大成说应承了，咋？麦秀说要我说不去，缺他那一口，得是。大成脖子一拧说为啥不去？不去便宜了他，谁家铺摊子摆桌子少下他了？坐在上席扎个势地吃喝，他铺过摊子摆过桌子？麦秀说我觉得他是黄鼠狼给鸡拜年哩。大成说我就想吃他一顿哩，我就不信他能把我横吃了竖咽了。麦秀说少招惹他，招惹这种人没好事，人家可是跟上面通着哩。大成说跟上面通着，这几年在外面揽活我才知道，村长在上面那些人眼里毬都不是。

正这么说着，管子、柱子、建国、李海等几个来了。李海叽叽一笑说一夜没消停啊，这阵还挺尸。大成说你消停了？把攒下的腾空了吧，看你那两个眼圈，墨镜都戴上了。建国说太阳从西边出来了，叶壮山请咱们吃饭了。管子看着大成说去还是不去？大成把烟盒扔给管子，管子给大家发烟，大成边穿衣服边说你们说呢？李海说这饭怕不好吃，不定吃出啥事来哩。管子说有啥不好吃的，现在的村长又不那些年的大队长，喊一声把谁捆了，就把谁捆了，黑笔一挥，想把谁的成分改了就改了？现在尿他他是个村长，不尿他他毬都不是，能把我们咋？建国说要我说晾晾他，一个人都不去，让他那一桌菜喂狗去。大成说这是一招。柱子说吃，不吃白不吃，叶壮山家叮叮哐哐从昨天就准备着哩，席肯定厚着哩。管子戳了柱子一眼，说有你说的话？柱子扭扭嘴不说话了。大成说不过，吃还是要吃，不吃糟蹋了，大家听着，放开吃，吃出事来我大成兜着。

十几个人去村长家的路上，管子忽然说是不是快选村长了，他要拉票？李宝说要是那样，这饭可就吃不得，吃了人家嘴软，拿了人家手短。李海就说毬，他当了你就让他当去，不投他投谁？有人跟他争？大成，你当不？你要当，我们就投你。李海说你脑子让门夹了，就那破村长，大成现在不比村长牛？揽那闲事？经理给发"中华"抽哩。柱子说大成哥不当村长，我给咱们当，你们都选我当村长。管子给了柱子一脚说你个瞎怂，说话不过脑子，老是不知天高地厚的，啥时才有个人形？这一脚正踢在柱子的麻筋上，柱子腿一软差点一个狗吃屎，柱子绷着眼说我给你说你再不声不响地弄我，别怪我翻脸。管子又给了一脚说再犟嘴我看看，翻了天还不成。

以前村子土头土脑的，就像是从地下挖出来的，有几块砖盖个楼子就格外醒目，这几年砖瓦房越来越多了，倒是有那么几户旧屋破瓦的却十分扎眼了。叶壮山家的房子是砖瓦房，老村部，多少人眼红过，盖得早了，雨淋日晒的门窗少皮没毛了，砖瓦看上去灰塌塌的，在新砖瓦房中间就有些落魄了。

席是实打实用肉夯起来的，满碟满碗，红焖全鸡、卤猪蹄、蒜泥猪头肉、红烧条子肉、清炖羊肉、蛋卷，还有两条鱼、鱿鱼卷儿，黄瓜、茄子、韭菜、辣椒，都是活菜。看得出这顿客李壮山是年前就做了准备的。四张从学校抬来的课桌拼起来的大桌很开阔，烟、酒也都摆在桌上，就像城里人待客一样。在刀槽村除了大成摆过这么厚诚的席，别人家还没摆过。

叶壮山的厨艺在刀槽村是扬了名的。叶壮山能当上村长，就跟他这手好厨艺有关。那年，村上来了驻队干部，在叶壮山家吃住三月，临走就把叶壮山带走了，叶壮山就成了镇政府食堂里的厨师，几年后回村成了村长。后来上面说，书记村长一肩挑，书记黄大壮说老叶你干去吧，我去城里谋个活。结果叶壮山就书记村长一肩挑到了现在。刀槽村人还是把他叫村长。

酒放开喝，肉放开吃，烟一根接一根点，造了一下个下午，又斗了半夜地主。大成回到家，把麦秀扎扎实实地压了一回，躺下来吃烟，麦秀枕着大成的胳膊问说啥事了？大成说没说啥事。麦秀说那请啥客？大成说这几年吃大家吃得多了，不好意思了，人有时候会自己都觉得不好意思的。麦秀说他那人皮厚着哩。

2

初九中午，大成正检查儿子的寒假作业，叶壮山来了，提着酒、烟。大成拿了一包"中华"出来。那是公司老总有一次扔给他的，整包没拆，他一直没舍得拆。现在他拆了，当然是有摆谱意思。

叶壮山干咳了几声，说大成侄儿，咱们是屋前屋后住了多少年，你是我看着长大的。

大成最烦叶壮山扯这话头，可这两年叶壮山偏偏就爱这么说。大成家和叶壮山家房前屋后一住多少年。自叶壮山当了村长，收麦打窖，砌墙扬场，叶壮山家的苦活累活大成一家没少干，用别人的话说就差一大早起来翻墙过去给人家倒尿壶了。这话在大成懂事的觉得十分羞辱。日复一日，月复一月，年复一年的，那是一个漫长的过程。爹说过，力气是个尿泡，越挣越大，大成也觉得力气是尿泡。当然，大成的爹是有寄托的，就是想让大成当兵。当兵，就有出路，刀槽村几个在外面吃皇粮能办事的，除了老眼镜是新中国成立前的秀才新中国成立后当了老师，其余的都是靠当兵出去的。大成有五个姐姐，就他一个男娃，爹希望大成当兵进城改换门庭。大成初三毕业没有考上高中，十八岁正好是当兵的年龄，爹就想让他当兵。刀槽村娃娃上学都晚，因为刀槽村以前没学校，要念书就得到张庄小学，八里路，要翻三道沟，深沟大崖的，多数娃娃都不念书。大成十岁那年，才有了刀槽村小学，这才上的学。大成爹去找叶壮山，提了烟酒糖茶，还抱了一只四十天的羊羔。叶壮山倒是很痛快，大包大揽的。一家人都觉得这事是铁板上钉钉。可是大成没当上兵，黄寡妇的儿子却当了兵。爹伤心地对大成说我们屋前屋后住了几十年不说，这些年白干的活加上爹这张老脸还不如寡妇的一个屁沟子。这话大成记下了，给叶壮山干活那些日子就由寄托变成了羞辱，出出进进见了叶壮山一家人就气不打一处来，可也只能忍气吞声。那只羊羔恋家，动不动就跑过来，叶壮山和儿子经常大大咧咧过来捉羊，大成更觉羞辱。那时间大成有一个梦，那就是忽然一天，叶壮山一家没了，消失了。可那也只是一个梦，大成以为要这么活一辈子。可忽然一天，这梦变成了现实。那年上面统一盖村部，老村部的院子太小，摆不下那么多名堂，就另寻了一块开阔的地方。新村部落成后，叶壮山家就搬进老村部去了。大成这才眼宽了心宽了，还唱了那首老歌：翻身农奴把歌唱。进城打工以后，大成一年四季在城里，就回家过年几天，有时候一面都碰不上，叶壮山就等于彻底从他眼里消失了。每年城里人捐下来的旧衣物也不让麦秀去领。大成以为这辈子不会再和叶壮山有任何瓜葛。可偏偏又遭上了一件事。政府开始办低保那年，大成专门从城里跑回来去找叶壮山。不是他想吃，说实话他也看不上那几钱，他是想给屋后的刘婶家办。刘叔有先天性心脏病，重活干不了，生下一个儿子顾宝，遗传了先天性心脏病，也干不了重活，女人也娶不上。一家人日子难熬。大成心里很不好受。娘生下他没奶，刘婶正奶着顾宝，刘婶就匀出一个奶头给大成吃。一岁了断奶时，大成还黄皮寡瘦的，刘婶说再让吃上一年。这样大成在刘婶的奶头上吊过了三岁。吃得把刘婶当娘，不认自己的娘。跟顾宝争婶的怀，大成弱，争不过顾宝，但他会抠，顾宝脸上老是横一道竖一道的。刘婶就搂着大成咯咯咯地笑。这些年了，刘婶叫大成就一个字成，就像叫顾宝一个宝。吃个啥稀罕还念着大成给他留一口。大成也一直把刘婶叫娘，没改过口。刀槽村人有一句话：没吃过胸前奶也吃过掌心饭，胸前奶、掌心饭，都是大恩。大成感念这份恩。娘去世后，大成就把刘婶当娘了。可是这个家是个大坑，他想填也填不起来。他把顾宝带到工地，让他拉个线，扶个桩，跑个腿，送茶水，找工具，买个烟。政府办低保了，他就想低保就是给刘婶这样的人家吃的。给刘婶家办个低保，日子也能有个补贴。叶壮山眯着眼睛说刘婶么该吃该吃，我会考虑的。可第一年没有刘婶，他又提着礼物进了叶壮山家的门，叶壮山说你这娃，心急吃不了热豆腐，你当办个事简单啊，没名额呀，我在争取。第二年也没刘婶，大成再去找，叶壮山说不是我不想给办，是上面不给办，我在争取。三年都过去了，刘婶一家没吃上低保，张大拿却吃上了低保，大成再也压不住火了，要是张大拿够吃低保的标准，不要说是刘婶一家，刀槽村人人都够标准。大成蹬着村长的门槛说瞎子都看出来这事有多么不公正。叶壮山捋了一下头发说大成，张大拿吃低保我也吃惊，人家在上面都办好了，上面的章都盖全了，拿着表来盖章，我有啥办法。大成说你没办法？给你家亲戚办咋就有办法了，给别人办就没办法了？借着你有权力，该行好就行行好吧。叶壮山敲着桌子说用得着你来教训我？大成啊，你要是当了这个破村长，你就啥都明白了。从叶壮山家回来，大成就把儿子的作业本拿过来，开始写信。他要告这些狗日的。可是除了叶壮山，他却又不知道还要告谁，就写你们下来查一查吧，看一看吧，问一问吧，听一听吧，该吃的吃不上，不该吃的吃上了，国家那么好的政策给他们弄日塌了，瞎子都看出来这事有多么不公正。写了两页，念了三遍，署名的时候就写了刀槽村全体村民。可他不知道这信该往哪里投，该投给谁，撕下来把信带到城里，向经理讨教后投给了省纪委。信投出去后，他心跳得不行，咋能不怕呢？这是告状，告不好就把自己告进去了。半个月后，他接到了村长的电话，说有急事。他问啥事，村长说你自己惹下的，你不知道？他抖得就不行了。

这封信从省纪委里转到市上，从市上转到县上，县上就派了几个人到了镇上，又从镇上到了刀槽村。叶壮山看了信，就叫来了校长。校长看看那信，就回去把学生的作业统统收齐抱来了。几个人爬在那里一对一找，就找到了大成儿子的作业本被撕掉的两张纸，茬口一对刚刚好，而且，大成写字下笔重，纸上落下的印痕也看得明白。几个人又盘问了大成一番，大成实话实说。调查的人走后，叶壮山说老侄啊，你说你倒捅这个马蜂窝做啥，比我们日能的人都不敢捅啊。大成说蜇不死人，我把铺盖卷都准备好了，等着他们来拉我哩。后来，上面并没有把大成咋样，却把乡长给撤了。把叶壮山的村长也给拿掉了，可拿掉再找不上合适人，过了半年又恢复了。大成心里还是很爽快。刘婶一家人都吃上了低保。刘婶跑到乡上给他打电话，说成，给村长送啥？大成说娘，给他送个屁，你别管。可刘婶还是送了，把一只喂着准备过年的大羯羊拉到了叶壮山家。这次叶壮山到做了件人事，没收那只羊。

大成知道叶壮山肯定有事，等着叶壮山快点进入正题。

叶壮山说大成侄儿，你看老叔现在这光景，就剩下要着吃了。

大成嘿嘿一笑说你老人家越来越会说笑话了，你一个堂堂大村长，咱刀槽村最高领导，要着吃，让人不笑掉大牙，影响咱刀槽村形象哩。

叶壮山说唉，别耍笑你叔了，你婶是个药罐子，一天不吃饭能活，一天不吃药就活不了，以前吧，村上收这费那费的，叔不瞒你说，这村长还有点油水，现在啥都不让收了，一年给那几个钱连老叔骑着摩托车跑着开会的油钱都不够，还要招待干部们下来吃喝，大春没了，女人也飞了，两个孙子也眼看着一天天大了，你说老叔这日子咋过？说着就啜泣起来。

这一说到大春，大成就坐不住了，在地上转圈圈。大春做过几年代课老师，叶壮山一直在跑转正，结果没办成，后来学校又撤并了，就给裁掉了，在家里猫了两年，只能进城打工。这几年大成打工打出出息来了，他把方圆打工的人组织起来，集体揽活出工，这样活好揽，也免得有人落单，工钱也好谈，好要。大家都喜欢跟着大成，吃不了亏。用人单位也喜欢，队伍整爽，有人理事，省心，活还干质量高。开始，大春也是跟着大成，可大家都不待见大春，一是他是叶壮山的儿子，大家不拿好脸色给他看，说话捎言带语的，一是因为大春当过老师，毛巾、被褥、茶缸都收拾得紧当，用了他的毛巾，他会淘洗，躺了他的被褥，他又抖又扫，喝了他的茶缸，他会洗涮半天，搞得很生分，大家都很反感。一起干了两年，大春就自己走了，跑了单帮，谁知就在城里出了车祸，连肇事车辆都没找到。媳妇守了一年改嫁了，两个娃一个都不带，丢给了叶壮山。要说大春，跟大成一起耍大，一起读书，后来大春当了代课老师，大成出门打工，身价有了差距，来往的少了。忽然大春没了，大成心里空落落的，有一段时间老想大春的事，心里疙拧疙拧的，要是自己多少关怀关怀大春，也不至于这么个结果，可后悔也晚了。

叶壮山鼻涕眼泪一把一把往鞋底上抹着，说大春要是跟你出去，也不会出事，出了事也会有个交代，可这娃偏跑了单帮，呜呜呜。

大成最怕人给他哭，忙说村长，你就说吧，有啥难事你就说。

叶壮山说你把老叔也带上，叔这老脸不值钱了，你就看在我两个孙子你两个侄儿的脸上，我得给他们挣念书的钱，你说不出去挣点钱以后咋办？

大成给叶壮山哭得心里也酸汪汪的，就说你放心，有我大成吃的花的，就有你吃的花的。只要你老人家不怕人家笑话，明天动身，在我家门口集合，坐蹦蹦车出门，你回家收拾一下吧。

叶壮山抹了一把泪，站起身说谢谢老侄。

大成把烟酒给村长塞到手里说这你带上。

叶壮山不提，说这酒、烟我现在一样也不敢动了，大夫说一动死得更快。

大成说那就放在家里招待干部吧。

叶壮山搓着手，大成说你要不提走，我就不带你出去。

叶壮山走后，麦秀从灶火里出来说你真要带他出去？

大成说带！

麦秀说他能干啥？啥也干不了了，犁把都扶不稳，重一下冒一下的，那种庄稼种的还不如个我，再说年岁也大了，这两年一直病快快的，就是个药罐儿。

大成说我就想让他给我干干活，让他从我手里接钱，让他看看我的脸色，让他知道低眉下眼有多难受，我就等着这一天哩。

麦秀说气好出，可工地上都是力气活儿。

村子黏在一团儿，放个屁都臭几家，下午管子几个就来了，说叶壮山跟我们一起去打工？

大成点点头，长宝说他能干啥，当了那么多年村长，早缓残了，骨头怕都柴了，干活连个女人都不如，去了也就是个吃闲饭的吗，养他？

李海说他啥时眼里有过咱？见了咱上眼皮奋拉在下眼皮上，就像没个眼珠子，现在知道靠咱们了。

管子说要我说带上就带上吗，让他也看看咱们的脸势。

柱子说要说咱们几十个人带他一个，捎带着也就走了，只是气不顺吗。

初十一大早，叶壮山背着一个老大的铺盖卷儿往大成家来了，西北风一呼儿一呼儿卷着，叶壮山走得歪歪斜斜的，柱子说你们看，他能干个活呀，风里都打摆子哩。

大成瞥了一眼，说啥都别说了。

叶壮山来到大成家门口，蹴在墙根抽烟，眼角挂着两行老泪。

大成长叹一声说现在谁还背铺盖卷，去城里置一套被褥，花不了几个钱。

叶壮山说城里买的不抗寒，这被子絮了狗毛，褥子缝了狗皮，人老了就不耐寒了。

3

省城七横八纵的街道都在扩，大成他们已干了两年。这活生分，不像盖楼拆楼，混在一起干，活个灰浆，递个砖块，吊车上挂绳勾，活有个轻重。今年的活是砌街道两旁的道牙，把压好的路面挖出渠槽，把石条栽稳当。一个人一截，用尺子拉，分工很明确。一块石条上百斤，小伙子搬挪都费劲，挖渠槽就更吃力，沥青石子混合的路面上百吨的碾路机压了又压，压得像石板，一镐下去一个青印，扎在石头上，溅出火星来。

才干了几天，叶壮山就明显支撑不住了，活老落下一大截。大家都很大度，自己活做完了，一人一块道牙石，落下的进度就赶上了，可都甩着一张脸子，这脸子叶壮山得看。叶壮山赔着笑脸，千恩万谢的。大成看在眼里，心里也美美的。一个月过去了，叶壮山明显瘦了，而且大成发现，这么大的苦，到了晚上，一个个呼天扯地的，叶壮山却睡不着，弓着身子老翻身，一把一把吃药，白天一坐下就发呆，打盹儿。吃饭也吃得不多。

答应带叶壮山出来，大成其实心里早盘算好了，准备让叶壮山做饭。二十几个人的饭一直是由建筑公司安排人做的，钱从工钱里扣。灶上忙活的人都是城里人，一方面不用心做，一方面口味也不合，重要的是买菜打肉上捣鬼，克克扣扣。大家意见很大，经常起口角，大成就找经理，找过后好上几天又倒回来了。找得次数多了，经理毛了，骂了灶上的又来骂他们的。大成就想自己起灶。叶壮山来后，一上工他就想找经理谈，可他想让叶壮卖上一月苦力，受点苦累。现在他觉得够了，就找王经理提出他们自己造饭，把伙食费拨给他们就行。王经理拍着大成的肩膀说好，好，自己做最好，钱一分不少拨给你们。

管子说便宜他了，我还想好好看看他的笑摊，让他老觉得欠着我们哩。

大成说也快六十的人了，拖下的活你干啊。

建国说唉，算了吧，看着也可怜，做饭没问题，给镇干部做下饭的，差不了。

老烟锅咬前烟锅说要说咱们出来受的气跟村里着的气算个啥，老叶折了儿子，也可怜着哩，几十个人的饭也够他受的。

一天三顿饭，叶壮山做得精心，还买了绿豆、茶叶，给大家熬好绿豆汤，煮好茶，一个个杯子里灌好。大家褪下的脏衣裳也洗了。大成看不过眼说衣服你不要给他们洗，这不是你的活。叶壮山说唉，闲着也是闲着。大成说那也行，他们一人每月给你五块钱。叶壮山说算了，算了。大成说我这人公平。

傍晚散工，吃过饭，大棚里会分成几摊子，"跑得快""斗地主""折牛腿"，五毛钱的赌注，打上一阵，倘若遇上个雨天，就打得昏天黑地的。大家打牌的时候，叶壮山煮好一壶茶，给一个一个添。大成不喜欢玩，喜欢蹴在棚外，看着城里的灯光盘算些事。村里的学校越来越不行了，派不下来老师，雇临时老师教，教上几天跑了，娃娃老放羊，他想把儿子转到城里来念书。天气越来越旱，全球都变暖了，村里的地越来越不养人了，他想把麦秀带来到城里揽活，城里女人能做的活也多哩。顾宝这几年手头也攒下了点钱，家里吃上低保了，该娶个女人了，还得他打捞。自己日子这几年过得顺溜，是托了先人的福，爹十周年忌日快到了，该念三昼夜的经，唱一场大戏。大成一蹴下，叶壮山就爱往跟前凑，大成想走开，又觉得有些过分，再说也没处去，就互相让着烟吃。叶壮山就说些过去的事，有些他不记得了，有些他有印象，有些喜听，有些不喜听，像叶壮山说有一次，一个炸雷，你一头扎进他怀里，他就不喜听。

叶壮山笑着说，你这娃从小就怪嘛，还记得你骑着驴，把一把青麦捆在一根长竿上，撅着长杆。

大成噗扑地笑了。这事他当然爱听，也有记忆。要从绿茫茫的草地上拉回一头驴，不是件容易的事，要从四处都乍着灌浆的麦穗的麦地要拉回一头驴，更不是件容易的事。犟驴犟驴，越拽越犟，越抽越犟。大成就拔一把麦子，捆成一把子，绑在长杆的一端，然后骑在驴上，将长杆伸向驴的前方，驴为了撵着吃那把青麦，长杆伸向哪里，驴就走向哪里。

这天早晨下起了雨，平时苦大，都盼着下场雨，好好睡睡，缓缓筋骨，可真下雨了，又睡不着，都在棚里打牌，大成坐在棚外檐下，把手伸进棚檐挂下来的雨帘来回割着，叶壮山把大成的杯子端出来，递给大成，在檐下蹿了下来，说你这雨要下在咱们那里多好，城里人不喜雨吗，早晨去买菜，两个人脚下打滑了，撞到一起，兔儿蹬天，弄了一身泥水，起来不骂仗打架的，却都骂老天爷。

大成抬起头看看叶壮山，没说话。

叶壮山说你脑勺不长头发那个疤是一个雨天落下的，还记得不？

大成后脑勺有指头蛋儿大一坨不长头发，娘说是小时候从墙头上摔下来，挂掉了一坨皮，后来那里发炎了，长了个脓包，脓挤了，头发不长了。

叶壮山笑笑说树尖尖上的杏子黄了，你站在墙头上够着摘杏子吃，脚下一打滑，一个仰躺掉下来，掉到我家院里来，后脑勺磕在猪槽檐上，血咕咕往出冒，你爹在山上放羊，我把你背到赤脚家包的。

大成摸摸后脑勺，叶壮山说日子过得太快了，想起来就像昨天的事啊。

大成知道叶壮山说这些有巴结讨好的意思，其实他不喜欢人这样。

叶壮山说小时候我就看你这娃将来不是平地卧的兔，你说吧，挽个塑料兜兜吊在长杆子上，套我家院里树上的杏呀梨呀苹果呀，你说我家院里靠墙的苹果树、梨树树头都伸到你家院里去了，半棵树的果子都挂到你家院里，你不摘着吃，偏偏弄个长杆子在我家院心的树上揪。

这事大成也有印象，心里说揪伸到我们家院里的果子，还不知道你生啥事哩。他笑着说偷来的果子甜、香。

叶壮山咯咯地笑了一阵，说我和你婶在墙后面笑，你不知道吧，我还给你婶说，这娃将来不是一般的出息。

大成也笑了，说我家伸到你家院里的树半面果子年年让你家先吃光了。

叶壮山说人嘛就这么个，都有私心嘛。

大成说你家伸到我家院里那半面树，果子我家可一直给你留着的，落了的果子都给你家送过去。话说到这个份上，大成觉得该把这话说出来。

叶壮山说那是，那是，你爹这人实诚啊，是好人啊。

一提到爹，大成就站起来走了。

4

三个月工钱没开了，大家着急了。大成找王经理几次。王经理说政府工程嘛，还能欠下农民工的钱？放心，下个月保证没问题。要说，他们跟这家建筑公司也是三年的关系了，一月一开工资，很及时的。到第四个月工钱还没发，大家都着急了，再有半月，就到年关跟前该回家了，再耽误不得了。大成只能再去找王经理，王经理却来找他了，大成上了王经理的车到了王经理办公室，王经理说去年政府资金就没全额拨付，今年公司一直垫资在干，说要拨款到现在一分钱也没拨下来，年底款又贷不上。大成说那咋办？你知道的，家里娃娃上学、老人看病、养羊养猪都等着这钱。王经理说这我知道，我找你来就是跟你商量这个事。大成说咋商量，欠到明年，那他们还不把我给撕着吃了。王经理说不是，不是，这些年啊跟农民工打交道多了，知道难处，一年了七事八事的，都指望着这钱过年。大成说那你啥意思？王经理说我的意思是咱们合计合计从政府往来要钱。说着，拿出几张报纸，翻开指着一幅照片说你先看看这篇报道。大成就读了那篇报道，报道写的是农民工讨血汗钱的事，照片是一位农民工爬上了高高的塔吊站在臂架上，打着横幅："还我血汗钱。"看完后，经理又拿出一封报纸，指着一张照片说你再看看这篇报道。大成又读那篇报道，写的是市长亲自为农民工讨血汗钱，图片是市长站在农民工中间。经理又拿出一封报纸说你再看看这篇报道。大成再看，是写农民工如数拿到自己的血汗钱，照片是一群农民工手里攥着大把大把的血汗钱，还有一幅照片是几个农民工给市政府送锦旗。

大成说你想这样要钱？王经理说没办法，不这样他们不给拨款嘛。你们也爬上脚手架，打出讨血汗钱的横幅，这样市领导就会出面给你们解决。大成说这样行吗？王经理说你要知道真正欠你们钱的是政府部门，你们这样一做，他们当然重视。你们是农民工，中央三令五申农民工工资不能拖欠，那是一根红线，谁撞抹谁的帽子，政策厉害着哩，你们的命值钱啊。大成说又翻着看了一遍那几张报纸，说就是我们这么做，就那么巧让领导碰上了，让记者撞上了？王经理笑笑说碰是碰不上的，可以请记者来。大成说请记者，我们上哪里请记者，认都认不得。王经理说你看这报纸上有新闻热线，一打保准有记者来，记者对这事感兴趣。我还给你准备了电视台几个记者号码。大成说这样真能解决？王经理说报纸上一登，电视上一播，领导跑得比孙子还快。大成说好，就这么整。王经理说你们做个条幅，选一个人爬到吊塔上把条幅吊下来，然后站在塔吊臂架上，让记者拍拍照。大成说这没问题。王经理说一定要注意安全，可别真的掉下来。大成说这你放心，我亲自上去。王经理拍拍大成的肩膀说你上去干啥，让面相老、脸上皱褶多、干瘦如柴的上去，领导一看，心里一颤，事就成了。大成说那这样不是把你公司给臭了，抹黑了。王经理说没办法呀，臭就臭了，黑就黑了，总不能让你的人没钱回家，我的人没钱过年吧，这既是帮你，也是帮我。王经理给大成扔下了一盒"中华"说塔吊我看你选广场上的那个塔吊，广场上人多，离市委、市政府也近，说不定有领导经过就能看见，那塔吊是大雄建筑公司的，你认识不？不认识我给他们说一声。大成说认识，我们曾经给大雄公司干过工程，那塔吊司机肉头熟着哩，只是给你们公司讨钱，却爬人家的塔吊。王经理说没关系，报纸上这个讨债的爬的也是不是欠债公司的塔吊，你们就是为了讨债。大成说那好。王经理说千万别把我卖了，这事你知我知，给你下面的人和记者都不能说，我们是从政府手里往来逼钱，我这个经理是政府下文件任命的。把几张报纸递给大成说这几张报纸给你带上，有人调查你就说是从这报纸得到的启发。大成捏着报纸往外走，临出门时，大成又踅回去说经理，不会把人抓起来吧。王经理扑哧地笑了，说你咋这么想哩，你们现在是大爷，是讨工钱，又不是犯法，还抓起来，他们跪在地上求你们还来不及哩。又说到时候我会来现场，记着，我说下来再下来。

大成回来，晚上就把人召集起来，说看样子咱们不想个办法，工钱一时怕要不到手。柱子说那咱们就去把建筑公司围起来。大成瞪了柱子一眼，翻开报纸让大家看。大家传着看过，大成把报纸收起来，说你看这么一闹，市长一出面，他们三天就拿到工钱了，现在政府欠公司的钱，比这更容易。

就说到了上塔吊的事，柱子说大成哥，我上吧，我早就想到塔吊上去瞭瞭这城到底有多大，数数三十层高的楼到底有多少，整天在工地，啥也不知道，回去人家问都没啥给人说。管子煽了柱子一个耳光说还不记病，上次让人家老总扣了五十块钱，不是大成，都把你开了。有一回柱子偷偷往塔吊顶上爬，爬半腰让总监看见了，吼了下来，给了一个耳光，要罚二百块钱，还不让在工地干了，大成好说歹说，最后做了保证，才罚了五十块钱。柱子说管子，这是最后一次，今年回去把我另开。管子绷着眼睛说再跟我擘我看看，由了你不成。大成说管子，你上吧。管子说上个塔吊到没啥，就怕到时把我抓起来。大成说抓个屁，墙上咋写的？还抓起来，他们来了不把你叫爷才怪哩。管子说为啥偏要我上。大成说你长得老相嘛，猪头纹又大，又早早白毛了，领导一看，心里一颤，就把事给咱们妥妥地办了。管子嘿嘿笑着说这么说长得老相了也还有用处啊，好，我上。大成说明天早上十点钟，管子上塔吊，其他人都围在塔吊下面，李海、柱子负责给记者打电话报告，记者来了实话实说，把家里的困难都摆出来。

这时间围着围裙一直站在外面的叶壮山走进来，说大成，我上吧。柱子哈哈哈地笑了，说村长，你上?！有几个人就跟着笑。叶壮山说大家听我说，我咋也是一村之长，以村长的名义他们会更重视……建国打断叶壮山的话说你还当在咱刀槽村哩，这是省城，别说你是村长，就是镇长来了人家都不尿的。叶壮山说村也是一级组织，以组织的名义力度大些，你看这公章我还在身上带着哩，就是怕出来遇上个啥事，你说这标题要变成村长站在塔吊上为农民工讨工钱，代表村里，更得劲儿。大成挠挠头说那倒真是得劲儿，村长上去就代表村里，这势就大了。叶壮山说对对，村咋也是一级组织嘛。有人说你上得去吗？叶壮山说上得去，上得去。管子说也对哩，村长为村民讨工钱也是天经地义的事儿。叶壮山说对嘛，大成，咱们不是明天要做事儿嘛，今晚就弄几桌实打实的菜让大家吃吃喝喝。大成一拍脑袋说对对对，你去办吧。叶壮山说我就拿出在镇上招待市长的手艺。大成说你可别整大了，吃了上顿没下顿的。叶壮山说我有分寸。

叶壮山走了，管子说你真让他上，老胳膊老腿的，别再出个啥事。大成说给肉头一包烟，用塔吊吊上去，骑在臂架上把条幅挂下来就行了。

菜确实丰盛，十几道肉菜，白酒啤酒一起上，叶壮山也是又抽又喝的，大成说你不是几年一样儿都不动了，咋又喝又抽的。叶壮山说高兴嘛，你就让我好好喝好好抽一次吧，一半次死不了。几个关打下来，都带了酒，叶壮山每个人敬了一杯，就是几十杯。大成就劝说你别再喝了，多吃点菜。可叶壮山站起来说大家静一静，听我说两句。李海说静静，村长要讲话了。叶壮山说不敢说讲话，我先喝一杯，算是给大家敬酒。说着把三杯酒就灌了下去。叶壮山又说，谢谢大家，这快一年了，大家给了碗饭吃，诚心的谢谢。又端起一杯酒，对大成说尤其谢谢你，老侄。大成倒有些不好意思了，说谢啥，我在这把话挑明了，你也凭辛苦挣钱，一日三餐的，起早贪黑的，烧茶洗衣的，大家不要觉得村长是靠了我们，来我们一起敬村长一杯。管子说对对，确实，咱们这一年你看吃的吧，苦大，还都长肉了，那些王八羔子就知道克扣。大家都说对对，吃的确实好，不是胡吹冒料。叶壮山说我给每个人再敬一杯。大成劝也劝不住，只好说不能喝多了，别耽误明天的事儿。叶壮山说大成啊，你让老叔给大家再敬一杯吧，以后还得靠大家。大成说你谁的情也不欠，你是凭苦力在挣钱，没有你我们还得雇厨子，钱不少花，还没你做得好。

叶壮山又一个一个敬起酒来。大成给管子、李海几个使了眼色，管子站起来说散场，别把明天的事误下了。大家就都陆续散了，叶壮山一个人坐在酒桌前还不走，拖走又回来了。别人都走了，大成只好陪着。叶壮山说大成啊，老叔这个人啊，一辈子没活好，没活好啊，老也老了，没路走了。大成说你咋会没路走了。叶壮山拉住大成的手说大成啊，咱屋前屋后住了多少年啊。一提这话头，大成就不爱听了，也知道这酒疯子会缠你一个晚上，跳起来就走，叶壮山还在后面喊大成，叔有话给你交代啊。说着竟然号啕大哭，大成只能回来，叶壮山说你坐下，老叔没醉。大成点了两根烟，给叶壮山一根，叶壮山说咱们两家住的那个院子，原本是一个院子，是老财主家的院子，解放时均给你爷和我爹的，他们那时候都给老财主拉长工，后来就打了一道墙，隔成了两个院子，其实推倒就是一家，老叔搬走后，那院子就一直空着，今年回去，你就把墙推了吧，你收拾个院落，宽宽展展的。大成就说老叔，你醉了，快去睡吧，这夜寒了。之后硬把叶壮山推上床，盖好了被子。

5

吃早饭的时候，大成说管子，还是你上吧。管子说没问题。叶壮山说大成，说好的咋又变了，还是我上，我是村长，以村长的名义力度大点。大成说你年龄大了，塔吊四十多米高哩，不管咋，让你上我们不地道。叶壮山急了，说大成，你听老叔说，就让我给大家办个事吧，这是个机会，再就没机会了。大成说天寒了，上面风大，刁人。叶壮山说没事，不就是在臂架上骑一阵，把条幅挂下来让记者们拍个照，老叔啊还没老到那个程度，到时候我下来还给记者村委会的盖章哩。说着拍拍腰部。叶壮山在公章把上钻了个眼，用一绺皮绳穿着，和钥匙拴在一起挂在腰里。叶壮山一脸乞求看着大成，大成只好说好吧，我给开塔吊的肉头说好了，吊上去，上去就骑在驾驶楼跟前的臂架上，把条幅垂下来就行。

广场建设已经搞完了，不过塔吊还没拆卸。叶壮山给吊起到臂架上，叶壮山一步一步往前走，大成仰头看着。叶壮山一摇一晃的，大成就高声喊，行了，行了，不要再往前走了，把条幅垂下来。叶壮山其实两条腿已经抖得像筛糠了，看都不敢往下看，可他还是一步一步再往前挪，边挪边说再往前走走，有气势。大成着急了，他看到叶壮山腿在抖，就喊好了，好了。叶壮山说我再往前伸伸。大成说别伸了，快坐下来把条幅挂下来，记者都来了。叶壮山这才站在臂架上，把条幅挂了下来。大成紧张地说老叔，你骑在上面。可叶壮山依然站着。

记者来了不少，背照相机的，扛摄像机的，围着塔吊拍呀摄呀的，一位女记者高声劝说老叔，你下来吧，我们帮你讨工钱，保证给你讨回来。忽然，叫声传来，消防车、警车冲进来，围着塔吊停了一堆。人群立刻乱了。开始有人向叶壮山喊话了，王经理也来了，把大成叫到一边说先稳住，别让下来，我看到市领导的车过去了，说不定领导就该出现了。起风了，呜呜的，裹着沙子，整个塔吊都有些摇晃，村长站在长长的臂架上，看上去就像一只老鸟，给寒风一拽一曳的，一头花白的头发一片纷乱，大成说不成，不能再等了，得让村长下来。王经理说你咋把村长整上去了。大成说他说以村长的名义，上面会更重视些。王经理说村长能顶个啥，你当这是你们村呀，那快让下来吧，别掉下来，老胳膊老腿的。大成就冲着上面喊村长，你下来吧。这句话一喊出，叶壮山站了起来，说大成，谢谢你们了啊。忽然，就从架臂上掉了下来。大成惊呆了，当他醒过来，哇呀一声扑过去，被一个警察扯住说砸到你身上连你也砸成个肉饼。

四十多米的臂架，相当于十几层楼高，120来了又走了。大成抱着满身是血的叶壮山，叶壮山已经走了。几个穿白大褂的公安鉴定过后，说通知让家人来把尸体拉回去吧。大成一把扯住公安说这事得处理啊。公安说处理，咋处理？是让人推下来的？去找老总处理吧。大成清醒过来再找王经理时，王经理已经不见了。打电话，已经关机。大成吼一声日他妈，咋这样的人。顾不得去找王经理，让李海赶紧回去，把兰英婶接来，两个孙子让麦秀照看着。其余的人腾出一个工棚来，布置了简单的灵堂，把叶壮山抬进去，让建国去医院旁边的老衣店买回了老衣给叶壮山穿好，又到街上买了烧纸、香、表，让柱子跪在叶壮山的头顶烧着纸。想想又让李宝去花圈店买了十几个花圈摆上。叶壮山死了，别让兰英婶来了看着寒心。

　　整个下午大成一直在给王经理打电话，可王经理一直关机。大成唯一的希望就寄托在了明天的报纸上。这是一个难熬的夜晚，十几个人围成一圈边抽烟边给叶壮山烧着夜纸，柱子说老叶呀老叶，你也算是有福气，看多少人给你烧夜纸，你说你心里愧不愧。管子又扇了柱子一个耳刮子，柱子说你老打我，别以为你是我哥我就该把你当神供着。大成说打得对，不打不成材。管子说你给我好好烧纸去。柱子脖子一梗说为啥？他是大还是先人？管子又抡起巴掌，柱子跳开了，大成却一个砍脖子砍在柱子的脖子上，柱子跪下去烧纸了。建国说这事弄成这样咋整？咱们得说说。大成说王经理这狗日的关机了，能说个啥？只能等明天报纸出来再说了，咋也得把村长的一条命钱给讨回来。管子说你去睡睡吧，我们轮流烧纸，不会断的。大成说睡啥呀，能睡得着，你们都去睡吧，明天还有事，我给村长烧纸。

　　第二天一大早，大成就在工地门口等着卖报的，各样报纸买了一份，可是没有一家报纸刊登他们的消息。大成慌了，按照记者来留下的电话打过去问记者为啥没登出来，记者说上面专门开会，这类事不让见报了。几家报纸都是同样的回答，又打电视台，也这么说。大成傻了，彻底没了主意，继续给王经理打电话，开始是没人接，后来不在服务区，大成明白王经理躲起来了。

　　兰英婶到了，倒显得没有多少悲伤，反过来倒安慰大成说大侄儿，你也别太难过了，你叔就是早走了几天，早死早把孽脱了，少遭点罪，也少受点疼痛。大成看着兰英婶说就是早走了几天？婶，这话咋说？兰英婶说你叔他得了癌症，晚期了，大夫说没多少日子了。大成手抖了一下，就明白了叶壮山为啥要跟着出来打工，为啥老缠着给他说过去，为啥坚持要上塔吊，原来是在这里等着他呀。便忙对兰英婶说这话对谁都不能说。兰英婶说我知道，这不看着身边没人才跟你说的嘛。

报纸、电视悄无声息，王经理又找不着，大成真是走投无路了，一群人堆在那里冒烟，柱子说抬尸上访。管子给了柱子一锤说这下倒出了个好主意，以后说话就说这样的话。抬尸上访他们在电视上看过，那年给市政府大门前铺砖也见过，很轰动，能解决问题的。于是就抬尸到了政府大门口，全副武装的警察来了几车，警察一下车，一些屁胆子就跑开了。只剩下大成、管子十几个刀槽村的人。纠缠到了后半晌，县上来了几辆车，连说带劝强拉硬拽地把叶壮山的尸体和兰英婶子弄上车，拉走了。

工钱是不怕欠下，只是个迟早的事，叶壮山的命钱可是一时都不能耽搁，事放凉了，就越没戏了。一大早大成起来，就一个部门一个部门找了许多部门，没找动一家，都说不归他们管。大成想进市政府大院，人家问他找谁，他说找市长，人家说市长不在，被人家挡在门外进不去。回来进了工棚，管子把一沓子钱递给他，说是工资。大成说王经理来过？管子说王经理没来，是马副经理来发的工资，找你找不见，我们就领了。大成看看工资表，就发现王经理已经从整个事件把自己抽了个干干净净，因为工资表上的日期打的是出事前三天，这就是说叶壮山上塔吊讨血汗钱是没根据了。大成说你没跟马副经理说叶壮山的事，没问王经理？管子说马副经理说叶壮山的死和他们没关系，王经理出国了。大成给王经理发了个信息：王经理，只要飞机不出事，我还能找到你！！！

小年这天八点，市政府大楼对面的塔吊上又站着一个人，几条条幅在凛冽的寒风中飘扬……大成是半夜爬上去塔吊的，除了这条路，他再无路可走了。

麦戏

豆、麦醇厚的香气覆盖了老埂岭的时节，野菊坪迎来了一段闲散的时光，就会唱一台大戏。野菊坪人叫麦戏。因为这段闲散的时光结束，豆、麦就熟了。虽然豌豆比麦子熟得早，但麦子是大庄稼，所以叫麦戏。可麦戏具体在哪一天唱，没人能够说死。戏班一路唱来，野菊坪人像熟悉自己的掌纹一样熟悉戏班子的行程，村子也是有数的，但不能说司家班从司家峁出门，第八日就该到野菊坪了，周家班从周店出门，第十日就该到野菊坪，顾家班从顾家庄出门，第十三日就该到野菊坪。日子丁是丁卯是卯，就像一个打磨的石匠，一划一划的，从不乱点数，可年年岁岁人不同，就有了变数。就说司家班，明明到了李家寨，隔着一道沟，响器都听见了，一些老人都追过去蹭戏了，野菊坪就该拾掇戏台子，谁也不能说明儿便是野菊坪的戏了，有可能在李家寨就得唱上两台三台的。或许谁家要唱神戏（日子太顺或太不顺，都要感念神灵的），或许谁家唱孝戏（说难听一点谁也不是孙悟空，从石头缝里蹦出来的，都是人生父母养的，六十花甲或七十大寿，儿孙是要感念恩德的），或许要唱还愿戏（生不下儿子，在庙里烧香叩头拴下的、娃娃灾病多到庙上求符禳解的，许下愿了当然是要还的），或许儿子满月、考上大学、发意外财，甚至谁家啥事也没有，脑子一热，就想请一台戏唱唱，等等。戏班子自然是不拒绝的。总之，谁也理不清戏班子一路唱来路上有多少打扰。因此就有说法，戏娃子的腿长在别人的嘴上。

不过今年不同，司家班到野菊坪的日子是早早就定死了。这日子像一只鸟已经在野菊坪的上空盘旋了多日。日子定死在那里，野菊坪人就安静地坐在院子里收拾一些即将要派上用场的家具，打磨镰刀，拾掇套绳，擦拭犁铧。这段闲散的时光结束，繁忙的日子就拉开了，豌豆黄了，收、拉、打、扬、囤，拾掇完豌豆，麦就黄了，收、拉、打、扬、囤，麦豆拾掇完，便是上午犁地，下午犁地。伏里天戮一椽，等于秋上犁半年。伏里天地里豆麦收净，草长疯了，翻到地下，就成肥了，因此说伏里天的犁头上有肥哩。半月后，油籽黄了，油籽收过，糜谷黄了，糜谷收过，洋芋该挖了，洋芋挖后，冬天就到了。只要天照顾，活只要种下去，就会一茬一茬长出来，土地是从不扯皮溜谎的。

暑假也在这个时候放了，学生娃出了校门就是土匪，占山为王，从不着家的，富足的大地就是他们的家。眼下，他们主要纠缠在豌豆地里。豆蔓上缀满了豆角，正是灌浆的时节，这时节的豆粒还是淡绿的水泡儿，一粒粒豆儿把豆荚顶起一个个小包，剥开豆荚，两排豆粒儿就像娃娃的一排乳牙，晶亮晶亮，搭在舌头上轻轻一卷，豆粒儿落在舌上，都不用牙咬，只将嘴巴合着轻轻一压，"噗"，豆粒裂开，豆汁溅在舌头上，浅浅的甜意和淡淡的香味瞬间就传遍了全身。

他们不用提篮提筐（这时节的豆角还不能煮着吃），只是边吃边揪着往口袋里装。不过像宝禾、虎子、豆娃、草绳、拴牢这些匪气重的娃娃，是没口袋的。有了口袋和人打捶，给人家从口袋一把拖住，不但撕扯了口袋，连衣服也捎带着撕烂了。可是，这难不住他们，他们把汗衫脱下来，铺在地上，把豆角堆放在汗衫上，揪够了就像包包子一样四面往起一攒，顺手拔三四根冰草一扎一提。结果往往他们的豆角是最多的。

当然不着家的还有狗，像忠心的仆人跟在娃娃的屁股上。他们在豆地里揪豆角，狗们在豆地里浪来浪去，栖集在豆地的老鼠、黄鼠、瞎瞎、地麻鸟儿被惊动，在豆蔓下面蹿来蹿去。这是狗们的口福。不过要在豆地里捉到一只，不比山野里容易，豆蔓牵牵连连，豆地都连成一片了，常常是狗们耷拉着舌头哈气流涎水而一无所获。

摘够了豆角，他们会在地头的老树下攒成一堆"打豆角"。他们从豆角堆里挑一个最长的豆角攥在手里，捶头对捶头一上一下的打，你说："豆角豆角打豆角，打不过了给五个。"我要觉得自家的豆角里豆粒多，就说："豆角豆角打豆角，打不过了给十个。"然后展开手来，剥开豆荚数里面的豆粒，谁豆荚里的豆粒多，谁就赢了，输的就得给赢家十个豆角。

　　赢家多半是宝禾。宝禾家的豆角总是比别人家的长，豆粒自然多。每个豆角里要别人家多一粒两粒豆子。这就是一样庄稼百样做。都是种地的，但种出来的庄稼却有出入。其实一眼就看能得出来，宝禾家的豆地墨绿水亮，蔓长秧大，而许多人家的豆地就没这么风光了，因为像宝禾大（爹）这样留在村子上种地的壮年男人已没几个，都出去揽活了，庄稼都是女人在务劳。女人种庄稼是比不上男人的。

　　狗也聚在一起，常常有十几只二十几只，黑的白的黄的麻的。

　　今儿"打豆角"打得了无情趣，都是边打边往狼嵝岘瞭着。才打了几轮，虎子就跳起来说打豆角有啥意思，不打了。也都说打豆角有啥意思，不打了。虎子上了树，铁墩、柱子也跟着上了树。宝禾没有上树，很有些失落。赢多少豆角没意思，重要的是赢的过程。

　　一辆大卡车拖着一条土尾巴终于从老嵝岘过来。虎子高喊起来：来了，我爸请的戏来了，我爸请的戏来了。他们从树上溜下来，都扑向大路。大卡车撒个欢子就到跟前了。虎子大狗浇尿般叉开两腿张着两臂站在路上中央。大卡车没尿他，连个弯都不拐，直扑扑冲过去，虎子吓得兔子一样跳开。大卡车掀起的土尘像一团云罩下来。当他们从土雾中浮现出来，大卡车已把他们甩下一大截。虎子说日他妈，我爸掏钱请的他们，连我都不认，追狗日的。都说追狗日的。于是就追着大卡车去了。

　　狗群也追咬着扑进大卡车掀起的尘带里去了。

　　宝禾站在那里没动，心里说看把你娃要得大的，当谁都知道你爸。土尘散尽，宝禾抱着豆角往家里走。大黑随着狗追了一阵，半道又趸了回来，撵上了宝禾。宝禾踢了大黑一脚，继续走自己的路。大黑跟在后面，走得却不甘心，不时停下来回头叫上几声。

　　回到家里，宝禾从篮子里掏了一块馍坐在门槛正吃着，他爸从地里回来了，捏着一把麦穗，一把豌豆蔓，一把扁豆秧。这是即将成熟的几种庄稼，都坐全了籽实。他爸说宝禾，给大舀一马勺水来。宝禾进去从缸里舀了一马勺水，他爸接过去咕咚咕咚灌进肚里，就一屁股坐在崖荫下，抹下草帽扇了一阵，开始一个麦穗一个麦穗揉，青绿的麦粒就从指缝间漏下来。

他爸边揉边说站着做甚？剥豆角呀，看每个豆角里有多少豆子，剥二十个豆角，算个平均数出来。宝禾知道他爸要估摸收成。豌八扁二麦六十，谷三千，糜一摊，这是他爸挂在嘴边的口诀。都以二十棵为准，如果一个麦穗平均有六十粒麦子，一个豆角平均有八颗豌豆，一个扁豆角平均有两颗扁豆，一个谷穗有三千粒谷子，一个糜穗要揉一摊糜子，庄稼就成收了。就是少两三成也是不错的年景。

宝禾站在那里，双手抱在胸前，看他爸揉着麦穗。他爸抬头看他一眼说站在那里做啥，快剥豆角，看这豆角大的。宝禾扭身走了。他爸说这娃咋了，神神道道的。

今日的晚饭当然要比平日早，可晚饭还没吃，戏园子就闹嚷嚷的，一些人已来占地方了，有抱砖头的，有提板凳的，他们占下地方，就不会回去吃饭了，家里人会把饭送来，有的干脆拿着馍端着茶缸子蹴在那里吃上了。当然先到的最多的是娃娃。

戏园子有些年头了，上面有一个"忠"字还很清楚，一边四条长短不一的线条表示着光芒四射。戏台两边的墙框上"斗私批修""阶级斗争"的字样依稀可辨。戏园子就在宝禾家旁边，院墙和戏园子共用一道墙。宝禾上了墙头，看见最前一排的中间已摆好了几把椅子，宝禾知道那是村干们坐在位置，蒜头鼻（支书）、大耳朵（村长）、三只眼（会计）会坐在那里看戏。虎子拿一根棍子划着圈儿。划一个圈，说这是铁墩的，铁墩就把小板凳放下了。再划一个圈，说这是喜利的，喜利就把抱着的石头放下了。顺子、柱子、来福等都有了位置，最后虎子划了个圈，往墙头甩一眼说这是宝禾的。大家都抬头看骑在墙头上的宝禾，宝禾撇撇嘴说不稀罕，骑在墙头上透风透气，无遮无拦，不比地上好。石头说我坐哪里？虎子撇下嘴说你骑到墙头上看去。石头有狐臭，他家的狗都不跟。

石头抬起头看着宝禾。宝禾他爸不让人上墙头看戏，说费墙，对宝禾说墙骑倒了咱黑水汗流地往起打，人家歇荫凉哩。不过他要谁上来，谁就可以上来，大多还是给面子哩。宝禾知道石头想到墙头上来，但他是看不上石头的，如果虎子给石头一个笑脸，石头就会屁颠屁颠跟在虎子的沟子后面，石头最没骨气，没骨气就没立场。可现在看来谁又是有立场的呢？

他对石头说想上就上来。当然他让石头骑在下风头。

司家班的戏从不拖台。"嘭嘭呛呛咚咚嚓",一阵鼓梆锣镲激越的狂敲乱打之后,二胡、板胡、唢呐起板一阵混奏,一男一女一枪一刀一阵混打,一个光头一连串翻了十几个跟头,舞台上一片尘飞土扬的热闹。这叫闹台热场子,也算是招呼人。

戏开演了,是《五典坡》。不是《周仁回府》《游龟山》《铡美案》《哭庙》《穆桂英挂帅》,就是《下河东》《三娘教子》《火焰山》《三滴血》,哪台一唱就是几个小时。尽管他们认得出黑脸的包公,白脸的曹操,花脸的张飞,红脸的关公,知道包公出来要吼了,秦香莲出来要哭了,关公出来要耍大刀,可他们对这些戏一点都不喜欢。其实大戏里面也有他们爱看的,《武松打虎》《猪八戒背媳妇》《大闹天宫》,尤其是《拾黄金》,两个白眼圈的胡来最是个活宝。只是这些戏是不常演的。

一个女人扯着哭音在台上转着圈咿咿呀呀呜呜哇哇的唱开来,他们知道这一唱就没完没了,就不耐烦了,开始起坐,吵闹。他们的不安分招致大人们粗声大气吼骂:些碎驴日的,远去,远处去。脾气暴的干脆拿鞋底就砸,大耳朵扳下鞋底撵过来扇他们。他们才不愿坐在这里,就蹿出人群往后帐里去了。

其实每台大戏,他们都围着后帐。后帐很神秘,白天看戏子一个个和地里做活的人没甚区别,灰头土脑的,可从帐后走出来就像换了个人,皇帝、娘娘、将爷、军校,个个威风八面,器宇轩昂。他们想知道的是凤冠上那些明灿灿的小球是不是真金白银,老虎那双眼睛咋就会扑闪扑闪,包公的铡刀、关公的大刀、武松的刀、张飞的丈八长矛是真的还是假的,猪八戒的鼻子是啥做的咋那么像真的,更想知道孙悟空手里的金箍棒怎么能发出一道道金光,最想知道胡来、武松、钟馗、孙悟空这些角儿是哪个戏子扮的,总之,这许多的想知道只有进到后帐里才能知道。

可是,他们是进不了后帐的。后帐是黄帆布搭起来的,连光都不透。只留一道门,供戏子从那里出将入相。每家戏班总有那么一个满脸核桃纹的老头,挺一杆三尺长的烟锅凶神恶煞一般把守在后帐门口,因为哪一件道具在娃娃看来,都是宝贝。

虎子一帮潜伏到了后帐，就被司家班看后帐大门的老头堵在外面。老头头秃，可眉毛特别歪，足有二寸长。这样的人面相凶恶，他们见着就怵了。尤其咬在口中的一杆三尺长的铜烟锅，烟锅头有鸡蛋那么大，又重又烫，随时会抡过来，连大耳朵的孙子都抡过。宝禾挨过一次，给烧了麻钱大的一个坨坨，坐了个疤落了印子，胎记一样。

尽管后帐不容易进，但他们还是要闯闯运气，那烟锅不知抡在谁身上，就听哇呀一声。从门里进不去，他们又想揭起落在地上的帐篷，宝禾笑笑，那帐篷落地的几面都窝进去一长绺，上面堆放了衣物箱，道具箱，压得死死的，根本就揭不开。没有揭开，他们聚拢到墙根下来，虎子两手擦在口袋里，说："都想看啥？"大家互相看看，虎子点着公鸡说："你说你想看啥？"公鸡嘻嘻一笑说："《拾黄金》。"虎子又点着黑蛋说："你说你想看啥。"黑蛋说："我也想看《拾黄金》。"虎子说："你们都想看《拾黄金》是不？"大家齐声说："是。"虎子说："好，我让他们给咱演。我爸花钱雇的，想让他们唱啥他们就得唱啥。"虎子说着往墙头甩了一眼，走了。

虎子一走，铁墩说："人家听他的吗？"

小山说："他又不是大人，人家听他的？"

黑蛋说："他连后帐都进不去，还想点戏。"

小山说："看去，看去。"

一群娃娃就起来一溜烟往后帐去了。

宝禾心里说撅上杆子打月亮，不知天高地厚，看把你娃日能的，人家听你的。这唱戏、点戏从来都是大人的事，轮得上你娃指手画脚，丢人都不知道咋丢。

果然那老头长烟锅一挺把宝禾拦在后帐门口。宝禾心里一阵快活，虎子说戏是我爸请的，我要看《拾黄金》。那老头说滚，滚，再不滚，小心我抽你娃一烟锅。虎子说我找我爸去。

虎子他爸坐在蒜头鼻和大耳朵中间，吃着纸烟。宝禾看到虎了猫着腰穿过去给他爸说了啥，他爸就跟着往后帐来了。虎子大说娃娃们爱看《拾黄金》嘛，你就加唱一折，钱少不下你的。那老头头点得就像鸡啄小米说好好，给他们唱，娃娃也是人嘛。虎子禾他爸又说娃娃瞌睡早，《五典坡》上半场唱完就加唱吧。老头说行行行，一切听老板吩咐。虎子还是想进后帐，老头的烟锅在虎子的头上敲敲说快走开，戏子要出场了，别挡路，要不晾场了。说着就像赶鸡一样，把一群娃娃赶了出来。虽然虎子没能进得了后帐，可宝禾还是很失落，因为那老头答应要唱《拾黄金》了。

既然要演《拾黄金》，宝禾就想知道谁演胡来，这将是明天他们要争执的焦点，他一定要赢。宝禾正撅着屁股揭帆布的边儿，屁股上挨了一下，宝禾回头一看那老头站在墙根，宝禾正想跳墙而逃，那老头却举着一个大杯子说去你家给我倒杯开水。宝禾极不情愿地接过杯子，老头说倒好了，送到后帐里来。宝禾一下子就高兴了。倒好了水，进后帐的时候，宝禾觉得身后有人，回身一看，小山、铁墩跟在身后，宝禾说不要出声，脚步轻点。

进了后帐，看到小秃子正化妆。那小秃子画脸子竟然不是照着镜子在脸上画，而是在手上画，一个手掌画一道眉毛，半张嘴，半边白鼻梁，掌心里一团胭脂，然后，镜子都不照，两手往脸上一按一揉一抹，一个《拾黄金》中的胡来就活脱脱地出来了。这下他们可是开眼界了，小山啧啧啧的说真能，铁墩说我以后也要唱戏。

老秃子烟锅别在领口站在一边指指点点，比比画画地说着，最后说你把项链抹了，别转头的时候甩出去了。小秃子说那除非把脖子甩折了。忽然，小秃子舞着两把满是油彩的手往他们脸上抹，他们躲着叫着跑出来，小山还是给抹了一脸。

《拾黄金》开演了，胡来挤巴着两个白眼窝一摇三晃，翻跟头，驴打滚，打倒立，既装男，又装女，还像电视上跳霹雳舞、太空舞：

说我穷，道我穷，/人穷干下了穷营生。/昨晚睡在城隍庙，/西北风吹来浑身冷。/想前些年我运气正，/挣下的钱就拿不动；/买下个毛驴往回送，/爹也是喜，娘也是喜，/媳妇一见 嗯呦 就胡骚情，/锅灶里边烙得嘣嘣嘣；/这几年，运气瞎，/掷骰子一掷个瞪眼八，/打牌不来杠上花；/家产、田产、好财产，/一下子卖了个平铺摊；/没办法、可咋办呀？！/抱着肩膀跑回家；/爹也是打、娘也是骂，/媳妇一见，呸！呸呸！/不要脸的东西你死去吧！/死不死、不由咱，/她能唾来咱能擦；/死皮赖脸把她气，/没料想气死了爹和妈；/媳妇离婚回了娘家，/丢下我，光棍汉，/大街乞讨度生涯；/有一天我运气好，/隔壁大嫂对我嘹；/隔门给我一碗饭，/我只顾吃、没顾上看，/有一个丫环好捣蛋，/隔墙撇来一块砖，/不偏不妙砸得个端；

/打了碗、倒了饭，/大狗吃是小狗看，/把我气得翻白眼；/没奈何、回庙转，/搂着肚子把觉眠；/鼓打一更一点半，/冻得我啪啦啦颤；/鼓打二更二点半，/鼻涕流成长丝线；/鼓打三更三点半，/冻得我好像孙猴子吃辣蒜；/鼓打四更四点半，/冻成一个圆蛋蛋；/鼓打五更天明了，/拉上棍棍可要讨；/东庄讨、西庄要，/要到何日才能了，/才能了呀么才能了，/一定是个不得了……

说完这一段，又唱了一阵，然后带了他们最爱听的那段：

开口说咱们陕西省，/有一个县名叫扶风。/东扶风、西扶风，/两个扶风加武功。/武功有个玲珑塔，/塔上边坐了个喇眯僧。/头上顶了个烂补衬，/身上穿的千补丁。/教了六个大弟子，/个个弟子有名声。/大弟子名叫嘣吓愣瞪叭，/二弟子名叫叭吓愣瞪嘣，/三弟子名叫腾吓愣瞪獭，/四弟子名叫獭吓愣瞪腾，/五弟子名叫红吓愣瞪面，/六弟子名叫面吓愣瞪红。/嘣吓愣瞪叭会种瓜，/叭吓愣瞪嘣会敲磬；/腾吓愣瞪獭会种花，/獭吓愣瞪腾会拧绳；/红吓愣瞪面会种蒜，/面吓愣瞪红会捏龙；/嘣吓愣瞪叭他要敲叭吓愣瞪嘣的磬，/叭吓愣瞪嘣他要种嘣吓愣瞪叭的瓜，/腾吓愣瞪獭他要拧獭吓愣瞪腾的绳，/獭吓愣瞪腾他要种腾吓愣瞪獭的花，/面吓愣瞪红他要种红吓愣瞪面的蒜，/红吓愣瞪面他要捏面吓愣瞪红的龙，/嘣吓愣瞪叭敲不了叭吓愣瞪嘣的磬，/叭吓愣瞪嘣种不了嘣吓愣瞪叭的瓜，/腾吓愣瞪獭拧不了獭吓愣瞪腾的绳，/獭吓愣瞪腾种不了腾吓愣瞪獭的花，/面吓愣瞪红种不了红吓愣瞪面的蒜，/红吓愣瞪面捏不了面吓愣瞪红的龙，/嘣吓愣瞪叭原种瓜，/叭吓愣瞪嘣原敲磬；/腾吓愣瞪獭原种花，/獭吓愣瞪腾原拧绳；/红吓愣瞪面原种蒜，/面吓愣瞪红原捏龙……

虎子说："你们还想看啥？我再给咱们点去。"

马头狗日的立刻说："他们能唱歌吗？"

虎子双手插在腰里说："想听啥，说。"

铁墩立刻说："水浒传里的歌，就那个风风火火闯九州。"

小山说："还有嘻唰唰，嘻唰唰。"

虎子说："好，我让他们给咱们唱。"

宝禾叹口气，他知道老汉会同意的。果然，一会儿喇叭里就说《五典坡》全本唱完，将奉献流行歌曲。

《五典坡》终于唱完了，流行歌曲一唱开就唱得没完没了，虎子他爸也被请上台唱起来，一口气就唱了三四首。

豆麦没收之前，麦场空落落的，那就是他们的天下了，也是他们经常解决争执的地方。看完戏后，和大人们会回味评论，会把这个班的戏跟这个班那个班的戏比较，会把这个角儿和那个角儿比较，会起争执一样，宝禾虎子他们也会起争执。他们争执的当然不是大人们争执的哪个班的扮相走台好，哪个班的唱腔字正腔圆，哪个班的帽翅儿长袖耍得好，哪个班的女戏子长得好，哪个女戏子和哪个男戏子有事，而是争执那些神奇华丽的道具是咋回事，他们关心的那些角儿是哪个戏子装扮的。

太阳有三杆高的时候，他们都聚集在麦场上。"大弟子名叫嘣吓愣瞪叭，/二弟子名叫叭吓愣瞪嘣，/三弟子名叫腾吓愣瞪獭……"虎子正学胡来哩，半蹲在地上，踮着脚尖走，脖子像鹅一样一抻一抻。于是，其他人也半蹲在地上，像一群鹅脖子一抻一抻："四弟子名叫獭吓愣瞪腾，/五弟子名叫红吓愣瞪面，/六弟子名叫面吓愣瞪红……"

宝禾不屑蹲下去，两手抱在胸前，冷眼旁观。石头也没有蹲下去，倒不是不屑，而是他试图混进队伍蹲下去，却没有人愿意让他排在前面或者后面，被赶了出来。石头往宝禾身边靠靠，宝禾说滚远一点。

和往常一样就争执起来了。宝禾争执的就是昨夜的胡来是谁演的。以前争执是集体性质的，大家都会争，七嘴八舌的，可今日他们都哑巴了，争执就成了宝禾和虎子的争执。

宝禾说："戴项链的小秃子。"

虎子撇撇嘴说："别烟锅的老秃子。"

宝禾说："戴项链的小秃子。"

虎子叉起双手，往宝禾前挤了一下说："别烟锅的老秃子。"

宝禾也叉起双手，往虎子前挤一步说："戴项链的。"

虎子又往前挤一步说："别烟锅的。"

宝禾也往前挤一下说："戴项链的。"

两个人肚子都腆到一起了，谁都不退让，你顶一下，我顶一下：

"老秃子。"

"小秃子。"

"你说是小秃子就是小秃子？"

"你说是老秃子就是老秃子？"

"老秃子，我说是就是。"

"小秃子，我说是就是。"

"我说是就是。"

"我说是就是。"

最后就剩下个互相顶了，你顶来我顶去。

早前，宝禾说戴项链的小秃子，其他人就会跟着他说戴项链的小秃子，哪怕是他看走眼了。宝禾有号召力，并不仅仅是因为他个头大，是班长，重要的原因是他学习好，拿过县上竞赛一奖，是县上表彰的三好学生，这震动大了。全县有多少学生，用他爸的话说就像沟谷坡峁上的羊群，数都数不过来，可第一名就一个。村子上人都把他叫秀才哩。当然，宝禾不是凭空雌黄，除了有号召力外，他有条件得到更多信息。野菊坪唱戏都在戏园子里，戏班子用帆布搭后帐一边就搭在他家墙上。骑在他家墙头上看戏是最好的位置了，可他爸坚决不让人上墙头看戏，每逢唱戏，他爸是边看墙边看戏。当然宝禾是可以骑在自家墙头上看戏的。这样他常常把帆布边子揭起来看后帐里面的状况。尽管那把后帐的老头会趁他不备给他一烟锅，但看到的情况终归要比别人多。比如像孙悟空的金箍棒为啥舞动起来会放射出五颜六色的光芒，就是不锈钢管上面钻了许多小孔，里面还装了四截大电池，开关往上一推，小孔里能放出刺眼的光来。宝禾就是看着那扮孙悟空的把四截大电池一截一截装进去，还推开关试了一下。当然，宝禾没看到或没看清的，也会通过分析试验得出正确的结论，比如那回唱了钟馗捉鬼，钟馗嘴里喷出火来，噙着的是啥，有说汽油，有说酒的，宝禾觉得不该是汽油，汽油噙在嘴里喷出来，"嘭"一下不连嘴和衣服都烧着才怪，他爸以前抽烟的打火机是烧汽油的，从镇上灌了一酒瓶汽油回来，给火机加了油瓶盖没塞就打火机试，结果"嘭"瓶子都着了，把他爸的眉毛、头发都燎了，不是被子在旁边捂得紧，还不知闯多大祸哩。再说汽油喷出来的火没那么大的烟。要是酒，喷出来不一定着燃烧，就是燃烧了火焰也没有那么大，而且火焰是蓝的，他爸腿崴了，用酒洗要点着，点了几次都点不着，最后把盛酒的碗烧热了才燃起来。那到底喷的是啥？宝禾说是煤油。为了证明他说得对，他还试验了一次，大家这才信服了，不过也把眉毛燎了。再比如武松的那把刀，他说肯定不是真刀，要是真刀，一刀下去躲闪不好砍实了，还不真就把装老虎的人杀了。可大家说那刀分明闪着银光，不是真刀能闪银光。结果第二天戏班子走的时候，往车上装东西时把刀压成了两截，顺班子顺手扔了，他们抢过来一看果真不是真刀，是木头片子，刀口之所以闪闪发光是刷了银粉。

有时为了验证他是对的，他们会追随着戏班子去看戏。当然也不是看戏，而是想方设法进后帐验证他们的争执。有一回戏班子唱《包公赔情》，包公的扮相出来像装满粮食的麻袋一样，卸妆的时候他看到唱包公的竟是穿红衫的那个女子，纤纤弱弱的。原来她在戏装里面穿了防寒服。第二天争执的时候，宝禾卖了关子，不说里面穿防寒服，而是说一定是那穿红衫的女子。他们都认为他这次错了，就是说那么粗的声嗓可以憋出来，可那么莽的身体是能憋出来的？就鼓动赌输赢，要是宝禾输了，宝禾一人给他们一毛钱，要是宝禾赢了，他们一人给宝禾两毛。为了弄明白，他们直追到张台子，守在后帐周围，直守到包公唱罢，到后台来换了妆铁墩和石头纠缠住了看门老头，其余冲了进去，那女子衣妆已卸，但脸妆还没卸，头顶的月牙还金光灿灿的。宝禾赢了，赢来的钱请大家吃了麻辣条。

争执谁都希望自己是正确的，每次争执宝禾都是对的。可是今儿，他们都不说话，都那么看着。宝禾扫了一眼小山、铁墩，可小山、铁墩却不看他。宝禾心里骂着叛徒、汉奸、走狗、狗腿子。

虎子说："小山，你说。"

小山扭头看看铁墩说："好像是别烟锅的老秃子，铁墩，你说是不？"

铁墩说："啥好像，明明就是别烟锅的老秃子。"

宝禾眼睛绷得牛大，才明白为啥大人骂人的时候会说睁大眼睛说瞎话了。

小山说："宝禾，肯定是你看错了，虎子连戏都能点哩。"

铁墩也跟着说："对，就是老秃子。"

于是都说："是老秃子，你看出来那脸上的皱褶，比猪头上的还大。"

宝禾没心争了，他知道就是虎子进去看见是小秃子，只要他说是小秃子，他就会说老秃子了。

虎子又用肚子腆了宝禾一下说："为啥每次就你是正确的，看把你能的。"

宝禾正走神，被虎子一腆差占腆了个仰躺，他扑上来，两个人又腆到一起，你一下我一下腆着，虎子腆不过宝禾，被腆得一步一步后退着，忽然，虎子说："你娃能得狠，你娃再能，你爹还不是我家长工！"

宝禾撇撇嘴说："你爹能得狠，还是跟在人家屁股后面像狗一样，摇尾巴舔脚面的。"这是他爸说下的话。

虎子撬了宝禾的领口，宝禾也撬了虎子的领口，都拼命地拧，两人的脸就胀成了紫洋芋。这时，胡萝卜的娘走过来，把两个人撕开说："尿不到一个壶里，各耍各的去。"

虎子用眼梢子扫了宝禾一眼，说："我爸说了，城里那些大老板都没文化，没一个上过大学。"说着掏出十块钱，"石头，去买十袋麻辣棒来，一人一袋，买一块钱一袋的，五毛钱一袋的不好吃。"

石头跳起来，接过钱蹦子流星地跑去小卖部了。

虎子又用眼梢子瞟了宝禾一眼说："我爸说了，在咱野菊坪就是学得再好，也考不上大学，多少年了，咱村里考出去过几个？要考上大学得到城里去念。"

宝禾掉头走了，虎子的声音追过来："我爸说了，明年就转我到城里念头去，省城，给我请家教。"

宝禾没有回头。

虎子说："走了，上墩墩梁，吃麻辣条。"

其他人就说："走了，上墩墩梁，吃麻辣条。"

他们从宝禾的身边经过，上墩墩梁去了，经过宝禾身边时，虎子说："老秃子，我说是老秃子就是老秃子。"

"老秃子，我说是老秃子就是老秃子。"

其他人就像喊口号一样喊着往墩墩梁上去了。

狗们也跟着娃娃们上了墩墩梁。

其实也就半年时间，半年前，不要说是别人，就是虎子也还是宝禾的跟屁虫。虎子他爸在城里打工，有一天大老板来工地视察，站在脚手架下接电话，一块竹架板从十几层掉下来，虎子他爸扑过去把老板推了个狗吃屎，那竹架板就砸在老板站在那里，散成了一堆。虎子他爸的汗衫和裤子全挂扯了，沟蛋子都露在外面。老板爬起来，就给了虎子他爸一个官，还配了一辆小车。虎子他爸走了狗屎运就牛起来，坐着小车"日儿"回来了，"日儿"又走了。再给虎子给钱，就是十块二十的。那老板来过一次，给了虎子一匝子老人头。虎子也就乍狂起来了。

宝禾进了院门，他爸蹴在那里的抠牛。他爸抠牛很上瘾。他爸哼着。那紫犍子躺得展展的，四蹄奓开，眼睛微闭，舒服得直嗯嗯。当然舒服了，一天抠一遭，能上二两膘。宝禾家的牛滚瓜溜圆，毛色闪光，往牛群一站，一眼就认得出来，牴起架来，两三头牛都不是对手。抠牛犁地，犁地抠牛，他爸就一直这么重复着。宝禾想不明白他爸咋就不能像虎子他爸那样去挣钱呢？虎子他爸都能挣到钱，他爸咋就不能挣到钱呢？他爸人高马大的，胳膊就像松椽，有一年，他们在地里摔跤，他爸给虎子他爸让了后腰，虎子他爸都没摔过。他爸站在野菊坪的人群里，就像他家的牛站在野菊坪的牛群里，那么高大威武，可他爸就知道种地，不但把自家的地种着，还把别人的地也揽过来种。虎子家的地现在就包给他爸种着。因此虎子才说宝禾他爸是他家的长工。爷爷为此骂过，说虎子他爷原是咱家的长工，你现在租人家的地种？鼻子淌到眼窝里倒来了？可他爸还是租种了。

宝禾不愿看他爸在那里抠牛，他知道他爸抠完了紫犍子，又会抠花缠腰，抠完花缠腰，还会抠白脑顶。白脑顶是一头小牛，他爸会抠得更仔细。宝禾踢了一脚紫犍子，紫犍子睁眼瞥了他一眼，又把眼睛舒服地闭上了，哞——了一声。他爸抬起头看看他，说你看你娃闲不闲，好端端的你踢它做吗？越来越神神道道的。

宝禾说给我十块钱。他爸说学校又收钱咧？一扭头又说不对，正放假哩，你要钱做啥？宝禾说我想要十块钱。他爸像摸虱子一样摸了半天，摸出一块钱给了他。宝禾没接那一块钱，转身走了。

不知道大黑是啥时回来的，吐着舌头哈哧哈哧的，还靠在他腿上亲热，宝禾抬起脚美美踢了大黑一脚，大黑哇呜哇呜叫着跑远了。

他爸说你咋的了，牛一脚狗一脚的，脚痒痒了踢石头去，得是。

"日儿——日儿——"，虎子他爸的鳖盖车拖着长长的土尾巴，像一条龙在村里腾卷。宝禾知道，铁墩、小山他们都挤在鳖盖车里，窗口飘着气球。

吃过午饭，宝禾就出来了，经过虎子家时，见没人，他把虎子他爸的鳖盖车的气给放了。鳖盖车的气比自行车的气难放多了，他费了半天工夫才放了一个车胎，再不敢纠缠放第二个，就走了。经过小卖店时，他买了一大袋麻辣条，又买了一小袋跳跳糖。

宝禾向老爷顶爬去。老爷顶高，站在上面，四面的山就尽收眼底。一朵一朵的山疙瘩，就像是气势磅礴的兵阵。天空有些云朵，云朵遮挡了金色的阳光，把巨大的阴影投了下来，于是大地上便是云朵的影子。被苦盖着的山头，墨绿，被阳光照耀着的，便是翠绿，大地就这样有了层次。他们常常坐在山头上指点江山，打捶头占地盘，赢了一指说马头山是我的，鸡冠峁是我的，猪鼻山我是的，老鹰嘴是我的，他们这样扯着声高喊着圈着自己的山头。圈完了山头，他们还会点云，这朵云是我的，那朵云是我的。现在，一切都寂寞了。蒲公英一片茂盛，有的正盛开出亮黄的花朵，有的已经开败了，花朵变成一朵朵圆圆的蒲公英伞球，像顶着一团雾，宝禾掐了一把蒲公英，一朵一朵吹着，那团雾散开，化作一个一朵小伞，飞成了一片。

宝禾拆开麻辣条吃了两根就不想吃了，吃东西还是伙在一起抢着吃才香哩。

宝禾看见铁墩、大山他们拿气筒打气，宝禾说挣死你们这些睁大眼睛说瞎话的叛徒、汉奸、走狗、狗腿子。

宝禾睡去了，沉沉的睡去了。

等宝禾醒过来时，太阳变成了一块烧的烙铁，山谷间流淌着铜汁一样的阳光，烟洞里乳白的烟雾已经泛蓝泛青了，娘唤他的声音悠长，就像叫魂一样，一声接一声的，就像水潭里丢进一块石头，激开的涟漪，一圈圈散开，然后被山谷吸没了。太阳敛去了最后一抹金光，天空就像缭严了最后一道伤口，夜幕从东向西苦过来，山、谷、梁、沟隐藏了起来，一切都糊里糊涂了。宝禾站在老爷顶上，大黑站在他的身边，不时叫上几声，悠远而宁静。

我该怎么办

1

贺喜躺在床上抽烟，看着顾俏把一坨一坨的黄瓜片往脸上贴，就说了句当窗理花发，对镜贴黄瓜。顾俏还像二十世纪八九十年代的女人，用着黄瓜片，常会调侃贺喜说人家都是这水那水这膜那膜的，嫁了你一辈子就只能贴黄瓜了。贺喜明白，太贵的用不起，一般的还是用得起，只是顾俏认为用不起最好的，就用最自然的，总比一般的工业品好。

"叮咚"，一滴水从高空落下，落在幽深的水潭中，在宁静的夜晚十分清亮。这是贺喜手机的短信提示音。手机在窗台上，贺喜懒得起身去拿。顾俏说别装淡定了，去吧。贺喜无语。这也是顾俏常调侃的话，跟领导讲话的开场白，并无实际意义。顾俏把手机递过来，贺喜说你看吧。顾俏说我才懒得看呢。话是这么说，还是打开看了，撇撇嘴把手机递给贺喜。贺喜一看，短信是他的"书法"———一张便笺上写满了"我该怎么办"。发信人无姓名，号码也陌生。顾俏说外面那个怀孕了？贺喜感叹说过奖了，你夜夜睡在旁边，我精心侍候务劳都怀不上，还有那能耐。顾俏说那可未必，怀孕又不是几次完成，只需一次。贺喜怔了一下，顾俏话说得太实，本是个玩笑话，说实了就带别的意思了，这可不是个好兆头，贺喜不接茬，怕招惹得顾俏忽然生气。贺喜篡改了那首著名禅诗中的两句：家里若不生闲气，便是人生好时节，来表达自己现在的生活追求。

忽然又一声"蛙鸣"。这是顾俏手机的短信提示音。贺喜也调侃了一句，去吧，别让人家久等，已近中秋，夜寒了。顾俏把手机扔给贺喜，看吧。贺喜说君子不窥，看别人的短信是不道德的行为。顾俏用鼻子一哼说别装君子了。贺喜打开信息一看，竟也是他的"书法"，下面还跟一句：老贺出啥事了？发信人也没有姓名，只有号码。他的"书法"都转发到老婆这里，就说明这条短信像长着翅膀的小精灵，正在灯红酒绿的夜色里飞翔。贺喜坐了起来，顾俏说咋……咋了，谁的短信？贺喜还没说话，又一声"蛙鸣"，贺喜一看，还是他的"书法"，转发人是老妖。他不知道这老妖是谁。顾俏夺过手机说我看谁他妈的骚扰。贺喜笑着说哈，你心虚了，你心里有鬼。顾俏却说再年轻十岁，咱也红杏出个墙，这日子寡淡的。看短信后，顾俏盯着贺喜半晌说你咋了？贺喜说我能咋了？顾俏说你有事瞒着我。贺喜又点了根烟说我能有啥事？顾俏说那你写这句话啥意思？还一遍一遍写了一页纸。贺喜说手贱呗。

贺喜有写字的习惯，不过不像许多到知天命之年的官员，忽然就爱好起书法、写作或摄影之类，进军艺术界，被坊间讥为恬不知耻。贺喜写字不是临帖，完全是无意识状态下的一个习惯，就像癫痫病人犯病一样没有规律。所写内容也不是名人名言、诗词名句、励志格言，提笔便是"上善若水""厚德载物""天道酬勤""明德惟馨""见贤思齐"之类，他所写有时是一个字、一个词、一个人名、一本书名、一首歌名，比如：屁、恶搞、下乡、搁浅、喝酒、马航、岁月号、美国、生与死、对不起、为了谁、赵大军、王海涛、安倍晋三、朦胧诗、打酱油、糖尿病、胡诌八扯、张王李赵、三国演义等等；有时是一句话、一句歌词、一句流行语，比如：今天干啥呢、时间去哪儿了、大街上车水马龙、穿裙子的女人、白天不懂夜的黑、向天再借五百年、不看僧面看佛面、狗改不了吃屎、娃大了，能打酱油了、把权力关进笼子里、苍蝇老虎一起打等等；有时也写他人即地狱、生命不能承受之轻、难得糊涂这类名言。写得最多的一句话是"寻寻觅觅冷冷清清凄凄惨惨戚戚"，他知道这句话出自哪首词，上大学会背到现在依然记得，起初他是喜欢这首词的意境，现在只是喜欢这些词的组合，由这句又延伸出了重重叠叠浑浑噩噩熙熙攘攘坛坛罐罐磕磕碰碰口口声声吃吃喝喝……贺喜也想过为啥不写诸如"乘风破浪会有时""风正一帆悬""先天下之忧而忧"之类豪言壮语，大概是做秘书的后遗症。贺喜做过好几年秘书，领导讲话就喜欢用这些词句，除了有气势，还能显得有文化。他简直是烦死这些语汇，即使现在有人拿这些语汇说事时，都恶心得要吐。总之贺喜写字极其随意，就是一个习惯。贺喜也分析过自己写字，得出的结论是纯属无聊，与书法毫不牵涉。

写字的习惯是什么时候养成的，贺喜没有印象了，有时间可查是从有了一种便笺开始。两年前办公室配发一种便笺，三十二开，木浆纸，厚而柔，色泽泛黄，比以前的便笺更适合写字。同时配发的笔里有一种书法签字笔，粗而流利。便笺一面带胶，他写完后会把纸贴回去，就又成了一本便笺。一个月办公室会清理一次书刊报纸，贺喜清理得很彻底，可一本本"书法"却敝帚自珍地留下了。

虽不是临帖，但贺喜也会像书法家署上"某年某月某日贺喜书"。也有人认为他是在练字，一位领导就说大俗才是大雅，还举例说毛主席诗中就有"不须放屁"，谁能说那不一首好诗呢？贺喜本想提醒那不是一首诗，是一首词，可又没提醒，万一人家不领情，伤了脸面就不好了，领导都好面子。贺喜挂职副县长那几年，县委书记就把深圳念深川，干部只在背后窃笑，就是没人提醒，直到一位大领导来视察才提醒了书记，书记专门开了一场会，把大家训得像孙子一样。可背后干部都说这种丑只有上级揭领导才无话可说，下级装无知才是上上策。

因为写字的习惯只是在办公室才有，顾俏并不知晓，贺喜本想跟顾俏说说自己的写字，可顾俏贴了一脸黄瓜坨儿，看不出表情。又想及顾俏说解释就是再欺骗，说自己写字无疑就是解释，心里没鬼，解释什么？再说写字本就是一个无聊的习惯，就像有些人一闲喜欢掏鼻孔，有些人一闲喜欢掏耳朵，谁又能解释清楚为什么呢？

顾俏却说要是能打酱油了，领回来吧，我愿意当这个后娘，绝对不会折磨娃。贺喜便晓得顾俏认真了，就有意把话说得顽劣调侃一点，别刺激我好不好？为你守身如玉倒成了没出息的话把了，多少人拿这句话讥讽我知道不？顾俏用鼻子哼了一声，贺喜借题发挥，妈的，一个个眼邪嘴歪头秃口臭的瘪三包二奶养小三藏老四做干爹，你说我一表人才吧，没个二奶小三老四干女儿的，丢人不丢人？公平不公平？顾俏说别把自己说得那么清白。说着把半截黄瓜扔到贺喜怀里，又进卫生间做脸上的功夫去了。

贺喜嚼着半截黄瓜，又点开手机短信。是谁发的呢？因为手机里存储号码太多，记忆力又衰退，有时来电话一时想不出是谁，张冠李戴的胡应错对常受朋友误会，领导责怪，因此记录时就很细，名字前加上单位名称，比如电视台张三，民政局李四，房管局王五，有绰号加上绰号，比如猴子赵六，野猪钱七，大嘴孙八，这样确保接电话不会张冠李戴。不过生僻号码也常见，现在有两三部手机的人多的是，一是基层单位、企业送福利多是送手机，一是手机制造商和运营商打着让利的幌子捆绑营销，买手机送话费，存话费送手机等花样百出，都贪便宜。而这类手机多是专机专卡，一些人手机号码就不止一个。

贺喜回拨，对方却已关机，便续了一根烟开始回想。和他所有的"书法"一样，最先看到的是刘大原，我该怎么办？咋了？二奶转正？小三怀孕？老四叫板？干女儿红杏出墙？刘大原笑着说一定是干女儿怀孕了，她把套子扎了个洞故意套你吧，一看就是坑爹的货啊，咋这么不小心，上套前总得把套子吹吹。这是刘大原经常性的调侃。小张没有反应。这样的笑话都能做到面无表情，一本正经，不苟言笑。贺喜当时想这娃真能装啊，将来会是政坛一颗新星。

除了刘大原和小张，还来过几个人。办公大楼是新建的，因为他们处是个边缘处，分配办公室时只能等人家要害部门分配了才轮到，办公室就与厕所正对面。不过正创建卫生城市，厕所打扫得勤，倒也不受臊臭味儿袭扰，一些人上了厕所都会进来打一头，反增添了他们处的人气。只是从厕所出来都洗过手，湿乎乎的双手让人感觉不是滋味。几个人也都像刘大原调侃了一番，没一人评价他的"书法"，也没见人拍照。

正想着，又一声"叮咚"，贺喜给吓了一跳，打开又是转发他的"书法"，这次倒有姓名，还跟了一句话：出来混迟早是要还的。他笑了。"我该怎么办"，这句话脱离了当时语境，还真会让人产生许多想法。

没想出个所以然，贺喜倒把自己的"书法"细细看了看，觉得拍摄出来还真有几分书法的意思，便斜一眼正收眼袋的顾俏说要说我这字蛮不错的，比一些领导强。顾俏没有应答。贺喜又莫名其妙地感慨说人生就像蹲坑，有时你已经很努力了，但结果却是个屁。顾俏依旧无语。贺喜不敢再招惹顾俏，也就睡了。贺喜现在唯一感到欣慰的是自己还有觉睡，许多和他一般年纪的人已无觉可睡，就像一个孩子得想尽办法搞睡眠，比孩子更可怜的是已经没人哄你睡觉了，他挨枕即能入睡。

2

贺喜有些发福，多项指标超标，体检报告医嘱中建议了多种锻炼，贺喜都没坚持下来，唯独步行上班坚持下来。从家到单位四公里，正好是医嘱中每天要求步行的里程。贺喜洗漱后出门，在楼下吃碗拉面加一个鸡蛋，疾步至单位，微微出身汗，据说锻炼效果就达到了。然后开手机洗茶杯泡茶倒烟灰缸开电脑，喝茶抽烟看报上网，贺喜的一天就这样开始了。

今天手机一打开，"叮咚""叮咚""叮咚"的滴水声不绝于耳，好像他是在水帘洞里上班。贺喜顾不上泡茶，一一打开短信，全是他那幅"书法"的转发，附带着笑话、段子和安慰：

男人九怕：一怕情人怀孕，二怕二奶转正，三怕小姐有病，四怕媳妇拼命，五怕情人被撬，六怕老婆被泡，七怕赃款被盗，八怕群众上告，九怕干完还要。兄弟，遭遇了？！

被微博了？被微信了？被人肉了？被视频了？

死驴不怕狼扯，想开点，身败名裂跟咱们扯不上关系。

雇凶杀人！案破了就自杀嘛，这把年纪出事就是鱼死网破的事。

风流债是最惬意的一种债。

出来混迟早要还的。

牡丹花熏死，做鬼也牛逼。

多大的事，给一笔钱了事。

别犹豫，速战速决，先手就是圣手。

真有事，坦白是最明智的。

……

转发者都有名有姓，看来许多人都收到他的"书法"了。

有些家伙手懒，转发时连别人的附言都没删除：老贺出事了？跟进去的那谁谁有关？是他挂职副××那几年的事发了？估计事不会小。交往多年，没看出这家伙来。这无意中透露了他们之间谈论这事的小焦点。

贺喜泡了杯茶，拿起报纸，架起二郎腿，他并没看报纸，而是隐藏在报纸背后观察着刘大原。刘大原一副宠辱不惊风平浪静的深沉，贺喜是越看越像。早晨一路走来，贺喜一直在想这条短信是谁拍了发出去的，思前想后刘大原嫌疑最大。贺喜年届五十，虽然还差几个月，但年龄这玩意没人算零头。《礼记·内则》："五十始衰，六十非肉不饱，七十非帛不暖，八十非人不暖，九十虽得人不暖矣。"《孟子·尽心上》篇："五十非帛不暖，七十非肉不饱。"五十自古就是人生的分水岭，用时髦话说是重要节点吧。在官场上，贺喜是一步一个脚印走过来的：干事——副科级干事——副科长——正科级副科长——科长——副处调——副处长——调研员，现行体制下的官场台阶他是一阶都没落下，每个台阶平均耗时三点五年。官场上这样按部就班的人是没有大前途的。做副处长第二年，贺喜有过一次上好的机遇，他给派到一个县挂职任副县长，五年里他很努力，想转成正式的，最终未果。挂职回来，贺喜就把仕途看清了，也看淡了，因为他已过了这个级别提拔重要岗位的黄金年龄。贺喜现在的级别是调研员。不过这个调研员和段子中四大闲中的调研员不同，可以看成从副处向正处过渡的官阶，还有升职的可能，不过升也就是实职——处长，眼见的实惠就是搬出三人一间的办公室坐个单间，工资能涨几十块。长远的实惠是退休时倘若得到体恤，给个副厅待遇即副巡，便算功德圆满。处是一个边缘化的处，这样的机遇并不多，就是熬个级别，级别即待遇。路径清晰，结局明了，看到尽头的人都会有一种深深的倦意，这包涵倦意了漫不经心随遇而安的原素。不过眼下就有一个机遇，处长退了。处长之位贺喜的竞争对手就是刘大原。刘大原是个老副处了，优势在于比他小两岁，劣势在于他已是调研员。按规矩应该属于贺喜，但官场的诡异之处在于有时会论资排辈，有时却要研究研究，这一研究变数就很大，比如领导想用刘大原，就会提说干部要年轻化。领导爱讲一句话：机遇是自己创造出来的。这话贺喜也写过，一句泛滥的流行话语而已，现在想来真还大有玄机。或许刘大原就是从他写的"我该怎么办"这句话看出可利用的价值。刘大原一副风平浪静宠辱不惊的深沉姿态，贺喜越看觉得越像。

贺喜又审视那个无名无姓的手机号码。手机短信显示号码太小，他的眼睛已经花了，要把手机往远放才能看清楚。号码后面竟是8888，挺牛的。用这样号码的人非富即贵，贺喜在有交往的非富即贵的人群中搜索，一无所获。在办公室，贺喜打电话都是用座机，他边拨号码边观察刘大原。他怀疑这个号码是刘大原的。当然刘大原的号码他是知道的，但谁能保证刘大原没有第二部手机，第二个号码，况且刘大原的小舅子就是电信的副总。通了，却是个女的，问你是谁？声音娇嫩。贺喜嘻嘻一笑，你是谁？对方停顿了片刻，你找谁？贺喜说我找你呀。对方忽然拔高声音，你是谁？你想干什么？贺喜说你是谁？你想干什么？对方说你他妈的是谁？贺喜有些懵，这口气不对，这把年龄了，熟人不会张口闭口"你他妈的"说话。对方又尖厉吼叫，你他妈的到底是谁，跟我耍流氓，我报警了。贺喜立时起了一身鸡皮疙瘩，忙说对不起，打错了，输错号码了。对方还不依不饶，贺喜忙挂断手机，细看那号码，真错了，后面不是8888，而是8688，他把6看成8了。刘大原咯咯一笑说人要服老，人家不理了别硬缠，会出命案的。贺喜又用手机回拨那个号码，关机。

贺喜点根烟，想想，又把照片转发给了刘大原和小张。他听到了两个人手机短信提示音。两个人同时看手机，同时抬头看他，刘大原说老贺，开始卖字了？你那能叫书法吗？贺喜说咋不叫书法，你写两笔我看看？刘大原说你的意思我用脚？小张只笑不语。

又收到了几条转发的短信，调侃作风问题的居多，不过有一条短信让贺喜感到温暖：兄弟，你没事吧。贺喜觉得无聊，一低头才发现自己又写了一页：雇凶杀人。

贺喜开始找那幅"书法"，却没找到，问谁收藏了我的书法。刘大原咯咯地笑，小张说我没见。贺喜又找"我该怎么办"这句话的出处。这句话应该是说出来，可谁又会说这样的话呢？刘大原城府很深，如此表露心机的话是不会说的，小张更不会说，那是个少年老成的人。别人来串门，也不会说这句话，你无权无势，说给你有屁用。这句话如果来自报刊，不会来自文章内容，而是标题、兼题之类。报刊翻遍，没有发现。一根烟抽完，贺喜猛然拍拍脑袋，心里说这脑子看来真是迟钝了。一把手进去了，牵连了几个，就像一场地震，一时间整栋大楼人心惶惶，厅里"主动交代坦白从宽"的会开了好几场，"我该怎么办"成了萦绕在手中握有资金项目有实权的中层干部心头的一句话。一度他们这些没实权部门的干部见面调侃时就说我该怎么办。对，这句话就是这么冒出来的。

找到了出处，贺喜就像完成一件工作一般气定神闲了。"叮咚"之声不绝于耳，打开依旧是他的"书法"转发。贺喜郁闷了，把手机设到静音上，开始看报，手机就一阵一阵痉挛颤抖，他研究了半天，不知如何关闭震动。报纸的副刊、专栏贺喜看得细。今天日报副刊登了一篇文章，是关于当今诗坛的综述，贺喜细读了一遍。上大学时贺喜的梦想是成为一个诗人，因为那是诗如潮水的时代，半数以上的学生都写诗。在大学期间贺喜发表了一百多首诗，而且是他们大学在诗歌界核心刊物《诗刊》上最早发表诗歌的几个人之一。因为诗名他还收获了一场爱情，不过随着业毕人散，葬送在了残酷的分配现实中。毕业后贺喜进入行政部门，后来诗潮退了，诗也臭了，诗人被称为神经病，他就悄然退出了。贺喜不能不感慨万端啊，文章中提及几位被誉为当今诗坛的重要诗人，是曾和他处于同一起跑线的校园诗人，印象深刻。要是他不随波逐流，现在也应该是一个资深诗人，说不定这篇文章也会提到他。好汉不提当年勇啊。他想到毛主席的话，坚持就是胜利。

几份报纸看完，贺喜开始上网，他喜欢在网上看一些国际国内热点焦点问题的深度透视。伊拉克、利比亚、叙利亚、乌克兰、南海、钓鱼岛、反腐，世界很大，新闻很多。这类网页有笑话链接，他也会点开看看，轻松嘛。看了几篇最新报道，他点开一个笑话，一分钟交友广告后笑话开始：有个国王打了胜仗要庆贺，让大臣去给弄100个猪头来。不一会儿大臣就带来了99个猪头。故事断了，闪出个"温馨提示"：别再往下看了，忙自己的事去吧。可"继续"像小行星放射光华。点击"继续"，一分钟治疗三高广告后故事继续：国王大怒，我要100个猪头，为什么只有99个，该杀！又闪出"温馨提示"：别再往下看了，忙自己的事去吧。再点击"继续"，一分钟增大增粗延时广告后故事又继续：大臣说尊敬的国王陛下，一只猪头溜出去上网了，正看咱们的笑话哩。贺喜哈哈大笑。

贺喜点了根烟，网页跳出个小方框"隐私地带"，点击，治疗阳痿早泄的广告后闪出个小方框"请勿点击"。贺喜犹豫片刻，点击，中奖16万广告广告后又闪出个小方框"请勿打开"；点击，无痛人流的广告后闪出文件夹"秘密"；点击，一分钟监听他人手机广告后闪出文件夹"机密"；点击，粉红佳人广告后闪出文件夹"绝密"。刘大原下班时拍拍他的肩膀说小心，这几日暗访浏览黄色网站。刘大原的提醒没错，眼下确实正对上班时间浏览与工作无关网站、打游戏、聊天、看视频暗访暗拍，抓住就曝光。不过贺喜看看刘大原那张脸，觉得刘大原别有用心。

贺喜眼睛胀酸，揉揉眼睛，闭目养神稍许，睁开眼睛，小张站在桌边，惊了一跳说你……你有什么事吗？小张说贺处，下午开会别忘了。贺喜说知道了。小张走后，贺喜看表已是12点，点击了"绝密"文件夹，闪出一行耀眼字幕："你是个傻×，你的电脑已经中木马了。"贺喜沮丧地清理了上网痕迹，关了电脑，拿起不停痉挛的手机看看，数条短信依旧是转发他的"书法"。

3

现在提倡开短会，下午的会说是一小时，却开了一下午，因为领导要参加三个会，到会时间一推再推。领导迟迟不来，大家都在会议室玩手机、讲段子。他的手机抽筋般震动，"书法"短信还在发酵，有几条就是会场的几位转发的，但他们却不看他。他垂下头看手机，能感觉到投向他的目光，耳缝中听到"贺喜"。直到五点半领导才来，党委政府关于一鼓作气促进经济发展保增长的精神传达完毕，领导又结合实际展开讲得收不住场，会散已七点半了。按说顾俏应该打电话来，问是不是有应酬不回家吃饭了。可顾俏没打电话来，贺喜心里就打起鼓来。到了小区，贺喜打电话叫顾俏下来吃饭。顾俏说你自己吃。贺喜吃了碗面回到家，顾俏躺在沙发上发呆，电视也没开。贺喜打开电视，顾俏说不想看看我的手机？贺喜故意说你又换手机了？顾俏就把手机扔到沙发上进卫生间去了。贺喜迟疑了一下，拿起顾俏的手机翻起来。

几十条短信都是自己"书法"的转发，还带着许多话语：

老贺当县长那几年的事发了？不会把你扯进去吧？你没事吧？

我给你早说过弄清楚他，你就是太天真，有事了吧，离婚了就不该复婚，狗能改了吃屎？！

老贺几年县长，咋也弄下钱的，跟他摊牌，绝对不能有仁慈之心，把钱榨出来再一脚把狗日的踹出去。

莫斯科不相信眼泪，只相信战争。我记得咱们去西藏你带回一把藏刀，捅了狗日的，气死我了，要不要我出面？

去纪委检举，现在一告一个准，不会查不出问题的。谁也别想好过！

……

贺喜看得后背发凉。顾俏有理由生气，再坚强的人也经不住这样的狂轰滥炸。

顾俏从卫生间出来说看了。

贺喜忙点头说阅读了。

顾俏说要想一天不安宁，就请客；要想一个月不安宁，就装修；要想一辈子不安宁，就找情人。说着盯了贺喜一眼，我现在是越来越信轮回了。

贺喜张张嘴没说出话来，苦笑了。往事并不如烟啊。他们离过婚。二十年了吧。那时候贺喜正青春，有些要好的朋友，打麻将，喝酒，唱歌，经常一起活动，于是两个人就有了争吵，冷战。为避免不愉快，贺喜开始撒谎，撒谎是预防家庭矛盾最有效的手段，他深信这句话。然而世界很大也很小，撒谎勤了难免会被戳破，贺喜撒谎加班，偏偏顾俏在街上就碰到了处长；贺喜撒谎喝酒，偏偏在歌舞厅遇上了顾俏的闺蜜；贺喜撒谎陪领导，偏偏领导把电话打到家里找他。顾俏都知道真相了，他还蒙在鼓里，回来继续撒谎。风起于青萍之末，却未必止于草莽之间，弄巧成拙时有发生。怀疑一旦产生就会持续发酵，最后便是捕风捉影，彻底导致信任危机。对于婚姻来说，怀疑最具杀伤力。顾俏一直怀疑贺喜跟王笑有事。两人既是同学，又同在厅机关，更麻烦的是庸常的生活把爱幻想的王笑变成了一个酷爱倾诉的人，除了约出去倾诉，还常打电话到家里来倾诉。那时间大哥大还很贵族。顾俏直接说王笑一看就是个水性杨花、人尽可夫的货。有一回贺喜出差，回来行李箱上贴着两张行李票，顾俏就怀疑他跟王笑一起出差。贺喜是跟处长出差，请了处长做证。处长走后，顾俏说你们把我当二货是不？两人编谎对付我？我看你们是一丘之貉，一人带了一个吧。女人不讲理，那可是真不讲理啊。

离婚是顾俏提出来的。贺喜抽了一根烟就答复了，那就离吧。顾俏呆愣了半晌才愤怒了。贺喜早就想离婚，她不提出来贺喜也会提出来，只不过是在等一个时机，而她竟傻乎乎给了他这个时机。顾俏直骂自己蠢货，如果贺喜提出来她怎么会轻易撒手？不让他脱层皮才怪。贺喜把一切都给了她，自己只留了买房首付的钱。贺喜如此痛快淋漓，在顾俏看来就是为了从速离婚，这进一步证实她对贺喜早想离婚的揣测，更让她认识到贺喜的阴险毒辣。顾俏肠子都悔青了。作为对贺喜的报复，在谈儿子归属时，顾俏极冷漠绝情地说我不要。如果她提出离婚贺喜表现得痛苦，极力反对，她不会放手晓晓，让晓晓在后妈的阴影下生活。男人离了婚就像脱离了樊篱的鸟儿，即使是残次品，也都成了钻石王老五，早上走个穿绿的，晚上就来个披红的，游龙戏凤潇洒着呢。她不想贺喜的阴谋太得逞了，带个孩子对谁来说都是负担，而且她要以晓晓为由头，搅得贺喜和那个婊子生活没有宁日，让王老五变成王老六王老七。当然也不能说她没为自己考虑。女人再嫁与男人再娶是没有可比性的，离婚女人就像步行街上的服装店，一年四季不是跳楼货，甩货，就是清仓处理，再寻一个配偶，又生怕不如前夫，总是为难，三年未必能寻到一个中意的，而流失的岁月对离婚女人来说简直就是前夫的帮凶。本就不好再嫁，拖个油瓶就更嫁不好。

　　贺喜只提了一个条件，住到他买下房。可过了两个月贺喜还没买房，顾俏说怎么还不买房，买了房早早名正言顺侍候婊子去，你不就盼着当贱货吗，赖在这里整天面对面不怕影响了你的胃口？贺喜说这是找一生的伴侣，你当是像你买衣服，买回来不爱穿随手扔了，连送人捐赠的想法都没有。顾俏说不好了再离嘛，多少靓妹等着哩，男人一离婚不都成了钻石王老五了，多离几次婚就成了王老大了。贺喜说你说话能不能不这样刻毒？顾俏说男人三大幸事不就是升官发财死老婆嘛。贺喜嚯地站起来说放你的狗屁。顾俏说我说错了？贺喜说就是我离得起，晓晓经得起折腾？我一次一次地离，给晓晓什么印象？父母是孩子的启蒙老师，这不是你经常挂在嘴边的？对晓晓公平？顾俏说啧啧啧，高尚的话人人都会说啊。贺喜说你放心，我不会赖着不走，房子迟早会买的，但得等到我确定了能替补你的人，离婚不易，结婚更不易，我现在买了房子，地段、户型、环境、装修人家要是不喜欢呢？做事得考虑周全了，省得像咱们这样打麻烦。顾俏说你对我可没有这样的耐心，真是二房当亲娘。话是这么说也就认可了，不认可又能咋样，儿子就是说服力。

　　虽说离婚了，可生活在一套房子里，因了晓晓吃在一起，玩在一起，说起来跟分居一样。半年过去了，贺喜一直没找，也没买房。顾俏倒先找了一个，见第二面那男人就把她按到了床上。她推不开，一把捏住了男人下身，才挣脱出来。那男人捂着下身半晌抬不起腰来，后来直起腰来说了一句话沉重地打击了顾俏，徐娘半老，还摆什么矜持装什么嫩。这让她在相当长一段时间反复搓洗自己的手，觉得这只手太肮脏了。

　　离婚的心情平复下来之后，贺喜经过顾俏身边会故意碰顾俏一下，这件衣服不错，真性感，会刮一下顾俏的鼻子，说这小鼻子又挺又直。顾俏当然会吼叫。有一天，贺喜去接晓晓，发现校园草坪上，孩子都是成双成对的，心里说这都成了啥了。贺喜发现晓晓正给一个女孩戴项链，一眼就认出项链是结婚时他给顾俏买的，当时没钱，还是找人借的。贺喜把项链拿过来，晓晓说把项链给我。当着小姑娘的面贺喜不好对晓晓发火，说明天再玩，今天都放学了，快回家。晓晓说我要给宝贝儿戴上让她回家给阿姨看。贺喜说听话，回家，明天再玩。晓晓声嘶力竭叫起来，把项链还我。贺喜有些火了，扯着晓晓就走，晓晓忽然咬住了他的胳膊，他甩没甩开，就给了晓晓一巴掌。晓晓嗷嗷大哭，在地上撒泼打滚，老师来了，说晓晓，为什么不听爸爸的话呢？晓晓说他是个坏爸爸。老师说不许这么说爸爸，给爸爸道歉？晓晓嘟着嘴不说话。老师说晓晓，不想拿小红花吗？这句话有力量，晓晓极不情愿说对不起。说罢，掉头就跑了。

　　回到家，吃过饭，晓晓睡了，贺喜去顾俏的房间。顾俏已经卸妆，穿着吊袋、大裤头在床上摆个大字。顾俏说出去。贺喜说结婚时买的那条项链呢？顾俏说你管得着吗？贺喜说你别一脸的阶级矛盾好不好。顾俏说卖了，那就是个圈套。贺喜点了支烟，顾俏说别在我屋里抽烟，滚出去。贺喜把项链扔到床上，我给你赎回来了。顾俏坐起来说你翻我的东西？贺喜说你儿子拿去给他女朋友戴哩，戒指说不定已成他们的订亲礼物了。顾俏跳下床看了首饰盒，果然戒指不在了，大喝一声晓晓，贺喜说你吼他做什么？他知道个屁，全怪你自己。顾俏说怪我？人跟种山跟岭，有流氓老子就有流氓儿子。贺喜笑了说你怎么越来越像个泼妇了，你曾经多淑女，咱们谈恋爱我拉你的手你还怕怀孕哩。顾俏说被流氓蹂躏过，还能淑女？贺喜说你别老流氓流氓的，很刺激人的。桌上放着红酒，据说红酒晚上喝一杯能养颜，顾俏便坚持喝。贺喜斟了半杯红酒说还养颜，嫁不出去了。顾俏扑过来一把夺了杯子说滚。贺喜说你怎么能打扰一个喝红酒的人呢？没情调，这是你曾经训斥我的话，你怎么变得这么粗俗了。顾俏说那得逢对谁了。贺喜把红酒一饮而尽，要说养颜，喝红酒不如做爱。说着就抱住了顾俏，顾俏说你干什么？贺喜说复婚啊。顾俏挣扎着说小心我告你强奸。贺喜说那我给你提供证据。顾俏说滚开，流氓。贺喜说还上小学初中呢，流氓现在是褒义词，我是流氓我怕谁。顾俏说只有流氓才这么认为，我要叫了。贺喜说高潮到了你就叫吧。他们就这么复婚了。

世界上没有哪一道伤口会愈合如初，每逢阴雨霏霏的日子伤口就会隐隐作痛。虽然复婚了，但离婚的阴影却阴魂不散，经常为离婚打口水仗。贺喜说离婚可是你先提出来的，倒把事赖在我身上。顾俏说可你连三分钟都没过就同意了。贺喜说你这人做事向来是深思熟虑的，你一脸冷漠，我知道挽不回。顾俏说哼，狡辩是你最擅长的。贺喜说你更擅长胡搅蛮缠。再吵起来贺喜说我压根就没打算跟你离，不然我为啥一直没买房？顾俏说少给我灌迷魂药，你看过多少房子当我不知道。贺喜说我那是想投资，你没看投资买房的人现在个个都是一副百万富翁的嘴脸。这么撕扯了许久，贺喜说咱们君子约定，今后谁都不提离婚那档子事，让它安息好不好？顾俏说除非你承认和王笑的事。贺喜说再离一次婚我也不会承认和王笑有事，她只是把我当成了一个适宜倾诉的对象，她心里充满了问题。顾俏说撒谎都能撒成哲学家了，她心里充满了问题，她心里充满了上床吧。经过十几年的时光流逝的冲洗，离婚的事总算都不再触及。现在贺喜担心这件事又感染了那道伤口，引发顾俏的更年期。

顾俏冲澡出来，又对镜贴黄瓜，贺喜点了一支烟开始讲自己写字的毛病。他刻意把习惯说成了毛病。顾俏说我怎么从没听你说过。贺喜说这有什么说的呢？就一毛病。顾俏说写一些乱七八糟的字？在便笺上？贺喜说嗯了一声，说今天我写的是雇凶杀人。顾俏说为什么呢？贺喜说无所事事，无聊嘛。顾俏说真的是无聊吗？贺喜一拍桌子说不是无聊难道还是为了在巴掌大的一张便笺上练书法？顾俏用鼻子笑了，说宁可相信世界上有鬼，也别相信男人那张破嘴，你就编吧，你有出口成章的撒谎功夫。

贺喜无话可说了，倒头便睡了。半夜起来上厕所，发现身边没了顾俏，蹑手蹑脚到另一卧室门前听听，有窸窸窣窣之声，知道顾俏没睡，心里就有些发毛，回屋上床，睡意顿无。现在的贺喜天塌了都不在乎，就怕家里出这种状况。早晨起来，看到顾俏一双熊猫眼，面无表情，知道冷战已经打响。这些年贺喜已经充分认识到冷战是最残酷的家庭暴力，顾俏却最擅冷战，冷战一旦爆发，那可不是一两周的事。好在要下几天乡，先避开锋芒再说，冷战最好是不要同处一个屋檐下。

4

周五下乡结束，贺喜回到家，顾俏不在。打电话顾俏没接，贺喜知道顾俏去找闺蜜了，那可是一帮怀疑否定全天下不说男人好话下辈子不愿再做女人的女人。到了周日，顾俏都没回来。贺喜心里泼烦，心里泼烦他会选择喝酒、打牌，歌现在不唱了，没激情，更嫌闹。这样的朋友贺喜不缺。一通电话打过，贺喜心凉了，一半人说有事。有事的都是躲他啊，怕他真出了事把他们牵连了。谁进去都有事，这已经成共识了。贺喜没了心情，又打电话对约好的几个撒谎说家里突然有事，改日吧。

周一上班，贺喜一进电梯，十几个人目光探照灯一般都"刷"投向了他。目光怪异、游离。有几个他不认识。单位有几百号人，贺喜虽在单位十余年了，但认识的尚不足三分之一。他出门的一刻，听到有人说那就是贺喜。流言就像病毒，感染没有禁区，他的"书法"肯定被广泛转发，这栋大楼上不认识他的人都该认识他了。

刘大原是越来越像那个人了。贺喜泡了杯茶，再拨那个号码，依然关机。一个电话打进来，是座机号码，他还没出声，里面传来说话声，通着呢，通着呢。电话就挂。他笑了，这是侦察他是不是进去了，进去了手机就不通了。那么外面肯定传扬着他进去了的传说。

到了这个年龄，岁月会为你滤出许多朋友，那便是一生的朋友了。几天来，好几个朋友打电话，问他出什么事了？他说没事。他们说真没事？他就把自己写字的毛病——现在他确实认为那是一种毛病了，说了一番。朋友都说真是那样就好。真是那样就好，表达着他们的焦虑与怀疑。

座机响起来，接起来还不等问话，那边就说到我办公室来。是大头头，听口气是有火。厅长进去了，书记一肩挑。贺喜来到书记办公室。

书记说你怎么了？

贺喜说我怎么了？

书记说你搞什么搞？

贺喜说我搞什么搞？

书记拍着桌子说我问你呢。

贺喜说我搞什么搞？

书记说还不承认是不？

说着把手机往他眼前一伸，你给我解释。

贺喜一看，是他那幅"书法"。

贺喜又把自己写字的毛病说了一遍，书记说练书法有拿这样的话练的？

贺喜说我不是练书法，是写字。

书记说不练书法你写什么字？跟我狡辩，玩哲学是不？

贺喜说就是个习惯。跟领导他就不能说这是个毛病了。

书记说少给我胡搅蛮缠，你到底想干什么？

贺喜说我没想干什么。

书记说唯恐天下不乱，你这是扰乱民心知道不知道，还嫌单位的关注度不高？现在不要说满大楼传得沸沸扬扬，都传到社会上去了，去开会外单位人问我你出啥事了。

贺喜很想知道是谁把他的"书法"转发给了书记，他去拿书记的手机，书记一把夺过去说你想干什么？

贺喜说我看看谁发给你的。

书记说咋，想打击报复呀。

贺喜说我哪有那本事。

书记说回去给我写检查，动机、经过写深刻了交给我，周三的民主会上你要给我好好剖析。

回到办公室，贺喜把写过的所有便笺拿出来，边喝茶边翻着，然后一本本装进手提袋，他要给领导看。很快他又打消了念头，他怀疑领导看了他的这些"书法"，不定又会产生什么联想，便把手提袋塞回文件柜，释然一笑，说算了，毬大点事，由他去也！

要是以前他会心绪烦乱，气血不畅，坐立不安的，现在他不在乎了。命该如此解万惑。这是贺喜前不久造的句。现在他就像一个遭遇不不幸的农民，会把一切归到命上。只要归到命上，人生就豁然开朗了。五十真还是人生的一个重要节点，贺喜已有了知天命的豁达与坦然。

不过贺喜还不能超然事外，他害怕事情持续发酵导致顾俏更年期提前。前两天还有人发段子，说两个老同事聊天甲说：最近我老婆好像更年期，记性差，经常提着菜刀找菜刀。乙说：老弟啊，你命真好，我老婆更年期一直都是提着菜刀找我。顾俏到了更年期绝对不会提着菜刀找菜刀，而会提着菜刀找他。据科学研究表明，更年期来得早结束得晚，来得迟却结束得早，有些女人更年期会持续到生命枯竭。因此他尽量不去刺激顾俏。顾俏更年期迟来一年就是他的福气。中秋节马上到了，晓晓要带女朋友回来。按顾俏的统计晓晓已经交往过十几个女朋友了，这一个顾俏已经明确她很喜欢，晓晓也要够了，该成家立业了。可儿子却说没什么特别的感觉。他教训儿子说过手十几个女朋友了，不要说特别感觉，连感觉都该没了。当务之急是在中秋节前结束冷战，力促儿子的婚事确定下来，以免刺激顾俏。贺喜回到家，顾俏还没回来，他打电话问顾俏吃啥饭。其实还不到问的时候，他是在讨好巴结。顾俏却冷冷地说你自己吃吧，就把电话挂了。

5

这天小储打来电话说喝酒。叫小储其实也是奔五的人了，年龄只比他小两岁。贺喜说和我喝酒？我现在是嫌疑犯，人皆避之唯恐不及哩。小储笑着说要知道自己有多少朋友，进去了你就知道了，你真犯了事，我会去监狱看你。见了小储，贺喜有些激动，小储说受伤害了？贺喜一笑说这把年龄老皮老肉的已经伤不透了，要伤只能是内伤。小储说知道你没那么脆弱。贺喜问都有谁，小储说就咱俩。

等菜的时间，贺喜的手机响起来。正是打了 N 遍都不通的那个号码，贺喜冲着手机就说你是谁？你到底要干什么？对方不语，贺喜急了，说你说话呀？这时贺喜听到他的声音从桌子底下传出来。

小储从桌下拿上一部手机，嘻嘻一笑 iPhone6 快出来了，iPhone5 降价搞促销，存话费送手机，专机专卡又办了一个号。又说去找你你不在，看到你写的字，觉得很书法，就拍了，转发给几个人想替你宣传宣传，可没一个人说你的"书法"，都问老贺出啥事了，又发了几个人，问话如出一辙。

贺喜立马扯小储去给顾俏解释。小储把事情讲述完了，顾俏看着他们，以范伟的口气说组团忽悠我来了。

小储急了，说嫂子，事实真是这样的。

顾俏说怪了，你啥时叫过我嫂子，叫嫂子我就信了。

两个人都无言了。又回到小酒馆喝酒。

贺喜忽然想起刘大原，觉得挺对不住刘大原的。小酒馆就在刘大原家小区旁边，就打电话叫刘大原出来喝酒，刘大原笑着说咋想到请我喝酒？贺喜说就在你家小区旁边，想起你了。刘大原来了，贺喜斟满一杯酒说我敬你。刘大原说为啥要敬我？贺喜说喝了再说，刘大原说不喝。贺喜自饮而尽，说你看着办。刘大原斟了三杯酒，一笑说你得喝三个。贺喜喝了，刘大原你不好意思说我说，你怀疑我？贺喜点点头，又连喝三杯说对不起，对不起。刘大原也连喝三杯说理解，理解。

酒喝罢，贺喜回到家，顾俏没有贴黄瓜片，而是静静地躺在床上，一脸呆痴。

贺喜刷牙后上床，点了根烟，正想如何开口，顾俏开口了，说吧，我有心理准备，啥事我都能接受。

又说，奔五的人了，有啥想不开的呢？

贺喜笑了，一起生活二十七年了，你还是不了解我啊。

顾俏说有些人一起生活了一辈子，还是陌生人，有首歌不就叫《最熟悉的陌生人》吗？

贺喜深深地吸了口烟，盯着顾俏，说我和王笑真的啥事没有，她或许有那意思，但我从没动过那心事，在我心里她属于说话可以，干事不行那种人。

顾俏不语。

贺喜说我跟老五有。

顾俏说哪个老五？

贺喜说你们不是要好的姐妹号称五朵金花吗？

顾俏坐了起来说你和她？

贺喜说那时候我刚挂职回来，正是绪情最低落最糟糕的时候，恍惚，空洞……

顾俏盯着贺喜，贺喜被盯得发毛，说你不信我，你不会以为我拿一个死人为自己遮事吧。

顾俏看着贺喜，贺喜说还不信？有拿一个死人为自己开脱的？算了算了，不说了。

顾俏长叹一声说我信。

贺喜说你不信啊。

顾俏把一沓纸条和他的身份证放在贺喜面前。

贺喜拿起来看，是手机通话查询单。贺喜瞪大眼睛说你调查我？

顾俏说你不说实话，我不调查你让人蒙在鼓里一顿乱捶？

贺喜说我对你一直都说的是实话。

顾俏又不语。

贺喜后悔自己太沉不住气了，倘若顾俏先拿出查询单，他就不会说出和老五的事了。说出和老五的事，既对不住老五，又埋下隐患。果然，顾俏说继续说吧。

贺喜说还说什么？

顾俏说你还跟活着的谁有事？

例假案例

1

事情起自于一次提前造访的例假。

童妍带的是高三语文，这个早晨她有两节课，第一节课是三班的，她是三班班主任，学生准备充分，配合默契，她的心情很好，课堂气氛好了上课就是一种享受。第二节课是四班的，上了十分钟，她就觉得下身一热，接着就有一种奔窜的感觉，顺着大腿两侧快速下流。童妍暗暗叫了一声坏了菜了，立刻过渡了几句，布置学生做高考模拟试卷，便迅速离开教室，往宿舍直奔而去。

夏季的童妍特别钟爱白色，今天，她穿着紧身的白色裤，她知道在没有任何保护的情况下，血在瞬间就会渗漏出来。她已闻到淡淡的气味。为了不让同学们发现，她将教案背在臀部，面朝学生背朝黑板自然地退至教室门口，这才转身迅速离开。

随着高考的逼近，童妍的例假就越来越没谱了，像一个不守校规的学生，不是迟到就是早来。而且一来就很多，决堤的水般一泻而下，不像许多人先来一点儿，算是打个招呼，这常常陷她于被动。上个月整整迟了六天，她还想着上个月迟到了，这个月就不会来得太早，就像睡觉一样，迟睡肯定早起不了。可谁知道却来得更早，整整提前了八天。童妍和许多年轻女同事聊起过这事，都说赶紧结婚吧，见了老公自然就正常了，见不到老公它也急呀。老大姐们则嬉笑着说年轻人，例假也年轻，不懂规矩，上了年纪就守规矩了。教研组长刘大姐说带高三都会出这种状况，我年轻时也是这样，有时候一个月来两次例假，等高考结束，自己就会调整过来，不是个啥事。刘大姐还告诫她说不要轻易去看大夫，大夫会把小病看成大病的，如今的大夫黑得很，都像药店站柜台的，拿提成吃回扣哩，有些病是看出来的。是啊，带高三谁说压力不大呢？尽管现在是一再强调不唯升学率为标准，但现实中升学率依然是学校和老师的生命线，不要说老百姓，就是领导们衡量学校和教师唯一标准，依然是高考的升学率。童妍也就一直没去看大夫。

学校单身公寓在校园的外面，从大门绕过去，就得十分钟。但有一道小铁门直通公寓，三四分钟即到，可是，为了防止学生开小差，学校规定只许早晨、中午、下午放学时才开放，其余时间一概铁将军把门。要想走也不是不可以，有一个掌门老头。只是这老头孤寡多年，见人话就多，问长问短，问寒问暖的，又极认真，让他开门，他总要上升到学校管理层面给你讲一大堆纪律，仿佛开一次门就是一次犯罪。而且还耳背。因自己耳背以为别人也耳背，说起话来高喉咙大嗓门的就像跟你吵架。童妍略加思索，就选择了走正门，被那老头纠缠住喋喋不休至少也得四五分钟，从时间的概念上算下来也差不多。此时正是上课期间，校园里没有一个人，童妍撒开腿迅速蹿出了正门，绕至公寓。回到公寓，迫不及待地脱掉裤子一看，白色的体形裤已经渗了巴掌大的两坨血迹，裤腿两侧也渗出两道，整个内裤就像漏斗了。裤子是纯棉的，倘若不及时清洗，就再也洗不出来，那这条裤子也就废了。童妍将水和洗衣粉、洗涤剂兑好，把裤子浸泡在水里，然后就冲了个澡，出来便开始洗裤子。洗完裤子就听到下课的铃声。童妍冲了杯咖啡，就在公寓里开始备明天的课，才翻开教案本，还没写完标题，手机铃声却响了起来。号码显示的是校长陈肃，童妍愣了一下，陈肃是很少给她打电话的。陈肃口气很冲地说马上给我回到四班来。还不等童妍问啥事，手机就挂断了。童妍想想，无非是她不在，调皮的学生捣蛋让陈肃给碰上了，正是高考冲刺的时间，陈肃当然会怒了。

童妍一走进四班教室，才发现校长、副校长、教务主任都在。一个个是怒容满面。她扫视了一眼教室，教室后面姜涛和汪小锐靠着墙垂手而立。

姜涛高扬着头，一脸的桀骜不驯，黑色迈克T恤被扯出一道长长的口子来，胸膛袒露，血迹斑斑。汪小锐则垂着头，长发乱做一团，白色迈克T恤也被撕了一道口子，眼窝已经青了。陈肃盯着童妍看过几秒，气汹汹地说处理完后到我办公室来。童妍有些不悦说要处理也是班主任来处理。陈肃往她跟前跨了一步说在你的堂课上发生的事，也让班主任来处理？！童妍心里说多大的事，小题大做。陈肃一干人等走了，童妍走到姜涛和汪小锐跟前盯着两个人看了几眼，姜涛高昂的头就垂了下来。她早就听说过这两个家伙为了校花桂玉菲扬言要决斗，也都发过"考取北大，迎娶玉菲"的誓言，这让她既高兴又担心。人一旦为情所迷，自制力往往是最差的，何况正是血气方刚的青春少年，她害怕这两个家伙真的像普希金一样，舞刀挥剑的去决斗。这类事学校每年临近高考时都会发生。去年，高三一班一个学生为了向一个女生表达爱，一把瑞士军刺从同学的胸口刺过去，导致那名学生死亡。家长从悲伤中缓过神来，就把学校给告了，还把孩子的尸体抬到了市委大门口，媒体又大肆炒作，弄得全城沸沸扬扬。童妍给姜涛和汪小锐分别做过思想工作，他们也向她保证以成绩论英雄，但她的心依然悬着。今天他们打了一架，从心理学这个角度来看应该是好事，即使不是所谓真正意义上的决斗，可这一架打过之后，他们内心郁积的毒素也就释放了一些，这会减轻他们走极端的系数。姜涛、汪小锐学习都不错，考取北大虽不敢保证，但如果不出意外考取个重点应该不成问题。看着两个家伙，童妍有些心疼他们，初恋总是那样让人感动。她在高中即将毕业时，有两个男生也为她打过架，比这两个家伙打得还要命，他们是在一个山坡上的一片桃林中打的，第二天到了学校，两个人就像决斗过的公鸡，满脸伤痕。毕业的时候，她分别给两个同学写了"我爱你"的字条。往事不堪回首啊，接着下来就是高考，就是天南海北的劳燕分飞，虽然他们现在还有联系，可是已经回不到那热血沸腾的青春时代了。童妍拍拍姜涛和汪小锐的肩膀笑笑说："你们满面光彩啊，在那么多校领导面前都展览过了，还不去把光彩洗去，难道要留着在全校的同学老师面前展览一番？"

第三节课是英语课，上课铃声已经打过十来分钟了，英语老师惠静等着上课，她附在童妍的耳朵上说："不是校长罚的他们，是史国史主任罚的，史主任把气生大了，脸都绿了，就剩扒下鞋底来抽他们了。"童妍这才猛然想起来，昨日陈肃是三令五申，今日省市领导视察团要视察学校，大家一定要坚守岗位，不能出任何差错。而且要求老师们仪表端庄大方，严禁穿休闲服饰，不许挂金吊银，不许浓妆艳抹。童妍并不认为这是多么重大的一个事件，即使领导们遇上了，也不应该大惊小怪的，谁都从学生时代经过过，青春就是这么多姿多彩，学生打架尤其是高三打架只要不出格都是正常的，高中三年，积攒下的恩恩怨怨都会在高中最后一学期最后一个月有一个了结。否则，一毕业，就各奔东西了，一些恩怨就会成为一生的疙瘩，打架能化解恩怨，消除疙瘩，甚至成为他们青春的时代最幽远的记忆。

陈肃办公室烟雾缭绕，气氛沉闷，陈肃阴沉着一张脸，狠吸着一支烟。副校长常生荣就像一头关在笼子里困兽，在地上转着圈圈。教务主任则咬着烟看着窗外。童妍一走进校长办公室，就被浓烈的烟雾呛得猛烈地咳嗽起来。他们的目光都扑向她。常生荣就像困兽发现了猎物，直扑到童妍面前吼起来，第二节课你干啥去了？童妍看都没看他一眼说上厕所，这也要报告，要请假？！

童妍对常生荣没有什么好感，这人太势利，骨头都是橡皮筋做的，每年高考录取分数线出来后的大聚餐，他是豁出命给校长代酒，那奴颜媚骨的劲儿简直让人觉得恶心，更让她恶心的是他竟然给她发暧昧的段子，发黄段子。她实在忍受不了，一天发了十条段子，狠狠臭骂了一顿，就差当面把一口唾沫唾在脸上，之后便将他的手机号码列入拒绝接收列表。从那以后，常生荣见了她就鼻子不是鼻子脸不是脸了。

常生荣说，昨天一再强调过今天是啥日子？

啥日子？玉皇大帝下凡了还是王母娘娘生养了？见常生荣这样嚣张，童妍自然没好声气。

常生荣吼着说，你少给我来这一套，昨天开会一再强调，天上下刀子也不能脱课，必须坚守在岗位上。

童妍并不示弱，说：吼什么吼，我没脱课，只是上厕所，想记旷课，想扣钱，由你，你有这个权力。

常生荣以拳捶击桌子，说，童妍，你不要总是自以为是。

童妍也拍了一巴掌桌子，说，我自以为是咋了，总比奴颜媚骨的好。

对于常生荣，童妍是从不留情面的。

这时陈肃皱着眉头说，好了，好了，对常生荣挥挥，说，你出去。

常生荣便瞪了童妍两眼，便出去了。

陈肃看着童妍说，第二节课是咋回事？

童妍脸红了一下，咬咬嘴唇说，特殊情况。

陈肃抿了一下头发说，特殊情况？

童妍迟疑了一下，还是说，上了十分钟课，忽然来了……例假，把裤子糊了，我去换了条裤子。

教务主任这时说，女人嘛，这种事你早该有个准备。

提前了八天。童妍再多一个字都不愿说。

陈肃松开紧皱的眉头笑笑说，噢，确实是特殊情况，抽时间去医院看看吧。

童妍从校长办公室出来，脸已经紫红了，毕竟她还没有结婚，对着两个大男人说这事，实在不好，因此，她边走边骂，你来得也太不是时候了。而此时，陈肃也骂出了同样一句话：你他妈的来的也太不是时候了。

回到了办公室，童妍在一张纸上连续写下了十几个"小人"，然后拿笔在上面一下一下地戳。第三节课下了，语文教研组组长刘大姐洗过手，把童妍叫到了外面走廊里，说，上节课咋回事？童妍说，忽然来了例假，把裤子糊了。刘大姐笑笑说，你这提前造访的例假可不仅仅是糊了一条裤子哩。

2

刚刚上班，校长办公室的电话铃声就响了起来。陈肃看看显示的号码，是教委主任史国，心里擂起鼓来，他知道两天的视察结束后，一顿恶斥是躲不过了。陈肃在地上转了两圈，稳了稳慌乱的情绪，这才恭恭敬敬地拿起了听筒。史国非常恼怒地说，你他妈的是不是预谋好了要出我的丑。陈肃听到史国拍击桌子的声音，忙说，主任大人，我哪里敢，哪里敢哟。陈肃每接史国的电话脸上都是赔着笑脸，就仿佛史国在他对面坐着一样，陈肃说，好我的主任大人哩，出您的丑不就是等于出我的丑吗？史国恶狠狠地说，不是出我的丑，那天是咋回事？上课期间老师不在课堂干什么去了？陈肃说，是特殊情况，上课老师突然来了例假。为了表述清楚，又说，带高三，压力大，例假整整提前了八天，她一点儿准备都没有，大夏天的又穿得薄，去换裤子了。史国突然说，你他妈的知道这么清楚，连提前八天都知道，莫不是和她搞到一起了。陈肃听得这话，心里稍稍安了些，就笑着说，主任大人，那小女子心高气傲得很，教学能力也强，哪里会把我这地位的人放在眼里，她瞄着的是您这样层面的领导。史国说，真是来例假了？陈肃说，主任，千真万确的。史国就骂了句，他妈的，来得真不是时候。陈肃也跟着骂了一句，真他妈的来得不是时候。史国说，现在是关键阶段，你给我别再出状况，像去年让家长将尸体抬到市大院门前去。陈肃点着头说，不会的，不会的。趁机又说，主任，这次您的呼声很高，下面都传说已经内定，就等着发文了。史国拍了一下桌子，说，不要乱说，这笔账我先给你记着，要再出什么状况，你知道会是什么后果。陈肃依然媚笑着说，主任，这次不是个意外嘛，谁也没办法，我可不敢拿自己的前途做儿戏。史国笑了一声，说，我想也是的，他妈的，没有人拿自己的前途去堵别人的前途。陈肃说，不像别人，我可是您一手提拔起来的，一辈子我都得仰仗您呢。

扣了电话，史国的气依然没消，可他知道这种事现在就是把陈肃骂个狗血喷头，也已于事无补，骂得狠了，再出个什么状况。他狠狠地又骂了一句："真他妈的来得不是时候。"

分管城建的郑副市长栽了。郑副市长之栽，没有人大惊小怪，想想数以万计的挖掘机在利益的驱动下日夜挖坑，大街成了建设工地，栽下去一两个官员，实践证明再正常不过了。郑副市长分管城建，当然是离自己挖的坑最近的人，而且郑副市长的前任王副市长就是这么栽下去的。正是应了人们说的谁挖的坑埋谁哩。郑副市长这一栽，在官场虽然不像换届那样振奋人心，但拥挤的官场还是出现了一道曙光，毕竟是腾出了一个位置。领导的位置是从不空闲的，补一个副市长就成了当务之急。尽管有人说这个位子邪乎，已经栽了两个副市长，可在拥挤的官场，再邪乎的位子也是位子，先上去再说，官场最不饶人的就是年龄，因此，这个副市长之位的角逐就全面展开了。由于前赴后继栽的两个副市长均为省上下派干部，这次省上知羞知耻，态度就很明确，要就地产生，要从基层产生，组织部门也出台了要有什么经验要有什么经历之类的条条框框，这样副市长人选就有些明朗化，市政府秘书长刘强、城建局局长牛八玉和教委主任史国成了最有力的角逐者。在这三个人中，"老官场们"做过分析，第一个副市长就栽到了城建问题上，第二个还是栽到了城建问题上，因此，城建局局长牛八玉从理论上来讲是在竞争范围之内，可是，从潜规则上来讲，上面最怕的是重蹈覆辙，城建局长会因为城建局长这一"出身"而大受影响，虽然官场上不至于一朝被蛇咬十年怕井绳，但一两年的忌怕还是有的。城建局局长牛八玉基本可以忽略不计。这样的话，教委主任史国和政府秘书长刘强就成了最为激烈的竞争对手。对这两个人的实力，"老官场们"也做了分析，史国有背景，他的岳父曾经是官场叱咤风云的人物，又做过市长，市上有一部分领导干部是他手上的人，现在依然是省政协副主席。而刘强虽然不及史国有那么硬的姻亲背景，可做秘书长已经多年，陪过三任市长，如今也都个个身居要职，上上下下积攒下了一些人缘，而且重要的是他已经做过一届"差配"，这是一项硬指标。一般补缺这种事，补上去的往往是那些已经"差配"过的人，这是官场一条明规则，更为重要的是刘强那次差配正好是现在的市委副书记刘光威，刘光威自然就成了他的背景，而这刘光威却是有背景的，他的舅舅在省委做着常委。这个背景虽然不像史国的背景那么直接，但如果刘光威要成心帮助刘强，自然是大有用场的。

背景是重要的，但工作还得做，得把领导的目光聚集在你身上，加深印象。自郑副市长被双规后，史国就积极行动起来了，暗着的工作在做，明着的工作也在作。这次省、市领导联合对全市教育工作进行视察，就是史国策划的一种攻势。教育越来越引起人们的关注了，这几年省、市两级在教育上投入力度很大，教育状况大为改善，但对于政界来说，日理万机的领导们对教育的发展变化也仅仅是停留在文件表述、口头汇报和新闻报道上，枯燥的数据和抽象的文字是缺乏震撼力的，就像看模型一样，因此，必须让领导们亲身感受一下教育实实在在的变化。可高规格的视察活动并不是谁想组织就能组织成功的，如果视察团的规格不高，全是些毛毛兵，那还不如不搞。史国花了近两个月的时间，动用了上级、朋友、同学和岳父陈至远的许多关系，才促成了这次对教育高规格的全面视察。视察团由主管教育的省委常委兼副省长和市委书记亲自带队，省、市四套班子主要领导组成，规格之高是前所未有的。视察团组成后，史国立刻成立了专门领导小组，在选取视察点上是精之又精，慎之又慎。四中之所以被他确定为视察的第一个点，一是因为四中是他的发祥地，他曾经做过四中的校长，创造了一个办学水平中等的普通中学连续几年全市高考成绩位列前三，两年拿到省双状元的奇迹，这也是他成为教委主任的助推器，虽然这几年四中的高考成绩这两年不像从前那样辉煌，正在走下坡路，但总体上还算不错；二是不像那些老牌名校，尽管这几年也投资不少，但因原址改扩建，有着太多旧式楼房，总有股沧桑之气，加之以前领导一视察就安排老牌名校，领导们也没新鲜感，四中是一所在新校址上建起的学校，完全是一所现代化新型学校的气派，大气、美观，是一座花园式的学校，更为重要的是这与省、市两级财政的大力投入是分不开的，从这一个层面上来讲，也是展示领导们情系教育的英明决策结出的硕果；三是校长陈肃是他一手提拔起来的，况且陈肃又极想让他上个台阶，自己也上个台阶，当然会尽心尽力。视察点选好以后，他专门召开了会议，进行了动员强调，并且拨了专项经费。之后，又带着编导小组成员进行了一次为期一周的模拟视察，对每个点的课堂教学、展板、黑板报甚至是一砖一瓦一草一木等细节问题提出了改进意见，在视察团视察的头两天，他带人进行了最后一次巡察，各点都进行了彩排，他自己觉得十分满意，万无一失。谁知偏偏最能出彩的四中出了这么个插曲。早晨，领导们走进四中高三四班教室的时候，两个学生正打得不可开交，一个班的学生围成一团，没有一个人上去劝架，都在起哄，喊什么"红颜裙下死，做鬼也风流"。市委副书记刘光威和政府常务副市长康盛上去为两个学生拉架，这真是创造了纪录啊。第一个点上就触了这么大的霉头，可不是好兆头。

史国点了支烟，才抽了一半，电话铃声响了起来，他看了一下电话号码，是康盛。忙抓起来一接，康市长只说了一句，到我办公室来。就挂了电话。史国不敢怠慢，挂了电话就往康盛办公室来了。在电梯里，遇到了刘光威。刘光威对他点点头，没说什么。因为那件事梗在心里，史国就有些语无伦次，竟然说了句："书记也坐电梯呀。"这话听来像个笑话，就像说"书记也上厕所""书记也吃饭"一样，如果当笑话听，那显然是对刘光威的不敬了；可是电梯里只有他和刘光威，如果不当成笑话听，那就会有说书记官僚甚至是腐败的意味了。史国头上冒出汗来。下电梯时刘光威说，这次视察反响很大啊。说完笑笑走了。

史国回味了一下这句话，下了电梯，来到康盛的办公室，康盛正看着一份文件，他站了会儿，康盛看了许久这才抬起头来，说，怎么搞的，管理不好的学校就不要安排了，两个学生当着四套班子领导的面打得头破血流，这是给谁挂彩啊？！史国赔着笑脸说，四中的管理一直不错的，今天是个特殊情况，一个女老师忽然来了例假。康盛说，找了这么个理由？史国说，市长，确实是个意外，那女老师例假提前了整整八天。又说，带高三的到了这阶段压力大，生理失调。康盛蜷起中指敲敲桌子说，关键的时候绝对不能有意外，如果出了错都说是意外，这工作还能干下去？！史国忙说，那是，那是。康盛说，现在是关键时刻，做事说话都要想得十分周到，成功与失败只有一步之差，多一步都不会给你走。史国想想说，刚才在电梯里碰见刘书记，他还说视察反响很大。康盛冷笑着说，你弱智啊，亏你已当了几年的教委主任，连个正话反话都听不来，是啊，反响确实很大，大院都有反响了，你没听到吗？史国确实觉出自己的愚蠢来，就不知道自己该说什么了。见康盛的目光又扫向文件，就打算告辞，这时间康盛又说，刘光威是有自己的人的，你不知道？这史国当然知道了，这个时候了如果还连自己的对手是谁都不知道，还在官场混个啥？刘光威的人是市政府秘书长李强。康盛说，我是老领导一手提起来的，你的事就是我的事，我会尽力的，可你自己也要努力。康盛说的老领导就是指岳父。康盛是从给陈志远做秘书起步的。

3

下午教研组例会上，伍晓初拍了童妍一巴掌，说，童妍，做得好，出出他们的丑，别一天耀武扬威的，下眼看我们这些人，关键时候给他们来这么一招，让他们清醒清醒。童妍看看伍晓初说，你说什么呀？伍晓初笑着说，这事影响大了，不但咱们四中，别的学校都传开了，炸锅了。顾云凑过来却说，这样也不好，从整体上影响了学校的声誉。童妍大叫一声，说，我来例假了，就出去了。到了门口，她回过头又对组长刘大姐说，我去趟医院。童妍的心情糟糕透了，出了学校，她并没有去医院，而是回到宿舍，心情糟糕的时候，她特别能睡觉。一觉醒来，已是下午放学的时候了，她就给谭继忠打了电话。

谭继忠不是童妍的初恋，但却是她最痴情最依赖的一个。童妍的初恋是在大三的时候，她爱上了同班同学李夫。李夫来自贫困山区，用李夫的话说那是个兔子都不拉屎的地方，尽管改革开放这么多年了，可人们依然连温饱问题都没有解决。贫困塑造了李夫坚毅与柔韧的个性，这让她痴迷。星期六、星期天李夫都在外面打工，晚上带家教，不仅仅自食其力，而且还常常给家里患病的母亲往回寄药。但李夫却并没有因为出身而自卑消沉，为人处事上不亢不卑，不骄不谄。学校有贫困生助学金，李夫却拒绝了补助，他说有了依赖，人就会产生惰性。这比那些拿着父母的钱挥霍无度和弄虚作假哭哭啼啼找领导托关系申请助学金的学生，更让人多了一份敬重与怜爱。他们相处过一段时日，当她表明自己的爱意时，李夫却拒绝了，他说，我不希望你受苦，就像不希望我自己受苦一样，我恨透了那片土地，可我得回到那片土地上去，这是我必须面对的现实，我有两个弟弟一个妹妹，我得把他们一个个从那片土地上拽出来，我得把我的父母养老送终，我是长子，长子有许多事情是不由自己的。他说得极其平淡，仿佛是在说别人的事一样。她吻了他的脸颊，这是第一次，也是最后一次。毕业后，党校动员李夫考研，李夫没有考研，学校想让李夫留校，李夫没有留校，他回那个山区去了。临别时他给了她这样一句话：谢谢你给穷人的爱和尊敬。毕业后，童妍的爱情由于李夫的影子而备受挫折，直到谭继忠的出现。

谭继忠来后，童妍说了今天遭遇的不快，说，高三的学生打架闹事是很正常的，一件再正常不过的事，却让他们觉得好像是个阴谋一样，仿佛我是故意的，至于吗？谭继忠却摇摇头说，你这次例假来得可非比寻常，弄不好会影响领导的决策哩。童妍高高噘着嘴说，你也上纲上线的。谭继忠笑笑说，不是我上纲上线，而是有些人要上纲上线，这次视察是史国一手策划组织的，展示自己的业绩，为升任副市长造势，加深领导对他的印象，偏偏出了这样的事，你想想一个常委副省长，一个书记亲自带队，四套班子领导都来了。大家都在努力贴金，结果，你让他们看到了另一面。童妍说，天要下雨，娘要嫁人，这事由得了自己吗？谭继忠说，你想想看，这么多的领导大清早走进一个教室，却无人上课，两个学生打做一团，一个班的学生围观，他们的印象能好吗？这比有人写信告状要厉害多了。童妍说，你怎么说起来一套一套的。谭继忠说，好好好，不说了，你心情不好，我们做些快乐的事吧。童妍说，你陪我出去走走吧。谭继忠说，我不想出去。童妍就说，那你就回去吧。谭继忠说，好好好，我惹不起你。出了校门口，谭继忠说，我们去哪里？童妍说，我们到小寒山走走吧。

从校园里出来，便是一片纷扰的世界。学校四周被各种各样的店铺包围着，如今都一个孩子，要脚不敢给手，学生的购买力可是最可观的。许多小店铺里都播放着《嘻唰唰》，歌手们声嘶力竭地吼着：

> 拿了我的给我送回来，
> 吃了我的给我吐出来，
> 闪闪红星里面的记载，
> 变成此时对白。
> 欠了我的给我补回来，
> 偷了我的给我交出来，
> 你我好像划拳般恋爱，
> 每次都是猜。
> 嘻唰唰　嘻唰唰　嘻唰唰……

童妍说，这首歌会把学生教坏的。

谭继忠说，如果一首歌能把学生教坏，他们以后走向社会该怎么办？

小寒山离学校不远，是一座特立独行的山，不像许多山脉呀岭呀的牵牵绊绊绵绵延延的纠缠不清，小寒山就独独一座，就像人工堆起来的一座假山。山上有一座寺，叫小寒山寺，童妍曾经想过，这小寒山以前应该有别的名称，山上建了寺后寺叫了小寒山寺，于是山的名字也就改成了小寒山，显然是借了"姑苏城外寒山寺"的大名，显然是有傍大款之嫌。山下有一湖，原本是一片湿地，前几年经过挖掘，就成了一个湖，湖取名叫了"小西湖"，这显然是拾人牙慧了，况且这湖不在城市的西面，而在东边，这名字就有些驴唇不对马嘴。于是乎文化人就有了这样的说法，难道云水市的想象力就这么匮乏，文化就这么贫庸。当然这仅限于乡间市井，官场是没有异议的，反而觉得对提升城市的知名度有极大的帮助。不过，作为休闲的去处，云水人还是充分享受了云水市党委、政府此一举措的恩泽。至若春和景明，波澜不惊，山中野花飞香，湖中百鸟翔集，被大烟洞和汽车尾气熏陶惯了的云水人到这里总算能够大口大口地吸一吸新鲜的空气，湖中绿得浓郁的芦苇随着水波一起一伏也是很养眼的，只可惜那茂盛的芦苇却又被人为地割出一幅幅拙劣的图案来，被修整过的风景总是会留下遗憾的。

不过，对于这个湖，也有这样的说法，说是坏了云水市政界的风水，不然，这几年云水市的官场不稳，后院起火，自从这湖挖开，先后有十几名官员落马。但也有人说，什么坏了风水，那是这几年查腐败力度加大了。如果要从风水上讲，抓的贪官污吏越多，只能说明这风水转得越来越好，风水向着人民在转哩。

迎面走来几个学生，和童妍打着招呼欢快地过去了。

谭继忠又言归正传了，说，史国这次是竞争实力最强的，我猜想你们校长肯定在谋史国这个位置，如果史国升不了副市长，校长就没有位置可谋，再往下说不定你们副校长还在谋校长的位置、教导主任在谋副校长的位置哩，这可是一个系统工程。

童妍说，难怪那奴颜媚骨的家伙像只疯狗一样又扑又咬的，就像我把他家孩子给掐死了一样。谭继忠嘻嘻一笑说，可这就是掐死他的孩子，你这次例假可是给他们挖了个大坑哩，有人会拿这做文章的。

童妍给了谭继忠一拳，说，有完没完，不说这些了，恶心不恶心。

一阵清风携裹着花香掠过，谭继忠就朗诵起诗来：欲把西湖比西子，淡妆浓抹总相宜。

童妍冷笑着说，刚才还喋喋不休说那些恶心人的话，现在竟然还能朗诵出诗来，官场上的人是不是都这样？

谭继忠说，人在江湖，身不由己啊，这是必修的境界，到什么山上唱什么歌。童妍撇撇嘴说，还江湖呢，你们倒是快意恩仇，有点侠士的风范也好。

谭继忠说，官场就是江湖，只不过它不是快意恩仇的侠士的江湖，而是那些老奸巨猾极善伪装者的江湖，倘若你老是一副面孔是混不下去的，其实金庸笔下的江湖也还不是那些老奸巨猾的人最后一个才死。

童妍觉得腰部热烘烘的，知道是谭继忠的手搭了上来，童妍一巴掌打下谭继忠的手，说，有学生，看见了不好。

谭继忠却说，如今电视、电影、网络上，比这更暧昧的学生看得多了，学生比我们懂得还多哩，都是教授级的，不这样他们才觉得怪哩。

说着便又搂了上来。童妍不便再拍下来，却总是觉得别扭，不自在，就像腰里缠着许多目光。高考即将来临，湖边和树林里，朗读背诵的高三学生很多。童妍就加快了脚步，稍稍拉开了些距离，谭继忠的手就搭不住。到了小寒山寺门口，谭继忠径直走了进去，童妍看看，还是跟了进去。

小寒山寺虽然名气不大，但并不是空寺，有四个和尚，年逾七旬的老和尚通善做着主持。童妍经常上山来，但很少入寺，只是在湖边、山径上漫步，可是自从与谭继忠相处以后，便也是常常入寺，因为谭继忠喜欢入寺抽签问卦。童妍曾问谭继忠怎么也相信这些，谭继忠说，据说这小寒山寺上的通善主持拆字很是灵验，市里的领导经常找他拆字，一般人他是不给拆的。那栽的王副市长就找他拆字，施舍了五千块钱，方丈让他写个字，他就写了个"闰"字，通善主持看了一眼就把五千块钱退了，然后沉默不语了。第二年王副市长就栽了，人们才恍然大悟，这"闰"字可不就是门里关着一个"王"。童妍说，你们不是口口声声称自己是无神论者吗？怎么出尔反尔？谭继忠说，官场是最残酷最世俗的，没有一点同情心，压力太大，缓解压力呗。

谭继忠向功德箱里布施了一百块钱，清明和尚就抱了签筒摇来摇去。童妍问，你要问什么？谭继忠说，当然是前途了。童妍就说，你这人太没意思了。谭继忠说，就当抽奖，也算做善事。清明和尚摇出一支签来，谭继忠捡起来一看，是个中平签，有几句很常见的禅语：知足常乐事，浮沉莫强求；平常心是道，随缘即是福。谭继忠感慨地说，真实哩，咱没有背景啊，一个山野村夫，靠啥？随缘呗。童妍从来都是不抽签的，可今天却想抽一支，谭继忠说，这就对了，到什么山上唱什么歌，别人做啥你做啥，随大流是没错的，你问什么？童妍盯着谭继忠说，我问爱情。谭继忠说，好好好，该问一问，女人嘛。童妍布施了十元钱，抽到也是一支中平签，上面写道：见山是山，见水是水；见山不是山，见水不是水；见山还是山，见水还是水。谭继忠说，这个签好朦胧。童妍却将那签装起来，出了小寒山寺。谭继忠跟上来说，倒是将咱们这两个签换过来比较合适，官场才是这个样子，云山雾罩的。

从小寒山寺出来，碰见几个学生往寺里走，齐声说，童老师好。童妍点点头，都过去了，又回头说，你们不会是去抽签吧。学生说，正是抽签去。一位同学说，童老师，抽签能排遣心理压力。

这时间，谭继忠的手机响起来，在接电话的过程中，童妍端详着谭继忠，谭继忠的脸上洋溢着笑意，边拉说话边点头哈腰，口气暧昧，表情激动，通完电话，谭继忠走过来说，我们头儿的电话，有个应酬，让我过去，陪不了你吃饭了。童妍说，你就好好当"三陪"吧，用不了几年就像个中年大胖子了。谭继忠说，那他们就会说我成熟了，人生春天就到了。童妍说，还春天哩，你就等着老气横秋吧。

4

夜幕苫下来，陈肃提了两瓶茅台、两条软中华，就往史国家来了。史国做四中校长时，提他做了教务主任，史国提升为教委副主任兼四中校长，就提他做了个副校长，史国当了教委主任，就提他做了个校长，后来又给了他个教委副书记，解决了个副处级。那时候四中校长是个热门人选，史国给了他，他一直感念这份提携之恩。这也让他觉得自己和史国对他有知遇之恩，他内心有一个比喻但从没敢说出来，他觉得他和史国是拴在一根绳子的蚂蚱，史国蹦跶一下，他就能蹦跶一下。虽然这个比喻确实不雅，而且影视上威胁别人的时候老用，但却十分的贴切。说起来他和史国没有同学、姻亲、战友、同事之类的特殊关系，他们的关系完全是建立在工作之上，只不过他懂得怎么做好一个下级，在学校迁址大搞基建和教学设备购置等一些开支上，他都是签过字的，有些开支他并不知情，但他明白，倘若你不签字，你就什么都不是了，别人来了照样会签字，与其这样，还不如自己签字。虽然电话里解释过了，史国似乎已经谅解了，但还得去补充一下，这是关键时期。

陈肃进了门，史国沉着脸子说，我把希望寄托在了你身上，你可没给我争面子啊，我让康市长骂了个狗血淋头，还让刘书记大大耍笑了一番。陈肃诚惶诚恐地说，主任，你说这事有啥办法，这个童妍她偏偏提前来了例假。史国摆了一下手，说，就当个事故吧，不说这些了。这时，史国的手机响了。史国看了一眼手机，到阳台上去接。史国是很少避着他去接手机的，他断定这个电话不同寻常，把耳朵往长里伸伸，史国却拉上了推拉式玻璃门，什么也听不见，只看见史国的影子在里面来回晃动。史国拉开那玻璃门从阳台出来时说了句"你过来吧"，便挂了电话。陈肃明白这句话既是给对方说的，也是给他说的，遂就起身告辞，告辞的时候，他就从口袋里掏出两张卡来，史国说，你这是干啥？咱们之间还来这一套？陈肃说，主任，我有今天还不是你栽培的？没啥意思。史国拿起来塞进他的口袋里说，咱们就像弟兄，弟兄们之间用得着这样吗？你的事就像我的事，啥也不用说，我心里有数。

从史国家里出来，陈肃一闪身躲在一个角落，他要知道是谁到史国家里去。不一会儿，一辆车就停在楼下，两柱灯光下走来的竟然是教委副主任兼三中校长的王远成，陈肃的心便一阵下沉，心里骂了一句操他妈。

陈肃回到家，老婆已经回来了。老婆在市委宣传部工作，副处调。陈肃点了一支烟躺在沙发上看电视，本市新闻刚开始，正播送这次大教育大视察纪实，画面是他们学校，陈肃坐了起来，学校的画面过去了，没有播那让他尴尬的一段，陈肃感慨地想要是现实生活能像电视画面一样可以随意剪辑那该多好。

老婆贴了一脸的黄瓜片，嘴依然不闲着，说，你这次可是名出大了，整个大院都传扬着你的辉煌业绩，我也跟着光彩哩。陈肃说，你少冷嘲热讽，那是个意外，特殊事件。老婆说，意外？别找借口了，这么高规格的视察你都敢让出娄子，你平时的管理能高到哪里去？陈肃敲敲茶几说，你们这些党政机关的人，总是喜欢推断，以点带面，以偏概全。老婆说，这不是推断，如果平时抓得紧，管理得严，教师敢轻易离开课堂，学生又怎么会打起来？陈肃突然说领导也会这么想吗？老婆说，只有领导才会这么想，别人管吃饱了撑的。陈肃说童妍他妈的来了例假，整整提前了八天，去宿舍换裤子去了。老婆说，弄得这么清楚啊。陈肃说，我总得把原因问清楚，要不我给史国如何解释，他他妈的不依不饶的，恨不得把我横吃竖咽了。老婆说，领导是不会相信这种解释的，也不会听你解释的，这件事影响太坏了。陈肃心烦，事已经出了再多说也无济于事，就说，我刚刚从史国家回来。想了想又说，总算把人家哄高兴了。老婆说，哄高兴一个史国有啥用？教委是大口，一年花的钱多，管的人多，重权在握，乡下有多少教师想进城，有多少教师想评职称，有多少人的孩子想进入好学校，那是出市领导的重要部门，你看当过教育局长的几乎都成了市领导，谁做这个教委主任不是史国能说了算的，那是要上常委会的。陈肃说这我知道，可他的推荐也很重要的。老婆却说未必。陈肃说史国的推荐当然分量有些轻，可是他岳父可是响当当的，市上许多领导都是他原来的部下，史国的话分量就重了。老婆说你别做梦了，在那些人眼里，你算个老几，他们那条线上有多少人关系不比你更铁？况且你能肯定史国就全心全意地为你谋？陈肃想老婆不愧为党委待着的人，看事就是不一样，便将看到王远成去史国家的事对老婆说了。老婆说，看看，我说对了吧，史国关照的不是你一个人。陈肃狠狠地抽了几口烟，说，如果史国不一心一意为我，那他也太对不起我了。老婆却嘻嘻地笑了，说，难怪人家把你们教书出身的人叫迂夫子，官场谁对得起谁？官场是世俗的，是追名逐利的，只有利用和被利用，没有情分可讲，史国用你就是用投到你学校的那些项目款。史国对得起你，他为啥要对得起你，你是他的姐夫还是小舅子？是他的同学还是战友？是他的情人还是小蜜？你们一块下过乡，一块同过窗，一块扛过枪，还是一块嫖过娼？社会上有什么样的口号，就会有什么样的状况。陈肃站起来，在地上踱来踱去，说，他妈的，难怪我给他送一万元的卡他不要。老婆又嘻嘻嘻地笑了说，你好大的一万元，史国能看在眼里？说完又嘻嘻嘻地笑。陈肃忽然拍了一下桌子说，你不要这样笑了，是讥笑吗？就像个妖精，笑得人浑身起鸡皮疙瘩。老婆说，不让我笑，你就等着被人笑吧，在史国眼里，你有点傻。陈肃气咻咻地拍着茶几，说，你是专门来打击我的？老婆站起身来说，不是打击，是打预防针，不要到时候失望了住院出不来，我可不养病人。

5

随着高考的逼近，四中大门口的倒计时牌和光荣榜和往年一样高高竖起，新崭崭的，光鲜鲜的，都是大红的主色调，前面各色鲜花绽放得热烈繁盛，好生耀眼。学生们戏称这是"血染的风采"。光荣榜上是历年全部上了一本的学生的大名。光荣榜前有许多学生和老师，陈肃在牌子前站了一会儿，他的心情比站在牌前的任何一个人都要沉重。每年到了这个时段，"挖坑"的力度也越来越大，手段也越来越隐蔽，简直是老鼠打墙，防不胜防。

学校之间盛行的"挖坑"应该说是史国的杰作。"挖坑"事实上是一种扑克牌游戏，三四人共同玩，抓牌时要留下几张底牌，是一种典型的赌博。史国当四中校长那几年，这种赌博开始在云水市兴起，至今已是风靡全市了，以至产生了一句名言，找某人不在，就会有人说他不是在"挖坑"，就是在去"挖坑"的路上。史国正是从这种赌博中得到了启发，然后引用到学校中来。只不过玩扑克牌挖坑就是挖底牌，你不知道底牌的好坏，而学校之间的挖坑，则是挖尖子生，以丰厚的奖学金和各种利益诱惑各学校些尖子生到四中就读，四中周围那些门面房的租金全都用在了挖坑上还不够，连补习班的收费都用上了。"挖坑"真是一个损人利己的一箭双雕的妙计，挖了别人的尖子生，别人掉下去了，自己的成绩却提高了。史国把"挖坑"的工作交给了陈肃。那时间，其他学校还没有这样的意识，都在老老实实的办学，陈肃挖坑就挖得风生水起。尽管这十二分的不道德，但却有百分之百的收效，四中的升学率大幅提高，成为从上百所学校中杀出的一匹黑马，名声大震。其实，马太效应在教育上呈现出的效应远比经济上的效应更加快速更加显著，成绩优秀的学生都是冲着高考升学率而选择学校，只要高考成绩好上一年，优秀学生就会扑来，这样全省优秀学生源源不断地涌入，成井喷之状。"挖坑"让四中一跃从一所二流的中学成为与几所省级老牌名校抗衡的一流学校。而史国也因此成了教育系统的一匹黑马，三年时间从一个普通中学的校长升至教委主任的位置，四中也由此提升为一所副处级学校，因为陈肃是教委的副书记。

然而，就像一个品牌之物，一旦火起来，人们都会竞相效仿。仅仅几年间，史国创造的"挖坑"便风靡全市甚至是全省教育系统，各学校都不惜血本地"挖坑"，老牌名校招架不住，也加入到挖坑的行列中，云水市教育界成了博弈场，烽烟四起。四中在挖别人的同时，也被别人挖着，昔日的辉煌不再，成绩就下滑得厉害，陈肃很是着急，今年他一定要在升学率上打个翻身仗，提升升学率，如果能揽回个状元，无疑将提升他的竞争实力，高考结束后，也就是副市长人选尘埃落定的时候，正是火候。

昨晚，陈肃被老婆的一通打击一夜辗转反侧没睡好，头晕眼花的。到了办公室泡了一杯"铁观音"，正准备给常生荣打电话，常生荣却慌忙地推门进来了，差点栽了一个跟头。常生荣是具体负责"挖坑"的，当然也负责看管自己的学生。然而，常生荣进门一开口，他就差点把手里的紫砂壶摔了，一班的尖子生祁春被挖走了，这是有冲击状元实力的学生啊。当常生荣把这话说出来的时候，他差点给了常生荣一个耳光，最后他把手拍在了桌子上，说，你作为一个副校长，这紧要关头连个学生都看不好，别人答应她什么条件，我们就答应她什么条件，甚至更高，现在人都走了，你来报告顶个毬用，去，给我再挖回来。这话说得连他也没有底气，挖走的学生岂能再挖回来？！

常生荣擦了一把汗水说，事先一点风声都没有。陈肃气势汹汹地说，你当这是美国打伊拉克，先造好了舆论声势才开战啊，这是没有硝烟的战争，你的脑子让猪吃了？别人都在挖坑，你在干什么，你挖来的人呢？常生荣执着地推卸责任，说，我怀疑我们学校有人做线人。陈肃说，屁话，这还用你说，连学生都知道！常生荣说，人家一个生源信息费都涨到了三千了。陈肃说，我们也涨呀，只要把人给我挖来，钱算个毬！常生荣抠抠头依然坚持说，我觉得要查一查线人。陈肃说这两年年年查，查出来个啥结果？常生荣就不说话了，陈肃使劲拍着桌子说，丢了一个尖子，必须给我挖回来两个尖子！

常生荣走了以后，陈肃把拳头狠狠地擂在桌子上，在地上走了两圈，看日历又是周末，真是光阴似箭，他立刻通知教务处："安排开高中全体教师会议。"尽管他知道开会是没有意义的，但却是必需的。

会上陈肃一直阴沉着脸子，毫无目标地训斥一通之后，说，守土有责，任何一个人必须看好自己学生，丢失一个尖子生，今年的浮动工资和奖金全部扣除。其实已经不止一次强调过了，教师们都是心知肚明的，没有哪一个人愿意自己的尖子生让人家挖走，这无论是从个人荣誉上，事业上，还是从经济上都会遭受损失。虽然这些年大家一再批评应试教育的弊端，逼得学校把唯分数论的条条框框改了又改，可是暗中的潜规则比明处的红头条文更厉害，分数、升学率依然是最坚挺的硬指标。陈肃狠狠地批评了常生荣的失职，之后又把教务处的和年级组长留下来开了会，给了这样一句话，不惜一切代价，挖几个尖子生回来，经费再涨，我到时候跟他们直接谈。

下午放学，组织部的肖科长请吃饭，想了想陈肃也就应了。肖科长姑姑的儿子因为分数不够，曾经找过他。他给办了，肖科长一直说要请他吃个饭。科长虽然官不大，但毕竟是要害部门，近水楼台，消息灵通。走进雅座一看，好多的人。小科长请客就是这样，恨不能一桌客把积攒下的所有人情都还了。有几个是熟人，几杯酒下肚，气氛也就很融洽了。

肖科长说陈校长，这次可谓你的黄金机遇，该没问题吧。陈肃说，什么没问题？肖科长笑笑说陈校长，地球人都知道，你还玩什么深沉。陈肃也笑笑说没这么悬吧，地球人都知道？肖科长说有关系的人都知道。陈肃说那要看史主任了，史主任要不升迁，一切都是空谈的。肖科长说史主任这次是志在必得，你就等着继位吧。陈肃对肖科长在这里用"继位"这个词很反感，我是他儿子还是他孙子，但他并没有表现出来，只是说我听说争的人很多，个个都是实力派，教育毕竟是个大口。肖科长忽然问你和三中王远成谁的副处时间长？陈肃说当然我了，我都三年了，他才弄上的，而且在局里我还是副书记。肖科长说那你就等着继位吧。肖科长显然觉得自己用"继位"这个词十分妥帖，而且有创意。

酒宴散场，陈肃去结账，肖科长坚决不同意，说，继位之后我会好好吃你一顿的。从酒店出来肖科长搂着陈肃的脖子说，不要太迷信成绩，成绩只是个参考系数，生命在于运动，升官在于活动。陈肃说谨遵教诲。他们又喊着要去歌舞厅，陈肃没有兴趣，却又不好推辞，正在找借口，恰在这时，电话正好响了，是常生荣的，他立刻说，我马上就过去。然后对肖科长说，兄弟，学校有点急事，是学生的事。肖科长说记着，欠我一桌，继位之后。

陈肃往回走，不知道常生荣打电话啥事，心里惊慌得不行，是不是又有尖子生给挖走了。回到家里，一进门才发现常生荣满堆笑坐在沙发上，旁边大包小包地放着一堆东西，心里就明白了，稍稍宽松了一些。常生荣恭敬地站起来，陈肃笑笑，摆摆手说，你坐吧，坐吧。常生荣坐了下去，陈肃递给他一支烟，点着后说没啥事吧。常生荣说没啥事。陈肃说今天批评你没生气吧。常生荣说哪能哩，杀鸡骇猴的道理我还是懂，那也是为了我好。陈肃说能理解我就行啊，我都快成孤家寡人了。说着他拍拍常生荣的肩膀，又说，你不帮我谁帮我，你不理解我谁理解我，咱们可是拴在一条绳子上的两只蚂蚱，一个不动两个都动不了。对史国他不能说这句话，但对常生荣他就可以说这句话了。而且，说出来会让听话的心里特别慰藉。两句话说得常生荣起来了坐下了，坐下了起来了，他说校长，荀偃令曰：鸡鸣而驾，塞井夷灶，唯余马首是瞻。这句出自《左传·襄公十四年》的话语陈肃已经从常生荣的嘴里听了不知多少遍了，常生荣是语文教师出身，总是喜欢用这句话来表达他的耿耿忠心。陈肃专门把这话通过资料理解了一番，觉得常生荣似乎表达的并不准确，但他一直没有纠正他。陈肃又说这两个多月，一方面是看好自己的学生，一方面要加大挖的力度，任何条件都可以答应。常生荣说校长放心，下周就有两个尖子生来报道。陈肃又拍拍常生荣的肩膀说生荣啊，我可全仰仗你了。说着，站了起来。常生荣脸红扑扑地说校长过奖了，唯余马首是瞻，唯余马首是瞻。陈肃有些头晕，想休息了。常生荣又说校长，您这次肯定是要上的，我的事……陈肃摆摆手说这还用说啊，你怎么还不理解我？我会力挺你的。常生荣说大恩后报。说着掏出两个卡来，放在桌子上往外就走。陈肃说生荣，你这是干啥。常生荣已经到了门外，说校长，您休息吧，不用送了。

6

开了一个上午的会，回到办公室，史国擦洗了一番，看看已是十二点钟，便坐下来点了支烟。此时正是下班高峰，不要说是大街上拥挤不堪，就是这十八层高的大楼里装着一千多号人，电梯也忙不过来。中国人就这样爱争先恐后，其实坐个十几分钟就"海阔天空"了。烟抽到一半，手机响了，是王远成。王远成说我就在大院古井巷的烧肉馆。史国便灭了烟，下了楼从大院后门出来，往烧肉馆而来。烧肉馆谈不上档次，但有几道菜很地道，木头烧肉、辣爆鸡胗、肉片菜花、剁椒鱼头、鱼香肉丝和焦肝都是家常味道，还有几道小凉菜也很可口，史国是这里的常客。王远成在烧肉馆候着，上了二楼进了雅座，史国说就你一人？王远成点点头。史国说老三样，加个木头烧肉，再来两瓶啤酒。服务员下去准备了，王远成往史国跟前坐坐说主任，听到什么了没？史国看看王远成说听到什么？王远成说就是四中的例假事件。史国噢了一声说一位女老师突然来了例假，特殊情况。王远成却摇摇头说主任，我听到的可不是那么单纯，这事有名堂哩。史国盯了王远成一眼说你听到了什么？王远成说那女老师叫童妍，我听说是刘强的外甥女，从小就是在刘强家长大的。史国手抖了一下，站了起来说什么？王远成说主任，你坐下。史国又坐了下来。王远成说我一开始听了，也觉得是正常情况，可听到这个说法，我思考过，觉得有些蹊跷，你说就那么凑巧？视察组到点上就正好赶上她来了例假？时间掐算得不精准都碰不上哩。史国点了支烟，浓浓的烟雾就像一条龙盘绕着。王远成说刘强是秘书长，就跟着视察组，掌握着时间，可不比掐算出来的还准，再说仅仅来了例假，又不是生养，难道就非得离开课堂？这事我看是设计好的。史国拍了一把桌子，这时间服务员跑了进来，说菜马上就上来了。王远成挥挥手说没事，你出去吧。史国将自己笼罩在浓浓的烟雾中，他心里说史国呀史国，你真是愚蠢！难怪康盛都骂你弱智。他掏出了手机，想把陈肃痛骂一顿，可是，他又将手机装了起来，当着王远成骂陈肃，那就显得太弱智太没素质了。王远成说主任，或许只是传言。史国摆摆手说远成，还是你心思缜密呀，谢谢。

吃过饭，王远成回了学校，史国回到办公室，将门关起来就掏出手机，拨通了给陈肃的电话。史国强压着怒火说那天大视察时旷课的老师叫什么？陈肃说叫童妍，咋了主任？史国猛然提高声音就开骂了，你他妈的还是一校之长，脑子让猪吃了，人家说来了例假，你就信了，真他妈的愚蠢至极。陈肃被史国劈头盖脸的一句，骂了个不知所以然，赔着笑脸小心翼翼地说主任，有什么不对吗？史国听得这话，越发的来气了，说，还有脸问我有什么不对吗？我问你童妍是何许人？陈肃说难道你忘了，童妍还是你当校长那会儿从六中挖过来的，我一直当是你的人。史国咬牙切齿地说放屁，她是我的人，她是刘强的外甥女。陈肃惊讶地说啥？啥？这我真不知道。史国听得就越发愤怒了，说你他妈是不是和他们串通一起来给我挖坑？！陈肃连连叫苦说挖坑？主任，我……史国气得几乎要摔手机了，说，你他妈的到底是不明白还是装糊涂啊，刘强在阴我。说着，他把电话扣了。陈肃对着手机骂了句他妈的，日他妈的。这时电话又打了过来，还是史国，恶狠狠地说是不是刘强给你许什么愿了？脚踏两只船不会有好结果！还不等陈肃说话，电话又挂了。

陈肃躺在皮椅里半天，渐渐理出个头绪来，如果那天童妍真的来了例假，那么这事就是史国大惊小怪了，如果童妍那天没来例假，那么这事就是阴谋诡计了。这点逻辑陈肃很快就理明白了。他立刻给常生荣打电话，可是拨通了，他又挂了。这事不宜知道的人太多，万一传扬开来，如果童妍真的是刘强的外甥女，传至刘强的耳朵，刘强也不是好惹的，即使这次升不上去，也依然是实权派，是轻易开罪得起的？

下午一上课，陈肃来到高三四班教室前，准备叫两个学生来探问探问。既然童妍说她来了例假，把裤子糊了，就应该有学生看见。来到教室门口，看到惠静在班里上课，心下大喜，他给惠静打了个手势，这事交给惠静再好不过了。

教育系统每年教师节都要搞一场大型文艺演出，陈肃小提琴拉得很好，惠静的舞蹈跳得很好，他们就认识了。后来，就有了故事。那时候惠静还在郊区中学，陈肃一升任校长，就把惠静调了过来。不过他想，即使是惠静是自己人，也不能实话实说，得讲究策略，女人的嘴不牢。

惠静出来后，左顾右盼了一下，悄声说有事，还是想我？陈肃表情严肃地说那天童妍来了例假你知道吗？惠静说知道啊，不要说四中，恐怕全城的人都知道了。陈肃说你看见了？惠静说我又没在她屁股后面跟着。陈肃说你没见，怎么肯定是来例假了？惠静说人都说哩，不会是假的，再说童妍不会撒谎。陈肃说你估计谁看见了？惠静说上课时候来的，自然只有学生看见了。陈肃说你找几个学生问问，然后给我回话。惠静说咋了，你们不相信，童妍不是那种人，她正直单纯。陈肃沉着脸说上面说我给他们玩阴谋诡计，怀疑例假是假的，你知道上面没一个好惹的人？惠静说最近活动得怎么样？我提前祝贺你。说着眼睛斜睨了陈肃一下。陈肃说你侧面问问学生，要讲策略。惠静说就是忽然来了，学生也不一定看到，难道她会站在那里让学生看？陈肃说六十多双眼睛，总会有一双眼睛看到的。说完陈肃就转身背着手走了，手指做了个勾引的动作。陈肃刚回到办公室，给惠静发了个信息：有了情报来电话。下午快放学的时候，惠静的信息来了：哪里见？陈肃回了个信息：鸿福宾馆，带着情报来。发完信息，陈肃感觉就像是新中国成立前的地下工作者接头了。

陈肃不经常在一个宾馆开房间，那样容易让人发现，像老电影上说的"打一枪换一个地方"。"鸿福宾馆"是新开的，在电视上不停做广告，"房价打折，优惠酬宾"。他打了个的，来到宾馆一看，环境设施都很不错，大厅很气派，有钢琴和小提琴演奏，演奏的是《梁祝》。开房时才发现房价也很上档次，打折优惠后还要六百八十八元。刚刚交了押金，拿到房卡，惠静就来了，看上去是刻意打扮了一番，换了一件与教师身份极不相称的休闲套裙，看上去有些妖冶了，一股香味扑面而来。惠静说我们在大厅坐坐，听听音乐吧，他们演奏得多好。陈肃瞪了惠静一眼说在大庭广众之下，我们俩喝着咖啡听音乐？他就差说你脑子进水了。可惠静说有何不可？陈肃终于说一个男校长，一个女教师，坐在那里听音乐，展览啊？！陈肃走向电梯，惠静只能跟着走了。进了房间，陈肃一把将惠静揽在了怀里，问，情报带来了吗？惠静却嘟着嘴说情报重要还是我重要？陈肃说当然是你重要了。说着就去解惠静的衣带，惠静打落陈肃的手说你越来越没情趣了。陈肃觉得确实有些没情趣，再揽过惠静，欲温存一番，调节情绪，手机却响了起来。惠静说不许接。说着就要夺陈肃的手机。陈肃已经看到了史国的号码，说不要闹，是史国的电话。惠静不高兴，说见了史国就像见了上帝。陈肃说你记着，你的上级永远是你的上帝。陈肃接通了电话，史国说马上到"小港"来。然后就将电话挂了。因为挨得近，惠静当然听到了，说不许去。陈肃已经夹起包，说关键时期，不去不行的。说着要吻惠静，惠静一扭头躲开了，说你就这么不在乎我？陈肃又过来搂抱着惠静，说没办法啊，关键时期，别使小性子了。他再次去吻惠静，惠静已经转过这身去。陈肃讪笑着从背后抱住惠静，说，等这一段时间过了，我好好陪陪你到外面走一趟，今天委屈你了。这么说着他已经拉开了门迈了出去。

陈肃走了，惠静呆痴痴地坐在散发着装潢的气息的房间里，两眼盈满了泪水。忽然门铃叮咚叮咚地响了起来，惠静一惊，轻手轻脚地来到门前，从猫眼一看，却是陈肃。她心里一喜，忙打开门，等着陈肃说出"去他妈的史国，去他妈的上帝，我就要你，再什么也不要"之类的话来，可是陈肃一张口却说出来的是：你还没把情报给我呢。惠静吼了一声说，滚，滚。陈肃并未走，站在那里长出一口气，惠静吼着说，全班的学生都看见了。陈肃又转身走了，这次连个拥抱都没有。陈肃走了，惠静揪着自己的头发骂自己：你她妈的贱不贱啊，你连个坐台小姐都不如，你她妈的爱他的啥？夹着个皮包就像夹着尾巴连自己姓啥都不知道，到底喜欢他啥？！她在自己的大腿上狠狠地拧了两把，然后捂着被子嚎啕大哭。她以前觉得陈肃应该是一个脱俗的男人，小提琴拉得那么好，动情处头发一扬一甩，谁曾想到现在竟成了这样一个俗不可耐的货色，她真是悔之莫及呀。惠静孤独无助地坐在房间里，她茫然无措，她已经给男人说了和同学聚会，回去要晚一些。她流了半天的泪，然后洗过脸，补过妆，然后来到大厅，要了一杯咖啡，曲子已经换成了《秋日的私语》。惠静沉入曲子里，闭上眼睛，眼泪再次溢了出来。

　　陈肃匆匆忙忙来到"小港"，一进雅间就明白了，他是被召唤来陪酒的，心里骂了句"他妈的"。史国那时间提他做副校长，应该说喝酒也是原因之一，他的酒量在一斤半到二斤，即使到了现在，一些喝酒场合，史国还会时不时叫他陪酒。除了个别人，其余的他都认识，都是一些局的局长和市直各部门的部长、主任，这些人都有各种各样的关系网，掌握着一定的推荐票。对于补缺来说，推荐票也是很重要的一环。即使是有背景，有关系，如果民主推荐票数上不去，竞争对手就会拿这做文章，有些领导也会以此为借口，因此也还是有风险的。史国已经开始活动了。从脸色和话语中陈肃清楚知道他们已经喝了一会儿了，显然史国是支撑不住了才叫的他。他是一肚子气，可还得赔着笑脸。互相寒暄过后，史国把一大口杯酒递给陈肃，说，迟到，罚酒。其他人不同意了，说这是你输的酒，罚酒还没倒呢。提起酒壶将口杯加满，递给了陈肃。陈肃接过酒杯，那足有三两酒，但他一仰头喝了下去。之后，又连碰带敬三个酒每个人过了一次。因为一口饭都没吃，六两多酒下了肚，又是高度数五粮液，立刻觉得腹腔内燃起了熊熊大火。再加上匆匆赶来，冷落了惠静，自己又被人冷落，心里自然不好，酒力发挥得就很快。他借口上个厕所，在厕所将中指伸进咽喉，又压又挠，总算吐出了一些，胃里就稍稍舒服了些，便忙掏出手机给惠静打电话，可是惠静不接。又打了两次，还是不接，再打，惠静却关机了。陈肃一阵茫然，正往里走，史国的电话来了，说：你他妈的在跟哪个小妖骚情，还不快进来。他只能匆忙进去。史国不停地打关，输了的酒全端在了他面前。喝完酒，把一个个送上车，他拉住史国的手，说主任，童妍的例假是真的。史国说你看见了？陈肃打出一个酒嗝，说，全班学生都看见了。史国在他头上剁了一指头，说，我说你的脑子让猪吃了，全班的学生都看见了，这话你也信啊，上课的时候，所有的学生都盯着老师的裤裆看吗？这么说着史国就向车那边走去，走了两步，又回过头扑到他跟前，手几乎就要指到他的眼窝上，恶狠狠地说是不是刘强给你许什么愿了，啊！

说完，史国上车走了，把陈肃撂在了街头。陈肃已经喝多了，他们两家都住在一个小区，按说应该把他带回家的。陈肃盯着渐行渐远的车，骂了一句，我日你妈。一个小伙子正从他身边经过，立刻调转头给了他两拳，他立刻眼前一黑就倒在了地上。他索性就那么躺着，抬头仰望着星空，想放开嗓门大吼几声出来，可是张张嘴，却没喊出声音来。

7

史国走进大院，碰见了刘强，他本身想躲开，可是又转念一想我为啥要躲开，要躲开的应该是他。他妈的，使阴招。刘强走过来说史主任，啥时安排咱们坐坐，好久没一起坐坐了。虽然装着一肚子气，可面子上还要表现得水波不兴。这种在领导身边的人，给领导点点眼药，就够你受的。史国笑着说你定时间定人，我来招呼。刘强想想说就咱们高中时期学校球队成员。他说好，我来通知他们，时间呢？刘强压低声音说过几天老大要外出考察，这次我不去，他走了我就有空闲了，你等我电话吧。刘强走了，史国说这话连个屁都不是，等于没说。好多次他都说这样的话，他把人都约好了，结果他一次都没参加，总是说没时间。他和刘强是高中同学，同是校篮球队的成员，他们是左右前锋，一起叱咤风云过，而且自毕业以来，他们一直互相联系，没有任何的冲突与隔阂，没想到他们会成为竞争对手，他想他们再也回不到以前了。继而他想，刘强是做贼心虚，为了和他打招呼找出的话题，索性丢在了脑后。

到了办公室刚刚坐下，康市长的电话就打来了，说，你过来一下。史国来到康市长办公室，康市长把一份通报往他面前一推，说看看吧。史国一细看是内情通报，通报的就是这次视察活动，虽然大话套话地说了一起，但最后提出了问题，那措词就毫不客气了，直接点了四中那件事，而且夸大了这件事背后的东西。内情通报是只发市四套班子和省相关领导干部的。康盛将内情通报收进了文件柜，对史国摆摆手说，没啥事，你忙去吧。

从康市长那里出来，回到办公室，史国心情很糟糕。他明白康盛给他看内部通报的用意，从表面上看，是关心他，向他通报有关信息，往深层次想却有推卸责任的意思。如果这次副市长他没戏，康盛就会有借口，说你看不是我没帮忙，而是你自己把事弄糟了。对于他的老领导史国的岳父也好交代。做官做到康盛这样的地步，也就做出名堂了，除了圆滑，还很周全。这份内情通报当然是刘强签发的，甚至有可能就是他起草的。刘强又阴了他一次。他几次抓起电话拨刘强的号码，可拨了一半就扣了电话，这不是公开叫板吗？事已至此，公开叫板有用吗？他内心充满了愤怒，却不知道向哪里发泄，就又打通陈肃的手机把陈肃吼骂了一通。

而这时的陈肃也正遭遇了沉重的打击，常生荣所说的两个尖子生没挖过来，高三三、四班的三个学子生又被挖走了。这样下去，真是要命。他把常生荣臭骂了一顿，问，被哪里挖去了？常生荣说三中。陈肃狠狠擂了桌子一拳，说，又是他妈的王远成。陈肃想都没想就把电话打到了王远成的办公室，没有什么寒暄，直接说，王远成，你太不仗义了吧。说起来他们是很熟悉的，不仅是因为两人都是校长，王远成曾经也是四中的老师，他们都是教政治的，在一个教研组待了五六年。后来，这家伙调到教委去做文书，几年后提了教委副主任，市委市政府提倡到基层去，他又被派下来兼了三中的校长。王远成说，咋了，吃火药了？陈肃气得不知如何说，就说，这么多的学校，你就盯着我的学校挖呀？王远成却笑着说你这就冤枉人了吧，我挖什么了，要说挖，哪年不都是你们挖的最凶吗？要说我们挖，那也是跟你学哩，只准许你们挖了别人家院子里的土垫自己的门台阶，就不许别人挖你家院子里的土，我们得把那几年的损失挖回来。陈肃被他一句噎得半天说不出话来，王远成又笑笑说陈校长，没想到你挖人挖得天翻地覆，骂人也是气势汹汹的。

挂了电话，他想三四班一下子被挖走了两个，说不定童妍就是线人，为了她舅舅，能造出例假的事，这事她怎么就做不出来呢？可他又拿童妍有什么办法？刘强是他惹得起的？他只能再次召开校委会，两手叉在腰里把校委会十几个人裹起来骂了一通，并给每个人定了挖来两个尖子生的指标。

一位即将退休的老教师不高兴了说，你光骂我们有啥用，我这么大年龄了，一辈子教书育人，兢兢业业，没做过对不起良心的事，你让我去挖别人墙脚，这种损人利己的事我下不了手。我们口口声声说为人师表，我们这样做如何面对学生？这事现在弄得教师人人自危，对学生连句重话都不敢说，有些学生被娇惯得连最起码的人情礼义都没了，仿佛他们学习好是天生的，是天才，见了老师就像见了下人奴才一样。这是干什么？我们呵护着学生，可是学生呵护过我们？我们疼爱学生，可是学生疼爱过我们吗？挖坑，真是可恶到极点了！我不会挖别人的成果，你们看吧，辞退下岗我都认了。老教师起身离席而去，其他人也都散了。这时化学组组长说校长，如果大家都不挖人，我们并不比人差，这事得从源头上解决问题，从化学的角度来讲，每一个反应都是有条件的。这样挖来挖去，四中怕是要遭遇滑铁卢了。

陈肃坐在大板椅上边喝茶边想，倒是化学组组长的话提醒了他，如果今年高考成绩继续下滑，就是史国做了副市长，他也没戏。这次要没戏，怕这辈子都没戏了。于是，他立刻和另外十几所中学的校长通了电话，这些校长个个义愤填膺，骂声不绝。有几个校长都骂着同样的话，说，还不是你们四中他妈带的头，现在深受其害了吧？！陈肃也气愤地说，唉，各位同仁，现在不是讨后账的时候，我们联名上书，应该制止这种歪风邪气，否则就是我们栽树，别人摘果了。那些校长立刻附和，说，好，你起草好了，我们签名。

陈肃迟疑了一下，心里骂了句一到关键时刻就都装孙子。如果史国升了，王远成做了主任，联名上书者可就招祸了，谁心里都在打小九九。但陈肃顾不了那么多，从今年的形势看，这是他最后一招，倘若不用，他或许就没机会用了。他将联名信写好，想不能写给教委，这种风气本来就是史国带出来的，让史国下文件制止，那不是自己打自己的脸？王远成显然也走的是史国这条路，两方面的因素加起来，他写给教委也是白搭，市委、市政府主要领导不会看到的。因此，他把信直接写到了市委、市政府。

写完之后读了两遍，在读信的过程中，他为自己的这一计而感到自豪，如果上面认真追查此事，王远成挖得最多，将成为众矢之的。完全可以上升到道德沦丧这一高度，对于一个从事教育的人来说，这个罪名并不轻，虽然不至于追究什么责任，但至少是臭名远扬了。他已经想好，这信到了市委、市政府，领导阅完，肯定要批转教委，史国当然就知道了，肯定是要问罪于他的，他就会这样说：我没有其他的意思，就是想保住四中这个品牌，这是您一手抓起来的一个品牌，凝聚着您的血汗，记录着您的辉煌，如果在我手里毁了，我如何面对您这些年对我的栽培。他想史国从来都没有把他当成聪明人看过，动不动骂他"脑子让猪吃了"，既然这样，他就继续充愣装傻，生活告诉他耍阴谋诡计不一定要表现得很聪明，聪明人常常吃老实人的亏。可是到了签名的时候，几个有正义感事业感的校长很快就签上了自己的大名，可有四所学校的校长不签名，说签名不签名没用，重要的是让领导看见。陈肃心里骂妈的，把我当猴耍，他把四个校长的名字全签上了。看着这封信，陈肃对自己说，妈的，大不了不当校长，继续教书，做一名教师，也没有这么多的烂事。

回到学校，看到常生荣，他都想躲开，他有些怕见常生荣了，好在常生荣却没有走过来。刚进办公室坐下，童妍却来了。他笑着起身对童妍，说，坐。童妍没有坐，说，校长，你不必假心假意。童妍的口气非常强硬，他抬头看了一眼，发现她的脸色极差。童妍把手里的教案本往桌子上一摔，说，你派人调查我？陈肃调整了一下脸上的表情，说，我调查你，我派谁调查你？谁说的？童妍说，你明知故问，要不要叫人来对质？陈肃立马想到了惠静，就说，你不要听风就是雨，现在说啥的人都有。童妍说这是对我人格的污辱，我严正抗议，你们这样做事让人恶心极了。童妍走了，陈肃心里说说我恶心，你比我更恶心，在我跟前充什么正人君子！他拨通了惠静的电话，可惠静却不接。他只能让常生荣去叫。可把常生荣叫来了，他却又对常生荣摆摆手说，没事。常生荣猜疑着走了，他查看了一下课程表，亲自来到三班，对惠静招招手，惠静却大声说，校长，我在上课。陈肃说下课后到我办公室来。

下课后，惠静来到陈肃办公室，却站在门口不进来，说，有事吗？我下节还有课。陈肃说你进来，把门关上。惠静却说有啥事就这样说吧。陈肃阴沉着脸走到惠静跟前说，你把调查的事说给童妍了？惠静的表情仿佛给人拧了一把，吼了一声说，你放屁，我没你们那么卑鄙，你简直让人恶心得想吐。说完掉头就走了。陈肃给惠静一句骂得半天没回过神来。一会儿时间被两个女人骂了两次恶心死了。陈肃自嘲地说连我自己都觉得恶心啊。

第四节课下了，陈肃正准备出门回家，门外有喊报告的声音，陈肃说了声"请进"。进来的是一男一女两个学生。男生正是那天打架的姜涛。姜涛说校长，我们代表全班的学生对你们调查童老师来例假的事表示抗议，你们这是对童老师的人格的污辱，我们希望学校能召开专门的会议向童老师道歉。然后他们把一张抗议书放在他的面前，上面密密麻麻签满了学生的名字，还画了个插图。现在的学生真是不得了，他心里不禁这样慨叹。看看两个学生走出去的背影，他急忙叫住说，谁去调查的。姜涛说前后两次，你可别说你不知道。陈肃纳闷了，惠静算一次，还有谁呢？他明白了，是史国派人做的调查。他心里"咯噔"一下，骂了句，你他妈的脑子才让猪吃了。

8

刘光威打电话到史国的办公室，说，到我办公室来一下。口气颇为严厉。史国脑子快速旋转起来，刘光威直接把他叫到办公室的情况并不多。刘光威不是市上的干部，是省上下派的，任市委副书记之前，是省党委宣传部讲师团的团长，这并不是一个出干部的热门职位，从这个位置能成为市委副书记的并不多，人们觉得他有背景，对他的背景有过很多猜测。史国也曾想和他走得近一些，可是每次请示、汇报工作时，刘光威总是不冷不热地说该做啥你就做，该咋做你就做，放开手脚做。这话说得很贴心，但却拒人千里之远的冷，几次宴请，他都拒绝了，说应酬是一种负担。关系也就处得淡了，再说，刘光威和康盛的关系也很微妙，就像所有的同级一样，关系不微妙的有几个？表面上是一团和气，暗地里却各怀鬼胎。恰如《红楼梦》中的王熙凤：嘴甜心苦，两面三刀，上头一脸笑，脚下使绊子，明是一盆火，暗是一把刀。

史国来到刘光威的办公室，刘光威口气却又十分温和，表情也很亲切。他想或许他刚才打电话的时候有人，一般有人在的时候，领导给下属打电话口气都是严厉的权威的。如果来办公室是找麻烦的，也许这样就镇住了，如果是来谈好叙旧的，那么也是最好的要威风摆架子的手段。

刘光威说，史主任请坐。史国就坐在对面的沙发上。刘光威的客气让他有些如坐针毡。他靠着康盛，虽然康盛是常务副市长，也进了常委，但毕竟刘光威是副书记，在人事问题上自然要比康盛说话更有分量。刘光威说今年高考的形势怎么样？史国听得问这话，心里踏实了许多，忙说书记，估计应该比去年要好些。刘光威看看他说教育为本，经济要抓，教育更要抓，我们提倡的就是科教兴市。史国说那是，今年市委对教育抓得紧，教师们精神气足。他没有提政府，是因为虽然教委是政府的职能部门，但人事任免却还在市委。这时候要提了政府，就等于是在说康盛，刘光威肯定会不高兴的。在这方面，领导们的心胸开阔不到哪里去。

又谈了杂七杂八的一些情况，史国一直在猜测刘光威叫他到底有什么事，但他能感觉到绝对不是要对他表示什么关怀。果然，刘光威话锋一转，言归正传，说，最近有些反应可是十分不利于高考，有悖于我们的教育宗旨。十几所学校的校长联名反应有些校长走歪门邪道，大肆挖坑，影响十分的恶劣。刘光威这话是盯着史国说的，那目光是严厉的，口气是加重的，他说挖坑你知道吗？这是谁他妈想出的这样阴损的一招，别人种树你摘果实啊，无耻至极，可恶至极啊！刘光威表现得不仅是恼火，而且是愤怒了。史国站了起来，刘光威继续说，我来市委之前，就听说学校存在着"挖坑"的严重问题，我还一直在想社会总是要夸大一些问题，现在看来，是实实在在的，这在外界影响很坏，凭借这种以卑劣的手段不劳而获，不要说是政治思想，连做人的品质都有问题，必须严查严处。史国头上的汗水已经冒了出来，说，我一定严肃整顿。刘光威走到他跟前，把那封信递给他，说，这信是写到市委的，现在转给你，三天内你给我个详细汇报。史国不看则罢，一看满肚子气差点骂出娘来。他客气地说了几句感谢刘光威教导的话，出来等不到走到办公室，就拨通了陈肃的办公室，说，陈校长陈大人，你好厉害呀，还没看出来你还有这一手。陈肃已有所准备，就说，主任大人，我这两天可是兢兢业业的应对高考，没做啥事。史国冷笑了一声，说，多亏你没做啥事，要做了还了得！

扣了电话，他也没有说让陈肃立刻到他这里来，但他知道用不了几分钟，这个长着猪脑子的下属就会屁颠屁颠地跑过来了。史国依照签过名字的顺序，把联名的校长一个个训斥了一顿，训斥完，陈肃探头探脑地走了进来，顺手把门关上了。史国走到陈肃面前，把信砸在了陈肃的脸上，说，看看你的杰作吧，书记批示过来的。陈肃拣起信佯装看看，说，主任，我没有其他的意思，就是想保住四中这个品牌，这是你一手抓起来的一个品牌，凝聚着您的血汗，象征着您的辉煌，如果在我手里毁了，我如何面对您这些年对我的栽培。陈肃这样说着，偷偷抬眼看了史国一眼，发现史国的脸紫如猪肝。他的心里竟然一阵快活。史国陷进高靠背真皮躺椅中，说，我算是看明白了，你是和别人串通好了给我挖坑阴我哩。陈肃颤抖着声音，说，主任，你什么都可以怀疑我，但对我的忠心不可以怀疑。我说过没有你就没有我的今天，这话我要说一辈子的，哪次不是你上个台阶我就上个台阶？史国说妈的，我要是走不了，这个位置谁也坐不上。这么说着他狠狠地拍着那把椅子。陈肃说这还用你说，主任，连傻子都知道。说着，倒好茶水，双手给史国递过去。看看史国的气小了些，陈肃想还得再气气他，谁让你脚踩两只船呢？于是就说，唉，我这脑子真不是个搞政治，我咋就没想到这会给您惹事呢？这么说着他就拿拳头在头上捶了几下，又说，可这个王远成也太气人，这还不到一年，挖走我们十几个学生，想给您说，又怕他是副主任，你不好说他，其他几个校长也是这样想的，一鼓动我脑子一热就把信写给了市委。又长长地叹出一口气来说，就拿上次例假事件来说，我都没有想到"全班同学都看到了"就是一句谎言，更没有分析这其中的计谋，我真是愚蠢啊。史国皱着眉头说好了，好了。陈肃看到自己以愚蠢征服了在他面前总是自以为是的史国，心里说他妈的谁也不比谁聪明，心里就稍稍好受了些。

史国给他递了支烟，并点上了。史国平时是不给他递烟的，更别说点上了。史国说，算了，这事就到此为止，你们也不要互相吵吵了，挖坑不也都互相挖吗？挖不过人就告状，我看你们做人上都有问题。马上就要高考了，集中精力备战高考吧，我会给王远成打招呼的，挖过去的就算了，弄来弄去对学生不好，以后不再挖就行。

从史国办公室出来，陈肃眯着眼睛看一眼，心里说不再挖了，他他妈的挖够了。看看已是即将放学的时候，他就给惠静打了个电话，可是惠静却不接。他知道惠静生气了，再打还是不接。再打，已经关机了。他就很是失落，又不想回家，遂就想约些人喝一场。约谁呢？当官的约来都是爷爷，喝酒喝不出个好心情来，说不定还喝出坏事来，干脆就约了学校的中层干部，也算是高考前的一次犒劳与鞭策吧。

9

高三三、四两个班的班委会成员共二十几个学生组成的代表团来到校长办公室后，陈肃真恨不得上去一个个屁股上踢给一脚，再抽他们几个耳光，给他们一个个记一个留校察看的处分，可他知道高三的学生不但有了自己的思想，而且毕业在即，毫无顾忌，他们啥事都做得出来。陈肃在会议室接待了学生代表团，并让常生荣通知校委会成员和中层干部，同时"请"来了童妍。他说"请"的时候语气很重。童妍来后，他满面笑容站在学生面前，对童妍说，学生对你是敬爱有加，我现在向你道歉，学校这样做是不正确的。

尽管看到陈肃假惺惺的，童妍还是有点不好意思了，然而，同学们并不满意，姜涛说："校长，您这个道歉没有表现出学校的真心诚意，其一，你不是代表个人向童老师道歉，而是代表学校，因为调查是以学校的名义进行的，而学校的一切举措均由校委会作出，因此必须加上'我代表校委会'；其二，既然是道歉，就必须是诚心的严肃的，因此必须加上'郑重'一词；其三，既然是道歉，就必须称呼对方'您'，以示道歉的诚心和对对方的尊重，而不是'你'；其四，既然是道歉，就证明你们的调查是错误的，如果连自己的老师都不信任，你们还信任谁？因此，'不正确的'应该改为'荒谬的'；其五，既然是道歉，就应该表情谦恭，语气诚恳，道歉结束后要深深鞠躬；其六，既然是代表学校道歉，所有的校委会成员就不能坐在那里，无动于衷，表情冷漠，都必须起立，集体鞠躬致歉；其七，既然是道歉，就必须征询童老师的意见，她是否接受学校的道歉，童老师有不接受道歉的权力。"

姜涛的一番话，不仅让陈肃大吃一惊，而且让所有人都大吃一惊，这个小家伙的口才真是太好了，思维如此敏捷，逻辑如此严密，滴水不漏。因为这是即兴的，来不及思考的，这连童妍也没想到。然而，常生荣悄声对陈肃说一定是童妍事先给编好的。陈肃瞪了一眼心里说你脑子让猪吃了，难道童妍知道我道歉时会说什么样的话？她是我肚子里的蛔虫啊。

这时三班班长说，如果校委会像应付差事一样应付我们，我们会有下一步的行动，那就是必须当着全校师生的面道歉，否则我们三四班的学生将会到市委、市政府去上访，即使我们毕业，也不会放弃。

陈肃鼓起掌来，说，感谢同学们，有这么优秀的学生，这是我们的骄傲，我们集体重新郑重向童老师道歉。

校委会集体向童妍三鞠躬后，陈肃想学生们该走了吧，可姜涛又说，在这里有一件事我想向各位领导和老师说明一下，从上一学期开学，先后有三个学校挖过我，他们给过我丰厚的条件，可是，我没有走。知道为什么吗？就是因为童老师和我们这一班的各位老师。

学生代表团走了，童妍也往外走，陈肃说，童老师，你留一下，其他人可以走了。其他人走了以后，陈肃把门关上，说，童老师，这事怎么给你说呢？调查并不是学校的意思，也不是学校的人调查，而是教委派人来调查的，连我也不知道。他想既然史国如此做，他也就不能顾他太多，否则，刘强那里他不好交代。他想童妍会把这话一字不落地传给刘强。

童妍摇摇头说，陈校长，算了吧，如果你们觉得确实因为我而影响了什么大事，我可以辞职。这么说着她往外走。陈肃摆摆手说，我不是这个意思，有些事你不懂，我只是想请求你别再闹了。童妍本来已经走到门口了，听得这话，她又走了回来，说，陈校长，你觉得这是我在闹吗？一句话把陈肃问得倒退了几步，学生他不怕，童妍他也不怕，可他怕刘强。童妍说，你可以去调查，如果你们觉得是我在闹，就开除我吧。童妍走了，陈肃重重地坐在椅子上，闭上了眼睛。

10

　　谭继忠就像失踪了，童妍一个月没联系上。童妍打了几次电话，都是"暂时无法接通"。难道又在查什么贪官污吏？一旦查人，谭继忠的电话就是"暂时无法接通"。这天谭继忠忽然打来电话，说中午一起吃饭。童妍说想起我了？谭继忠停顿了一下，笑着说这段时间一直查案，见面我给你细说，电话不方便，你订个地方吧。童妍说外面的饭我没胃口。谭继忠说那就在你那里吧。听了这话，童妍敏感地觉察到了变化，以前谭继忠总是说家里长家里短的，如今却说你那里。这绝对不是口误，谭继忠定然是有事。

　　谭继忠一进来就闻到了饭菜的香味，餐桌上菜已摆好，陈皮鳝段、脆皮小乳鸽、蛋茸牛肉羹、葱酥鲫鱼、青椒土豆丝，用中号蓝白细瓷碟盛着，看上去都口舌生香。量不大，但一样一样做出来，确实是要费工夫与心情的。童妍喜欢研究美食，就像她喜欢上课一样，她说做饭与上课一样，做一顿好饭与上一堂好课，都会带给你艺术的享受。这顿饭童妍是用了心的，谭继忠进了厨房，童妍正在盛米饭头都没回说快去洗手。谭继忠洗了手出来，童妍已经打开了一瓶白酒。

　　为了表现轻松一些，谭继忠说犒赏我呀。童妍看了他一眼，她斟好了酒，谭继忠是大杯，她是小杯。他们很少一起喝酒。偶尔喝一次，就是这规矩，谭继忠一大杯，她一小杯，喝完就收了。童妍端起酒杯说你辛苦了。谭继忠迟疑了一下，笑笑说越来越有领导风范了，知道关心下属了。童妍把酒一饮而下，谭继忠也只能一饮而下，童妍又给两个杯子斟满了酒。

　　童妍猜得没错，谭继忠确实有事。这一个月谭继忠并不是查案去了，而是躲避了和童妍见面。例假风波在大院里越传越疯了，童妍也成了名人，名字在人们的口间广为流传。例假背后的故事被演绎出了好几个版本，有说童妍是刘强的小蜜，有说童妍是刘强的外甥女的，甚至说童妍从小就是在刘强家里长大的等等。谭继忠第一次听到童妍是秘书长刘强的外甥女的时候，笑得喷出了茶水，可是随着人们说得有眉有眼，谭继忠也有些疑惑起来。如果说童妍真的和刘强有关系，那么，例假便极有可能是假的。可是，与童妍相处大半年时间以来，从未听到童妍提及过刘强？难道童妍故意要隐瞒？他否定了，童妍没有那么深的城府，再说也没必要隐瞒，他不相信那天童妍给他说的全是假话，更不相信童妍是刘强的小蜜什么的鬼话。但是，谭继忠明白，这世上无论任何事，许多人都在真相之外，跟风而走，即使是真正的真相摆在面前，他们也不一定会相信，会认为这个所谓的真相是用掩盖前面那个真相而创造出来的。在对待这类问题上，官场是把一分为二运用得是非常到位的，一个简单的事情经过一分为二的思考就会变得复杂起来，就大有名堂了。"真亦假时假亦真，无为有处有还无。"官场玩的就是这样的深沉，显然，有人对这提前造访的例假开始做文章了，现在的情况是不管童妍的例假是真是假，都将会变为有意的行为。不会再有人热心例假是真是假的问题，他们会定性为一个阴谋诡计，以后的岁月里，在云水市官场，这就是例假事件的唯一真相，童妍例假将成为官场的一个案例，因为这个案例，童妍将被人们记住。官员的记忆力在一些事情上表现得很差，但在这一类问题上却表现得很顽固，正如那首歌所唱，从来不需要想起，但永远也不会忘记。因此，无论真相是什么，童妍这个名字在政界都会是一个案例的代号。他与童妍结婚，就意味着与这个案例紧密联系在一起，当他的仕途进入关键时期，蛰伏在人们记忆中的这个案例就会复活，在人们"噢"的一声之后，竞争对手就会拿童妍的例假在他身上大做文章了，当这一文章做到重要领导跟前，领导就会在乎这一"前科"了。要知道在官场，一个人不可能没有竞争对手，为了表达民主，一个位置常常会有意圈定几个候选人竞争。谭继忠曾经看过这样的论述，说换届选举是官员们的滑铁卢，因为这时间，许多竞争对手都互相揭发检举，以搞倒竞争对手增加自己的胜算。还列举了许多在换届选举中落马的官员，看上去真是触目惊心。因此，倘若在这节骨眼上让人看见他和童妍在一起，不知又会演绎出什么故事来。好在他们的关系也只有大半年的时间，知道的人并不多。那次与童妍相见，回去后他就感到后怕。这才发现自己还是那么的不成熟。

事实上这一个月谭继忠遭受的痛苦并不比童妍轻。谭继忠也想过娶了童妍，一切随缘吧。童妍无疑是一位好妻子，是可以白头偕老共度一生的好伴侣，他们在一起是可以幸福地度过一生的。可是，当他想到家乡那些充满期待的目光，他就不能只顾自己。自从大学毕业，整整四年，他才发现考公务员远比考大学艰辛，一度不想考了，想应聘到公司去上班，或者去做生意，娶妻生子，他相信日子也应该过得去。可他没有放弃，他太想当官了，倒不是他有什么虚荣心，贪图当官的威风八面，衣锦还乡，而是他欠着乡亲们的情。他上大学四年，每年的学费是谭家庄人凑的。谭家庄百分之七十的人姓谭，不但是谭家人，就是外姓人也都是或多或少地资助了他学费。他们或许没有期待过他的回报，只是把他看成谭家庄的荣耀，但他不能这么想，他也不敢有多么远大的献身能耐，奢望把他们从贫困中解救出来，给他们的生活带来实质性的变化，他只是希望当他们在城里打工陷入困境，遭遇官司、欠薪、看病、找活儿、孩子入学这类困难时，能给予他们必要的帮助。那年，谭家庄进城打工的十几个人被人家拖欠了工钱，都来找他。他其实也只是一个打工的。他带着他们找到了包工头，包工头正眼看都不看他，二牛说我哥可是大学生，那包工头哈哈大笑说大学生，城里满大街都是大学生，比地里犁地的驴还多。包工头上车时踢了一脚给他拉开车门的小伙子说他还是研究生哩。按二牛他们的冲动脾气就把狗日的车砸了，那车也值几十万，再不就把狗日的捶得住院，那工钱就全当赔了医药费。他阻止了他们这样做，他想体面地要回属于他们的钱。他想到了找律师，可是律师高昂的费用和漫长的时间都让他们承担不起，律师告诉他们这种官司大约得一年时间，他们没有一年的时间熬这在这种烂事里，他们的家里等着他们拿回钱去。后来，他找到了一位做家教时认识的一位在政府工作的家长，人家只打了几个电话，欠薪第二天就全额发放了。那一次他认识到了政府的巨大威力，官员的巨大威力。随着打工的人涌到了城里，孩子们的入学就成了大问题，一年一度新生入学，他们把孩子入学的希望寄托在他身上，然而，他却无能为力，一次次辜负了他们的期望。他们没有一句抱怨的话，反而安慰他说这事难着哩，说是找市长办都难哩。他心里难受，脸皮发烫。社会经验告诉他，只有当官，解决起这些事情来就易如反掌了。他毕业那年，父亲被推选为村长，这表达着人们对他寄予的希望。

父亲却从另外一个角度鼓励支持他一定要当官。父亲说钱财有多少得够，吃饱穿暖就行了，你得想想你的太爷。谭继忠的太爷是做是过县太爷的，虽然那是国民党时期的县太爷，但也是县太爷，他蔽护村里人的故事在村里广泛流传，国民党抓壮丁的时候，谭家村没有被抓一人，谭家庄没有冤死的阴魂。父亲，这个农村随处可见的满脸皱纹脊背微驼大字不识一个的小老头，目光却比他远大。父亲还从家谱这个角度为他阐述了人活着的意义，父亲说人活一辈子，雁过留声，人过留名，你考上了大学，以后上宗谱时你的名字就大了一号，如果你要像你太爷一样当一任县太爷，在宗谱里，你的名字就能和你太爷的名字一样大了。父亲很务实，没有要求他超过太爷。父亲就他一个儿子，他不能拗着父亲行事，更不能伤了他的心。他看过宗谱，太爷的名字不但大，而且光事迹就有十几页之多，而其余的人就那么三五条，有的只有一个名字罢了。而他知道，要留名，就必须像爷爷那样为谭家庄做事。

　　他要走仕途，将会被彻底改变，官场会将他变得世故势利，没完没了的应酬会让他变得了无趣味，他将告别浪漫、率真的本性，甚至会变得冷漠，学会撒谎，童妍绝对适应不了他变成这个样子，更适应不了他带给她的生活。她需要单纯、浪漫、有趣味的生活，"行至水穷处，坐看云起时，才发现人生其实最重要的只是，找一些吃东西，找一些喝的东西，找一些可以一起欢笑一起流泪的朋友，找一个爱你的人和一个你愿意为之付出所有的人。"这是童妍发给他的一个短信，他一直珍藏在个人文件夹中。这个短信表达了童妍对生活的理解与追求。在墙壁上，挂着一个孩子做题的小题板，这个小题板被童妍用做了贴诗板。她喜欢诗歌，她会将一些诗剪下来或者抄下来贴上去，她能在一首诗的意境里待一天甚至是两天，她不会感到寂寞烦恼，会感到充实快乐。海子那首被广为传颂的《面朝大海，春暖花开》，童妍不止一次贴在诗板上，"从明天起，做一个幸福的人 / 喂马，劈柴，周游世界 / 从明天起，关心粮食和蔬菜 / 我有一所房子，面朝大海，春暖花开 // 从明天起，和每一个亲人通信 / 告诉他们我的幸福 / 那幸福的闪电告诉我的 / 我将告诉每一个人 // 给每一条河每一座山取一个温暖的名字 / 陌生人，我也为你祝福 / 愿你有一个灿烂的前程 / 愿你有情人终成眷属 / 愿你在尘世获得幸福 / 我也愿面朝大海，春暖花开。"这首诗完全可以说表达了童妍对生活的向往与追求。想让童妍感觉到幸福，那就必须保持一种纯洁、善良、正直、浪漫甚至是天真的本性，这恰恰与官场是悖背的，他可以装，但他装了一时却装不了一辈子。童妍对撒谎是深恶痛绝的，她这样说在人所有的恶习中，撒谎是最可恶的，等于甚至大于犯罪。如果他做官，撒谎就是一门看家本领。他不想毁了童妍浪漫而率真的一生，没有必要让童妍承担他的沉重。

这一个月谭继忠倍受煎熬，几次都走到四中门口了，他又掉回了头。

例假事件已经有人开始做出文章来了。一封信反映到市纪检委，希望彻查此事背后的阴谋。信当然是匿名的打印的，到哪里去查。矛头直指刘强，说刘强利用外甥女如何如何的。书记给他看了信说你不是有个对象在学校，让她侧面了解一下，就两点：其一那位女教师那天来了例假是否属实，其二那位女教师到底跟秘书长刘强有何关系。要准确，要隐蔽，要快速。书记思路总是这么清楚，也总是这么简洁。有一次下乡，书记问他结婚没，他说没有。书记又问有对象没，他说正处着一个。书记又问干啥的。他说教师。书记说教师好，职业高尚，心底单纯，处事善良，以后孩子就不用请家教了。没想到书记竟然记住了。他要走的时候，书记又说小谭啊，这次提一位副市长，你的问题就可以解决了。书记是一个非常严谨的人，轻易不会许诺，没有九成的把握是不会这样说话的。升一个副市长，就会腾出一个正处的位置，补了正处这个位置，就会腾出一个副处的位置。这就叫铁打的政府流水的官。官场就是这样，仿佛那多骨米诺牌一般，牵一发而动全身。只不过不同的是多骨米诺牌是往下倒，而官员是往上升。因此，查清楚书记交代给他的两点，对他来说也是极其重要的。倘若童妍真是刘强的外甥女，事情就得另当别论了。

谭继忠没有想到童妍还真能喝酒，这都第五杯了，好像没有反应似的。谭继忠拿过酒瓶说咱们吃点菜再喝吧，这又不是应酬，非得一个把一个灌趴下了。童妍说难道这不是应酬？谭继忠沉默不语。童妍自己端了酒杯往下灌，他一把捉住童妍的手说别喝了好不。童妍的眼泪就唰唰唰地打在餐桌上。他抽了张餐巾纸递给童妍。童妍捂在眼睛上。他把一满杯酒一饮而尽，说童妍，你是个率真的人，单纯的人，我谭继忠也不绕弯子和你说话。例假事件或许学校已经淡忘了，可在官场依然被传扬着，有人写了匿名信，在例假事件上大做文章，说你的例假是一个阴谋诡计，说你是刘强的外甥女，说你是刘强的小蜜等等。这时间童妍拿下捂在眼睛上的餐巾纸说刘强？刘强是谁？谭继忠说你不知道刘强？童妍说我知道还问你？谭继忠说就是市政府秘书长。童妍说你们这些人怎么这么恶心、下作，刘强是从哪个石头缝里蹦出来的，配给我当舅舅，还小蜜哩，恶心死人了。

这天，谭继忠确实喝多了，应该说是童妍的眼泪把他灌醉了，他不知道自己是怎么离开的。他没有给童妍讲述自己的家乡和过去，什么也没有说，说这些有意义吗？让童妍体谅他，同情他，还是分担他的痛苦，表现自己的高尚。童妍给他讲过她的初恋，讲过那个叫李夫的人。他觉得李夫不该把自己的事讲出来，为什么一个人的沉重要让别人来分担呢？那将会成为童妍一生的包袱，他不想再架一个包袱在上面。

谭继忠给书记汇报过后，书记说那位叫童妍的确实跟刘强没有任何关系？谭继忠说她是从大学毕业后正赶上市上招考老师考进来的，不是本省人，而是刘强却是本省库县人。书记笑笑，忽然问你猜这信是谁写的？谭继忠迟疑了一下，书记摆摆手说没事了，你去吧。

11

副市长终于诞生了，是城建局局长牛八玉。就是在宣布牛八玉任职的这天，全省高考录取分数线出炉，四中升学率滑落至全市中学十名之外，整个上线的学生比往年下降了十二个百分点，不过倒是出了个状元，姜涛，文科状元。陈肃已经无所谓心情好与不好了，对他来说这一点儿都不觉得意外，他只是感到了无限的疲惫。每年成绩出来，他都会及时召开会议，然后聚一次餐。可是今年，他不想弄了。

陈肃的酒瘾犯了，想约几个朋友好好喝一场，一连打了几个电话，不是有约就是有事，就是平时像古装戏里随叫随到的听差一样的常生荣，却也说有事脱不开身。陈肃有些落寞地走在大街上，史国给他打电话，说马上到"云坊"来。陈肃嘿嘿笑着高声说我在俄罗斯，这里风景真美，主任，要不你飞过来，咱们喝正宗的伏特加！这次他没有等史国扣电话，先把电话给扣了。陈肃对着电话说："去他妈的 ×。"

陈肃再次拨了惠静的电话，依然是"你呼叫的用户已关机"，他知道她已经把他的手机号码设置在了永不接听的系列了，心下便是一阵悲凉，坐在一个街边冷饮摊的小圆桌上喝了罐酸奶，抽了根烟，便茫然地往前走，却碰上了童妍。童妍看了他一眼，继续往前走了，他竟然也没说出一句话来。童妍湮没在下班时分的人流中，他还茫然地站在那里。不过，他依然能辨认出童妍来，她依然穿着白色裤子，在人流中显得就很醒目。

陈肃漫无目的地走着，就来到了"小西湖"，落日熔金，小寒山山顶变成了金顶，光芒四射，清风徐来，湖水泛着熠熠金波，墨绿的芦苇像一团团云朵，湖边散步的人很多，有情侣，有老者，有学生。经过"山野人家"时，他停下了脚步，惠静曾经带他来过这里。这是一家带有农家乐风格的餐馆，是以前的老印刷厂改造的，设施简陋，雅座都是用五合板隔出来的，却有几道看家的农家菜，老马皮冻、铁锅茶树菇、玉米老鸡丁、鱼头豆腐汤、油滴苦苦菜做得很好。他走进大厅，嘈杂之声扑面而来，感觉就像进了大食堂，立刻就有服务员迎了上来，指着一个小桌说先生坐那里吧。服务员也是一身村姑打扮，蓝底白花裹了红边的衣裤，头上还扎一块小帕，脚穿黑缎面的布底鞋。他说有没有雅间，服务员说你几个人。他知道一个人是不给开一个雅间的，就说四五个人，小点儿的雅间就行。服务员就带他上了二楼进了一个小雅间，看看最多能坐五个人。这个雅间显然是一间房子隔了一半，隔墙上掏了一个洞，一台空调一边一半。服务员拿过菜谱说你先看看，我去提壶水来。服务员出去了，陈肃翻着菜谱，隔壁的雅间里的对话声就很清楚地传过来：

来，咱们碰一杯，合作愉快。

杯子碰到一起的声音。

今年咱们好好合作。

这个带着山区口音的声音很熟悉，名字几乎都能脱口而出了，偏偏就像鱼刺卡在那里。陈肃抠着头，就是抠不出这个名字来。他轻轻走出门来看看隔壁雅间，门却关得很紧。

你不要再说了，我不会再干了。

这个声音一出，陈肃立刻就听出来是谁了，是惠静。与此同时，那个名字也跳了出来，三中的副校长朱喜旺。

一年奖金你能挣多少，这可比挣那几个奖金强多了……

你不要再说了，我不会再干了。

咋，钱多了？

我不是为了钱。

那你是为什么？

我和你不一样。

和我不一样？你是说你比我高尚吗？

服务员提着水壶进来了，陈肃轻声说你先出去，人来了我们再点菜。服务员就出去了。

这事让人一想起来就恶心，你也别再弄这些事了，好好教书吧。谁把自己的辛苦教出来的好学生给了别人不心疼？

你不干别人也会干的……

别人干是别人的事，再说我下学期不一定在四中了。

你不在四中了？

你慢用吧，我先走了。

还有两道菜？

您慢慢享用吧，以后别再联系了。

陈肃大张着嘴半天没喘出一口大气来，他听着惠静出了雅座往前走去，便走出雅座来，看着惠静下楼去了。她穿着一身黑衣，她就适合穿黑衣，就像童妍适合穿白衣一样。

陈肃一个人把自己喝醉了。他并不知道就在这个下午召开的市委常委会上，这个常委会上，还研究很多人事，谭继忠任市纪委副书记，原纪委副书记任城建局局长，王远成任市委副秘书长，常生荣任三中任校长，陈肃还在四中，只不过不再是校长，而是书记。刘强依然是政府秘书长，史国依然是教委主任。

三年后，牛八玉步了前两任副市长的后尘，10年漫长的牢狱岁月里，他写了一本《忏悔录》，揭秘了他30年官场的蹉跎岁月，其中将这次副市长之争写了一节，题目就叫《例假案例》，开篇先就案例进行了阐述："案例，就是人们在生产生活当中所经历的典型的富有多种意义的事件陈述。它是人们所经历的故事当中的有意截取。案例对于人们的学习，研究，生活借鉴等具有重要意义。基于案例的教学是通过案例向人们传递有针对性的教育意义的有效载体。因此，人们常常把案例作为一种工具进行说服，进行思考，进行教育。"之后就如何利用童妍例假大做文章，从造刘强与童妍关系之谣言到写匿名信要求查处例假背后之阴谋，写得颇为生动。这本三十余万字的书出来之后，风靡一时，被称之为云水市的《官场现形记》，销量远远超过了卢梭的那本《忏悔录》和李宝嘉的《官场现形记》，有着"官场教科书"之誉。刘强、史国自然是读到了。史国读后想给刘强打个电话，可是想了想又没打，他自言自语地说妈的，他都给我不打，我为什么要给他打！刘强始终没给史国打电话，却给他发了牛八玉《忏悔录》中引用的一个段子："这年头当官也不容易：体质弱的累死，心胸窄的气死，胆量小的吓死，酒量小的喝死，性欲差的羞死，脑子笨的蠢死。"

12

初秋的"小西湖"更为内敛了一些，水澈苇碧，童妍在湖边走了一圈，就来到了小寒山寺。在小寒山寺门前，她忽然产生了卜一卦的愿望。走进寺门，立刻被一种肃穆、静寂的气氛所笼罩，她想，真要有神仙，修身养性就得有这样一个世界。

清明和尚迎上来双手合十，说，阿弥陀佛，女施主今天怎么有心境光顾寒寺，你一个人可从来都是只游山不拜佛的。童妍被清明和尚的话逗乐了，说，你倒是观察得挺细致的，可是我前些日子还来寺里拜过佛抽过签的。清明和尚说，阿弥陀佛，施主，我是说你一个人，上次施主来拜佛抽签不是施主心愿所致，你是陪人来的，受了别人的影响，抽签也是抽得三心二意。今天施主大约是要为自己抽签了。童妍没有想到自己的一点儿心思还真就被这个清明和尚给看穿了，觉得这么精明，却不知道如何就做了和尚。她往功德箱里投了十块钱。清明和尚摇动签筒，摇了几下，童妍去抽，清明和尚却说施主还没许愿问什么哩。童妍把眼睛闭上，一会儿睁开，说好了。签筒摇过，童妍抽出签来一看，是个上签，展开上面却是王维《酬张少府》：晚年惟好静，万事不关心。自顾无长策，空知返旧林。松风吹解带，山月照弹琴。君问穷通理，渔歌入浦深。

童妍读完，将那签折了起来，清明和尚说，施主，解得解不得，要不要解？童妍摇摇头，说，您看上去年龄不大，却因何出了家？清明和尚双手合十说，阿弥陀佛，出家人不谈旧事，四大皆空，已经忘记了。童妍笑笑，往寺外走，走了两步，清明和尚却说，女施主，卦是可以互解的。童妍回转身来说，愿闻其详。清明和尚就说，你再卜一卦，这封签语就是上封签语的注解。童妍就掏出十块钱来，清明和尚说，这次就算赠送女施主的，市面上不是也讲买一送一吗。童妍笑笑，还是把钱投进了功德箱，又抽了一支签，只见上面写道却是孟浩然《题义公禅房》：义公习禅寂，结宇依空林。户外一峰秀，阶前众壑深。夕阳连雨足，空翠落庭阴。看取莲花净，方知不染心。

从寺里出来，她把两个签撕了，看着那些碎纸片像蝴蝶一样随风飘荡而去。

童妍出了寺门并没有回去，而是向着山顶上爬去。绳子一样的山路，让她出了一身的汗。坐在山顶，看着山下这个纷乱的城市，一些霓虹灯已经开始闪烁了。

童妍已经办妥了去南方的手续，那是一家私立学校。她接到过谭继忠好多信息，有的回，有的没回。走之前她想和谭继忠吃顿饭，她能理解谭继忠的苦衷，城里人远没有乡下人背负的多。她就先发了个祝愿的信息，谭继忠回信说他在外地，陪市长去考察了。童妍感到一阵轻松。

立秋这天，童妍告别了云水市。在火车站的候车大厅永远是嘈杂的拥挤的混沌的，童妍坐在大厅里，挂在上方的电视正在播新闻，小寒山寺出了命案，电视正播放着一段记者采访清明和尚：

是你杀了通善主持？

杀人是要用刀或枪什么的，我只是推了他一下，谁知他老朽了。

你为什么要推他？

出家人不打诳语，因为他要把主持之位传给慧明，我就推了他一把。

出家人不都讲四大皆空吗？

我和慧明一同入寺修行，寺里的大小事务都是由我来料理的，连寺庙的修缮费都是我跑市财政讨来的，况且我是师兄，而且我有学历，主持应该由我来接传的，可是师傅他破坏了传统。

那记者还在问，清明和尚戴着手铐的手双掌相合，双目微闭，说了句闭目看世界，掩耳听乾坤，就再不说话了，只是不停地念阿弥陀佛，阿弥陀佛……

童妍无心再看再听，她想找个僻静的地方，就拉着旅行箱往前走，人们在互相问这和尚会不会被判死刑……

晚年

1

老顾每日的生活都是按照一张表在运行：六点起床，洗漱完毕，坐公交去槐园，沿景湖香径快走四圈；迎阳光吐纳 300 次；做第八套广播体操；撞背 500 下；打一套陈氏太极拳；吃过早点，去御园买菜；写字；午憩一小时；写字；读书；七点晚饭，七点半散步四十分钟至一小时；八点看看电视；十点烫脚半小时；十点半上床。表就贴在老顾书房书案上方的墙上，抬头即见。表是打印出来的，一边写有"持之以恒"，一边写有"锲而不舍"。很像学生的课程表，一度让老顾仿佛回到了学生时代。

表的制作者是老米。老米是老顾的老伴儿。起初老顾觉得奇怪，为什么要坐公交到槐园去锻炼，小区旁边的怡情园就不能锻炼？就是去槐园，快走需要 50 分钟，正好是沿景湖香径四圈的距离，走着去不正好？坐公交去槐园再走步，这不是太教条主义了？老米说，老齐说了，怡情园三面临路，笼罩在汽车尾气下，PM2.5 知道吗？城市的 PM2.5 主要元凶是汽车尾气。那时候 PM2.5 大多数中国人还不知道的，但老齐知道，老齐知道，老米也就知道了。老米又说老齐说了，大街就是城市的呼吸器官，充满了汽车的尾气、扬尘，是高污染区，在大街上走你就变成吸毒器了。老顾笑着说，一口一个老齐说了，老齐说就是子曰，老齐就是上帝啊。老米却严肃地说人老了，大夫就是上帝。这话没错，人老了，上帝就多了。

这张表制定出来好几年了，老顾却一直未贯彻执行。老顾工作上是一个勤勉的人，唯独在锻炼上有些懒惰，当然也是由于还在台上，一天纠缠在杂七杂八的事务中，精疲力竭，即使哪天闲了，也找个借口推托了。退居二线后，在老米的陪伴监督下，这每日功课必须完成。

除了这张表，老米在床头、书房、客厅、厨房、卫生间贴满了"温馨小贴士"。譬如，叩齿可防止牙龈退化、牙周病等口腔问题，还可促进脸颊肌肉活动，防止双颊下垂；再譬如，吞津，闭口作漱口状数回，然后吞下口水。唾液中含有许多消化酵素与营养成分，常吞津有助消化功能……小贴士就像小精灵，在你眼前飞旋，一句话，就是不让你闲着。

不能不说，所有的锻炼都是有效的。老顾有三高——高血脂、高血压、高血糖。服药、调理，各项指标一直忽高忽低，大夫说这指标跷跷板可是最糟糕的。锻炼一年下来，三高各项指标控制在了一个合理区间，不要说精密的机器，就是老顾自己也感到神清气爽，有精神了。

然而，老米很吝啬啊，并没有给老顾多少时间，老顾退到人大一个专委会一年后，老米查出了绝症，在病榻上勉强维持了一年就走了。老米的离世给了老顾一个措手不及，他一点儿思想准备都没有。如果说"执子之手，与之偕老"说得太浪漫的话，那么"少年夫妻老来伴"则说得就太真实了。他才真正理解了什么叫相依为命，就像从充实的田野步入了荒芜之境，空茫死寂，他感到彻骨的阴冷。

"十年生死两茫茫，不思量，自难忘。千里孤坟，无处话凄凉。纵使相逢应不识，尘满面，鬓如霜。夜来幽梦忽还乡。小轩窗，正梳妆。相顾无言，惟有泪千行。料得年年肠断处，明月夜，短松冈。"老顾浸泡在苏轼《江城子·乙卯正月二十日夜记梦》这首词的意境里，恍如隔世。阳台上摆放着一把弧形躺椅，就像一个阴谋。老米去世后，老顾躺在这把椅子上，整日都是恍惚的，似睡非睡，似醒非醒。在老米的监督下坚持了一年多的锻炼也就戛然而止了。

老顾也知道生命在于运动，可没了心境，便失去了动力，他实在不想动，连楼门都不愿出。查出绝症后，老米给他准备了重要电话号码一览表，需要什么，一个电话就有人送到家里来。在孤寂苍白中，老顾随着时光流逝渐渐委顿下去。二十多年的三高病史，让老顾觉得自己在这世上去日无多，他不敢奢望像有道的僧侣那样圆寂，但以为至少可以这样坐到生命枯竭，了却这尘世间最后一段时光。然而，身体却折腾起来，心悸手抖，胸闷乏力，头晕眼花，什么都不想吃，还老觉得饱着，老顾想这是身体在走向衰亡。可伴随着身体衰亡而袭来的是从头到脚的莫名其妙的疼痛。那是一种钝痛，能感到疼痛，却不能说出是哪儿疼痛，就像浑身都在腐烂，没一处好地儿。疼痛折磨得老顾生不如死啊。苏东坡说忍痛易，忍痒难。那就是一句名言而已，因为你无法像通过挠来解决痒那样去解决这周身的疼痛。

老齐来了。这些年他和老米有病都找老齐，老齐就跟他们的家庭医生一样。每两个月老齐会对他的血糖、血压进行一次细致检查。即使他退下来了，老齐依然如故，从不轻慢，这让他感动。

结果出来，血糖、血压所有指标都高得要命，老齐说你怎么搞的，以前不是控制得很好吗？他又被断定得了厌食症。老齐说三高又得厌食症，这是最要命的，你得住院调养一段时日。他说调养我自会调养，你给我开些镇痛的药把疼痛解决了就行了。老齐说镇痛药只能缓解暂时的痛苦，而且对脏器损害极大，到最后镇痛药也解决不了问题，你不要把这不当回事，知道为什么许多人都要选择安乐死，就是实在受不了疼痛的折磨。老顾，根源在厌食，我警告你，人老了这是最要命的。

老齐又说，你的心境我知道，孤寡之人容易出这样的毛病。不过话又说回来，就是儿子再孝顺，也替代不了你自身的病痛，你得从这种阴冷生活中走出来，你要提振精神啊。

昔日在台上讲话他不止一次用"提振"这个词，现在用到自己身上了。

老齐说解决疼痛首先要解决厌食，因为疼痛需要体力去抗击的，体力来自食物，你不吃饭哪儿来体力呢？解决厌食，一是加强锻炼，因为锻炼会消耗体力，你消耗了体力，就会对食物产生需要。老米给你制的表还在吧，要当功课一样去做。二是吃饭要有氛围。为什么应酬多的人都胖，是因为餐桌上吃吃喝喝互相影响的。从小孩身上也能看出来，如果两个或几个小孩一起吃饭，他们会抢着吃，比赛着吃。一个小孩吃饭，那得哄着他吃，撵着喂他吃，人老了就跟小孩一样。多参加一些社会活动，跟老同事老朋友多联系，吃吃饭，说说话，氛围可以调节心情，增进食欲的。一个人喝酒容易上瘾成酒鬼，一个人吃饭则容易得厌食症。

说来惭愧啊，倘若从普通岗位上退下来的，以他的为人处世他自信会有老朋友老同事，会有忘年之交，莫逆之交，普通人容易交心。做了这些年官，朋友就少了，同级别的，平时看上去你侬我侬亲密无间，一旦共同面对一个机遇便是对手，明争暗斗，各种手段都能用上。正如有人说每个人都是一道伤口；有级差的，一起共事虽说低头不见抬头见，但等级森严，不可逾越，见面唯唯诺诺，恭维逢迎，其实陌如路人；退下来的，经人吆喝坐到一起，也是动不动台上如何如何，寡味，添堵；还在台上的，即使是你手上提拔起来，偶尔吃顿饭也是虚浮客套，何况谁会天天陪你。

老齐说再娶一个吧。他说你是大夫还兼做媒婆啊。老齐说这是我给你开的药方。他笑了。老齐说，我给你物色了一个，人品很不错，年龄也合适，50 出头，看上去很有气质。老顾摇摇头说谢谢。老齐说这是老米的意思，她临终前托付过我。老顾张张嘴，没说出话来。

自查出绝症，老米就一直给他灌输再续一房的观念。他给老米洗脚，梳头，洗澡，起初老米还有些忸怩，咯咯咯地笑，后来她说也对着哩，你得学会做好这些，再续一房，二房可不像头房，伺候不好，人家可不答应。他笑笑说当我是钻石王老五啊，还续上一房。老米说 60 刚过，现在活过 80 也不是啥问题，20 年哩，长拖拖的，官把你当得啥都不会了，还当出一身病，没个伴儿咋活啊。他说有人说人是一点一点死去的，这话是真理，你看我牙齿死了六七颗，小拇指指甲也死了，头发哪天不掉几十根，看不见谁知道还有啥死了，我就不再害人了，你就别操心了，估计你走了我也快了，早早撵你去，在那世咱们又到一起了。老米哈哈哈地笑着说老了老了，说这么肉麻的话出来，以前啊觉得死是迟早的事，死了就死了，可这眼看着要死了，才觉得活着真好，一定要好好活着啊。你看外面，阳光多么明媚，风儿多么舒畅，活着就是天堂啊。老米捏着他的手说，说正经的，再娶上一个，不然我放心不下，这房子我走了住在里面也不好，太阴冷太伤感，再续一房人家也忌讳，就卖了吧，把新房子装出来搬进去。

老米竟荒唐到了给他做媒的地步，三六九的往家里约老寡妇。他说你怎么这么荒唐？老米说不荒唐啊，老了一个人难活啊。老米流泪了，说以前我还觉得咱们有三个儿子，谁先走了留下的那一个也不会受罪，得病这一年多，我算看透了，那三个狗日的一个都指望不上，这也都怨你，当时我说留一个在身边，你一个也不留。你看现在我这样了，他们在哪里？要是没有你，我怕是像二楼的老张，死在屋里臭了，不变成蛆爬出来没人知道。他说这跟留不留没关系，老牛的儿女不都在国外吗，老牛半身不遂，儿女不是轮番回来服侍着……老米说要不我死了你去攒他们，总是亲生的么。他说你去了一趟回来就再不去了，让我去攒他们？有一年，老米把三个儿子家都走了一趟，受了伤害，回来情绪低落，说就像我是个乡下老太太，总怕把他们的人丢了，教我这教我那，连用筷子都成了丢人的事，我还觉得用筷子比用刀子叉子高明哩，你还说老了攒他们去，要攒你攒去。老米说不说他们了，不说他们了，没想到我们的晚年如此凄凉啊！老米紧紧抓着他的手说死不是容易的，送小玉走那天回来的路上咱们说的话你还记着么？我说谁走到前面谁享福啊，我是个有福的人啊，你再找一个吧。

人怕都腐化了，话语绕梁啊。

老齐说生命没有装开关，死亡是个漫长的过程。他只能打起精神又回到槐园来。

2

哦，老米，老伴儿。

倘若不是何小玉再次出现在他们的生活中，老顾对老米并没有特别的认识，甚至觉得和谁也会是这么一辈子。老米22岁跟他结婚到62岁去世，整整度过了40年的时光，感情生活没有经历大风大浪，平淡而简洁。何小玉再次出现在他们的生活中，让他认识了老米之于他的唯一性。

老顾和老米经人介绍认识，谈了3个月的恋爱便结婚了。而这3个月的恋爱也就是沿穿城而过的秦汉渠走过几圈，爬了几趟青云山，看了几场电影。记得看的第一场电影是《钢铁是怎样炼成的》。那时间电影院是可以吃瓜子的，地上的瓜子皮很厚，踩上去就像走在深秋布满落叶的林间小道。他们一人一包瓜子，各吃各的，没说一句话。结婚一年后，就赶上大下乡，老顾到兰花坪公社下乡三年，三五个月回一趟家。小儿子出生两月，老顾到普县做副县长，之后又做县长、书记，这一去就是10年，六百多公里路程，一辆帆布篷的北京吉普几个县长用，一两个月回来一趟。后又调到张水市做常委、常务副市长，又是 10 年，500 多公里路程，一年半载回来一趟。直到调回首府做了市长才结束了两地分居的生活。在首府市长的位置上，正赶上"经营城市"理念风靡盛行，城市建设全面提速，老顾也想干一番事业，引项目跑资金真是天马行空，拆迁协调、现场办公、开工奠基一片忙乱，会议都挤到晚上开，用干部们叫苦的话说是"白加黑""5+2"，而应酬更是招商引资的常规功课，半夜归来疲惫不堪，醉意蒙眬，常常是说不了多少话，便呼呼大睡。回想起来，老米就像是他办公室的一个干事，跟在他身后的一个秘书，坐在驾驶位上的一个司机，机关食堂里的一个炊事员，大门口站岗的一个战士，都认识，点头微笑，可对他们，他又了解多少呢？正如那句话所说，老米就是"睡在身边的最熟悉的陌生人"。要说真正的朝夕相处，也就是退到人大至老米离世不足三年时光，也是在这不足三年的时光里，他真正认识了老米。

一天，老米说你陪我去看望个病人吧。他问是谁病了？老米说去了你就知道了。他说要是我不太熟悉就不去了吧。老米说走吧，你认识的。去了以后，他才知道是何小玉。望着已被疾病折磨得形容枯槁的何小玉，他内心愧疚得无地自容，而何小玉一口一个领导叫着，一遍一遍表达着对他的感激之情，更让他心如刀绞。对于何小玉，他有着不愿提及的愧疚悔恨。大下乡那年，他给下派到和县兰花坪公社做了副书记。兰花坪极其偏远，山大沟深，距省城 600 多公里，那时候不要说是小车，连摩托车都没有。班车只能通到三棵柳，去公社还有 50 里的山路，公社派了一辆驴车来接的他。翻山越岭走了整整一天，中途在老乡家吃了一顿炖土鸡，到了公社已是夜半时分。那时候狼还很多，一路时不时能看见荧光般的眼睛。接他的老张不停地抽烟，他说你烟瘾挺重的。老张说为了着个火，狼怕火。兰花坪公社一共 7 个干部，其中 6 个干部家都在本地农村，要照顾家里的田地，每天下班便骑个自行车回家了。只有他和何小玉以乡镇为家。何小玉家是县城的，县城到兰花坪有 80 多公里。他们明锅开灶。兰花坪公社坐落在山谷中，刮风是经常性的，尤其入夜，风呼呼地刮个不停。风是世界上最优秀的拟音师，常常作弄出各种声音，一到夜里真是鬼哭狼嚎草木皆兵。那个时候山野里野兽是很多的，黄鼠狼、獾、黄羊、狐狸、狼，山上豹子都有。夜晚它们会窜到大院里来。不要说何小玉，就是他也害怕。后来他们也就有了那种事。三年后，他回了省城，起初还惦记着何小玉，想着能为她做点什么，至少能把她调到县城，但手里没权，也只是个妄想。后来，手里有了权，何小玉却已调到了县里。何小玉就是土生土长的和县人，家人都在和县，想想或许县里更适合她，也就罢了。那时间不要说手机，就是电话也是很稀罕的，加之距离遥远，联系起来很不方便，何小玉又很内秀，是典型的良家妇女，一直也没找过他，他也担心破坏了小玉的家庭。随着岁流月转，渐渐地，何小玉也就淡出了他的思念，就像一场风一场梦。

这几年，随着出问题的官员为情人动辄几百万数千万的谋幸福的案例越来越多，对于何小玉，他内心的愧疚悔恨就愈发深重了。倒不是说要为何小玉谋荣华富贵，至少他可以将她乃至是她一家调进省城，安置在不错的单位，给予她和家人一些必要的照顾，毕竟进省城是人人向往的，多少人想方设法花钱铺路往城里调。做了首府市市长，办这样的事易如反掌。许多人包括儿子的同学朋友找他办过这样的事。然而，他什么也没有为何小玉做过，他甚至都不记得有没有想到过何小玉，而对于何小玉这些年的生活境况他也是一无所知。

从医院回来，他跟老米坦白了和何小玉的事。老米笑眯眯地说都等了多少年了，你终于说了。他吃惊地看着老米。在兰花坪的三年里，老米一共去过两趟，只住过几天。老米说我第一趟去就看出来了，小玉见了我不自然，躲我的目光，你房间有她的气息……你是不是这辈子不打算跟我说了？他说打算临死的时候跟你说。老米长长吁了一口气说，这辈子我就这一块心病，终于了了。老米告诉他，小玉一家是她办进城里来的，小玉的两个儿子的工作也是她给安排的。他更为吃惊，说她找过你？老米说她没找过我，是我找的她，我不能让你老了心里愧疚不安，有些事啊到人老了才会让人愧疚不安。他流泪了，这是他第一次在老米面前流泪。他给老米深深地鞠躬道谢，老米笑了，给他擦着眼泪说，几个月回来一趟，荒山野岭的，又都年轻轻的，干柴烈火的，有那个需要，也没啥错的，山里的夜啊长拖拖的。

老米说小玉看病得十几万，她已经退休好些年，退休工资也没多少，男人又是工人，进省城不久下岗，后来跑车又出了车祸，人也没了，两个儿子也都才相继成家，各自背着房贷。老米给他一张卡说明天你给送去吧，到现在小玉一直认为一切都是你给办的，我只是跑腿的，你不要说破了，说破了她心里会不好受的，就当我不知情罢了。老米说家里就剩下这10万块钱了，你啊怕是这世上最穷的市长了。

他知道这10万块钱是老米攒下救急的钱。要说他在那么多的要职上一直干到退休，没人送礼那是不客观也不现实的。坦白地说做官这些年，尤其是他当市长后几年，有些土豪——这是当下流行的一个词，多么准确，送礼出手之大方，令你头晕目眩，一送几十万几百万，如果他贪，有几百万也不稀奇，但他从来不收这种钱，这是一个底线。这种钱的背后便是违法乱纪的利益链条，收了就成了这链条上的一环，你就得为他们操心一辈子，担心一辈子，哪个出事都是天塌地陷，而这样的土豪多半会出事。这样的教训实在是太多了，不要说放眼全国，就是环顾身边都让人胆战心寒，那是一条不归之路。而只要你收了这些土豪的钱，他们就敢向你提出把他老爹的照片挂到天安门上这样令你咋舌的要求。有一个老板就提着一箱钱跟他提出过要把烈士陵园搬到山沟里去，腾出那片土地供他搞开发的要求。但是，要说没有点灰色收入那也是虚伪的，逢年过节企事业单位拜年，出席奠基、庆典的红包，出差出国的补助，年底各种奖励福利等等，一年也不老少，日常生活吃穿用度有人操心，购物卡、会员卡、贵宾卡……各种名义的卡是用不完的，还有下属来家里提的烟酒——老米偷偷卖过烟酒，两个人的工资基本不动，这些一年加起来也有不少。三个儿子都在国外，老米总觉得背井离乡，怕受了委屈，就像一个村妇攒鸡蛋，攒下点钱就急着换成美元给了儿子们。他说我们一起去吧。老米哧哧一笑说我才不给你们当电灯泡哩。

为官一生有一怕，那便是退休。许多人一提退休立马就有了"老"的感觉，仿佛这个世界都塌陷了。一项调查显示，衰老得最快的是退休下来的官员。正因为如此，四套班子都人性化地专门设置了诸如研究会、专委会、参事室之类的机构，安置那些政治生命到站的官员，以便他们依然能够开会看报、下乡调研、喝茶听报告，就像飞机着陆时的缓冲区，缓冲人们从官位下来，一下子没有了车马随从迎来送往的不适与失落。可对于他来说，退休的前两三年就已经"适应"了，倒不是他有高人一筹的心态调整能力，而是因为他对官场生活有了深度的厌倦。几十年的官场生涯，就像几十年老吃一种菜，腻味了迎来送往，考察开会，而人事与项目的纷扰纠结让他心神俱疲。更重要的是，他想要补偿补偿老米。这些年亏欠老米的实在是太多了。人是需要被感动的，如果你老了，还找不到让你感动的东西，那你将孤苦地死去。一个人被感动了，要补偿一个人，那会焕发活力的。古人云，人活七十古来稀，如今活个八十出头也算稀松平常，那么他还有 20 年的时间可以好好陪陪老米，老年生活应该是丰富的温馨的。然而，老米却匆匆走了。

3

槐园据说是晋代就有了，因此又叫晋槐园。槐园占地面积大，湖泊若镜，草木葳蕤，有城市绿肺之称。叫了槐园，自然有不少槐树，上千年的槐树就有几十棵，根深叶茂，虬枝盘绕。每棵树都有一个标有年代、编号的绿色小牌，表明它们已是有身份的了。清明节刚过，正是槐树繁花期，圆锥形花序就像倒垂的小塔，白色的、紫色的、黄色的，繁盛的蝶形花瓣，花香浓郁，有些醉人。据说槐树会随着年代的不同，而绽放出不同颜色的花来，不知道是不是"科学研究表明"。

槐树树身相对端直光溜，极少有结，很适宜撞背。科学研究表明，撞背好处多多。因此，每日清晨，每棵树下，都有人在撞背，"嗵嗵""嘭嘭"，这些槐树多数都需两三人才能合抱，撞上去纹丝不动，让人想到蚍蜉撼大树的话来。而科学研究表明，撞击对树的生长也有好处。老顾想这句话的意思是树也需要撞背吧。每棵树的撞击者相对比较固定，这是由身高与树身的切合度决定的。虽说槐树树身无结，但会有少许的弧度与不平整。

老顾一般是在 21 号槐树上撞背。21 号槐树已有 800 年的历史。树身向阳的一面有一个小弧度，正与老顾背部需要撞击的穴位相吻合，一束阳光又穿过树隙，直面射来，正宜于采阳和吐纳。

在 21 号槐树撞背的相对固定的有 6 人，天长日久也就形成了规律，就像各种排队一样。偶尔也会有新人加入搅乱了秩序。不过人老了就都谦和了，和气为养生之根本，也都不计较这样的插队，或到别的树上去撞，或会做些别的运动等待，——树与树之间场地，点缀了各种健身器材。

21号槐树左边的两棵槐树，是两个老婆婆在撞，嘴也不消停，说些家长里短，无外乎房子、票子、儿子、孙子、车子所谓五子登科的事，有亲戚朋友的，左邻右舍的，也有道听途说的，广播电视上的，总有新内容，听上去不怎么枯燥。右边的两棵槐树是两个老头在撞，他们关心的是政治，谩骂的是贪官，论说的是腐败，既有本市本省的，也有全国各地的，听上去也不怎么枯燥。

前方是镜湖，湖边有一拨舞剑的，统一白色绸缎装，长剑都绾红穗，看上去英姿飒爽，威风凛凛。环湖路径上，有一群人四肢着地在爬行，就像回到了类人猿时代。科学研究表明，爬行使人在活动中回到原始动作姿势，头部和心脏的位置降低了，全身的血液回流通畅，有利于对身体各器官的血液供应。若每天进行一定时间爬行锻炼，则对心血管疾病及各种脊椎、腰部病变显著的症状起到治疗的功效。据说在英美十分流行。左边是一个小广场，集合着一群"打老牛"的老头，那"老牛"足有十几斤重，发出呜呜的吼叫。右边槐林稀疏，是抖空竹的人的天下，呜呜的空竹声就像风的呼啸。科学研究表明，打老牛、抖空竹使人的肩、肘腕、胯、膝、腰、颈、腿等关节不断运动，对视力、关节炎、全身的协调能力，对老年痴呆、消化系统、呼吸系统、心脑血管疾病有很好的预防和治疗作用，还能提高身体各器官的机能，使人越活越年轻。

槐林间有一条水泥路斗折蛇行穿过，一拨一拨人流就像马拉松比赛。有竞走的，有倒走的，有疾走的，有散步的，边走边做些运动。有一拨就像是一队老兵，喊着"一、二、三、四"，这是"晨吼"。科学研究表明，"晨吼"不仅能锻炼肺活量，提升心肺功能，还能宣泄、排遣抑郁情绪，起到心理减压的作用。

如今人们关注健康，重视养生，这样的"科学研究表明"就极其盛行。老米把许多这样的"科学研究表明"强行灌输进了老顾的脑海里。这些项目最初都在老米给老顾制定的计划中，按照老米最初的那张表，老顾得忙活一整天。后来，老齐说这么大年龄了，运动要适量，老米才给精简了。

老顾正撞树，老姚脱离了高喊着"一、二、三、四"的队伍向他走来，人还老远，大嗓门已先到了：你这人是咋回事，手机丢了还是不开？老顾是个大烟枪，早晨锻炼一会儿，也要抽几根烟，说"顺顺气"，却依旧声若洪钟。

　　老姚是老顾在芙蓉苑住的时候的一个老邻居。在芙蓉苑住了十几年，老顾和街坊邻居没什么交往，认识的也就那么三五个人，老姚算是一个。老姚在小区门口开一面馆，老顾和老米常去吃面。老姚五大三粗，却是个嘴碎之人，老顾和老米去吃面都是错过高峰期选择人少的时候，老姚便有空闲和他们唠叨些话，渐渐也便熟了。芙蓉苑小区那一片规划拆迁后，就像一片森林毁了，街坊邻居飞鸟各投林，湮没在雨后春笋般的楼群之中，都不知了去向。在大拆迁大改造的浪潮中，城里人这样的聚散已是常事。老姚搬去了哪里老顾没问过，从早晨也到槐园锻炼看，应该离槐园不远，因此他们还能经常见面。老姚是个失地农民，用他自己的话说是斗大的字识不了半升，但说话却颇有禅意：年少拼命玩耍，年轻拼命挣钱，年老拼命扒命，你说人一辈子可怜不，一直在拼命。还说你看，"打老牛"，踢毽子，跳绳，爬着走，喊口号，打拳，哪样不是小时候玩的，老了还得这样玩，人到这世上就是画一个圆。

　　老姚说搬家换电话，都不给儿子说一声，哪有你这么做老人的？老年痴呆了？老顾说老年痴呆倒好了，忘乎所以……老姚说呸呸呸，千万别这么说，人老了说啥来啥。老顾笑笑说看惜命的。老姚说快别撞了，三个儿连家带营浩浩荡荡回来了，找不到爹急得猴上树哩，住在酒店里，不怕传出去成了笑话，丢了你大市长的人？老顾说他们找不到我，咋找到你了？老姚说小小不是在丽园大酒店当大堂经理嘛，他们就住在丽园酒店，快去吧，孩子们急得就剩下打广告寻你了。老顾说这不是找到了吗？老姚说快去呀，还撞！老顾说还没撞够数儿哩。老姚说儿子孙子那么远回来了，你这人真是的，快走，少撞几下死不了。老顾笑笑说那可说不定，有时候就在乎那么一下两下。老姚说该死的娃娃逑朝天，早死早超生。说着掏出手机来，说没带手机吧，用我的先给他们打个电话。老顾忙说打什么电话，等会儿就能见到了。老姚站在那里，点了根烟吸。老顾说抽什么烟吗，还不跟着喊"一二三四"去。老姚说我等树，也撞撞，我看你气色不错，看来这撞树还是有用的。老顾笑着说再选一棵树啊，非要在一棵树上吊死？老姚说怕死的人多，你看哪棵树闲着？老顾看看，真还没有一棵树闲着，老顾把树让给了老姚，老姚边撞边说快去吧，他们都回来两天了，住在酒店里，花这钱不心疼？你说你这人。老顾说他们是华侨吗，不住酒店住哪里？老姚脸色不对了，说是啊，有本事的漂洋过海，没本事的本土偷菜。

老顾没想到这话会伤着老姚，想解释两句，又觉得麻烦，这年龄了老给人解释有什么意义呢。老顾说你那面馆真不开了？老姚说他们害怕别人说他们不孝，在人面前抬不起头来，借拆迁硬不让干了。老姚说的"他们"是指儿子，老姚有四个儿子，也都过着普通人家的日子。老姚说都逼我出来锻炼哩，还说把药钱省下就等于挣了，你说这啥话吗？老顾说真还想念你那碗面啊。老姚说是吧，许多老客户都念叨哩，你那洋儿媳吃得哇噻哇噻的，直竖大拇指，还动员我去美国开馆子哩。

离开21号槐树，老顾又去了西面的一块空地打太极拳，老姚冲他喊你快去呀，咋一点不急，你这人性子够慢的。老顾说你不是常说日月长在，何必把人忙坏，度日月要石匠打磨一划一划来，不着急，也不在这一会儿。老姚说事跟事不一样，儿子不说了，孙子好些年不见了吧？他们一回来总要在我的面馆吃几回面的，一个小区住了多少年，我就没见过几面。人呀就是隔辈亲，你就不想？

出了槐园，老顾没有像往常一样去御园买菜，而是上了青云山。

一周至少爬一次青云山，这也是老米安排的一门功课。青云山离市区16公里，18路、35路公交车通青云山。青云山不大，却突兀奇险，就像城市的盆景假山。喧嚣的城市中，能有这样一座清雅幽静的去处，实乃大自然悯人的造化。老顾一般爬的是仙人峰的"仙人指路"。仙人峰就像伫立着的一个仙人，悬崖斧凿，松涛如云，山幽谷诡，鸟群栖集。仙人峰抻出去的一个山嘴就像仙人抬起的一条胳膊指向远方，而远方则是湖天一色，人们称之为"仙人指路"。东坡的小径斗折蛇行，最适宜人登爬。

现在老顾上青云山还兼着一份工作，捡垃圾，这是义工组织派给老顾的差事。老顾每周要腾出一天时间去做义工，每半月要腾出一天的时间参加义工组织的宣传活动，每个月要腾出两天的时间参加义工组织组织的各种健康公益活动。老顾已经做了6年。记者得知老市长做义工，要采访他，他严厉地拒绝了。

4

儿子们回来了，老顾一点儿都不吃惊，应该说是意料之中的事，但这么快而且以如此的阵容回来，还是出乎他的意料。对于老顾来说，儿子已是一个沉重的话题啊。老顾做官一生，用一些人的话说是窝囊，别的不说，从首府市市长位置上没有进入省级班子这也不说了，退到人大在专委会只弄了个副主任，这就足以让人说"窝囊"了。人们用谨小慎微胆小如鼠总结了老顾的从政之路。可为了三个儿子老顾一度胆大包天，凭借着手中的权力将三个儿子移到国外，两个美国，一个英国。坦白地说，"文革"的残酷无情只要经历过的人，回想起来都毛骨悚然，心有余悸。改革开放初期，尽管政治环境正逐步改善，但许多人都患上了"文革"后遗症，加之西方思潮滚滚袭来，人们的信仰出现危机，西方国度那就是天堂。那时候出国可不像现在这么容易，风险很大，但大大小小的官吏商贾一窝蜂冒天下之大不韪，想方设法把子女往国外送。老顾的爹，一个旧时代的教书匠——老家把老师称为教书匠，归类于匠人之列，最后也关进了牛棚。老顾也豁出去了，做了最坏的打算，即使这官不当，儿子也一定要出国，一个不留。老米说身边总得留一个吧。老顾说留啥留，等我们退休了，也撑过去。后来，老顾差点因此丢官，好在由于许多权高位重的领导牵扯其中，最后他只是背了个处分。但这个处分影响到了他以后的升迁，一有机遇就被人咬住不放，政治信仰不坚定就可以把你压死。官场就是这样，一个机遇总要面对很多的竞争者，总有人会咬你，也能理解，把你咬下来，别人才有机会。倘若不是那个处分，他的政治生涯或许可延长至省部级，做到副省长、人大常委副主任、政协副主席是极有可能的。

三个儿子移到国外后，老顾和老米看电视由锁定中央一套转为锁定中央四套国际频道，整日提心吊胆。20个世纪不说，就21世纪以来，世界各地恐怖事件增多，2001年美国"9·11"灾难；2002年，印尼巴厘岛针对外国游客连环恐怖爆炸、俄罗斯700余人被劫持；2004年，西班牙一火车站发生爆炸、俄罗斯一中学1000余人遭劫持……世界的灾难就是他们的灾难。一看到报道这里出事那里出事，老米立刻就给儿子们一个个打电话，放下电话，就像给抽去了筋骨瘫在那里，神情忧郁，一脸悲戚。2005年，伦敦发生多起地铁和公共汽车自杀式爆炸，造成56人死亡，老米出人意料地没有给儿子们打电话，痴坐在那里，一言不发。老顾觉得有些诧异，去给儿子打电话时，老米忽然声嘶力竭地说别打了，然后呜呜咽咽地哭泣。老米哭泣的时候，老顾一般不去劝，哭泣是一个人情绪的宣泄，最利于养生。老米啜泣着说为啥总是我们给他们打电话，他们啥时候主动打过一个电话报平安？由他们去吧。老顾知道老米嘴上这么说，还是在渴望着儿子们的电话，然而，儿子们没有打回来电话。

这些年，在儿子们不多的回来中，老顾发现他们完全变了，变得莫名其妙，不可理喻，张口就是西方如何，美国如何，英国如何，法国如何，德国如何……然后是中国如何。完全是否定之否定。这让老顾不能接受，和金无足赤人无完人一样，一个国家也是如此。难道中华民族不是这个世界最古老的民族，难道华夏文明不是这个世界最古老的文明，而世界四大文明古国的辉煌历史是随便可以被说得一无是处，你可以否定一代执政者，否定一段历史，怎么可以否定自己的祖国，否定自己的民族，这是多么的无知。更让老顾不能接受的是他们言谈之间的奴颜婢膝。美国人如何看不起中国人，英国人如何看不起中国人，日本人如何看不起中国人，德国人如何看不起中国人，法国人如何看不起中国人……在他们看来，全世界的人都看不起中国人。老顾说既然西方国家这么文明，民族这么优秀．为什么会有政治偏见和种族歧视？为什么会侵略他国？两次世界大战不都是西方导致的？你们都是上过大学的，这点思想意识都没有？为什么这些西方国家会轻看中国人，就是因为像你们这样自己都看不起自己的中国人，否定自己的祖国，否定自己的民族，你们连自己的先人都不要了，还想让别人看起你？起初他还跟他们争论，然而，他发现这样的争论已经没有意义，他们已经听不进去了。

20世纪90年代末到21世纪初，儿子们回来得勤了，带个什么财团什么项目考察投资，司马昭之心，路人皆知的事，老顾明白，就是冲着他的权力倒空卖空圈钱来了，老顾明确告诉他们，不想被秋后算账。他们说都这么干着哩，即使秋后算账，也法不责众。老顾警告他们说别自以为什么都看透了。后来，他们又给他指了两条敛财之路，一是卖书法作品。老顾的书法是有功底的，父亲是个秀才，要不是辛亥革命，那是要上京赶考的。后来做了个私塾先生。他从三岁开始就习字，一直没有中断过，起初是父亲规定的功课，父亲是很严厉的，戒尺会把他的手打得肿成蛤蟆。后来就成为一种爱好，上大学和刚参加工作的时候，老顾参加过几次比赛，拿过奖项。老顾后来想过，如果自己不做官，潜心于书法艺术，或许会成为一个书法家。后来随着官越做越大，权越来越重，许多人阿谀奉承，拿着丰厚的"润笔费"找他"求"字——做官只有要这样那样的嗜好，就会有人趁虚而入，筑巢下蛆。但他没写过一幅。他当县长后，父亲就说了，从古到今，因人废字因字废人的典例太多了，卖红薯也不要卖字，要卖字就不要做官。二是卖书。他们说把你那理论文章、讲话凑到一起，出几本书出来。他们还拿了一些领导干部出的书，说你看200页，字有苍蝇大，一本就98元，你想想一万本就是98万。他说卖给谁，有人看吗？他们振振有词说，找你那些部下卖字卖书，中国的官员不都这么干吗？这又不算腐败，用你们的话说还助推文化建设。

　　他们不相信他清正廉洁，他们把他当成风流成性荒淫无度的贪官污吏。他们给他算过账，像他这样级别的官员，至少赃款上千万，女人六七个，否则说不过去的。他们说中国的官场就这样，没有人能出淤泥而不染，濯清涟而不妖。何小玉有病那段时间，大儿三儿正从美国回来住在家里，要老顾动用关系，揽工程做贸易。他和老米关于何小玉的话让三儿偷听到了，更是证明了他们的猜想。大儿三儿站在维护母亲尊严的立场，上纲上线，不依不饶，义正词严。这个暗伤正是他内心最纠结的，也是他最不愿意面对的，却被他们撕得一片血腥。有一天老米咯咯咯地笑着问他你到底在外面有几个？老顾盯着老米看，老米说你别这么看我，他们在调查你哩，小儿说他有一朋友，爹才是个县长，就弄了8000多万，现在一家人都移过去了，享受生活哩。我说你爸不是那样的官，他们不信，他们说我太老实，让你蒙蔽了，你和小玉的事就更证实了他们的想法。老米长叹一声说唉，我知道不知道没啥意思了，他们揪着不放。老顾说你知道不知道都没意思了，跟他们有鸡巴关系？老米又咯咯咯地笑了，说你生气了，好久没听到你说脏话了。大儿三儿纠缠着不放，老米发火了，把两个赶回了美国。

　　何小玉走了，老顾和老米送完回来，两个人许久没有说话。晚上吃饭的时候老米忽然说我走了你该咋办？老顾说你咋不说我走了你咋办？女人比男人寿命长。老米说以前觉得有儿子，没想过这些事，现在看来儿子是指望不上啊，我们啊谁走到前头谁享福。

老米查出绝症后，在医院大半年，在家里大半年。儿子们回来两趟，住进医院一趟，抬出家门一趟。他们关心的重点依然是他的财产。第一趟回来，老米说他们不是回来看我的，是惦念着你那些没出世的钱啊。你不把钱拿出来，他们就觉得你把钱要留给那些小孽种，他们让我跟你说早作打算，别弄得你走了，他们为家产生事，他们怕生豪门恩怨，丢不起那人，他们逼我发挥作用，让我逼你把钱拿出来，你就交出来吧。老米拧了他一把说你不会在外面有几个吧，领来见见吗，要好了，给她个正式名分，我走了你们好好过，小的是情人，老了是伴儿。老顾大瞪着眼睛说你也相信这些狗日的？老米说你还没看明白想透彻？这耳朵进那耳朵出，一块儿摸爬滚打几十年，我能不了解你？老顾气得咬牙切齿，说他们还是不了解中国国情，调查老子应该去找纪检委来查。老米拍着床沿说坐下噻，还生啥气。要说吧他们这样想也不是没有道理，现在一个官员倒了，哪个查出来不是过千万甚至上亿？情人七八十来个的？全社会也都这样看官员，做过官的谁会相信你的清白？只是啊，不要说我是他们的母亲，就是看着我是一个将死之人，他们不该这么逼我，更不该骂我苕啊。——苕是骂人话，也是傻子的意思，但比傻更重。老米嗷嗷大哭起来了，泪落在被子上"嘭嘭"有声，每一滴泪都是一朵儿的梅花啊。老米啜泣着说从我有病你也看出来了，他们没心啊，我们养他们小，他们养我们老，说得难听点就是一种交换，可他们没想过要赡养我们，我走了你只能自己照顾自己了。

老米长长地吁了一口气，许久说你也别生气了，我们也没企求过什么回报，你也别怨他们，要怨就怨我把他们惯坏了，我们给了他们一座宫殿，他们还了我们一片废墟，我们已经尽到了我们的责任，是该放下的时候了。老米这话说得狠啊，可是她还没看到废墟的惨状。老米去世，大儿没回来，说是有什么事，一家人都没有回来，按说大儿的儿子也十七八了，是能代替他爹尽孝了。二儿和三儿都单杆司令回来的，也仅烧了头七纸就走了。按照老家的规矩，老人去世是要送七——每七天都要奠酒点香升表烧纸，一七比一七远一点，七七四十九天送到坟上，就像梁山伯与祝英台长亭更短亭的十八相送，表达绵延不尽的思念之情。再不行也要送过三七。他们不是没有时间，美国、英国都有丧葬假，而且每个公民一年也至少有20天的公休假。就是在这七天里，两个人也不是沉浸于生离死别的悲伤里，全然不顾忌七日内不沾酒不剃须的忌讳，而是忙于访友叙旧，每天都是醉意浓浓。晚上归来，不是体谅他的孤苦伶仃，而是一遍遍旁敲侧击表明他们才是他们财产的合法继承人。老伴去世这些年来，他都不记得儿子们是否打回来过电话。"多年父子成兄弟""五伦之一是父子""父子熙熙，相宁以嬉""会桃李之芳园，序天伦之乐事"……老祖先留下了多少关于父子的经典论述，老顾是一句也没捞着。天伦之于老顾竟是一场耻辱和虚无，意义尽失，比梦还空。

一个月前，楼下的老朱去世了。老朱六个儿女，有公务员、警察、教师、小老板。老朱猝不及防死了，因没立遗嘱，结果儿女为了争老朱仅有的一套住房，从吵闹最终演变为打架，三个子女住进医院，等着打官司。那份混乱与尴尬让老顾脸红羞耻，他去了律师事务所，立了遗嘱，并做了公证。办完公证，接待他的小杨忽然一笑，说叔，您真的认不出我来了。老顾说我们认识吗？小杨说叔，杨小龙，大耳朵。双手扑棱扑棱一双招风耳，又说小时候老去您家，跟晓仁、晓义、晓礼一起玩。老顾噢噢了两声，依然没想起来，小杨说叔，我这份工作还是您给安排的。小杨送他出来，他就知道儿子们很快会知道他立遗嘱的事了。老顾心里笑笑，知道不知道的又有什么呢？

老姚一个斗大的字识不了半升的失地农民，告诉他的儿孙们回来时，用了"浩浩荡荡""连家带营"，这两个词语用得可谓准确深刻啊。自从他们的母亲去世后，他们何曾"浩浩荡荡""连家带营"回来过？他立了遗嘱还不到一个月，他们就回来了，而且他们是踩在这个时间节点回来。——"节点"是如今在领导讲话中频频出现的一个词，现在出现在他的生活中了。如果他们提前四五天，就会赶上清明节，给他们的母亲过个清明节，他们连这都想不到。目的昭彰啊，他们不是回家来了，而是以血缘的名义，以传宗接代，以天经地义，以人情世故来索取他们的"合法权益"来了。这让他感受到一股彻骨之冷穿透了全身。

5

老顾回到家，迎候他的都是点点。远远地就听到点点的叫声从门里传出来，就像一个人在门里招呼说回来啦。老顾会故意延误一阵，点点就急迫得抠门吠叫。打开门，点点直立起来，前腿搭在他的腿上，大张着嘴哈哧着，小尾巴摇得像风中的狗尾巴草。老顾抱起点点，点点呜嗯呜嗯的，舔他的手背和脸庞，就像久别之后的重逢。点点是一只普通的京巴，老顾想如果有狼狗那样高大，点点定会和他拥抱。

老顾给点点一些狗粮和一根火腿肠，泡了一杯茶——安溪白茶。安溪白茶，香气鲜爽馥郁，汤色鹅黄清亮，茶叶舒展开来，叶如凤羽，色如玉霜，极具观赏性。安溪白茶是三变专门从安溪进来的头芽。安溪白茶也是老米为他选的。他以前爱喝味重的，提神，老米说茶味太重影响睡眠，安溪白茶味浅些。进了书房，老顾给老米遗像前的供碗里添了茶水，在椅子上坐下来，看着老米。老米就在遗像中笑着。她的微笑就像凝固在水面上的涟漪，定格在相纸上的花朵，永不凋谢。老米的遗像是他从老米这辈子留下的相片中选出来最能展示她风采气质的一张。这是老米38岁那年的一张照片。老米查出绝症后，把所有的照片翻出来，一张一张的回忆，标注了时间，还做了简要的说明，又买了几个上档次的影集，一一装好。每本影集都像一部书，老顾会经常阅读，一张张照片就像一把把钥匙，打开了记忆之门，过去的时光就通过一张张照片重现，遥远而又亲近，逝者如斯夫，不舍昼夜，人世间所有的东西都经不住时光流逝的打磨啊，物是人非，照片如旧。

他铺开纸笔，开始写字。没有名利羁绊，他写字不是刻意的，而是随兴的。篆、隶、草、行、楷，张旭、颜真卿、怀素、柳公权、黄庭坚、米芾，随兴而来。当然也还是有侧重的，临摹最多的是欧阳询和赵孟頫，隔一段时间他会书写一遍他们书写的《心经》。其实要说到修身养性，练习书法是一种很好的方式。书法的过程犹如八卦、太极、形意拳一般，寓动于静，刚柔相济。书写时，人的指、腕、肘、肩、臂都随笔画有节奏地运动，科学研究表明，书法的过程让人体的各种器官都得到相应的锻炼，因此，称书法为"慢气功"。

今天他临摹赵孟頫的是《心经》。点点在他的脚下逗他的脚指头，他抱起点点，放在书案上。点点就坐在书案上，像一个孩子偏着头看他写字。有时候他会画点点的眉毛、眼睛、鼻子，然后再给点点洗澡。

点点是三变从街上捡回来的。

深秋的一个雨天，三变一进门挟裹着一股浓郁的腥膻味儿。让他奇怪的是，三变整个人淋成了落汤鸡，却把衣服抱在怀里。他心里说这孩子，衣服湿了可以干，人生病可要受罪。当三变把怀里的衣服揭开，一股子腥膻味儿扑来，他才看到三变用衣服裹着一条脏兮兮的小狗。他皱皱眉头，三变满脸堆笑，说车唰地过去，小狗给掀得滚了几个跟头，滚到我的脚下，直对着我叫，我走了，它还冲着我叫，我走出老远了，它还冲着我叫，怪可怜的，我……就抱回来了。

对狗，他一直心存芥蒂，在兰花坪下乡那几年，经常走村串户，他不止一次被狗追咬过。那里人家养狗一养就是两三只，而且从来不拴。因此，出门得拉一根打狗棍。倘若只是一家的狗还好对付，可狗吠叫起来，就像吹响了集结号，立刻招来十几只狗围追堵截，气焰嚣张得了得，他被狗追撵得上过墙，爬过树，跳过崖，有一回他的裤头都被狗撕破了，那份狼狈就别提了，他因此得了个"光腚书记"的外号。老米退休后，一度很想养只小狗，顾忌到他对狗的反感最终没养。可是三变住到家里来还不到一个月，他怎好驳了他的面子。

他挨近看看，小狗瑟缩成一团，眼窝蓄满泪水，呜哇呜哇叫着。三变说它的前腿给压折了。他说快去找兽医给看看。三变说看过狗大夫了，狗大夫说骨头粉碎了，接不上，只能截肢，就截了肢。三变用自己带来的洗脸盆兑好温水给小狗洗澡。小狗真脏，洗出了几盆黑水，洗得满屋都是腥膻味儿。洗完澡，三变又用一件干爽的衣服包裹了小狗，放在自己的床上，出门去了。不一会儿，三变抱回来一箱火腿肠，一箱牛奶，两大包狗食，还买了奶瓶和一个裹婴儿用的小毯子。喂小狗喝过吃过，三变用小毯子把小狗裹起来，抱在怀里，就像照顾一个小孩。他的眼眶湿润了，抬手去抹时，泪水已经落下来。他忙扭过头去，三变满脸堆笑说叔，你不要泼烦，就一两周时间，我手头这活做完，就送回家让我娘操心去。这种板凳狗长不大，就像个娃娃，又不乱跑，正好给我娘做个伴儿，我娘就爱招呼个小猫小狗的。又自言自语地说她一个人孤单吗。三变满脸是讨好的笑容，一副寄人篱下的神情。

三变给小狗取名"点点"——很好的名字。三变对小狗表现出这个年龄的小伙儿少有的耐心，他每天就像母亲操心自己的孩子，让点点吃饱喝足了才出门，回来第一件事就是给小狗换药喂药，喂吃喂喝。三变把报纸铺在卫生间的旮旯儿，引导过几回，点点就知道在那上面拉屎撒尿。每次点点方便后，三变就清理干净，再换一张报纸，喷洒空气清新剂。

不能不承认动物比人厉害，伤筋动骨一百天，点点截了前肢，仅两天就缓过劲来，在屋子里蹿来蹿去，把鞋拉得到处都是，毫不客气地在沙发、床上滚来滚去，就像一个孩子在熟悉新家。三变出门干活，家里就剩下他和点点。狗通人性，它看懂人的喜怒哀乐，它把鞋、袜子、手套、枕巾叼得到处都是，你训斥两声，它就像知错的孩子，耳朵和尾巴都耷拉下来，把鞋、袜子、手套、枕巾叼回原处，躲进一个旮旯儿里，露出小脑袋来看着你。当你叫声点点，它就知道你原谅了它，扑向你，耳朵竖起来了，小尾巴摇着扑向你，在你脚下摇着小尾巴看着你，像一个小孩要你抱，你要不抱，它就在你脚前绊来绊去，用小爪子打你的腿，抓你的鞋，直到你抱它起来，它就安静地卧在你的怀里，享受着你的抚摸。它寂寞的时候会自己玩，衔着自己的尾巴转圈，直立着走来走去，在沙发靠背上走平衡木，在窗台与茶几间练习跳远，在沙发上、床上前翻滚打挺，一个小皮球就让它施展所有的捕捉手段。它会跟你捉迷藏，忽然间无影无踪无声无息了，叫一声点点，它从窗帘后面或者门背后、角落跃出来，跟头流星出现在你眼前。点点很懂规矩，在卫生间的报纸上拉屎撒尿后，会在那里哼哼，直到你把报纸换了。点点就像一个孩子，让他这个冷清孤寡的家有了生机，也让他出门有了一份牵念，一份责任。以前每天早晨在槐园锻炼结束，他基本上是漫无目的逛到中午才回家，有了点点，便想到它的吃它的喝它的等待，便直接回家了。这个时候他才想到老米退休后想养只狗，他以为她是受小区那些拉着各种小狗的老头老太太的影响——人的行为会传染，这就是人为什么会跟风。现在想来，老米其实是孤独啊。老米是工农兵大学生，没有别的爱好，也是个工作狂，退休比他早七八年，退休后又赶上更年期，他曾鼓动她出去打打麻将，跳跳舞，老米说我得顾你的面子啊。后来，老米去上老年大学，上了一阶段也不上了，说都是跟她套近乎求她办事的。

几周后，三变要把点点送回乡下，他急了，说我养得不好？三变说叔，你……你好像不大喜欢狗。他问，谁说的？你看它跟我亲的，我们成忘年交了。三变说点点的一条腿都没了，也不洋气，叔要想养，我给叔买个名贵点的，你经常拉出去遛遛，也是锻炼。他说所谓名贵只是人的恶俗罢了，对狗来说，那就跟笑话一样。

这几年点点带给他的东西太多太多，让他感慨万端。正如《犬的礼赞》里所写："在这个世界上，一个人的好友可能和他作对，变成敌人；他用慈爱培养起来的儿女也可能变得不忠不孝；那些我们最感密切和亲近的人，那些我们用全部幸福和名誉所痴信的人，都可能会舍弃忠诚而成叛逆……一个人唯一毫不自私的朋友，唯一不抛弃他的朋友，唯一不忘恩负义的朋友，就是他的狗。"他也真正理解为什么一只普通的狗走失，而它的主人会悬赏数万元去寻找。

6

老顾认识三变是在老米去世一年后。芙蓉苑这一片被规划了，拆迁的最后期限都上墙了，他就不得不搬家。随着"科学经营城市，建设美丽家园"的口号提出，新建小区多是临水靠园，环境优美，芙蓉苑是个老小区，自然显得落伍了。老米想换房子，换得离公园近点，便于每日的锻炼。在临水观湖老米按揭了一套房，交三分之一的首付，还借了五万。钥匙还没拿到手，房价就涨了一倍还多。钥匙拿到手，老米又舍不得住进去，卖掉了，又开始寻找房源，才发现卖了房再买房，不要说赚不上钱，还很吃亏，因为房子一天一个价。偏远一些地方房子便宜，但周边还是农村模样，老米拿不定主意，老顾参与了意见，建议在东边买房，因为根据规划城市将东扩。老米就在云水华庭买了房。结果，城市东扩后这里便是市中心，房价翻了一番，老米尝到了甜头，又舍不得住进去，要卖掉房子。老顾说你这是炒房，违犯纪律，别老了惹出事来。老米说能出个屁事，别人不掏钱，几套地弄房哩。这套房子还没来得及倒腾，老米查出了绝症，再也没心思动弹了，一直毛墙毛地的那样撂着，不装潢住不了。搬过两三次家，装潢都是老米料理的，他没料理过，就通过小区里贴着的广告找了一家装修公司。

开始装修的第一天，老顾请三个装潢工吃了顿饭。他提了两瓶五粮液，还拿了三包"中华"。闲得没事干，他每天都去，看他们干活，听他们说话，也算是一种消遣。这无意中犯了忌讳，在装潢工看来，他是怕他们偷工偷料，来监视他们。有一天，楼下有叫卖热玉米的，他下去买热玉米，回到门口听周师傅说，这老头还真熬得住，一天都不脱空。李师傅说你看他头上都没毛了，一看就是精于算计的老抠门。三变却说我觉得他不是那种人，第一天请我们吃饭，那一桌菜1000能拿下？两瓶五粮液多少钱？一人一包"中华"，"中华"烟多少钱？就说我们偷他几桶漆，几块板能有多少钱？这账他不会算？周师傅说不是来监督我们，他每天跑来做啥？吃饱了撑的？三变说我觉得他就是心慌，老了的人容易心慌。周师傅说心慌？咋不去搓两把？跑这里熬时间？三变说都像你，麻将比婆娘还亲，要不是婆娘搜光了钱，怕连这活都不愿干哩。

水暖改造和地面贴砖都很快，木工就慢了。三变就是木工师傅。他每天会给三变买两瓶啤酒，一包"中华"。他以前抽烟，后来肺气肿了，就不敢再动烟。不过一些念旧情的来看望他时还会给他提烟。一天三变说叔，你放心忙去吧，不必天天来，我保证干得让你满意。他说我是闲得没事干，不是来监视的。三变嘿嘿一笑说叔，你这样好的业主少见，好多业主一来盛气凌人，跟我们说话眼皮都不抬，好像他们是多大的腕儿，多有身份，指手画脚把我们说得一塌糊涂，给我们讲自重自尊之类的大道理，就像我们是贼，偷工偷料黑了他们多少东西。其实这么并不好，我们都干了多少年装修了，啥样人没见过，越这样越会把活往糟糕里做，面子上的活做得让你看不出啥来，可内里的活就很不地道。板子上少钉几个钉子，刮泥子给你少掺点胶，水管接口处少拧上点胶带。保修期一过，翘板的翘板，脱皮的脱皮，滴水的滴水，玩这种小伎俩我们有的是手段。人吗，你敬我一尺，我敬你一丈，叔，你说是不？干活挣钱谁不喜欢端个顺气碗，那些把活交给我们不管不问的，反而干得好。他笑笑点点头。三变又说，像周师傅、李师傅干装潢都几十年了，都几套房了，富着哩，多数业主都贷了好多款的。他说你也有几套房了吧？三变一笑说叔笑话我，我哪能跟人家比，人家多少年了，又都是城里人。

三变说其实一家一户的装修最麻烦，还是像机关单位办公大楼、体育馆、展览馆这样的活带劲。他说你们公司看上去不大，那些大活也能干？三变说叔，这你就不懂了，许多工程中标的是大公司，其实那些公司不直接干活，其实都是空壳，把活揽来再包给我们做，他们吃利差。没办法，人家能拿到活，拿活那是要大本事的，谁能拿到活谁就能当大老板，经常给我们活的有一个人，能耐大得很。老顾问，你们都做过哪些大工程？三变说多了，体育馆、文化馆、展览馆、会展中心、政务中心的装修都是我们干的，照着图纸方案做，谁还干不了？叔，你要不信你去看，我是做木工的，我做过的活背后都有个"变"字，古体字，像个小尾花，我自己设计的。说着，他在一块木板上雕刻了"变"字。

他问三变是哪里人。三变说和县兰花坪的。他说我说口音怎么这么熟悉。三变说叔知道我们兰花坪？他说知道。又问三变怎么叫了这个名字。三变说我小时候气大，动不动就别过气去了，头上老留三撮头发，我们那里叫气死毛，一气死过去大人拽住揪一揪就过来了，人就叫三辫，上户口那登记户口的不会写辫子的辫，就写成三变，还给我爹说你家的日子该改变改变了。他笑笑，三变说我这名重了个大名人的名，叔是个文化人，知道这名字吧，他叫柳永，字三变，高中课文里有他写的词，我专门读了他的传记，那是个厉害人，我还背了他不少词哩。他说你背一首听听。三变就背道：

对潇潇暮雨洒江天，一番洗清秋。渐霜风凄紧，关河冷落，残照当楼。是处红衰翠减，苒苒物华休。惟有长江水，无语东流。

不忍登高临远，望故乡渺邈，归思难收。叹年来踪迹，何事苦淹留？想佳人妆楼颙望，误几回、天际识归舟。争知我，倚阑干处，正恁凝愁。

背完，三变说他的词冷得很，说着又背了一首：

寒蝉凄切，对长亭晚，骤雨初歇。都门帐饮无绪，留恋处、兰舟摧发。执手相看泪眼，竟无语凝噎。念去去、千里烟波，暮霭沉沉楚天阔。

多情自古伤离别，更那堪、冷落清秋节。今宵酒醒何处，杨柳岸、晓风残月。此去经年，应是良辰好景虚设。便纵有千种风情，更与何人说。

背完，三变又说这柳三变一辈子郁郁不得志，愁了一辈子。

他问三变书读到啥程度？三变嘿嘿一笑说高中毕业没考上，又复读了一年，还是没考上。我爹是想把我培养成个读书人支撑门面，可我硬是考不上吗，这脑子太笨了。又说要说起来，也不是脑子笨，我们那里教学质量不行，小学、初中底子打得不好，村上的小学派不来公办老师，雇高中生、初中生来教。初中在乡上念的，好老师都往县城里调，一年高中都考不上几个，再说又不包分配，出来找工作还得花钱找关系，学费也贵得很，就不念了。嘻嘻一笑又说不过没考上也好，上了大学我也就学不了木匠了，我喜欢做木匠活儿。

中午他留三变一起吃饭，三变说公司灶上吃不吃反正都会扣钱，就别破费了，不吃你的饭，我也会用心把活干好，我这人干活你放心。他笑笑说我一个人也得吃饭，多一双筷子的事，你就当陪我吃顿饭。三变吃饭吃得真叫香，嗞嗞冒着油的东坡肉一口一块，不停地哈气散热，嘴唇给油润得艳红，不停地说叔，你吃，别总看着我吃，这么好的菜。那段日子正是他厌食症最厉害的时候，三变调动了他的食欲，跟着三变真还吃了不少。

第二日中午，他又请三变吃饭，三变坚辞。老顾知道，跟他一起吃饭对三变来说是一种负担，看得出三变很有自尊心，不愿欠人情。再说像三变这样年纪的农民工现在不缺一顿饭，隔三岔五在餐馆里聚一桌，喝得热火朝天，逍遥自在，跟他一糟老头吃饭有啥意思，既不自在，又欠人情，就说，你心里别有负担，我得了厌食症，和人一起吃饭，才有胃口能多吃点，你跟我一起吃饭等于是帮我。三变惊讶地说还有这病？老顾说我有高血压、高血糖，高血脂，不吃饭没劲，抗病也是个体力活，所以你心里不要有什么负担。三变说你……儿女都不在身边？他嗯了一声。

一起吃第三顿饭，三变一定要掏钱，说叔，不能老吃你的饭，我咋也得回请你一顿，礼尚往来，一顿饭吃不穷人。他想就让他掏一回吧。不一会儿，三变回来说叔，你先坐，我出去一趟就来。他问你干啥去？三变说有个急事。他说已经吃完了，咱们都走。三变红着脸说我、我装的钱不够，去取点钱。他拉三变坐下说我结了不就完了。三变说那、那就算我借你的，明天就还你。他笑笑说你这孩子，等你有了钱，好好请叔吃上一顿。三变红着脸说平时我身上就装几十块钱，装得钱多花得就多，有些钱你今天想花，可你没装钱，扛过了今天，到了明天就不想花了。今儿我装了100块，想着两个人吃饭够了，没想这里饭菜这么贵，门脸不一样，菜就是贵。

他问你干装修几年了？三变说八年了。他说将来有啥计划？三变一笑说咱这号人还能有啥计划，将来在县城开个装修店就是最大愿望了。他问县城开一个装修店得多少钱？三变说门面房房租贵么，一年一个价，装修店面小了不行，再小也得两间，好点的地段一年得两三万。总还得雇两个人，各样装潢材料还得有些样品，没有十来万下不来。他问你现在有多少钱？三变说三万。他说八年才存了三万？三变说前几年当学徒，只给个生活费，前年才有的工资，要是挥锹抡镐，垒砖砌墙，肯定不止三万了，可要是挥锹抡镐，垒砖砌墙，一辈子就那样了，老板都抠得很，咱为了学技术吗。他说叔给你介绍个大公司，比这挣得多。三变说也不光是挣钱的事，我这木匠活是祖传的，我爷我爹在我们那一带都是大木匠，名气可大了，方圆大庙上的木活都是他们干的，我也喜欢木匠这活儿。又说唉，现在人都不打家具了，啥都卖，机器做下的哪能跟手工的比吗。又嘿嘿一笑说不急，古人说三十而立吗，三十估计就差不多了。老顾拍拍三变肩膀说孩子，按你的想法走吧。

一天下午上工，三变提着一些烧纸，人民币、美元冥币，还有元宝、金条啥的。他问今儿是什么节日？这些年官场忙碌老顾会时不时忘记一些节日。三变说今日是我爹的忌日，忌日在这世是忌日，在那世就是生日，谁知道得上得不上，就是一种纪念吗。他说你娘不是在家里吗，烧纸就行了，要是有那么回事，取起来也方便，这路途迢迢的……三变说娘是娘，我是我，我是儿子，养儿子不就图个这？人活的就是这么个。他的泪水模糊了双眼，忙转过头去。

装修活结束大约过了一周，三变背了荞面、小米、黄米，每样有二三十斤，还有一包黑豆、两袋苦荞茶到家里来了。他说你买这做啥？三变说我回家拿的，我们那里就产这东西。叔，你不是三高吗，就该吃这些东西，我们老板也得了这些病，就吃这些，都是我给往来弄。城里买的不行，城里人吃啥啥就吃香了，啥东西一吃香人就胡口鬼，白面掺了麸子当养面卖，芸豆充黑豆卖，黄豆染黑了充黑豆卖。现在到乡下也不一定能买上好的，城里人吃啥啥就贵了，加上人都进城打工，地都撂荒了，现在这些东西紧俏哩。笑笑又说叔，你们城里人是以前好吃的吃得太多了造下的病。

600多公里路程，别的不说，光一来回路费也得几百块，三变竟为他专门回去一趟，这让他感动，心里过意不去，给三变钱，三变说叔，这些东西是自家产的，卖你钱？老顾说叔不是那意思，总得把一来回的花销给你。三变说账不能那么算吗，要这么算账那人活着还有啥意思？不要说我吃了你这么多饭，抽了你那么多烟，认识就是缘分，你这么好的业主少见哩，不然，就是给我掏钱，我还懒得给他跑哩，坐整整一天车，比干几天活还费人。三变摆摆手又说叔，你别心里有负担，我也不是为你专门跑了一趟，正好你这里活了了，还没接新活，也想回家去看看我娘，年龄大了，做了几个梦也不好，要是忙起来，不知道啥时才能回去，一带二的事。又说这几个钱富不了我，你要这么见外，咱们还交往个啥？人活得就这么个吗。

搬家时，他想雇人搬也是掏钱的事，这钱就让三变挣了。搬家后，他给三变钱，三变说叔，这钱我收了，你说我心里能舒坦吗？就出了一把臭力气吗。我知道你这人心好，可怜我们这些人，我不收你心里也过不去，就多吃你几顿饭吧，反正你厌食。又说叔，我在网上查过，厌食这病老年人得了很麻烦的。

立冬这天他都要涮羊肉，这也是老米的习惯。他打三变的手机无法接通，一连打了几次都是无法接通。第二天再打，还是无法接通。他心焦意乱的。过了几日，三变来了，背着荞面、小米、黄米，每样有50斤，还有一包黑豆一包黄豆，说今年新的，刚下来。老顾说上次你背来的还没吃完。三变到厨房看看，说叔，你这么下去可不行，你得自己做饭，常在外面吃，哪能有胃口，难怪你厌食，外面饭菜调料太重，调料都对身体没好处，不要说你这么大年龄了，就是我们年轻人常吃也没胃口，再说老在外面吃，血糖能降下来？糖尿病人吃得可讲究了，我们老板从来都不在外面吃，雇人在家里专门给他做，吃得可讲究，杂粮掺到一起拿秤称着吃。叔，你是不是不会做饭？今儿我给咱做顿荞面，你跟着学，荞面不好做。他说你会做饭？三变说会，我娘说你不学会做饭，哪天娘死了，你和你爹非饿死不可。我娘是个药罐子，老觉得自己活不了多久，活不过我爹，我爹身体壮实，可谁知道我爹先走了。现在我想明白了，我爹肯定是好吃的吃得多了把身体吃坏了，我爹到谁家那是桌儿上盘儿下地伺候着，风光着哩，他做寿材比别的木匠手工贵，可都请他做，没办法，他活干得漂亮，那花子雕得跟真的一样。我爹比你还胖，肉嘟嘟的，应该也是糖尿病，乡下人想不到吃还能吃出病来，又不检查身体，没重视。

三变的饭做得确实不错。他说咱们从明天起就在我这里开灶。三变想想说好，但你得学会做饭，活多的时候我怕不能按时按点来。他说叔会做饭，就是有些懒。

吃饭的时候，老顾说打了好几次电话接不通，我还当你出啥事了。三变嘿嘿说一个下苦的，能出个啥事。他拍着桌子说下苦的就不会出事了？这些年下苦的出的事少了？他有些失态，拍桌子这是犯了在台上的毛病。三变嘻嘻一笑说叔还担心我？我当叔不在乎我们这些人哩，叔，你别多心，城里没人把我们当回事。又说对不起，叔，我们那里山大沟深的，一回到家就没信号，以后回家我到山上给叔报个平安。他问这次回去家里有事？三变说正好新米新面下来了，老板让我回去买，这次路费老板给报销。吃过饭，三变取出一些黄豆、黑豆煮了一会儿，又炒了，说黄豆、黑豆对糖尿病人有好处，吃的时候一粒一粒吸着吃，补气。

走的时候，三变把早先那些荞面、小米、黄米背走了，说放陈了就不好了，别糟蹋了，我送到公司灶上去。第二日，三变买了两瓶山西老陈醋和一个小坛送来，把黑豆泡好说那老人说一天不宜多吃，两三勺对人最有好处。电视上一个长寿老人活过百岁了，他讲长寿秘诀就是经常用醋泡黑豆吃。

开始做饭让他有了惦念，每天给三变至少打两次电话，问他回来吃饭不，想吃什么。他发现治疗厌食，做饭是最好的方子。其实，他饭是做得不错的，在兰花坪那三年，他是自己做饭，后来和何小玉朋锅，也还是经常做。老米得病到去世，都是他在做，老米说你不做咋办呢？

十月初一，三变打来电话，问他一年烧几身衣裳？他问烧什么衣裳？三变说叔，今儿十月朝，你、你不给老人送寒衣？我在纸衣店，捎带给你买上。这些年了，虽然十月一烧纸没忘记，可从没给老人送过寒衣。老顾一时不知要送几身，就惭愧地问你买几身？三变说我买五身，叔，你也该买五身吧，爷爷、奶奶、父亲、母亲，还有我姊。他说对对，五身。过了一会儿，三变打来电话说叔，我在楼下等你。他下了楼，三变说叔，你得把纸钱给我，这钱得自己掏，不然你先人得不上，就让我先人得了。烧纸的时候，三变双膝跪地，把五色纸做成的种种式样衣、帽、鞋、袜一样一样摆好，就像给亡人一件一件穿衣裳。他跟着三变学。泼散供品后，磕头时三变额头贴在地面上。烧完纸，三变说我三爷三奶没儿女，烧纸的时候我爹弟兄四个都给烧，得上得不上意思得有，人活的就是这么个吗。马路边一排烧纸的，多是蹲在那里烧，即使是跪也在膝盖下垫着报纸或者塑料袋。三变说他们那么烧纸不对，跪下去不能用东西垫着，得跪在土上。又说叔，以后烧纸你得在圈圈外烧一点。他问为啥？三变说给孤魂野鬼烧的，孤魂野鬼也是鬼。

这年大年三十，他接到的第一个拜年电话是三变打来的。手机里风声呼啸，他问你在哪里打电话？三变说我在挡山顶上，我们这里下了好大一场雪，明年有个好收成。他说快回去孩子，别感冒了。三变说叔，明年你来我家过年吧，雪盖大山真美哩。他激动得泣不成声。

几十年的官场生涯，经历过太多虚伪得经不起捏揣的虚与委蛇曲意逢迎的疑似感情，他已不会轻易被某种感情所感动，可三变感动了他。三变这孩子就是这样的纯朴、明亮，就像混浊空气里的一缕清风，幽暗巷道里的一束阳光。不能不承认，他对三变有些依赖了，隔几日不见就有些想见见。

7

第二年过罢年，三变给他带了些娘做的吃食，他说你搬过来住吧，这么大的房子，叔一个住着怪孤寡的。三变咬咬嘴唇说，叔，我……他说，你……要觉得不方便就算了。三变笑了说我还有啥不方便的，一间房六个人，臭气熏天，呼天扯地，我是怕叔不方便。他笑笑说我一个老头子有啥不方便的。为了不让三变心里有负担，他说三变，你知道叔血糖高，高血糖的人最怕忽然低血糖，那一下就把命要了，你住进来也是帮叔。三变说叔，我住进来有啥不对的你就说，乡下人粗粗拉拉的。

三变拉来一个行李箱，装的几乎都是书和杂志，有《中国传统木雕赏析》《中国传统建筑装饰》《红楼梦》《平凡世界》《人生的智慧》《世界是平的》之类的书籍，也有《小说选刊》《小说月报》《军事博览》《装饰》《读者》《每周文摘》之类的杂志。现在年轻人都抱着电视没完没了看，弱智一样的主持人自揭短丑的节目就开心翻了。可三变几乎不看电视，他以为三变怕影响他看电视，就说我很少看电视，你想看啥就看啥。三变说我也不爱看电视，没意思，都是假的，重复来重复去的。他问，也不上网？三变说网倒是经常上。他说电脑我很少用，你想用随时都可以用。第二天，他把电脑搬到三变的房间，接好了网线。三变上网有些痴迷，往往会上到半夜。三变走了，他看看三变上网记录，浏览的几乎全是装修方面的网站。桌面上有一个文件夹，下载了许多装修方面的内容，竟然有许多世界著名装修经典案例。

三变住进来后，他才知道装潢的活是很苦很累的，三变往往要干到夜里十点多。回来后蹑手蹑脚进了屋，便悄无声息了。他知道三变是怕惊动着他，其实他还没睡着。他从卧室出来，三变憨笑着说叔，把你吵醒了。他说我还没睡着，人老了瞌睡少。三变是个很细心的孩子，隔三岔五会带回来一些低糖无糖食品。

这一年里三变竟回了六趟家。四月清明回家上坟，五月又回去一趟，说小叔娶儿媳妇。他说你娘不是在家吗，让她参加不就行了，这么远。三变说，那咋行，是我叔叔，亲亲儿的，娶儿媳妇这么大的事，我不去能行？我这么远回去，我叔心里也高兴。人活的就是这个。他问出多少钱的礼。三变说50块，这家门中有规定，再有钱也不能多上一分，以前20块，去年涨了。不过，我给我弟和媳妇买了一身衣裳。

七月是三变父亲逝世十周年的日子，三变说一周年、三周年、五周年、十周年都要念经的，就像城里逢五逢十搞庆典，条件好的请八个阴阳念三昼夜经，还有的人家会请和尚来布道场，条件不行的也得请四个阴阳念一昼夜经。十周年就一回，就是个念想吗，我请了八个阴阳，念了三昼夜经。人活得就这个。又说趁着念经我把爹的坟迁了，爹几次给我托梦说院里老进水，屋里太潮湿了。我娘也梦见爹给她这么说，那肯定是坟里有事了。

叔，你别不信，神着哩，刘婶就梦见老汉说他养了一群鸡让黄鼠狼给吃光了，后来把坟打开一看，坟里住进了一窝黄鼠狼。我爹的坟打开，山上下来的水冲出了一条暗洞从坟里穿过，你说能不潮湿？他说搬坟得不少钱吧。三变说过万了，现在阴阳的念经、纸活价钱都成倍地涨，一个阴阳念一天经就得200块，以前也就二三十块。

八月，村上一户人家起新屋，三变又回去了。他说这么远的路，就为了给人家盖新屋？三变说人一辈子才能起几回新屋？在我们那里起新屋是大事，村子上有个事都是互相借力的，家里不去个人就生分了，我以后遇上事咋办？就像我爹去世，亲房（同姓亲属）不能抬重（抬棺材），哪有自己人把自己人往坟里送的？现在年轻人都在城里打工，要不是人家都赶回来，往山上送都没办法，过日子就是互相帮衬的事吗。再说我是村上的木匠，村上人起新屋我不回去，以后不得落话把？人活得就这么个。他说这盖新房也该放到闲时再盖吗，这阵都在城里打工。三变说冲喜哩，我王叔今年一直有病，穿了几次衣，就想着借给儿子娶媳妇冲一下喜。他笑笑，三变说叔，你别不信，怪着哩，有的人冲喜后就精神了。他问老王冲喜过来了？三变说还是不好，我估摸是正病。他问不送到医院看？三变说不敢去医院看，家里光阴不好，一进医院就得花钱，要查出大病看还是不看？看吧没钱，再说钱花了人救不下；不看吧，儿女要背骂名，唉，做人难哩。

十月，三变回去给娘过60岁生日。三变说六十花甲子，人活了一个轮回，就像六十大庆，大事。三变回来他问摆了几桌？三变说没摆宴席，乡下不兴这，就我们娘儿俩，买了点肉，宰了只鸡，开了瓶酒。又说城里人过生日要吃蛋糕，我也买了蛋糕，提到家一看颠簸成一堆了。我娘还不稀罕，吃了几口说玉米面做的，还买着吃。我说做得不一样吗，你能做得了？我娘说做得再好也是玉米面味儿，嘻嘻。正赶上国庆节，三变带娘逛了趟北京。三变说我娘这人一辈子和善，从不和人争强好胜，偏偏和长生娘较着股劲儿，长生把娘带到城里逛了一圈，长生娘回去老在我娘跟前提说。我带娘去北京逛一回，我娘一直念叨着想看看毛主席，回去也有个说的，他们那一代人对毛主席感情深，人活得就这么个吗。老顾说你该等一两年也就结婚了，结婚了和媳妇一起带娘逛北京多好。三变笑着说我结婚还在猴年马月，我娘是下了苦的人，谁知道身体里藏着啥病，万一哪天走了，哭都没眼泪了。我爹好好的一个人，头一天还镟木花哩，睡了一觉起来瘫了，一直想去北京看毛主席，硬没看上。他问你还没对象？三变嘿嘿一笑说早着哩，现在光彩礼都十万了。他说彩礼这么贵？三变说没办法，穷呀。

他笑着说你这一年挣下点钱可就全交给铁道部了。三变说没办法，今年是大年，事赶事的，这些事过去就再不会回来了，等你后悔的时候，想补都没处补去。人活得就这么个吗。

"人活得就这么个"是三变的口头禅，他想如果从政界的角度讲，这句话包含了三变的人生观、价值观、世界观啊。

老米的三周年快到了，一天，三变拿回来两个相框，说叔，给婶子换个相框，你那塑料相框不好。老顾一看木头是黄花梨，全是镂空的祥云花边，做得典雅精致。他说得不少钱吧。三变说给一个领导家装修别墅，家具全是黄花梨的，我用边角料给姨做了个相框。老顾说你做的？这花子也是你雕镂的？三变笑了，说叔，你当我是个混饭吃的，我让你看看我的手艺。说着从箱子里提出一个帆布包打开，里面是各种的木花。三变说都是我雕镂的，纯手工，一点儿机工都没上，现在机器做的那花子能比上我这？我们老板能揽下领导家装修活计，就是靠我这些木花，这次老板给我涨了工资的。又说叔，你这装潢连人家的零头都没花上，你要是当领导的，哪用自己操心，那别墅是一个老板给装潢哩，装潢的价钱比房子价钱大，不让我们乱说。

三变说叔，婶子的三周年你不给念经？他说我是党员，这么做影响不好，算了吧。三变说寺庙里可以代念，只要把费用布施给他们就行。其实念经也是一种纪念，人活得就这么个。三变带着他去城隍庙定日子，结果城隍庙一年的日子都定出去了。他才知道如今在庙里给亡人念经已经很时尚了。他们走了城里三家寺庙，老米的忌日这天都已经定出去了，三变说按规矩能提前，不能拖后。他就在高庙定了一天经。三变又在网上做了一个网页祭奠，配了《大悲咒》等佛教经堂音乐，把他临摹的《心经》用手机拍成照片贴在网页上。还写了一篇纪念文章，那么悲戚忧伤。他读哭了，问是你写的？三变说叔，您别笑话，改改。他说写得多好。他不能不想到三个儿子，情绪很糟糕。三变看出来了，说叔，想儿子了吧？他们都在国外，那多远，回来一趟不容易。他说他们想回家比你回家方便啊。三变说他肯定很忙哩，在外国生活不容易，哪像我们这些人，瞎忙活。

8

只有三个儿子在，想必儿媳妇和孙子们都旅游去了。算起来男男女女老顾有七个孙子，有三个见过两面，有两个见过一面的，还有两个只见过照片。老顾不知道没见面的是否知道这世上有他这么个爷爷。

老顾一进门，大儿立刻发难了，搬家、换电话也不说一声？老顾说你们也没问。大儿说这还要我们问啊！三儿说我姚叔给你捎话几天了？知道我们回来了，人不闪面，手机也不开？老顾说有点事……二儿说有事，都退下来的人能有多重要的事？

虽然经过这几年的调理，老顾的内心已经很平和，能够宽容许多事情，豁达到一切于我如浮云的境界，然而；他们连朋友同事间客套的寒暄过渡都没有，全是质问教训的口气，还是毁了他内心的平和，让他胸口发闷，血压自然也升高了。老顾想，看来一个人要真正做到无我的境地，并不是件容易的事啊。

老顾尽量平复着自己的愤怒说，咋有时间一起齐刷刷地回来了？三个儿子互相看了一眼，没有说话。老顾说回来就好好转转，你们也多年没回来了，现在中国变化大得很，回来一趟不容易，多走走。这么说着就要走，大儿说爸，你先坐下，我们回来……有事。老顾说你们回来除了观光旅游能有啥事？三儿说我们有事要与你沟通。老顾笑笑说你们还有事要跟我沟通？二儿霍地站起来说装啥装，自己做下的事自己不明白？老顾瞥了二儿一眼说我做的啥事？二儿拍着茶几说遗嘱，遗嘱！都是你干的好事！茶几上两只茶杯杯盖都震得跳到了茶几上。老顾说大耳朵告诉你们了？三儿说你以为你做得很隐蔽就可以蒙混过关是不？大儿说爸，你、你咋能这么做？

老顾抹下手腕上的珠子捻着。这是一串山香木念珠，有奇香，木质细腻，木纹就像一粒石子丢入水中激起的涟漪。这木头已经绝种了。这是三变的父亲给三变留下的，三变给了他。

二儿说爸，这个柳三变到底是你啥人？你……你全留给他？老顾没有回答。二儿说是不是以前那些事……老顾说以前哪些事？三儿当当当敲着桌子说别以为我们没脑子，你是不是一直把我们当傻瓜？

老顾长长吁出一口气，没有说话，只是捻着珠子。他看上去慈祥、和蔼，唯唯诺诺，甚至有些懦弱窝囊。但他已经怒火中烧，心里说你们以为这是老子的软肋，那就大错而特错了，你们啊还是太嫩，人老了就没有软肋了。

二儿又拍着桌子说把遗嘱改了撕了，听清没？老顾说我立的遗嘱是最终遗嘱，而且公证了，上面写得明白：如果遗嘱改动，那就是受到了恐吓与胁迫……大儿说爸，那你告诉我们，这个柳三变到底和你啥关系？老顾没说话，三儿歇斯底里地说告诉我们。老顾说跟我没什么关系。二儿说跟你什么关系都没有，你就把财产全留给他？你哄鬼去吧！

老顾看着三个儿子，他们个个脸庞虚肿潮红，鼻子不是鼻子，眼睛不是眼睛了，简直像个充足了气的皮球，都快要爆炸了。老顾心情快活了起来，他把念珠换到另一个手里，捻念珠真可以平心静气，感谢念珠让他心平气和地面对儿子们的质问。

冷场了一会儿，大儿说爸，你老实告诉我们，如果这个柳三变真是你的……什么，我们可以协商解决。老顾笑了说你把你爹看成嫖头淫棍了是不？我给你说了没有关系，你们咋就不信？二儿点了一支烟说爸，那是不是你有什么把柄让他攥住控制你要挟你？老顾说你怎么会这么想？二儿抢着说没攥着你什么把柄要挟你，你怎么做出这么荒唐的事来？老顾没有说话。

大儿说要是这个柳三变跟我们没有关系，那就好办了。老顾说你们打算咋办？大儿清清嗓子说打官司。打官司，这是老顾始料不及的，老顾睁大眼睛说打官司？跟我打？二儿说跟柳三变打，你不改遗嘱，我们只能起诉他了。这更让老顾吃惊了，愚蠢也不至于此吧，他说你们要起诉他？二儿说你把财产全留给了他，不起诉他起诉谁？老顾说要起诉他你恐怕连案都立不了。大儿说只要你配合，案可以立，我们跟律师沟通过了。老顾说怎么配合？二儿说按我们说的指控他。老顾问指控他？三儿说就说他以你的隐私要挟你，勒索敲诈，啥话都可以说。老顾说可我没有隐私，他也没有要挟我，勒索敲诈我。大儿说那你的遗产继承人怎么会成为他，你没有儿子了？二儿说你考虑过我们吗？我们到底是不是你亲生的？

老顾咬咬嘴唇说冤枉他那得有证据。大儿说没得老年痴呆吧，那些年官白当了，怎么用词？这咋能说冤枉？二儿说难怪人说你官当得窝囊，这弯都转不过来，他不是跟你在一起住过吗，证据还不好做文章？这你不要操心，我们到时候会给你准备好的，你只要站稳立场，按我们教你的说就行了。老顾"呃"了一声，说都替我想好了。三儿说能不为你想好？你说你做的啥事！二儿说爸，你手里提拔栽培那么多人不都在台上吗？动用一两个关系，有啥办不了的？整死他都不是个事儿。三儿说一个从乡下进城的混混，我们不但要让他倾家荡产，还要把牢底坐穿。老顾嘿嘿一笑说你们不了解中国国情了，现在讲法，很正规的。三儿说你哄鬼去吧，有啥立不了的，只要打点没有成不了的事，这就是中国国情。

老顾假装思考了一会儿说这官司打得早了，应该等我死了再打，你们这不是让法院为难吗？大儿拍着茶几说还早，再迟点家产让人家霸了我们还蒙在鼓里。老顾说我死了，你们以伪造遗嘱起诉，可现在你们告我，再把他牵连出来实在是太勉强了，就凭我们是父子关系，你们就能继承财产？你们认为这种理由很充分？这种关系不牢靠，现在老子财产不传儿子的案例多得很。你们这么起诉他不顺，现在做事都公正透明，你们打点怕也不行，我怕立案有困难。三个儿子互相看了一眼，二儿说那你说怎么办？老顾说我的意思是你们起诉我，遗嘱是我立的，这样立案容易些，你们一起诉我，拔出萝卜带出泥，不就自然按你们的想法把他牵扯进来了？他在怂恿几个儿子。三儿说我们也是这么想的，律师和法官也是这样建议的。他哈哈大笑说几个驴日的，还给老子玩这一手，就按你们想的弄去。大儿说只是我们起诉你……老顾说现在儿子告老子的多了，也不是啥丢脸的事，为了财产杀老子的都有，别有心理负担。二儿说你说这啥话？！大儿说我说的意思是需要你配合。他说配合配合。

老顾呼地站起来，在地上踱来踱去。他们没有觉察他的情绪变化，或者说是他们根本就不在乎他的情绪变化。他掐着念珠，多亏这串念珠让老顾能够看完他们的表演，进行完这次见面。老顾说那边的情况都搞清楚了？二儿撇撇嘴说回来之前我们就动用关系了，现在资产两千多万。三儿说你给我们说个实话，那公司是不是全是我们家的？老顾幽了他们一默说你们猜呢？三儿说他一个农民工，凭啥五六年间就有了这么大的公司？老顾笑笑说你们再猜呢？大儿说如果柳三变……真是跟我们有血缘关系，我们也不会那么无情无义，会考虑……老顾笑了，说能这么说也算有情有义了。大儿终于笑了一下。说，人吗，仁义礼智信是中国文化的精髓，你给我们取名不是就这么取的吗。三儿说你那段时间在兰花坪下乡跟他娘……他……是你私生子吧？老顾一个耳光扇了过去。这一耳光老顾攒足了劲。三儿头像拨浪鼓摇了半天，鼻孔喷出血来。

三儿生下两月，计划生育就开始了。他和老米就像占了多大便宜一样开心，老米说多亏是早怀了两个月，多生了一个，否则就是超生了。

老顾要回去了，他怂恿三个儿子说千万别心慈手软，一定要心肠歹毒，西方为继承财产杀人多的是。大儿说怎么说话，咋是心肠歹毒，我们是维护自己的合法权益。老顾依然笑了，说维护自己的合法权益，日他娘，美国就是文明。老顾走到门口，大儿说爸，那柳三变到底怎么着你了？不能告诉我们？老顾说不能。出门时老顾又说打官司是耗时间的事，你们的假都请好了吧？大儿说这你不用操心，公休假、探亲假，时间很充足，还可以续假，西方很人性的。老顾呃了一声，挥挥手说：咱们法庭上见吧。大儿问你去哪里？等我们一起回家。

老顾停顿了一下说回家？就住酒店里吧。二儿说我们回家也不方便了？老顾笑笑说不方便！这是气话，也是实情，每个周末，三变一家会来家里住一个晚上，今天正值周末，三变一家会来家里。老顾说都要打官司了，我们要从柳三变那里往来弄钱，你们去我那里合适吗？别把计划搞砸了，现在律师都刁钻得很，别让钻了空子，别做净屁股推磨转圈圈丢人的事。二儿纠正说老糊涂了，不是从柳三变那里往来弄钱，而是把我们的钱拿回来。出了酒店，二儿说给你的那些下属打招呼，关系就是生产力，该打点的打点打点，别摆官架子。老顾笑笑说这不用你教，老子官场混了多少年。走了几步，老顾回头看看三个儿子，又说喂，你们应该去纪检委告我，纪检委介入会把你们想搞清楚的全搞清楚了。二儿子说你咋说话哩，怎么是我们告你？越老越糊涂了。是他们本就愚蠢，还是昏了头脑？老顾连呸好几口，竟然有些兴奋。

9

一个多年不联系的下属来拜访老顾。这位下属做到地级市副市长，竞争市长不成，辞职下海，开了一家公司，凭借做官时积攒下的人脉，公司做得老大的。下属找老顾想拿文化中心的装修工程，说事成绝对不会亏待老领导，按行规点数，一分不少。官场就是这样，有放长线钓大鱼的，也有平时不烧香临时抱佛脚的。送走了客人。老顾婉言拒绝了，几大包东西也硬让提走了。常务副市长是他的秘书，他有提携之恩。

老顾想到了三变。他当然也想过，三变是不是知道他的底细，才以一种诚实的表象靠近他，达到一种目的，现在披着诚实的外衣行一些丑恶之事的并不鲜见。但在与三变近两年的相处中，他觉得三变所做的许多事不是设计出来的，三变的诚实不是伪装，而是本质流露。退后一步讲，即使三变蒙骗了他，他也想帮这个孩子，这个孩子本质是好的。

三变回来，老顾说三变，你成立个公司吧。三变哧哧笑了半天，说叔啊，成立公司那不是个简单的事哩。老顾摆摆手说你能不能把优秀的装修队伍组织起来？三变说组织装修队没问题，这几年我也带了不少徒弟，都听我的话，我又不会亏待他们，有钱大家挣吗。老顾问，你怕什么？三变说叔，可……可成立公司容易，要能揽上活才行，你不了解情况，现在活儿不好揽，小活得一家一家找，大活得有关系，有钱。老顾说你只要把装潢队组建起来，活儿我来给咱们找。

老顾以三变的名字注册公司，三变摇着双手说叔，我……我干不了，你来吧，你指挥我们。老顾说有叔哩，你怕啥。三变说我有啥怕的，就怕把叔给害进去了，你这么大年龄，不愁吃不愁喝的，万一有个啥事不值得。老顾笑笑说叔说你干得了你就干得了。

装修公司没有资质，连招标的门槛都进不了，老顾把公司挂靠银杏集团名下。银杏集团的老总龚玉海他曾帮过一把。银杏集团曾招标到一个工程，干到一半，陈市长要银杏集团退出，银杏集团不愿意退出，市长就派人查龚玉海。关键时候他说了一句话，龚玉海从有罪变成无罪。龚玉海提了一百万来谢他，他拒绝了。老顾说你帮我拿下文化中心的装潢工程，如果要我说话我来说。龚玉海说老市长，我知道让你说这样的话有多难，你放心，工程我保证给你拿下，老市长清正廉洁，如果缺资金，您就开口。

文化中心的装修工程拿到手，三变惊得眼珠子差点掉出来，说叔，你……你是啥人？当过官？你……你有啥背景？啧啧啧，这样的工程我们公司想都不敢想。

往出拿方案的时候，老顾说你有啥想法。三变说叔，如今装修公司遍地都是，如果创不出品牌，做不出个性，以后的生存就很艰难。这是咱们公司的亮相工程，利润咱们考虑薄一些，先闯名气，我想把我的木雕手艺通过这个工程全展示出来，文化中心么总得有些文化内涵。这正是老顾想的，老顾拍拍三变的肩膀说利润都可以不考虑。

老顾把两套房卖了，凑够了200万，解决了前期的资金问题。卖房的时候老顾就想老米就像知道我会走这样一条路。如果没有老米倒腾的这套房子，前期资金还真是个问题。

卖房子的时候，三变拉着老顾的手说叔，这咋行，万一……老顾摆摆手说三变，这装修工程不是别的生意，只要用心去做，亏不了本。退后一万步说，就是亏了，日子也打不住，你什么都不要想，只要把活干出彩就行了。

租了一套上下两层的门面房，上面住人，下面做办公室，公司就挂牌成立了。三变说叔，谢谢你，为了我你冒这么大风险。老顾说叔也不是为了你，叔想找个活儿干。

文化中心的装修工程虽然挣到的钱不多，但在全国建筑工程装饰评奖中拿到了两项奖，还拿到了行业及省里评比的奖项，名气一下出来了。对于企业来讲，名气才是真实的实力。六年的发展，现在公司已进入全市装修行业第一梯队，大工程都找上门来了。伴随着公司的发展，有一个相对成熟的团队也成长起来。

三变把苦下了，也历练出来了，"求真务实"这个词是他以前在讲话中经常用到的，但他觉得用在三变的身上更贴切。三变这孩子有想法、有思路，心不黑，没有一口吃成个胖子的想法，扎实、不飘，而且总想着把活做得更漂亮，有一种完美主义倾向。三变说装修其实是个艺术活。

去年，老顾从公司彻底退了出来。三变说叔，你再帮我几年吧。老顾指着墙上说把住"品德、品质、品格、品位"的企业宗旨，好好做吧，你没问题。事实上，老顾很明白，这个公司他并没有做多少事。这样说吧，如果公司起步第一桶金他帮忙了，以后也全是三变自己努力的结果。三变要给老顾500万，老顾说叔七十过了，有什么用的着钱的地方？三变说叔，这你得收下，没有你就没有这个公司……老顾打断他的话说你想让公司倒台？叔以后要用钱，会去找你。三变说叔，放在你那里，周转不开我找你。老顾知道三变的个性，一点儿不收他心里就会老揣着这个事，就说那就给200万吧。三变说叔……老顾说再别说了，要说叔200万也不要了。三变还是做了500万存折给了他。他想就等于替三变存着吧。

<h1 style="text-align:center">10</h1>

　　每逢周三，老顾会去凤鸣湖锻炼，结束后就去三变家跟小东西玩。三变的家就在凤鸣家园。三变给儿子取名小东西，问好不好，他说挺好的。大名让他取，他给取了个瑞字，寄托了生活祥瑞笼罩的愿望。一进门，小东西就爷爷、爷爷叫着跌跌撞撞扑过来。这孩子很奇怪，第一声叫的不是妈妈、爸爸、奶奶，而是爷爷。用三变娘的话说先叫谁就跟谁亲。老顾抱起来，小东西噘起嘴说爷爷亲，爷爷亲吗。老顾亲了小东西的小脸蛋。小东西说该我亲你了。说着便亲他，亲了他一脸的口水，又喊着骑、骑。他将小东西架在脖子上，小东西快乐得手舞足蹈，可他的心在流血。

　　他还是去了趟宾馆，他想见见七个孙子。七个孙子见了他都很生疏，而且都说英语，两个大一点儿的倒会说汉语，但把汉语说得倒像中国人说英语一样别扭。他长长叹了口气，无比的失落。最小的孙子也就小东西这么大，却害怕他，躲在娘的背后偷着看他。他往跟前一走，就大叫。一起吃了顿饭，第二天他们就回去了。

　　秀云在家，老顾问怎么没上班，你婆婆呢？秀云说婆婆回老家了，村上一家人娶媳妇，回去吃席去了。老顾笑笑说这么远吃顿席？秀云说婆婆说有人家的礼，有礼不还，下世就是债，也是想村里人了。老顾觉得脖子一热，嘻嘻笑着说爷是你的夜壶呀。秀云脸一红说我把了半天就是不尿，原来等爷给爷浇喜呢。秀云要抱走小东西，小东西不跟秀云，秀云说给爷爷浇了一身，快让爷爷换衣裳。老顾说没事，就当冲澡。秀云还是拿了件半截袖让他换了。他一来，小东西就黏他，经常不是尿在身上，就是把水、汤洒在他身上。因此三变家里给他准备了几套衣服。

　　跟小东西玩是很累人的一件事，两岁多的孩子是一时都不闲。三变回来后，小东西在他身上折腾，三变唬也唬不住，叫又叫不去，说秀云，平时这阵不是睡觉了吗？秀云说爷爷一来，睡觉早着哩。秀云拿了一块巧克力，哄走了小东西。三变扯出公司的事要给他汇报。他说公司的事你自己打理就行了，别给我说。三变嘿嘿一笑说叔，这不是给你说说心里踏实吗。他说认真做事，合法经营，善待员工，你有啥心里不踏实的。他问三变今年跟去年相比咋样？三变说比去年还要好些。他说这就行了，还要给我说啥。

　　看到台历上写着丽园酒店的电话号码和房间号，他明白了，难怪大半个月过去了，这几个东西没有行动，原来是找过三变了。他说他们找过你了？三变说谁找过我了？三变在装，他对三变是生不出气来的，就说他们怎么跟你谈的？和他们达成什么协议了？三变说叔，咱们不说那些了。他说三变，你给叔说实话吧，叔是过来人了。三变咬咬嘴唇说他们的意思是公司四个人分。他问你答应了？三变说我觉得也行，就是一时拿不出那么多钱，先付一点儿，再签个分期付款协议。他问跟他们签了？三变说还没有，最近开了两个工程，资金都占到里面了，每人先付200万，钱还没凑齐，凑齐了就签协议，春风旅行社那里还有点款，就这两天结算了就能凑齐。

　　他在地上踱来踱去，说你怎么这么糊涂啊，为什么要给他们钱？就因为他们是我儿子？三变嘿嘿一笑说叔，你放心，公司情况现在好着呢，给他们三年付清，不会影响啥。他说孩子，你糊涂啊……三变说叔，毕竟这儿子告老子实在是不好听，你曾经多么风光，多少人认得你啊，打官司那是多丢人的事……他说三变啊，你能想到，他们想不到啊，他们都不怕被人笑话，叔七十了还怕什么？三变说叔，在我心里这公司永远是你的，要不是你，我还是个装潢工，连个小店都不定办得起，就是他们不提出来，我也想着要给他们分一股……怎么说他们也是你儿子，叔，你就原谅他们吧，当老人的哪有不原谅自己的儿女的。他说叔一直在原谅他们，原谅得叔都无路可走了，你说叔还要原谅吗？如果他们还留给叔原谅的余地，这遗嘱叔也就不会这么立了……三变说叔，你听我说，我娘说人老了，心里不装事最好，咱们就给他们吧，就当个事了了，心里就都没事了，轻装上阵，多好。他说三变，叔知道你忠厚，但有两点一定要把住。一，善恶界限一定要分明。他们多少年没有回来了，我一张遗嘱，连家带营浩浩荡荡地回来了，他们是以亲情的名义敲诈勒索来了。二，亲兄弟明算账，一是一，二是二，做公司必须分明，叔是帮过你，也只是帮你起步，公司是你干起来的，你这样就是给叔心里放事。三变说叔，你看……他说，好了，咱们不争论这事了，你这就给他们打电话。三变说叔，要不我跟他们再谈谈……他说三变，你咋就不明白，这不是钱的事。三变说我知道这不单单是钱的事，可他们毕竟是您的儿子……他说别说了，给他们打电话吧。三变犹豫了，说回头我当面给他们说去。他说这阵就打电话。三变打通电话把意思说了，电话那头传来咆哮。他抓过电话说老子等着上法庭哩，你们是不是卵蛋子稀松了？挂了电话，他说三变忙公司的事吧，这事跟你没关系，你不笑话叔，叔就够感激了。三变说叔，你听我说……他摇摇头说你要给他们一分钱，就是笑话叔，叔就没脸见你了。

11

老顾是在青云山见到儿子的，确切说儿子是在青云山找到他的。

老顾把捡拾的垃圾清理到垃圾箱里，三个儿子齐齐地叫了一声：爸爸。

老顾说书归正传，说吧。

大儿说爸，我们不是你想的那样。

老顾说噢？

大儿说我们真的怕你被人胁迫哄骗了。

老顾说噢？

二儿说爸，我们真的……

老顾说噢？

三儿说爸，你咋就不相信我们呢？

老顾说噢？

三个儿子齐声说爸……

老顾说噢？

大儿说爸，你别总是噢噢……

老顾说噢噢。他忽然笑了，笑得泪水滂沱。

练得身形似鹤形，千株松下两函经。

我来问道无余说，云在青天水在瓶。

随着声音走过来一个人，是马涛。

老顾做义工的第二年，一天在青云山正捡垃圾，听得有人在唱《好了歌》：

世人都晓神仙好，惟有功名忘不了！

古今将相在何方？荒冢一堆草没了。

世人都晓神仙好，只有金银忘不了！

终朝只恨聚无多，及到多时眼闭了。

世人都晓神仙好，只有娇妻忘不了！

君生日日说恩情，君死又随人去了。

世人都晓神仙好，只有儿孙忘不了！

痴心父母古来多，孝顺子孙谁见了？

老顾循声看去，前面有一个熟悉的背影，不时捻耳垂的动作，让他脱口就能叫出名字。追上去一看，果然是马涛。城市打造新区拉开了建设序幕后，新上任一位陈市长，胆大、揽权、贪财、好色，做什么都是一言堂，命令式的。一上任就大刀阔斧地推开一系列重大工程。不经论证，直接上马；不经招标，直接开工。那时他是常务副市长，分管城建与财政，处于风口浪尖，陈大市长这样的做法让他胆怯，让他后怕。他曾善意地提醒过陈市长，可陈市长哪里听得进去，退一步海阔天空，他退了一步，假托椎间盘出了毛病，躲进了医院。这时间装病，班子里人都看得明白，陈大市长哪里看不出来？在官场上一把手就是天，不要说你这样装病，就是偶尔对一把手意图领会不到位，都会被冷落的。他的工作给调整了，分管文化、计划生育。马涛排名在他之后，接替他分管财政、城建。他和马涛都不是官宦世家，都是"文革"前的大学生，借了改革开放重用大学生的东风而步入仕途。两年后，陈市长政绩卓著，升任书记，按程序或者说规矩，接任市长该是他，可是在拟定人选的时候，书记说他身体不太好。就这么轻描淡写一句话，他就丧失了机会。马涛接任了市长，这让他失去了一届宝贵时间。自古祸福相倚，陈被双规，牵连进去一批人，马涛也在其中。其实一把手的腐败，多数都会是一个窝案，下级是无权选择上级的，自然也要付出代价。马涛被判了十年。这几年虽然耽误了他仕途上的黄金时间，却让他躲过了一劫，马涛进去后，他接任了市长。

六十年来狼藉，东壁打到西壁，如今收拾归来，依旧水连天碧。这是马涛见他后的开场白。马涛说进了监狱，最初他是心浮气躁，一日都待不下去，甚至有了轻生的念头。可他发现同狱室一个老头却心安神定，悠然自得。他发现这老头一闲下来就读书，留心观察，老头读的是禅学方面的书，于是他也拿来读，读进去了，悟出来了，整个世界一下子平坦开阔了。他说应该建议官员多多悟禅，绝对可遏制腐败。那时候马涛还只是上山去青云寺参禅，现在也是义工了。

马涛说坐这里做啥？

老顾说参禅。

马涛吟道：

参禅好比做义工，一点垃圾一片心。

你造垃圾我来拾，禅房原在闹市中。

老顾说好禅诗，好禅诗。

马涛说不随我参禅，还有时间陪他们？

老顾说噢。

老顾跟着马涛走了，他听到一声"爸爸——"带着哭腔，他脚步慢了下来，马涛说走吧，让他们好好吹吹这青云山的风。

绑架

1

事情发生在上周星期四，谢东信报案说儿子谢小军被人绑架，绑匪让他拿一百万赎儿子的命。谢东信是东信集团董事长。东信集团可是全市妇孺皆知的大集团，谢东信这样身份的人，报案自然不走常规，直接给局领导打的电话。顾大伟和陆小蝶受命赶到谢东信家，发现谢小军并没有遭绑架，正在电脑前打游戏，枪炮声大作，整幢别墅就像硝烟弥漫的战场。谢东信说是你们领导听错了，孩子没被绑架。顾大伟松了一口气——基本可以断定为勒索了。只要人没有被绑架，案子就不棘手。这几年他遇到过几个绑架案，都是先绑了人后索要赎金，很是棘手，有一个案子人质死了，有两个案子至今悬着。

顾大伟和陆小蝶守在谢东信的家里，按谢东信说绑匪要他等电话。第二日一大早，绑匪来了电话，谢东信按顾大伟交代的回答：一百万不是小数目，银行规定需三天前申请提款，今日已是星期五，只能等到星期一。绑匪说了几句威胁的话就挂断了电话。查那个号码，不出所料是公用电话厅的号码。接下来两天，绑匪再没来过电话。顾大伟断定案犯是新手，像谢东信这样的大老板，一百万还要去银行取？就是去银行取，谢东信当然是银行的钻石客户，会像一个普通客户那样排队报批？不要说一百万，一千万也未必需要报批，对于这样的大老板，不要说银行，哪里都会特事特办的。

顾大伟问谢东信是不是得罪什么人结下仇家，谢东信声称绝对没有，说我这人做事很宽容的，过了知天命之年，行事就更宽泛了，退一步海阔天空，忍一时风平浪静，你看我这墙上都写着哩。顾大伟抬头看看，是一个叫孟什么的书法家写的，许多字不认识。顾大伟问生意上也没有？谢东信说没有，有钱大家挣，这是我的宗旨，这世界上的钱一个人是挣不完的。顾大伟说果真没什么恩怨情仇掺杂其中，只是为了钱，相对就好办多了。

星期一早晨八点半，绑匪的电话就来了，谢东信又按顾大伟交代的以金融危机为借口，说一百万实在一时难以筹齐，正在筹钱。绑匪说跟我们玩是不是，听听你儿子的哭声吧。电话里就传来了孩子的哭声。绑匪说少给我哭穷，明日上午是最后的期限，带着钱等电话，不然你知道会是什么后果。之后，那孩子又哭叫了几声。谢小军没被绑架，电话里孩子哭声何来？顾大伟头皮一阵发麻，立刻叫来谢小军问学校还有没有跟他重名的？谢小军说我们班就有一个，我为大，他为小，我叫大小军，他叫小小军。顾大伟交代陆小蝶几句，匆忙往市二小赶来。找到一年级二班班主任一问，班主任说两个谢小军都没到校，大小军家长来了电话，小小军家长还没联系上，打电话手机老关着。顾大伟说小小军几天没来了？班主任说上周星期四到现在。顾大伟顾不上问一个孩子几天没上课，为什么到现在还没去家里找，就慌忙按班主任提供的地址往锦绣村而来。

锦绣是个城中村，楼房见缝插针，街巷各种摊点占道经营，车开不进去，顾大伟只能步行。费了老大的劲才在拥挤的楼房间找到谢东方家。这是一间在两栋房屋之间的过道搭建的棚房，门窗都是拆迁下来的老旧门窗，一块老旧的木板门半掩着，门板斜触地面，需要往起抬着门板才能推动。推开门一股潮湿发霉的污浊气息热乎乎地扑面而来。因为没有侧窗，即使是上午九点多，屋内光线也很暗，进门便是床，顾大伟抬脚进去差点就扑上了床。借着门里扑进来的阳光，顾大伟看到一个女人在缝纫机上忙活，缝纫机发出的"嗒嗒嗒"的声音犹如拖拉机加大油门发出的，他感觉房屋都在声音里颤动。女人头也不抬说，老板，活下午就全赶出来了。顾大伟大声说你能不能停下手里的活计。女人踩着踏板的脚停下了，抬起头看看顾大伟，站了起来。顾大伟问谢小军是你儿子？女人点点头。顾大伟问他不在家？女人说上学去了。顾大伟说啥时候去的学校？女人说早晨。顾大伟说从家里去的学校？女人说不是从家里走的，是从他姑家走的。女人说着又坐了下去，打算继续干活了。顾大伟说你赶紧问问他姑。女人说咋了，小军闯祸了？顾大伟说没有，想问他点事。女人说一个娃娃知道啥？问事你找别人问去吧。顾大伟加重语气说赶紧问他姑。女人瞥了顾大伟一眼说你是干啥的？顾大伟说警察。说着亮了一下证件。女人这才慌乱起来，说他、他闯下大祸了？顾大伟说他没闯祸，快问他姑。女人说肯定在学校，这娃再胆大也不敢旷课，他爹手重。顾大伟说我是从学校来的，他没去学校，你几天没见小军了？女人说星期四还是星期五就没回来，不回来都是去他姑家。女人掏出手机打电话。

已近六月，天气燥热，房子屋顶是铁皮的，又不透风，简直就是个蒸笼，顾大伟一身一身的汗出，他不停地擦着脸上的汗水。女人打过电话说几日都没去他姑家了，狗日的敢旷课，看他爹咋拾掇他。顾大伟说给小军爸打电话。女人说他爹在工地上干活，手机老关着。顾大伟说把有可能去的地方都问问。女人接连打了许多电话，"哇"一声哭起来，说我小军出啥事了？你们把我儿子到底咋了？看女人瑟缩成寒风中的树叶，顾大伟说你别急，没出啥事，我是有事想问问他。顾大伟掏出名片递给女人，说小军有消息立马给我打电话。出门来，顾大伟感慨地想，一个孩子四五天不见了，家里人竟不知道，要是城里人家的孩子，几天不见，满城的人都知道了，这就是城乡差别啊。顾大伟回头看看这间破旧的出租屋，长吁了一口气，心里说点儿可真够背的，这抓阄都不一定抓上的事，咋就让他摊上了。

基本上可以确定绑匪绑错了人。顾大伟把情况给局里做了汇报，就往谢东信家赶。快到谢东信家门口，陆小蝶打来电话说谢东信走了。顾大伟问去哪里了？陆小蝶说他说几天没去公司，堆下一大堆事情等他处理，我拦了没拦住。顾大伟心里骂了声妈的，谁嘴这么长，刚给局里汇报，他就接到了消息。顾大伟明白，像谢东信这样屈指可数的大老板，警察队伍怎么会没几个"好朋友"呢？顾大伟打谢东信手机，不接，又往办公室打，占线，再打，又没人接了。这时，一辆奔驰开出来，错车时顾大伟看到是谢东信的小老婆（他心里是这么认为的，因为最多也不过三十岁，而谢东信应该是奔六十的人），第一天进入谢东信家，他曾经怀疑过这个女人。老板身边的这些小女人都是不安分的，在外面养小白脸的不少。有一个案子就是老板杀了小女人和小白脸，还有一个案子就是这样的小女人与自己养的小白脸绑架了老板的女儿。顾大伟打了手势截停了车说你不能出去。那女人说为啥？顾大伟说还要细说？女人说不是说跟我们没关系了吗？顾大伟说谁给你说没关系了？女人说老谢说的，他说是绑错人了。顾大伟心里骂声妈的，说你能不能为替你儿子受难的孩子想想，你这是借刀杀人知道不？女人嘟囔着把车退进车库。顾大伟对陆小蝶说从现在起，这个家里一个人都不许出门。

顾大伟不敢耽误，奔东信集团而来。必须找到谢东信，因为绑匪只跟谢东信联系，而且绑匪声明交换必须是谢东信本人，再说时间紧迫，一百万赎金现在也只有先从谢东信这里先拿上，局里是指望不上的。车流就像一条河，在阳光下泛着金光，顾大伟着急，他怕谢东信离开公司，那可就麻烦了，上哪里去找。他打着喇叭，最后打开警灯警笛，可是车就像陷入泥潭，挪动都难。

好不容易到了东信集团大门口，顾大伟又被保安拦住了，顾大伟掏出证件，保安看了看说董事长不在。顾大伟说你怎么知道我要找董事长？董事长交代过了？保安张张嘴，却没说话。顾大伟直接往里走，另一个保安拦在面前说请您约好了再来吧。顾大伟笑笑说，还挺客气的，让开。保安说我们有制度，您别让我们这些人为难。顾大伟说制度没有告诉你不可妨碍公务？让开！顾大伟拨开保安，问董事长办公室在几楼？两个保安齐齐摇头。顾大伟往前走，耳缝里听到保安说没拦住，进来了。这让顾大伟心安，说明谢东信在公司。

碰上一个夹包的，顾大伟问谢总在几楼。那人说八楼，不在。神神秘秘的。进了大厅，顾大伟向电梯走去，一个姑娘跟上来说董事长不在。顾大伟笑了说知道我找董事长？姑娘也笑了，说那您找谁？顾大伟说董事长。姑娘拦在前面说几天都没来了。顾大伟说门卫没告诉你我的身份？姑娘摇摇头，顾大伟亮了一下证件，姑娘说你就是警察，董事长也真不在。

上了八楼，顾大伟在楼道里走了一遍，没见"董事长"的牌子，走进集团办公室，一个姑娘站起来说董事长不在。顾大伟说你告诉我董事长办公室是哪间就行了。姑娘嫣然一笑说董事长真不在。顾大伟沉下脸说告诉我董事长办公室是哪间。姑娘咬咬嘴唇说您约好了再来吧。顾大伟看见小马坐在一台电脑前，身子伏得很低。小马是谢东信的司机，这几天顾大伟在谢东信家，见过几面。顾大伟走过去拍拍小马的肩膀说装作没看见我？小马抬起头来说顾警官来了，董事长不在。顾大伟说董事长不在，你怎么在？小马说董事长会开车，有时自己开车出去。顾大伟笑笑说你也不会告诉我董事长办公室是吧。小马不接话茬，却递给他一根烟。顾大伟要用办公室电话给谢东信打，那姑娘立刻按住电话说公、公司电话，不能随便打，我们有规定。顾大伟笑笑。

出了集团办公室，顾大伟又在楼道里走了一遍，所有的门上都挂了牌，只有一个门没挂牌，有三间房子大，窗户就有两个，他确定这是谢东信办公室。用手机拨了谢东信办公室的电话号码，房间传来电话铃声。半天没有人接，姑娘说警官，我说不在，你看不在吧，我们董事长事多，您得提前预约。顾大伟知道办公室一般会有董事长办公室的钥匙，因为要打扫整理，就说你把董事长办公室打开，我进去看一眼，董事长不在，立马走人。姑娘说我没有董事长办公室的钥匙，没有董事长的话，董事长办公室我们不能随便进去。顾大伟站在门前，拨谢东信的手机，手机铃声从里面传来，只响了两声就断了。顾大伟虽然面容平静，甚至带着笑意，可他的内心已燃起怒火。他抬手敲门，敲了许久，没人开门。顾大伟越敲越重。姑娘拉拉顾大伟说董事长真不在，您把电话留下，我约好了给您打电话。顾大伟甩开姑娘的手，他像擂鼓一样擂门，最后用上了脚。

踹门声在楼道发出很大声响，惊出了所有办公室的人，他们从两头围过来，叽叽喳喳喊喊出出谈论：

董事长不见他，走了就算了，以为是警察就了不起？

这些人就是狗皮膏药，黏上了你撕不离的。

不自量，咱们董事长是怕他的？

一看就个愣货，他们局长来了也不敢这么敲哩。

过来两条汉子，顾大伟认得他们，这几日在谢东信家里出现过，想必是内保或者谢东信的保镖。汉子甲说顾警官，改日再来吧。说着挤到顾大伟前面，靠在门上。顾大伟阴沉着脸说请让开。汉子乙说董事长不在，您不要让我们为难。说着也挤到门前靠门而立。两人一人靠一扇门，顾大伟被从门前挤开了。顾大伟说让开，我这是在执行公务。汉子乙说是啥样的公务？顾大伟火了，说你算老几，我要告诉你？汉子甲说既然你不能告诉我们是啥公务，那就请离开。

顾大伟扯开一人，拼命似地踹门，边踹边吼谢东信，开门！由于愤慨，顾大伟用足了力气在踹门，他要把门踹开。门板像陕北大鼓一样发出吼声，整个楼道发出很大的回响。两个汉子扑上来扯顾大伟，顾大伟拔出枪来说让开！两汉子一惊，闪在一边。

哟，还带着枪，你们说他敢不敢开枪？

敢。

我说不敢。

咱俩打个赌，一张老人头？

当我是傻瓜，明摆着的事，董事长跟他们头儿论哥们，他敢开枪？

警察开枪只能在危及生命的时候。

楼道里的人越聚越多，顾大伟对着门锁子就开了一枪。

当警察十年了，尘俗间的风雨，早已把他的性子磨柔了，棱角磨没了，不像当初那样爱冲动了，这样挑衅甚至是侮辱的话语他也承受得了，开枪的后果他也清楚，他们说得没错，除非生命受到威胁的紧急状况，否则警察开枪是要受处罚的。可现在的情况在他看来就是紧急状况，人命关天，必须把谢东信找出来，绑匪要求明日一早交换，而且要谢东信亲自去送赎金，那肯定是认识谢东信，谁也替不了，谢东信不出面，引起绑匪的怀疑，极有可能出人命。

随着枪响，人群发出一片锐利的尖叫，就像鸟群受到鹰隼的攻击发出的。顾大伟自己也吓了一大跳。有一声尖叫是从门里传出来的，他以为子弹击穿了门板，定睛去看，子弹是打在了门锁那块钢板上，钢板被击出一个小坑，并没穿透，而子弹被弹射到对面的壁灯上，灯罩破碎，玻璃碴子四溅。

随着尖叫声，拥挤在楼道的人一阵骚动混乱，往后撤去。顾大伟也有些后怕了，他没有如此近距离地开过枪，他以为门锁那块金黄是一块铁皮包衣，会被子弹击穿，没想到是一块厚度硬度足够的钢板。他明白自己是受了美式枪战片的影响，那些枪战片里门锁都是能被手枪击穿的。

门开了，谢东信出现在门口，脸色有些苍白。顾大伟长出了一口气。

谢东信跨出门来，往楼道两边扫视，员工一窝蜂往办公室钻，谢东信说所有员工本月奖金全部扣除。说完冲顾大伟笑笑，请进，请进。还在顾大伟的肩膀上拍拍。

顾大伟有些吃惊，他原以为谢东信定会咆哮，没想到他会这样平和，倒觉得自己有些过分了，本想说几句抱歉的话，但又想自己并没错。

谢东信拍着沙发说请坐，请坐，提心吊胆几天，实在困得不行了，竟然倒头就睡着了。

顾大伟心里冷笑，懒得和谢东信虚与委蛇，开门见山地说谢总，明早交换，绑匪声明交换必须是你亲自去，人命关天……

谢东信摆摆手打断顾大伟的话说顾警官，咱们打开窗子说亮话，既然绑匪绑错了，这事就跟我没关系了，我不想再扯进去。

顾大伟一愣说谢总，这可是人命关天的大事，开不起玩笑。

谢东信一绷眼睛说你觉得我是在开玩笑？

顾大伟从椅子站起来，说谢总，这事可是冲着你来的，是……

谢东信又摆摆手说你听我说，这事是冲着我来的，敢对我这样的人下手，不是街上敲诈勒索小店主的地痞混混，他们想打我的主意也得掂量掂量，打我的主意都不是一般的来头，肯定是有黑社会背景，我不想招惹他们，这样吧，不让你为难，我给你们领导打电话。

谢东信去抓桌上的电话，顾大伟忙按住电话，说谢总，你就是给领导打电话，这事也还得你去，别无选择。

谢东信说大伟……

顾大伟打断谢东信的话说谢总，这事因你而生，是你把别人扯进事里，只不过是绑匪绑错了孩子。希望你换位思考，站在那孩子和他家人的角度想想，说穿了那孩子是在替你儿子受罪，假如绑匪不愚蠢，这时间该是你……

谢东信打断顾大伟的话说我们不做假设，这世上因为假设，才造成了许多矛盾仇恨，说个实话，如果是我的孩子，粉身碎骨我也在所不辞。

顾大伟咬住不停哆嗦的嘴唇，说谢总，你想过没有，如果绑匪这次抓不住，他们会放过你不再打你的主意？如果有下次，你还会这么走运？

谢东信说没有下次，道上有道上的规矩，他们不会再打我的主意，绑错了，他们会认为这是天意，会认为我是个命硬的人，会认为这是老天爷在帮我，他们这些人很迷信的。如果我配合你们抓捕他们，我跟他们之间就交了恶，他们就不会放过我，再说来交换的都是小喽啰，抓了无济于事，真正厉害的都在背后，深不可测啊。

顾大伟冷笑着说就是你们这些大老板的懦弱才怂恿了这些人的嚣张气焰。

谢东信笑着说不是我们懦弱，破财免灾，明哲保身，好兄弟，体谅体谅我吧。

顾大伟说你体谅体谅那家人，体谅体谅那个孩子，你不出面他会有生命危险。

两人都沉默了，谢东信眉头皱成了一疙瘩，在那里走来走去。

顾大伟点了支烟，一根烟抽完，又续了一根烟。

谢东信从保险柜拿出一沓百元大钞推到顾大伟面前，顾大伟说你什么意思？

谢东信说破财消灾，花钱买平安。

顾大伟脸子沉了下来，没有说话，谢东信说天知地知，你知我知。

顾大伟说你是这样看我的？

谢东信说我没那意思，为我的事你也操心了几天，现在都这样。希望你也换位思考，站在我这个角度想想。

顾大伟把钱推了回去说这关系到一条人命，一点闪失都不能有，你必须出面，别无选择。

谢东信说事很明白，就是要钱，他们绝对不会撕票，谁也不愿背上人命，要说他们和你们一样怕出人命，孩子不会有危险。

顾大伟说如果我们这样做，就是拿孩子的命在赌，出了事你我一辈子心里都会不安的。

谢东信"呃"了一声，两手往后搂着稀疏的头发说那这样吧，我找一个人替我去，绝对不会露出破绽。

说着把钱又推了过来说你通融通融，只要答应让人替我去，替我的人保证像我，这事岂不两全其美。

顾大伟断然否定，说那不行，绑匪指名要你去，肯定对你特别熟悉，万一露出破绽，那孩子就很危险，必须确保万无一失。

谢东信两个指头捻捻说给我一支烟。

顾大伟说你也抽烟，这几天没见你抽过。

谢东信说戒了几年了，现在想抽一根。

顾大伟说那你最好还是别抽了。

谢东信说没关系，来一支。

顾大伟说十块钱的烟你也抽？

谢东信说烟吗就是冒股烟。

点了烟，顾大伟说谢总，说穿了，这事你我都没有退路。

谢东信笑笑说如果我不答应去，你该怎么办呢？

顾大伟说公民有公民的权力，也有公民的义务，你有这个义务。

谢东信说大道理，可如果我只享受权利不尽义务呢？现在这样的人少了？

顾大伟说谢总，真相会迟早水落石出的，媒体最爱炒作这些事。

谢东信笑着说这是威胁我哩。

顾大伟说不敢，是讲实情，想想那个孩子吧，想想他正在替你儿子受罪，你还有什么害怕的？做事最好不要留下遗憾而后悔，万一出个啥事，你有再多的钱也减轻不了心灵上的负担。

谢东信说大伟，你还挺认真的，问个不合适的话，你怕死吗？

顾大伟说蝼蚁尚且偷生，只要是人，都会怕死。

谢东信说咱们说俗气一点，如果你有我这么多钱，会不会怕死？

顾大伟说怕死跟钱多钱少没关系，难道钱多命就是命，没钱命就不是命？！

这时顾大伟手机响起来，一接是谢东方。谢东方哭着说我是谢小军的爹，警官同志，我儿子到底出啥事了？顾大伟说没啥大事，你放心，不会有事的。谢东方说警察同志，我就这一个儿子……顾大伟忙说你放心，小军没事。

挂了电话，顾大伟盯着谢东信说这孩子的爹叫谢东方，你叫谢东信，不知底细的人会以为你们是弟兄。

谢东信伸出手来说不扯这个话题了，我想我们可以成为朋友。

顾大伟握住谢东信的手说就是朋友也没有商量的余地。

谢东信说这我明白，敢当着我的员工的面对我开枪，又拒绝十万，我就知道这事没商量，你放心，我配合你。

顾大伟心情松弛下来，又递给谢东信一根烟点上，说谢总，你放心，一点危险都不会有，我们会给你准备防弹衣，我们既要保证那孩子万无一失，更要确保你万无一失，请你相信我。

谢东信嘿嘿一笑说我都不记得多久没相信过人了，但我信你。

顾大伟说一百万赎金准备好了吧？

谢东信说钱你们得想办法。

顾大伟说谢总，一百万不是个小数目，局里经费紧张，没钱，现在几点了？就是想办法也来不及，会误事的。

谢东信说不让你为难，我给你们局领导打电话。

顾大伟说不是我为难不为难的问题，领导也解决不了，绑匪说的是明早，看不到钱会出人命的。谢总，这样，就算我借你的，我给你打欠条。

谢东信说你借我的？一百万？

顾大伟说我知道我不值一百万，但我会还你一百万。

谢东信说我不是那意思。

顾大伟说我们不是要拿钱赎孩子，赎金就是个诱饵，我保证一百万一分不少给你拿回来。我给分管局长打电话，让派个财务过来出个手续，算局里借你的。

谢东信说不用，我信你，不信局里。

顾大伟看着谢东信说你不信局里信我？

谢东信笑笑说钱进入公安局那是侯门一入深似海了，收回的就只有发票了，我就认你。

谢东信打了个电话，说把一百万送过来。

一个小伙子把钱送过来，顾大伟趴在那里打欠条，谢东信说不用打欠条，我信你。

顾大伟说万一我死了呢？

顾大伟打好欠条，谢东信说把小陆叫来，晚上一起吃个饭吧。

顾大伟说这么大的案子压着，还吃饭？

谢东信说神经别绷得太紧，吃饭可以缓解压力。

顾大伟说我得好好想想，千万别出纰漏，案子破了我请你。

2

因为案件发生在五月二十九日，就被定为"5·29"案件。倘若不是谢东方忽然冒出来被绑匪刺了一刀，"5·29"案破得近乎完美。

绑匪选的第一个点是香炉寺。香炉寺在香炉山上，香炉山是4A级旅游景区。香炉寺建于唐朝，香火极盛，香炉寺庙会更是远近闻名，绑匪选的这天正是庙会的正日子。根据经验，顾大伟判断很可能这是虚招。一般情况下，绑匪不会在第一个点就进行交易，往往会三番五次改变地点，观察是否有报警，然后才确定地点进行交易。但凡事不怕一万，就怕万一，万一绑匪抓住他们这种常规心理就会出事，因此想可以这样想，该做的准备却一点都不能马虎，尤其是绑架这种事。但绑匪选择香炉寺庙会正日子交换，让顾大伟觉得很有头脑，庙会日香客多，易于乔装和隐藏，易于扰乱视线，趁机溜掉，但有利就有弊，人多也利于更多的警察伪装成香客混迹人群，而且香炉山进出一条道，利于围捕。因此顾大伟对大家说绝对不可掉以轻心。

谢东信穿了防弹背心，还要求保镖跟着。顾大伟说你那保镖没经过正规训练，弄不好会暴露，几十个警察都撒在香炉寺，都是你的保镖，我的拳脚功夫不比你的保镖差，跟着你还信不过？再说真正的保镖不是身强力壮。谢东信说让他们跟着吧，千载难逢的机会，考验考验他们的忠诚度。顾大伟笑了，心说你倒会充分利用，真是老奸巨猾。怕惹得谢东信不高兴不好好配合，顾大伟只能应允。出门时，谢东信与儿子和小自己二十几岁的老婆拥抱道别，一副赴死殉难的模样，矫情得他不忍去看。

到了香炉寺，穿过大雄宝殿时有抽签的，抽签的人很多。谢东信压了一百块要抽签，顾大伟从人群中挤进去拉了谢东信一下悄声说小心暴露，心要安，别胡思乱想。谢东信也悄声说命中注定有一劫，人是没办法的，我既然来了，就认命了，我习惯了抽签，见签必抽，也是一种施舍。说着抱起一个签筒摇。顾大伟也只能压了十块钱，抱了一个签筒摇。谢东信摇出一支签来，展开一看，脸色灰白，额上汗水如豌豆滚落下来，手抖如霜叶。顾大伟扫了一眼，是个下下签：莫说春花开不败，算尽机谋天无奈。独木桥上霜如雪，无须灾难有中来。顾大伟后悔没有制止谢东信抽签，往前抻抻脖子悄声说镇静点，不会有事的，多少人在保护你。他展开自己摇出来的签一看，却是上上签：贺君步步好前程，出入求谋事事通，人似中秋明月夜，运如杨柳遇春风。顾大伟想两支签调一下该多好。

几个小时过去，绑匪来了电话，恶声恶气说你报警了？我们看到好多警察。谢东信说我哪敢报警，连我公司的人都不知道，钱我不在乎，只希望孩子平安。绑匪说那为啥会有警察？谢东信说大哥，警察也是人，也求神拜佛，你选这地方这时间，啥人不会有？绑匪警告谢东信别耍花招，另等时间。谢东信挂断电话，顾大伟竖个大拇指说话说得真好。接着批评谢东信，这么大的事你还有心思抽签？这会增加那孩子的危险，也增加你的危险。谢东信说我抽签就是让绑匪看，我很淡定，不就是钱吗，我有钱，给你钱，让他们感觉出我就是花钱买平安。顾大伟知道谢东信没说心里话，那张汗津津的脸和湿透的衣衫欺骗不了他。他看过一项调查，说有钱人怕死比普通人高出十几倍。顾大伟说把这个孩子解救出来是最好的积德行善，一个积德行善之人老天爷会保佑你的。谢东信说你相信抽签？顾大伟摇摇头，谢东信说你不也抽签了吗？顾大伟说我抽签是一种掩护。谢东信说抽签那就是一种游戏。

之后绑匪又选了两个点，都没有交换，完全是虚招。第四个点绑匪选在了城郊一个已经开始拆迁的旧货场。按绑匪要求，谢东信将钱箱放进一个喷着"拆"的门面房门边的垃圾箱里，然后离开。过了许久，一个捡破烂的来了，四处捡破烂，巡视了许久，才取了钱箱，又捡了一会儿破烂，才上了一辆"东风"小康。专案组沿途布了点，一直盯着"东风"小康，顾大伟尾随着"东风"小康，说一定要接到孩子安全的消息，再下手围捕。同时对谢东信说打电话催绑匪放孩子。谢东信按顾大伟教的说我就是花钱买平安，就当我施舍。绑匪却不回应。"东风"小康出城上了109国道，出了布控区，谢东信又按顾大伟教的给绑匪打电话说你们很安全，这事自始至终就只有我和我老婆知道。绑匪才说出了孩子所在的地方。孩子很快找到了，专案组开始对绑匪围追堵截，"东风"小康被逼停在一片农田，就在对罪犯实施抓捕之际，出了意外，又一辆"东风"小康驶进了现场，车上冲下来几个人挥舞着刀棒镐锹，场面一时大乱。顾大伟吃了一惊，以为是绑匪的接应，他朝天放了一枪，却没有镇住。绑匪借机反扑了，一女绑匪高叫着剁了狗日的，扑向谢东信，一口唾沫啐向谢东信，谢东信那张大脸盘就让一口唾沫覆盖了，与此同时，一个黑塔一样的绑匪，挥舞一把斩马刀冲谢东信劈来，阳光下斩马刀发出一道白光。那真是一条壮汉，让你想到黑旋风李逵、花和尚鲁智深，他扑向谢东信时踏得大地震颤。所有人都往后闪去，包括持枪警察。谢东信的两个保镖自顾不暇，掉头就跑。而谢东信竟然呆若木鸡，都不知道躲避。顾大伟在朝"黑塔"腿上打出一枪的同时，一跃扑过去几乎是撞开了谢东信，"黑塔"倒下时斩马刀就砍在了顾大伟的胳膊上。"黑塔"倒地，就像从高空坠落重物，发出巨大的声响。场面很快就控制住了。

从惊吓中醒过神来的谢东信狂煽两个保镖耳刮子，吼道你两个狗日的，滚！

却说第二辆"东风"小康上冲下来的不是绑匪的接应，而是谢东方和一伙工友。近日来他们一直跟踪着顾大伟。在打斗中，谢东方扑向绑匪，被一个绑匪戳了一刀，这一刀伤得太重，送进重症室抢救。

这个谢东方又是如何突然出现在现场的呢？

谢东方是老婆找到工地才知道儿子出了事。谢东方当过三年兵，复员回村后娶了媳妇，夫妻俩进城打工。小军出生后，一直在老家由父母抚养，到了上学年纪，才接到了城里，因为没有户口加上择校，花了不少钱才进了二小。老婆哭哭啼啼地到工地说小军不见几天了，警察都找上门了。谢东方看着老婆带来的那张名片，觉得"顾大伟"这个名字有些眼熟，细细想想却又模糊。他预感儿子出事了。给顾大伟打电话，顾大伟说你儿子没事，你放心。他听出来话外音，儿子既然没事，让他"放心"什么？

谢东方心里"咯噔"一下一阵下沉。他又找一位战友通过七拐八套的关系，找到了刑警队里的熟人，拐弯抹角确认了这个"顾大伟""重案组""儿童绑架案"之后，猜测儿子小军被绑架了，急得不行。谢东方当兵时是武警，是在南方当的兵。南方经济繁荣，各种案件频发，武警跟公安合作非常多，常常是三更半夜一块儿出警，突发、杀人、绑架等恶性案子他接触过不少，听到的也不少。谢东方从顾大伟那里打听不出太多东西，于是他叫来了几个要好的兄弟，把自己的猜测说了，让他们和他一起蹲守盯人。蹲守跟踪这样的事谢东方是有经验的，当兵时武警配合公安行动这是常事，而他进城之初跟着人给人家讨过债，也是需要蹲守和跟踪的技能的。后来，这种讨债公司在这座城市致残死人的事都发生过几起，国家开始打击这种讨债，他就脱离了这个行业。几日来谢东方他们就一直蹲守跟踪着顾大伟、陆小蝶等，还真给他们跟着了。

顾大伟倒没什么大碍，就是失血过多，虽说伤了骨头，大夫说不碍事的，这年龄骨头修复能力极强的。顾大伟躺在病床上感慨地想，倘若不是半路上杀出个谢东方，这个案子可以说破得完美。顾大伟虽不是个完美主义者，但这类案子，他追求完美，如果有缺憾，定然是有人命了。至于他挨一刀完全可以忽略不计，并不影响这近乎的完美。

东信集团专门定做了营养餐，一日三餐专供，还专门派一位漂亮女士陪护。老婆萧思棉说疼不？因为有止疼泵，几乎感觉不到疼痛，但顾大伟还是矫情地说针扎一下你都掉眼泪，巴掌大的一块肉都削掉了，你说疼不疼？咱娶了你这么个没心没肺婆娘。萧思棉说那就多看那小姐两眼，那是最好的止疼药。顾大伟看了小姐几眼，说还真止疼，哎呀你说这些大老板，做事就是想得周到，再派两个更止疼。

全城的媒体都不惜篇幅报道了"5·29"案，写得极其详尽，配发了他接受治疗的照片。但报道几乎全部聚焦的是谢东信，把谢东信写得跟英雄一样，一个身价多少亿的企业家是如何冒着生命危险，配合干警完成人质解救的。什么"临危不惧""大义凛然""高尚情怀""楷模表率"之类的词全用上了，看得顾大伟都觉得肉麻。

谢东信每天都来两趟，搞得顾大伟很不好意思。他不喜欢黏乎腻歪、婆婆妈妈，他喜欢清爽利落，事过了就了了。不过他从内心感激谢东信，与绑匪打交道，那可真是冒生命危险的，绑匪中不乏亡命之徒，如果谢东信不配合，他还真一点办法都没有，这案子就很麻烦，谢东信做得确实够可以了。他对谢东信说我这点小伤，你别往来跑了，快忙你的去，那么大的集团，这几日肯定积了好多事等你处理。谢东信却说现在这就是我最重要的工作。顾大伟觉得谢东信矫情了，为了让谢东信心安理得不用再来，他说要说吧我也是为我自己，我们可以受伤，受害人绝对不能受伤，这是原则，再说谁不惜命，我也怕死，我是权衡过的，我是练过的，也有经验，比你能扛。要说我还得感谢你，难为你冒了那么大的险，事过了一切就都结束了，别再费心了。谢东信说对我来说事情没有结束。

第五天，大夫说可以适当活动活动。顾大伟和萧思棉把大家探望带来的营养品水果全提了去看谢东方，才知道这一刀伤了肝肺，谢东方还在重症监护室，可因为交不起费用面临弃医。萧思棉说妈的，什么大老板，恶心！顾大伟牙齿咬得嘎巴作响，他以为谢东信对谢东方的医药费已作了安排。回到病房，顾大伟问萧思棉家里有多少钱？萧思棉说一二百万吧。顾大伟"噗"地笑了，萧思棉说你弟买房把零头都取走了，你不知道？顾大伟拍拍脑袋说一分都没了？萧思棉说就两个月工资。顾大伟说先取来垫上，让谢东方先看病。

顾大伟给分管的方副局长打电话，把谢东方的情况说了，希望局里能给予资助。方局长说不要说局里寅吃卯粮，就是有钱也没这项开支，他这又不算是见义勇为。顾大伟说能不能动员大家捐一点。方局长说这类事一年要发生多少起，让大家都去捐？再说一年地震、水灾、局里一些大病特病的各种捐款本就不少。

谢东信来了，说这说那的，顾大伟沉默了许久，说起谢东方的情况，谢东信说救助是政府、社会的事。顾大伟不客气说这阵跟我讲大道理、抨击社会、抨击体制有意思吗？医院都要赶他出去了。谢东信没说话。

顾大伟还是对谢东信寄托了厚望。他一趟一趟跑缴费处，直到晚上，谢东信并没有替谢东方缴费。第二天他又跑了一个上午，长长叹了一口气，给李凡打了电话。李凡是都市报跑公检法司口的记者，绑架这类深度报道最吸引读者眼球，当然是他关注的重点。李凡很快就到了，说案子有进展了？顾大伟摇摇头说给谢东方写篇报道，呼吁社会各界给捐点款。李凡说写报道没问题，可别抱过高的期待，社会上需要救助的人太多了，大灾大难大病呼吁捐款的报道太多，领导说报纸都快办成慈善公益报了，人们也都疲了，前几天我们还报道过两个，没什么效果。顾大伟说你报道一下，未必没人捐，能捐几个捐几个。李凡说让老谢捐点，他财大气粗的，这事怎么说也因他而起，他一出手一下子就把问题解决了。顾大伟摇摇头说穷舍命富抽筋，他说救助是政府、社会的事。

3

　　顾大伟出院当日，谢东信在大豪酒店摆宴庆贺。陆小蝶说不去，这么自私的人以后见了面我会装不认识的。顾大伟说去吧，这么大的老板，那么大家产，谁不惜命，要说也够配合的了。吃饭时，谢东信给了顾大伟和陆小蝶一人一张卡，说奖励你们，密码就是卡后的八位数字。顾大伟笑笑，接过来就装上了。陆小蝶看了顾大伟一眼，把卡放在桌上，给顾大伟发了个信息：真收？顾大伟回信息：收！

　　宴席结束后，顾大伟从酒店出来直接去了医院，到缴费处把卡递给收费员说全交在谢东方名下。缴费员问多少钱，他说你看卡上有多少。缴费查过后说十万，都交？他说都交。交了钱，他来到病房，谢东方还在重症监护室。谢东方老婆搓着双手说李记者送来一万六千块钱，医疗费又续上了。顾大伟说有人捐助了十万，刚刚交到了账上，让东方好好治疗，别为医疗费担心，医疗费不是问题。谢东方老婆说那咋也得见见恩人，让娃给人家磕个头。顾大伟说他很忙，已经走了，以后再说，别动不动就让儿子给人磕头。

　　从医院出来，陆小蝶打电话说你、你真收了？顾大伟说收了，你不也收了？陆小蝶说我才不想收，可我看你收了，怕坏了你的事。顾大伟说收，咋不收，他有钱又不是没钱，你卡里多少？陆小蝶说三万。顾大伟说那就当嫁妆吧。陆小蝶说那么恶心的人，把我的婚礼污染了，我这就退给他，拿他的钱恶心恶心他。说完就把电话挂了。顾大伟忙拨过去说你退他钱，他以为你嫌少，会重新给你一张卡的。陆小蝶说十万二十万我都不稀罕，拿了我一辈子都会恶心我自己。顾大伟说他再给你卡你就要……陆小蝶说你怎么成了这样的人。顾大伟说你要来给谢东方呀，他正缺钱哩。陆小蝶说哦，我就想你咋那么奇怪，收他的钱。顾大伟说记着，卡一定要当面交给谢东信，而且要表现出嫌少的意思。陆小蝶说谢东方的医疗费都不出，退给他他怕真就收下了，我明白给我三万，是为了给你十万。顾大伟说或许你把他想得太那个了，我觉得他会给你十万。下午，陆小蝶打来电话，顾大伟说老谢给了你十万？陆小蝶说我分析了，那老家伙不会给我十万的，别把三万也丢了，三万能救谢东方的命哩。陆小蝶也是部队转业，虽是姑娘，但有男子气息，厌恶了其他部门执法时乱七八糟穿越的人际关系，申请调整到重案组的。陆小蝶说妈的，遇到案子那就是对手，你死我活，没人说情，单纯。

第二天，顾大伟去了田晓琼家里。住院的第三天，田晓琼曾给他打电话说卫生间的灯泡不亮了。他说换个灯泡呀。田晓琼说我怕电。他说让小区物业帮你换。田晓琼不说话了。他说我在外办案，我让朱亮去给你换。田晓琼说那算了吧，等你忙完了，我先黑着。他说咋能先黑着，我得几天后才能回去。田晓琼说我这两天也有事要出门，等你回来吧。田晓琼不挂电话，他说还有事吗？田晓琼停顿了许久，才说没事了，挂了电话，他觉得田晓琼有些不对劲，对萧思棉说你去趟田晓琼家，看有没有啥事。萧思棉说我去给她当灯泡？萧思棉一语双关。

五年前的一天，本该他值班，可女儿小玉拉肚子，萧思棉又出差，他只能让搭档郝小民顶班。谁知道就出了个突发事件，郝小民赶赴现场处理时被捅了一刀没抢救过来。尽管郝小民被追认为烈士，享尽哀荣，但毕竟英年早逝啊。这在他心里投下巨大的阴影。尽管没有人对他有丝毫埋怨的意思，而且都在安慰他，但这安慰分明还是表达了如果郝小民不替他顶班怎么会出事的意思。大家是这样想的，他也是这样想的。要说替班的事是再正常不过的事，谁家没有事？他也不止一次给郝小民顶班，可是，出了事自己难以推得一干二净，这件事让他很纠结很压抑。

田晓琼和郝小民两个人都是考上大学留在这城里的，父母都在乡下，孩子才三岁，刚上幼儿园，正需要人照顾。不让英雄流血又流泪。局里安排他照顾烈士的家属。他心里缩个疙瘩，老大不爽。倒不是他不想照顾，他和郝小民是搭档，亲如兄弟，两家也走动频繁。但按规矩讲，照顾烈士的家属是老干部处或工会的事，二者都有这样的职能，至于他个人怎么照顾，那是组织以外的事，局里不安排他也得照顾。局里这样安排，局领导虽然没有明说，但意思却明了，郝小民是为他替班牺牲的，让他去照顾田晓琼母子就好像给他一个赎罪的机会。这他倒也不在乎，可问题是田晓琼即使是烈士的妻子，但也是个寡妇，寡妇门前是非多。他去找方副局长，方副局长说你想多了，谁也不会这样想事，你跟小民好得跟兄弟一样，再说又是组织决定的。这样照顾田晓琼母子就成了他的一份工作。周末不加班，他带着老婆孩子去公园、小长假自驾踏青赏花，也都是将田晓琼母子带上。问题还在于田晓琼本来生活自理能力就差，越来越依赖他，鸡毛蒜皮的事都往他身上靠，去幼儿园接田晓琼儿子春天也成了他的常事，结果搞得人家把他当春天的爹。他经常往田晓琼家里跑，久了知情者都不一定理解，不知情者就更会说三道四，何况郝小民是个公众人物，田晓琼家左邻右舍包括那门卫，看他的目光都很暧昧。渐渐的同事也有了议论，半真半假地开玩笑。这导致从不吃醋的萧思棉也怀疑他，忌讳他去找田晓琼。

萧思棉说你知道外面怎么说吗？一夫二妻，都可羡慕你了。他说没说一夫三妻？萧思棉说有说的，还有陆小蝶。他说信了？郝小民牺牲后，他与陆小蝶搭档，男女搭档同事都开玩笑叫"搭档"，但他知道萧思棉重点怀疑的还是他和田晓琼。萧思棉不说话，只是一眼一眼地扇他，毛茸茸的眼睫毛就像蝴蝶的翅膀。萧思棉受了委屈就是这样。他说你想想，我的搭档，我的兄弟，牺牲了，我……我做那样的事还是人吗？你还是大学生，思想境界到哪里去了？萧思棉却说你换位思考，要是你，你会有多高境界？有些人跟人家父母是哥们朋友，还勾引人家女儿哩。他说看来你中毒不轻。他曾经动员田晓琼再嫁，他说小民不会让你为他守寡，更不会看着你受罪的，也没哪条规定烈士的妻子就得为烈士守寡，别活得太沉重了。可田晓琼只是摇头。他把这个任务交给了萧思棉。萧思棉前后介绍了几个对象，田晓琼都不见，捎带地连萧思棉也不愿见。萧思棉说她心里有你，没别人的位置。他不是傻瓜，哪能感觉不出来。他说管住你的嘴好不好？萧思棉说装，你就装。又说女人活的就是个年龄，要有跟人家好的意思就跟人家好起来，我给你们腾位置，别把人家青春耽误了。

正因为如此，郝小民在他心里的阴影就无法被轻易拂去。五年了，再不能这么下去了，他有许多话想和田晓琼好好说说，他得把田晓琼的心结打开了。

顾大伟到了田晓琼家，田晓琼正坐在沙发上发呆。他第一眼就看见挂在客厅里的郝小民的照片没有了，只剩下曾经挂照片的印痕，像个虚拟的相框。但郝小民分明还在那虚拟的相框里，像他每次来时冲他笑着。他曾劝田晓琼把相片收起来，他说让一个人在那世安息，获得新生，就是活在这世的人不再牵念他，可田晓琼并没有把照片收起来。

顾大伟说今儿咱们出去吃顿饭吧，把春天接上，一起去吃德克士。

田晓琼说在家吃吧。顾大伟说做起来多麻烦……

田晓琼说小民走后你还没在家吃过一顿饭，以前你最爱吃我做的饭。

田晓琼生活自理能力差，但厨艺很好，好几样菜做得很地道，小民活着的时候，他动不动会对郝小民说让你婆娘把饭做上，我和我婆娘一起过去吃。郝小民说我婆娘又不是你婆娘，要不你去我家吃，我去你家吃。田晓琼喜欢他们一家去吃饭，总是准备得很充分，做得很精致。小民去世后，田晓琼多次做好了饭给他打电话，为了避嫌，他没吃过一顿，去田晓琼家他也总是饭后去。

顾大伟就不好再说去外面吃的话，看看时间说晓琼，你做饭，我去接春天。

田晓琼说春天有人接，你帮我摘菜吧。

顾大伟摘菜，几次想扯起话头，可总是扯不出话头——他实在不知如何说。

四菜一汤很快上了桌，田晓琼还拿出了一瓶红酒，顾大伟没阻止田晓琼打开酒瓶，他想喝点酒有些话就好开口了。

吃过饭，酒喝了有半瓶，顾大伟觉得和没喝差不多，话题还是扯不出来。顾大伟点了支烟，田晓琼却打开了"Bose"，放起了音乐。郝小民和田晓琼都是音乐发烧友，"Bose"音响一套老贵的，两人买房只交了三分之一首付，连装潢的钱都是贷款，却买了一套昂贵的音响，小日子过得蛮有情调的。音乐响起来了，是舒缓的慢四舞曲。

田晓琼夺过顾大伟手里的烟掐了说跳个舞吧。

顾大伟迟疑了一下，看了看坚持着候在一边的田晓琼，只得站起身来。

田晓琼舞跳得有专业水平，顾大伟舞也跳得不错，以前他们两家也是经常一起跳舞K歌，有了孩子就没时间了，也就渐渐失落了那份情趣。今儿他舞跳得有些心不在焉。因为一抬头就看见那虚拟的相框，看到郝小民在那虚拟的相框里对他笑，而他更感到了田晓琼对他的依赖。跳了几支曲子，田晓琼换了一张碟，说你抽烟吧，我给你跳舞。

田晓琼一曲接一曲地跳，跳得实在太投入，顾大伟坐在那里抽烟，越抽越别扭也越痛苦，又不好打断田晓琼跳舞。田晓琼跳完了一张碟才停下来，顾大伟把水递过去，田晓琼接水时手触到他的手，他感到那手很冰凉。

田晓琼说我把小民的照片收起来了。

顾大伟说收起来好。又说记在心里就行了，人生聚散无常。

田晓琼说明天我就去深圳了。

顾大伟刷地站起来说你……你要去深圳？

田晓琼说谢谢你。

顾大伟说你……孤儿寡母去深圳……

田晓琼说谢谢你。

4

谢东信又策划赞助了"5·29"专案庆功会，各大报刊的记者均被邀请来了，东信集团奖励顾大伟和陈小蝶每人十万，奖金牌匾做得好大，记者的照相机咔嚓声响成一片。因为奖励的事事先没透任何口风，会场一时很轰动。

省、市所有媒体都进行了大篇幅报道，依然聚焦谢东信，聚焦东信集团，省报都市报半版整版的通讯，省台市台几十分钟的专题。李凡拍着报纸说你说人家这免费广告做的，这头脑，不发财能行？顾大伟说免费广告？李凡说"5·29"专案庆功会是谢东信为新闻报道制造的新闻噱头，他要在这么多的媒体上这样宣传自己，给你们俩的二十万奖金，能买多少版面？

周末，谢东信约顾大伟打高尔夫，顾大伟说不会。谢东信说我也不会，你只管把球打出去就行了，有什么会不会，咱们又不是运动员。

晚上，谢东信又在太子龙摆宴，顾大伟推辞说我晚上值班。谢东信说调个班，你不好说，我给你们局长打电话说。顾大伟看推辞不过，说调班哪能让局长出面，我找个弟兄替一下。

进了雅间，才发现像宴会厅一样豪奢，能坐三十人的桌子已坐满了人，只有主席和左手的位置空着，显然是给谢东信和他留的。左为上，看来他是这桌的重要客人。顾大伟看看在座的人，年龄都比自己大，五六十岁的不少，就坚持往下坐，可没人给他让位置，都把他往上推。谢东信硬把他按在左边的位置上，说今儿是为你摆宴，你是主角，下面没有你的位置，他们以前都有过这样的待遇，今儿是来陪你的。顾大伟坐得就有些别扭，他实在不习惯这样的应酬。谢东信一一做了介绍，介绍时既介绍如今的职位，又介绍出身——以前的职务。顾大伟听明白了，这些人都曾是官场上的，多数是退休的厅局级干部，有几位是从党政重要部门跳槽过来，有几位还在职，但在公司兼职。有两个同行，大名他听过。

开席后，大家都围绕着顾大伟敬酒，顾大伟能喝酒，在青藏高原当兵，酒可是离不开的。可今儿场合不是喝酒的场合，他推说伤口还没痊愈，只能表示一下。

宴席散后，谢东信对顾大伟说去洗个澡。

顾大伟说回去洗。

谢东信说不是色情的，瞎子按摩，就想和你说说话。

果然很正统，按摩后，又去八仙楼喝茶。

谢东信说今天这顿饭你有什么感想？

顾大伟说没什么感想。

谢东信说知道我为什么要养他们？

顾大伟说都是以前对你有帮助吧。

谢东信说有的有，有的没有，有的帮助的当时也都答谢了。

顾大伟说你会白养他们？

谢东信说不懂了吧，在中国做企业是在跟政府打交道，跟政府打交道就是跟官员打交道，一大半精力都是在应付官员。这些人大都是在要口岗位上做过官的，别看不在职了，可在位的都是他们栽培起来的，有的则有背景，关系四通八达，有些事我们去办不了，要办成比登天还难，他们出马就易如反掌。政策是死的，执行政策的人是活的，关系就是生产力，这话是真理啊。你那两位同行，别小看他们，收不来的呆坏账他们去就收来了，来闹事的他们一出面都作鸟兽散了。

顾大伟说你这是挖社会主义墙脚。

谢东信摆摆手说咋说到挖社会主义墙脚上去了，这叫我搭台他们唱戏，企业做大做强纳税就业，不也是为社会做贡献，怎么能说是挖社会主义墙脚。要说挖社会主义墙脚，你当他们挖得少了？不到我这里来他们照样挖。

说个实话，他们都不干净，不过话又说回来，太干净也办不了事。

顾大伟说要说你这才叫绑架，绑架政府。他本想说"寄生虫"，还是留了口德。

谢东信嘿嘿一笑说用词不当，这叫依托。

谢东信拍拍顾大伟的手说他们现在也都有几百万资产，都是正当收入，经得起组织审查的。按他们为东信创造的利润，年薪几十万不多。

谢东信话题一转说你有没想过要换换工作。

顾大伟说换工作？

比如跟着我干。谢东信点了一根烟咂了两口说。

顾大伟有过换工作的想法。他是大学毕业后当的兵，面对严峻的就业形势，当兵也是不错的就业。在青藏高原服役五年，他转业到市公安局。起初是交通警察，干了一段时日就开始烦这个工作。不是烦警察工作，而是烦热带植物的触须般疯狂延伸的人际关系，车祸、碰撞、追尾、剐蹭、超速，只要出了事，首先想到的是找关系，有的像串糖葫芦一样串几个人才找到关系，却乐此不疲，一个进城打工的都能把关系找到局里。就连闯红灯这样的事都要找关系解决，给了面子，放车走人，扔给你一条烟几百块，还要请你吃饭，罚款也不过百元，就是不愿受罚。有一个时髦女子，开着宝马 X5，闯了红灯被他截停，不接受处罚，打电话找人，一个找一个，串了七个人才找到他这里。他说串了七个人才找到我，你又何苦呢？有找七个人的工夫，你能消消停停过多少个红绿灯。女子说我乐意啊。他一时语塞，只好说一百元的罚款都不想缴，不说你开宝马，就你那些指甲上的绣花，怕也得几个一百元吧，这样很有意思吗？女子说不是一百块钱的事，一千块也不是事，问题被罚了款那多没面子，会惹人耻笑的，找不出关系解决以后还怎么混？再说我不找他们，怎么知道他们是为了泡我在吹牛皮还是真有办事的实力？他说我奉劝你一句，你用什么样的方式验证都可以，千万别拿闯红灯验证，要是出了事，你就啥都验证不了了。女子说这话很有道理啊。他说不管你听进去听不进去，我还是要劝告你，闯红灯……女子打断他的话说闯红灯就像闯鬼门关，那不，墙上写着哩。他开罚单，女子说你对我这么有耐心，我想知道你是真关心我要我感谢你还是想泡我？他笑笑说我还觉得你想泡我哩。女子接过罚单嘻嘻一笑说看来他们都是狗屎。他对女子打了个走的手势，女子却说你不想留我的电话号码吗？他说你的电话号码知道的人太多了。女子一踩油门走了。

这让他困惑，倒是吃拿卡要也倒罢了，为人家负责人家却不领情，有一个家伙超速被他截下，那家伙说不就是为了罚几个臭钱吗。掏出几张百元大钞甩给他，说拿去吃药去。反被认为刁难。有一个闯红灯的被拦下后，那家伙说你想找事？他说你想找死。结果人家一个电话打到了局领导那里，局领导一句话两个字：放了。才过一周，那人就在闯红灯的路口让一辆大卡车撞飞了，事故还是他处理的。他曾经扣过一辆车，司机喝多了，有人说情，他烦躁地说罚单学习单都开出来了。女儿上小学，托关系好不容易报到一个好班，结果班主任竟是那醉驾，冲他说不是冤家不聚首啊，你也有求人的那一天啊！他说你不知道酒驾的危害吗？班主任不耐烦地说你上次就问过了。这让他很感慨，很无奈。

人人都找关系解决，人人都得互相关照。都是同事，你给了面子吧，夏日烈焰炙皮，冬日寒风割面，整日灰尘尾气扑面的，到头来演了一出捉放曹，这工作还有意义吗？你不给面子，公事公办吧，那就里外不是人了，"为了个烂屎荣誉你至于吗？"这让他震惊，咋又跟荣誉扯上了？事实上这种状况大家都烦得要命，牢骚满腹，可都做得一丝不苟，兢兢业业。他觉得实在是无聊又无奈。他喜欢规规矩矩做人，清清爽爽做事。

后来他要求调整工作，以为到刑警队会好一点儿，都是跟犯罪打交道，结果更麻烦。扫黄制暴，抓赌抓毒，所有的行动都会遭遇人情关。关系就像热带丛林中疯狂生长的绞杀榕，将你死死地捆绑着，想畅快地出口气都难。抓了人，你要维护关系给面子，同事会撂来一条烟，或者撂下一句哥们，改日请你喝酒，领导就两字：放人，说得就像放屁一样轻松，还阴着一张脸，倒像是你错了。不给面子，人得罪下了不要说关系不好处，连正常工作都没法开展。后来又进了重案组，可有重案的时候倒好，说情的人少，没重案的时候依旧要做牵扯人情的工作。这让他烦躁疲累。

他想过转行，可没有关系，转行实在不易，但他从没想过辞职，更没想过跟着谢东信这样的老板去干，否则他早就转行了。他知道东信集团的中层干部都是拿年薪的，二三十万。像他进去，至少也该有个十万的年薪，这比他干警察一年的收入要多出一倍多。

谢东信说我身边最缺的是你这样的人才。

顾大伟说我没有他们那样积聚的人脉，也没有背景，为你创造不了财富，你白养我呀？我不是你需要的人才。

谢东信抻个懒腰说他们这样的人才我不缺，要多少有多少。说实话想到我这儿来的人很多，不仅是仕途无望的，仕途无量的也不少，走仕途还不就是图个以后日子过得宽裕阔绰吗？到我这里年薪几十万，十年就是几百万，做官十年工资能有多少？搞腐败弄几百万就得整日提心吊胆，没好觉睡。

顾大伟笑笑说那你要我干什么？看大门、当保镖？我有一战友，特种兵，功夫了得，五六个人近不了身，正找事做哩。

谢东信摆摆手说你没理解我的意思，要说功夫，我那两个保镖也是特种部队出身，他们中任何一个跟你动手，你不是对手，但那天你看到了，你为我挡了一刀，他们闪得比孙子都快。

谢东信站起来走了几步说你身上有他们都没有的东西！

顾大伟看看谢东信，谢东信说忠诚！现在已经没有人能像你这样忠诚本职工作。

顾大伟说你太夸张了。

谢东信说我这人不吹捧人，说实话，我许久没有见到你这样的人了，从一开始我就在观察你，现在的人都是什么都可以变通的人，什么是变通？变通就是放弃原则，丧失忠诚，当你开出的条件达到一定程度，他们就会顺着你的意来。可你不一样，就说那几天，你限制小军出门，小军怎么闹你都不答应，还吼小军，我说让保镖带着不去远处，你也不答应，你还凶我。要换了别人，他们不会对我的孩子和我那样凶蛮，我只要说了，他们就会变通同意，我前后给你二十万……

顾大伟说是三十万。

谢东信说后面那十万是公开的奖励，前面二十万我是有用意的，想试探试探你，第一次你拒绝了，第二次你收了，但你捐给了谢东方，我就觉得从始至终没看错你。

顾大伟说你怎么知道我捐了？

谢东信说我在试探你，当然要知道了。

顾大伟说你、你跟踪我？

谢东信说你的情况我都知道，你没多少钱，工薪阶层，老婆还带家教。

这话让顾大伟脊骨发凉。谢东信说我遇到的人只有嫌少的，没一个不要的，只要你收一次，我可能都不会对你动心。

顾大伟说你并不了解我，我知道我的毛病在哪里，用我这样的人你心里会不舒服的。

谢东信说人无完人，用一个人也只是用他的优点。

回家的路上，谢东信说我想问你一个问题，你想过没想过，你在我的公司当着我员工的面对着我的办公室开枪，会给自己惹很大的麻烦的。

顾大伟说这我知道，但我就想着逼你现身。人命关天，你不现身下一步咋办？对不起，我向你道歉……

谢东信拍拍顾大伟的肩膀说你不用道歉，我是感慨啊，能够把别人的事当自己的事一样负责的人现在真是凤毛麟角。

顾大伟说那是你没有接触到。

到了小区门口，顾大伟下车时，谢东信说考虑考虑我的建议，考虑好了给我个信儿，我接你过来。

顾大伟说谢总，你真的不了解我这个人……

谢东信说我相信自己的眼光和判断，好好考虑考虑。

回到家顾大伟跟萧思棉说了，说年薪至少应该有十万。

萧思棉说跟着谢东信，能过个好日子，重要的是心情。跟了谢东信要没有好心情，要钱又有什么用？不跟着谢东信，日子也能过。

顾大伟说有钱了，心情有何不好呢？

萧思棉说如果你感觉会有好心情，你在告诉我的时候就不会这么平静了。

顾大伟吻着萧思棉说知夫莫如妻，好心情才是最重要的。

萧思棉说你不是伺候那些人的人，挣不了那种钱。

5

审讯犯人的黄金时段就是抓捕之后，抓住犯人遭受意外打击和巨大心理落差以及对情况的不清楚而造成的极度恐慌绝望，马上展开侦讯。然而，对绑匪的审讯不得不延后，一是因为顾大伟受伤住院，一是因为主犯高秀莲被捕时一头撞向"东风"小康，头上撞开了五寸长的口子，骨头都看得清楚，人晕死过去，不得不送医院救治。

绑匪是一家人，高秀莲和两个哥哥以及她的丈夫。已提审过两回，高透莲说都是我的主意，跟他们无关，没啥说的，你们判我吧。然后就紧闭双目，坐禅般一言不发。高秀莲的两个哥哥也是一言不发，而高秀莲的丈夫却是个半成人——痴呆。

顾大伟和陆小蝶在高秀莲对面坐下，高秀莲坐禅一般，闭着眼睛看都不看他们，说没审头，想咋判就咋判吧。他们再问，她一言不发。

顾大伟说给你明说了，你想就这么解脱。没那么容易，这事要不了你的命，要不了你的命，你就永远解脱不了，你的日子还得过，你只有好好配合我们，把该说的都说了，争取宽大处理，早点出来。停顿了一下，又说，想想你三个孩子吧，就你那男人，能把孩子带好？

高秀莲虽然双目紧闭，但手就像针扎了一样哆嗦了一下。顾大伟知道对于一个母亲，"孩子"像一把利刃，内心的盔甲再坚硬都能刺穿。拿孩子说事，就是要挟，是专砸软肋，这很不道德，但审讯就是这样残酷，他抓住时机说你能放心让孩子跟着呆痴的爹过上一辈子吗？那就是你将来流不尽的泪水。可你不把事情交代清楚，又怎么能争取到宽大处理？

高秀莲眼睛睁开了，盯着顾大伟，顾大伟趁热打铁说如果你有理由，或许我们可以根据你的家庭情况，为你争取宽大处理。

又跟了一句，还有你两个哥哥。

高秀莲说能给我根烟吗？

顾大伟把烟递给她。高秀莲抽完一根烟，又续了一根，讲述了一切。

高秀莲家在一个小山村，叫胡家湾，90%的人都姓胡。她的爷爷是新中国成立前拉长工拉到那里的，新中国成立后就落脚在了那里，又只生了一个儿子，单门独户，凡事就都得看胡家人的眼色，被人家欺负是经常性的，她爹的一条腿就是给胡家人打折的。她爹想回老家，可老家包产到户了，地无一亩，瓦无一片，回不去了。她有两个哥哥，爹就拼尽全力供他们读书，希望他们考上学，就能离开这个鬼地方，至于她，长大让她嫁回老家。那年，她两个哥哥一同考上大学（大哥复读了一年），家里既喜且愁。喜的是一家的根再也不用扎在这个鬼地方了，愁的是家里供养一个大学生都艰难，何况两个。大哥说他去打工，让二哥上大学，二哥的学习比他的好。爹坚决不同意。爹东求西借只借到了两千块钱，只能去求胡大有家。胡大有家开着一个沙场，很有钱，但人家提出一个条件，她必须嫁给胡大有。那胡大有是个痴呆。爹答应了。当下就摆了订婚宴，胡大有家上了六万元彩礼，喜日子定在了腊月初八。两个哥哥上学走后，她偷跑了出来。她不想守着一个痴呆过上一辈子，她想挣钱还胡大有家。到了城里，经人介绍，她给谢东信家做了保姆。没出一月，谢东信就对她下手了。开始她反抗，后来也就同意了，她想从谢东信那里拿到六万块钱，把家里的危机解了。她听人说谢东信给过一个女人一百万，谢东信那么有钱，给她六万块钱没麻达（问题）。一天晚上，她把家里的情况给谢东信说了，提了八万，胡家本就一直放高利贷，要还胡家的钱肯定要利息，六万本钱一年没有两万的利息是还不清的。谢东信说你这样一个可人儿，不要说八万，八十万都值。还说如果我高兴了，我会娶了你，我有多少你就有多少。她不敢奢望八十万，也不敢奢望他娶她，她只乞求把自己的事了了。可是，眼看三个月过去了，谢东信还没有给她八万块钱，她不知道胡家人把爹逼成啥样子了，更怕胡家弟兄追到城里来。胡大有弟兄六个，个个都是彪形大汉，胳膊粗的树活得旺生生的，弟兄六个比赛着拔，都能拔得起来，打起架来都是不要命的货，老大胡大民人们都叫屠夫。眼看到腊月了，她着急得不行，她一提，谢东信总说你急啥，年底给你十万，你回去把事解决了。胡家弟兄几个人找到城里来了。他们说是修下水道的，骗过了门卫，直接扑到谢东信家里来了。她说我还你们钱，我有的是钱。胡大民一巴掌扇得她满嘴喷血，说你个贱货，卖下钱了。说着一把就把谢东信的杯子摔了，说你钱很多是不，一百万，给老子拿来。谢东信说好好好，你们的家务事，我不管，你们赶紧带她走，离开我家，不然，我就报警。

她被胡家人带回去后，就成了痴呆胡大有的女人。胡家把她看得很严，门是防盗门，窗子是铁栅栏，吃喝拉撒都出不了门。胡大有虽是个痴呆，那事上却是懂的，力气又大，她把裤带系成了死疙瘩，胡大有抽出一尺多长的刀子挑开了。在一间房子里她被圈了五年，生下了三个娃，娃是拴娘的石头，她也就认命了。那年，胡家老汉死了，胡家分家，弟兄几个没给他们分多少家产。娃一天天大了，村里人都进城了，村上的学校也撤了，她想着要到城里去，咋也得让娃把书念成，她把这辈子的希望寄托在孩子身上。胡大有虽然痴呆，但啥活都能干，力气大，打工倒不存在问题。来到城里，才知道娃念书要掏大价钱，哪里有钱啊，她去找谢东信，她不能让他白占了几个月的便宜。谢东信却说不认识她。她气昏了头，就想出了这一招。她不想把两个哥哥扯进来，可这种事只能亲人一起上。她要一百万，也是想着给两个哥哥能成家立业。两个哥哥大学毕业，找不到好工作，跟打工没啥区别，都已过了结婚年龄。

那天本打算在香炉寺交换，电话打过后，她小儿子就摔了一个跟头，头磕一大口子，流血不止，她想一定是神灵在给她一个兆头，她后悔了，不打算干了，她这辈子已经没有好日子过了，不想做下恶把儿子的日子搭进去，更不想把下辈子也搭上，下辈子她想转个好世，可想了一个晚上，后来还是干了，谁知道一个班有两个谢小军，把人绑错了，"唉，连老天爷都瞎了眼帮有钱人，这都是命中注定的，啥都不说了，你们判吧，我认命。"

高秀莲始终没有流泪，但她胸脯在一起一伏，顾大伟知道她的心在哭，在号啕大哭，她把眼泪咕儿咕儿全咽进了肚里，他多么希望她放声大哭出来。

陆小蝶拍着桌子说认命，你就知道认命，当初你为什么不告呢？

高秀莲说告？上哪里告？不要说我在这城里两眼墨黑，他那么有钱，我能告赢吗？

接下来，是长久的沉默，高秀莲的嘴角突然流出殷红的血来，顾大伟吃了一惊，他担心她把舌头咬掉了。

陆小蝶扑过去，掰高秀莲的嘴巴。咬伤的却是唇角。高透莲说你们说得对，我有三个儿哩，我咋会咬舌自尽，我没干成的事他们还要干哩，麻烦你们传个话，我做鬼都不会放过他狗日的，我儿长大也不会放过他狗日的。

陆小蝶给高秀莲倒了杯水，高秀莲说谢谢。

侦讯室素有黑房子之称，光线极暗。顾大伟走出侦讯室，被阳光强烈地刺激，太阳穴狂跳不止，眼里金星乱冒，瞬间一片赤白。他靠着墙根站住，深呼吸了几口，靠着墙抽掉了烟盒里最后三根烟，又去对面的小卖店买了包烟，往东信集团而来。他百分之百相信高秀莲说的全是真的。

谢东信坐在办公桌后面闭目养神，见到顾大伟，谢东信很高兴，第一句话就是想通了？

顾大伟说想通了。

谢东信拍拍顾大伟的肩膀说我就说，没有人想不通的。

顾大伟说谢总，我想问你一个问题，高秀莲你真不认识？

谢东信愣了一下，说高秀莲是谁？

顾大伟说女绑匪。

谢东信脸上泛起一丝不悦，说你不是已经问过了吗？

顾大伟说我想再问一遍。

谢东信没有回答。

高秀莲说你把她给糟蹋了。顾大伟目光盯死了谢东信，把话说得很扎实。他知道像谢东信这样的人，就是咸肉腌菜，撂到太阳底下都坏不了，但他要让谢东信的心里不好受，因此他用了"糟蹋"这个词。

谢东信面不改色，手里捻着一串珠子说这话你信？有句话咋说的，人怕出名猪怕壮，你说像我这么大的老板哪个有个好名声？还有人说我为睡一个女明星，花了几百万，街谈巷议的你没听说？许多人百分之百相信是真的，我能有什么办法，一张嘴一张嘴去捂？这些日子正整顿谣言惑众，你看那些大 V 们，多么恶劣。

顾大伟盯着谢东信说老谢，高秀莲真是虚咬你一口？

谢东信没有说话，顾大伟这样的问话让他很不舒服，可顾大伟又说那天那么多人，高秀莲为什么偏偏就唾了你一口？你这张大脸盘让一口唾沫覆盖了，那口唾沫为你准备了多长时间，你能说是无缘无故的吗？

谢东信说一口唾沫又能说明什么呢？就说我曾经那啥了她，也得有证据，没有证据，我可以告她诽谤的！不过这我也能理解，反咬我一口无非是想减轻刑罚，我不会去追究。

顾大伟说老谢，我干警察十年，如果说证据，这世上有百分之八十的证据都在人心里，老谢，说实话，我百分之百相信高秀莲的话。你能说她编造了这么一个故事背负这样的名声就是为了减轻自己的刑罚？

谢东信脸上的笑意没有了，顾大伟说老谢，她奈何不了你，但这事你搪塞了别人，搪塞了整个社会，但你搪塞不了自己，你会遭受自己的折磨的。人会放过你，事不会放过你。夜深人静之时，当你面对的不是法官、警察、部下、官员、记者，而是自己面对自己的时候，这事就会从你心里浮现出来。对那个高秀莲，你干过什么，对别人不重要，对这个社会也不重要，但她就是你心里的梦魇，你害了她前半生，又害了她的后半生。

谢东信不说话，把肥胖的身子靠进椅子里，盯着顾大伟看。

顾大伟说看你这满屋的健身器材，想必对生命是无限热爱的，但你要知道最健康的人是心里没有亏欠的人，倘若你心里装着事，锻炼也未必能够获得健康。不会忏悔，这是你致命的弱点。

谢东信勉强笑笑说忏悔？如果大家都去忏悔，上帝能听得过来？你看过《非诚勿扰》吧，一个人的忏悔，一所教堂都盛不下。

顾大伟说教堂里没有上帝，每个人都有自己的上帝，就是他自己，每个人都有自己的教堂，就是他的心，要想健康，你至少得让自己的上帝快乐，让自己的教堂干净。

谢东信说这话有新意。

顾大伟说高秀莲让我给你带个话，她做鬼都不会放过你。

谢东信点了根烟，顾大伟说你都戒烟十年了，又复吸了，这说明什么？你心里有事！

谢东信看看顾大伟说我想不通，这事跟你有什么关系，你这样较真。

顾大伟说你不是说我有一种品质，忠诚？

谢东信说对她忠诚？

顾大伟说不，是对当事人忠诚，对当事人忠诚就是对自己忠诚，对上帝忠诚，这事我遇上了，如果我不让事情向着正确的方向走，那就是对自己不忠，我的上帝就不会快乐。

谢东信不语。

顾大伟说老谢，你奔六十的人了吧，你需要别人对你忠诚，忠诚那是双方面的，你对别人忠诚，别人才对你忠诚。你对别人忠诚吗？

对了，顾大伟说我还想问问谢总，你去看过那个谢东方吗？你看过那个谢小军吗？他为你儿子受了多大的难，你就没有丝毫的怜悯之心？

顾大伟知道他的质问挖苦已经让谢东信很难受了，但他就是要这样说，他不能让谢东信心里好过。

顾大伟说就拿这个案子来说，我的心里没有留下后遗症，我对得起我的工作，也对得被绑架的孩子及所有人，包括你，可是你呢？这件事会在你心里装着，将像梦魇一样让你今生不得不时刻想起那些人那些事。还是那句话，钱不是万能的，你再有钱，也摆脱不了。

谢东信舔舔嘴唇，顾大伟看着谢东信忽然笑起来，笑得时间太长，把谢东信笑得莫名其妙，极不自然，顾大伟对自己的这种笑声也感到奇怪。他从来没这样笑过，这种笑就像是一个诗人忽然来了灵感的那种。

谢东信说你笑什么？

顾大伟说我这笑让你毛骨悚然了吧。

谢东信说是有些让人毛骨悚然。

顾大伟说你知道你现在是个什么境界吗？

谢东信说什么境界？

顾大伟说你现在的境界还在挣一百万未必高兴，却会为花掉的一块钱而痛苦。

顾大伟往外走，谢东信说你今天来就是为了跟我说这些？终归有个目的吧。

顾大伟说目的就是出气，我得把气出了，要不会把我憋死的。

6

顾大伟睡得正香被手机吵醒，一看是个陌生号码，想想便接了。对方说我是南湖的李光。顾大伟笑了，说还南湖的李光，当南湖是中南海呀。

李光是个老邻居，有十多年不联系了。结婚后的几年里，顾大伟都租住在南湖，那时候这个城市还是很老旧的，楼也少，高楼大厦就更少了，最高的楼是十六层楼百货大楼，城里多是集体宿舍式的平房。南湖是平房区，去年改造的脚步才踏过去。

电话里寒暄过后，李光说你这阵在哪里？

顾大伟说我在家。

李光就说你家在哪儿，我马上过去，有急事。

顾大伟说了地址，李光说我马上就过来，千万别走。

不一会儿李光就来了，提着两大包东西。

顾大伟说你这是干什么。

李光说哎，家门不幸呀。

顾大伟说出什么事了？

李光说还记得我家门前的那片空地吗？

顾大伟说记得，你和瞿志前总是在那里下棋，冬天一个炉子，夏天一把大伞，动不动掀了棋盘，有时候为了一个卒子都翻脸，过不了一个小时，棋又摆开了。那个时候人可真是单纯，有意思啊。

李光说别提那个老王八了，就是他把豆豆给害了。

顾大伟问怎么回事？

李光说事就出在那块空地上。那块空地按照我们两家的住房来划分，是一人一半的。瞿志前的大儿子结婚了，家里小没处住，就在那块空地上盖了房子。他给我打过招呼，当时我想，盖就盖吧，他家有困难吗。可是现在老城区要改造，我们那里要拆建，政策就是按现有建筑面积补住房。于是我就找瞿志前谈，他应该把那片属于我家的空地给我们的。可是一谈他不承认那块空地有我家的份儿。你说还有这样的人，你说怎么就变成了这么个世道。

顾大伟给李光倒了杯水，说你喝点水慢慢说。

李光喝了几口水说我跟他谈了几次，他态度越来越恶劣，他的大儿子就更不是个东西了，竟然骂我不要脸，拳头在我面前扬来扬去。豆豆你还记得吧，爱往你家里跑，爱动你家里的手铐和警棍。高中毕业没有考上大学，就一直干临时工。他也到结婚年龄了。他说爹，你不要去，我去。我没有阻拦。他去了就被瞿志前几个儿子打了个鼻青脸肿。我找他们说理，他们蛮不讲理，瞿志前和大儿子将我推搡了几个跟头。可是我没有想到第二天，豆豆就找来了十几个人，将瞿志前一家子打了，屋里也砸了个七零八落。结果豆豆就让公安局捕了。

李光又喝了杯水说豆豆犯了事，该捕，可是现在人家活动哩，人家大儿子的小舅子在公安局，说要判豆豆黑社会，人家有人咱没人呀，想来想去就想到你这儿来了。我不要什么宽大处理，我只是希望能公平公正，不要拿偏刃子斧头砍人就行。

顾大伟说不会的，怎么会呢？

李光说不管咋说豆豆的事就靠你了。

顾大伟说我问问情况，不过你还是应该相信公安的。

李光说那是，公安怎么能不相信呢，我就是不相信一些人罢了。

顾大伟问豆豆的大名叫什么？

李光说李大。

顾大伟说怎么起了李大这名字，太霸道了吧。

李光说本来是飞黄腾达的达，可他自己改成李大了，个驴日的，把事弄大了。

顾大伟又问老瞿大儿子的小舅子叫什么名字？

李光说叫朱大海，那是个混混，后来咋就成协警了。

顾大伟说协警没那么大能耐……

李光拍着手说你可别小看他，一来耀武扬威的，要得大得很，说公安局领导跟他这么那么铁的。

顾大伟把李光提来的烟酒水果又给李光提上，李光坚决不提，说你不收就是不诚心办。再说你找人说话总不能连个烟都不带吧，现在就这么个事。

李光将东西硬硬放下走了。

顾大伟看看时间，便给南湖派出所的朱放打了电话。

朱放说这事麻烦，这个案子定性具有黑社会性质。

顾大伟说怎么可能？

朱放说这一帮家伙三十多号人呢，是你什么人？

顾大伟说原来的邻居的儿子。

朱放说那你甭管了，现在正专项整治抓典型，触到风头上了，局里当大案抓哩。

挂了电话，顾大伟想了想，便不再想这件事了，听天由命吧。过上几天，看趟李光，把礼物送回去就行了。

顾大伟躺在沙发上看书，陆小蝶带着谢东方一家来家里，陆小蝶说他们去局里找你，我说你还没上班，他们非要让我带他们来家里。

谢东方提着一大包东西，顾大伟接过放下说你在家好好休息，还乱跑。

谢东方说好了，没事了，再过几天就能上工了。

谢东方还时有咳嗽，顾大伟说多休息几天，让身体好好恢复恢复，别落下老毛病。

谢东方说没事的，大夫说恢复得很好哩。

顾大伟摸摸谢小军的头说你还害怕不，那些坏人已经抓起来了。

谢小军说我不害怕，他们没打我，给我巧克力吃，牛奶喝，就是不让我出去玩，那房子里有老鼠，可大可多了。

顾大伟笑笑说一定要好好念书。

他掏出几百元钱塞给谢小军，谢东方一把接过去塞回顾大伟手里说这咋行。

顾大伟又把钱塞给谢小军说给孩子的。

他们还带着一面锦旗，顾大伟看看陆小蝶，陆小蝶说我让他们把锦旗送到局里，他们坚持要等你上班了再送过去。

顾大伟说那就放家里吧。

谢东方说还是送到局里好，等你上班了我们送到你办公室去。

顾大伟说谢谢你，就别麻烦送了。

谢东方说咋能不送，一定要送哩。

这几日，亲戚朋友陆续来家里看望他，送来不少果篮、牛奶和营养品，顾大伟拿出来一大堆，让谢东方两口子提回去。谢东方两口子不提，顾大伟说放在我家就坏了。谢东方搓着手说这咋好，这咋好。

送走了谢东方一家，顾大伟回来，发现给谢小军的钱压在茶杯下了。

周一顾大伟一上班，局大院敲锣打鼓，鞭炮大作，顾大伟从窗户往外一看，谢东方竟然带着四十多号人，高举着锦旗。

方副局长打来电话说快下去接锦旗。

又说也不早点说一声，好把媒体记者请来。

7

就在局里给顾大伟和陆小蝶报请立功的时候，谢东信告了顾大伟，告顾大伟在他的办公大楼内开枪。既有监控录像，又有手机照片，证据确凿。

人们在吃惊的同时，都觉得顾大伟真是点背运。抛开别的不说，就按论资排辈，顾大伟也早该提拔了，局里虽然职数紧张，每年总有升职的，升职这种事是牵一发而动全身。比方说局长升了，就意味着每一个官阶都会有一个机会——当然外派这种情况除外。那年空出个职位，领导也有过提拔顾大伟的动议，结果郝小民为他顶班出了事。这次又是在关键时刻——刑警队队长退休了，副队长升队长，顾大伟要被提拔为副队长，都传开来了，而"5.29"这个案子办得近于完美，副队长非顾大伟莫属，偏又出了这事。

谢东信是政协常委，又是全国、省、市三级人大代表，他这一告分量就重了，局里压力很大。局领导出面请谢东信吃饭，谢东信说饭可以吃，其余免谈。席间，方副局长才扯起话头，谢东信放下筷子就走。

陆小蝶去找谢东信，谢东信说如果是顾大伟的事，就请回吧。

陆小蝶说别的不说，他可为你挨了一刀。

谢东信说那是他的工作职责。

陆小蝶咬着嘴唇说他马上要升职了。

谢东信说那又与我有什么关系呢？

陆小蝶"呸"了一口掉头就走了。

方副局长对顾大伟说先休假吧，好好放松放松。

顾大伟却无所谓，不过，这倒引起他对自己那天的冲动的反思，他也有些后怕。后怕的不是自己开枪，而是如果谢东信当时真不配合，他不知道自己还会做出什么出格的举动来。

几天来网上和局里因为这事吵得沸沸扬扬，各种说法都有。局长把顾大伟叫了去，中指蜷着丒着桌面说你咋能这样干，开枪，谁给你的权力？你是个老公安了，做事还这么冲动，不知道这么做的后果？授人以柄，网上都炒成啥样了？

顾大伟说这不是冲动，是万不得已逼出来的，如果不把谢东信逼出来……

局长一摆手说还犟？！你请示过局里还是请示过专案组？逞什么个人英雄主义！

顾大伟听得这话，就什么也不想说了，就说我错了，愿意接受任何惩罚，毫无怨言。

接着是方副局长找他，方副局长说不冷静啊，你看现在执法部门开枪惹出多少麻烦。

顾大伟说当领导当然可以这样说了，你们想过没有，绑匪只跟谢东信联系，而且要谢东信提钱交换，如果不把谢东信逼出来，你知道什么后果。

方副局长说先写一篇深刻的剖析材料。

顾大伟不想再纠缠了，说我知道这事让局里很为难，还是跟局长说过的那句话：我错了，愿意接受任何惩罚，毫无怨言。

方副局长说你去找找谢东信，怎么说也替他挨了一刀……

顾大伟打断方副局长的话说你别说了，我不去求他。

局领导班子轮流跟顾大伟谈过，警务督察就上阵了。对于这一波一波袭来的谈话调查，顾大伟是理解的，机关就是一台机器，一旦一种程序启动开始运转，那这个程序就一定得进行完。因此对于督察处的干部他很配合，尽管他们的问话是那么的无聊，甚至幼稚，但他有问必答，一一解释，即使是说他逞个人英雄主义他也认了，最后还是那句话：我错了，愿意接受任何惩罚，毫无怨言。

即使到了这时候，顾大伟感到纠结、无聊，但他没有过辞职的念头。然而，督察中一个文质彬彬的家伙忽然这样问他，开枪的时候，你能说你没有仇富心理？顾大伟暴怒了，他一拍桌子，吼道老子仇富，去你妈的。说着抓起笔记本，砸了过去，掉头就走了，到了门口他又回过头来说老子辞职总可以了吧。

顾大伟知道自己的事让局里很为难，也不想干公安十来年最后背个处分甚至落个被辞退的下场，就写了辞职书，想想他直接递交给了局长。

方副局长来找顾大伟，说大伟，你也别置气，事情还不到这个地步。顾大伟说不是置气，我也想换个工作环境。方副局长说这样吧，我尽量给你协调个好点的工作岗位，说实话吧，重案组也不能长期待下去，我想你也明白。顾大伟笑笑说我倒不这么认为，重案组单纯，遇事就是你死我活，其余的太烦人，扣一辆车人家都能找到局长副局长。方副局长摆摆手说不说这些了，相信我，千万别辞职，先休假去。说着把辞职信放在他桌上。

顾大伟看着辞职信，抽了根烟，又写了封辞职信，连同第一封信一起送往局长办公室。局长不在，他把信从门缝塞了进去。从大楼出来，他感到一种彻骨的轻松。

正值暑假，顾大伟决定带着萧思棉和女儿小玉去青海。一是他早就答应和萧思棉去青海，现在女儿都大了，还未成行，他也想青海了；二是有些战友朋友想见见，也十多年了。更重要的是去参加洛佳坚赞的婚礼。洛佳坚赞是他在青海当兵时资助的一个藏族孩子。有一次，他开车去刚察县，回到营地，发现车厢里不知何时何地钻进了一个蓬头垢面的藏族小孩。他就资助了这个小孩，一直资助到洛佳坚赞也当了兵。洛佳坚赞临近转业时，向他询问该转业到什么地方，他参谋说公安局。

几周前，洛佳坚赞打来过电话，说这个月他结婚，请阿爸带阿妈和阿妹来咱青海瞧瞧，同时喝他的喜酒。

在火车上，顾大伟一阵阵亢奋。望着窗外，火车已经进入青藏高原，白云、雪山、草地、寺庙、信徒、牛羊、油菜花、路边纯朴小店，像放电影似的，一幕一幕闪现，一切都像画一样。大美青海，依旧大美。青海还是那么漂亮。自退役以来，顾大伟这是第一次来青海，很有些游子回归的感怀。

顾大伟在青海当兵五年，开着大卡车跑遍了青藏高原，那真是壮丽的旅行。一路上鲜花相伴，歌声相随，藏族民歌、回族花儿竞相嘹亮。

这些歌在阔远的天地里唱响，比起那些城市舞台上的音乐更纯朴，更有味，更震撼人心。

洛佳坚赞带着朋友在火车站迎候，哈达献上，青稞酒满斟。顾大伟说你搞这么隆重，洛佳坚赞说阿爸阿妈阿妹是我尊贵的客人啊。顾大伟对萧思棉说看着，跟我学。萧思棉说你喝你的，都学过多少遍了，洛佳坚赞来了两次，我做得不好？洛佳坚赞来过顾大伟家两次，顾大伟教过萧思棉藏族的礼节，说失了礼节他们该多心了，一辈子就不会再来往了。顾大伟双手接过酒杯，一手拿杯，一手的中指伸进杯子，轻蘸一下，以拇指和中指朝天一弹，再蘸一下，朝地一弹，再蘸一下，朝空中一弹，这分别代表敬天、敬地、敬佛。然后在五谷斗里抓一点青稞，向空中抛撒三次。藏族认为美酒的来历与天、地、佛的慷慨恩赐分不开，所以先要敬天、敬地、敬佛。顾大伟做得虔诚而认真，因为如果你不认真虔诚，就是对天、地、佛的不敬，就是对他们的不敬。不要说萧思棉，连小玉做得也很虔诚认真，不过小玉的酒是洛佳坚赞喝的，洛佳坚赞说阿妹不能喝酒，把脑子烧坏了就不认得阿哥了。

洛佳坚赞的婚礼在八天后举行，顾大伟说有什么要帮忙的，洛佳坚赞说我都没忙的，陪阿爸阿妈就等到那天喝酒吃肉。说着，洛佳坚赞一甩袍袖唱起来：

格色那热甲得末拉
答捏只捏耶末色杜吉
沃油者乍韦格针那
宁得拉白比娘列嘎
阿拉穷色罗……
拉依格麻乍过油尼
穷得奏色末切棒伯
亚得麻击波种佳耶
里龙答答沃并基耶
阿拉穷色罗……
萨嘎龙别麻答吉拉
节嘎切捏答嘎素甲
龙弄切乐甲跌拉者
吉挫哇亚吉放耶吉
阿拉穷色罗……

这是藏族《饮酒欢歌》，无词有调，每逢喝酒他们都要唱。顾大伟和洛佳坚赞一同又跳又唱，小玉简直开心死了，拿个手机又拍又录的。洛佳坚赞一把扯过小玉，带着小玉跳。

顾大伟说你别陪我们，忙去。洛佳坚赞说全都有人干着，我就是陪尊贵的阿爸阿妈阿妹。顾大伟说我到青海要你陪？忙你的去吧，第七天我们就出现了。他知道藏族婚礼，新郎天天都有事，要忙上半月的。他开着洛佳坚赞的北京吉普，一天走几个营地，营地就在大野之中，美景如画。一起当兵的有许多藏族兵，转业到了当地，顾大伟没有给他们打电话。打电话他们肯定要陪，他不想让人陪。但在快离开青海的时候，他会和他们喝几场酒。那可是一场场大酒。

那些天在青海湖边，见到了磕等身长头的朝圣者双手合十高举过顶，仰望蓝天，念念有词，匍匐在地，如是往复。女儿惊呼，又拍又摄又发微信。顾大伟想到他第一次见到磕等身长头的朝圣者，听人说一直要磕到布达拉宫，磕到雪峰，觉得简直是太愚昧了，现在他却不这么想了。他们是有信仰的人。顾大伟现在觉得信仰对一个人实在是太重要了。

洛佳坚赞的婚礼办三天，顾大伟醉了三天，本来给战友朋友只留了一天时间，"谁的酒不喝，你说？"他们质问，结果又醉了三天。各种特产弄了五大箱，洛佳坚赞说带上太麻烦了，我给阿爸邮回去。

从青海回来，顾大伟把第三封辞职信塞进了局长办公室。局长找顾大伟谈了一次话，顾大伟表明去意已定，说局长你就批了吧。

8

顾大伟辞职被批准的消息传出来，大楼里炸了锅，有安慰的，有谩骂的，有竖大拇指的，有说他妈的我也要辞职。

顾大伟把办公室收拾清理完毕，一一道过别，从公安局出来，见谢东信在大门外。他倒想看看这个家伙还想干什么，就走过去。

谢东信说上车吧。

顾大伟上了车，谢东信看看顾大伟，说到八仙楼坐坐。

八仙楼是个茶楼，来到八仙楼，在雅座里坐定，服务员开始摆弄工夫茶具的时候，谢东信说上两杯龙井就行了。

服务员上了两杯龙井退出去后，谢东信笑笑，顾大伟也笑笑。

谢东信把一张纸递给顾大伟，顾大伟接过来一看是为他设计的未来：一、职务：董事长助理、副总经理，配备一辆奥迪轿车。二、待遇：年薪三十万，孩子出国留学的所有费用由集团承担。三……顾大伟没往下看，说我这是丢了芝麻，捡了西瓜。

谢东信说如果你不相信我，可以公证，小玉出国的钱和你今年的年薪，我都可以一次性打到你的卡上。

顾大伟抽着烟，没有说话。

谢东信说尽管那天你对我很残酷，不，应该是残忍，但我还是无法遏制对你的喜欢，真心话。

顾大伟笑笑说如果我跟你干，你见到的将会是另一个我，和你现在身边的人没什么两样，到时你会很后悔的。

又说因为你把我对你的忠诚毁了。

谢东信说是吗？

顾大伟说我这人不容易被改变，一旦改变后，就更不容易再改变。

谢东信说我不在乎，我在乎的是你来不来。

顾大伟摇摇头。

谢东信说一点都不考虑了？

顾大伟点点头。

沉默了一会儿谢东信说很遗憾啊，这样吧，如果你想回去上班，我可以让你回去上班，而且保证升职。

又说，说实话，不是为了你，我告你？惹这闲事干吗？！

顾大伟笑笑走了，到了门口，谢东信一拍桌子说妈的，别把我看得那么一无是处，我真要一无是处也不会有今天。

隔了两天，顾大伟接到局里的电话，要他回去上班，调往东山坡监狱任副局长。顾大伟推辞说我已经跟公司签约了。

大家都热心给顾大伟介绍工作，有给老板开车的，有做保安的，顾大伟都谢绝了。他还没搞清自己要干什么，就做着宅男，一天在家做饭，接女儿，看看书。

这天顾大伟拖地时，看到李光提来的烟酒，便出门买了烟酒向着李光家而来。

南湖区已给拆得七零八落的。李光似乎老了很多。他坐了会儿，问及李大，李光说还关着，最近要判，我找了个有门路的人，想花点钱判轻一点，判得重了这辈子就完了，可一听钱数咱花不起，哎，有啥别有难，没啥别没钱，和李大一起的一个孩子已经保外就医了。

顾大伟安慰了李光几句，出门来，看看原来的那片空地，长叹一声。

李光说他狗日的什么都得不到，上面明确了，空地是国家的。

回家的路上，顾大伟看到一家公司招保安，想想就进去了，跟经理谈过后，经理说先填张表，顾大伟填表时发现表格抬头印着东信集团字样，原来这家公司属于东信集团。他放下笔告辞，那经理说咋不填了，我看你当保安应该不错的。顾大伟笑笑，经理说现在工作不好找。

　　真正开始找工作，顾大伟才知道找工作比他大学毕业时更艰难。先后应聘了几家公司，竟都是东信集团的。方副局长给他介绍了个工作，去一家公司做保安科长。方副局长说先干着吧，我再托托关系。顾大伟去了，公司很大，效益看上去不错。干了一月，领工资时他才知道公司还是东信集团的子公司。他想难道整座城市都是谢东信的吗？

　　一个月后，顾大伟成了一家物流公司的卡车司机，跑青藏线运输。起初萧思棉不同意，说跑长途太辛苦，尤其是青藏高原上跑长途，既辛苦又危险。顾大伟说沿途有那么壮美的景致，心情多开阔，一路有那么多朋友，生活纯朴，天籁般的歌声伴行，辛苦什么？萧思棉说一个月两趟也太辛苦，你一个月跑一趟吧。

　　在青藏线上跑运输，当然是辛苦的，但顾大伟心情很好。

　　玉树大地震时，顾大伟正在青海。逗留了半月，打听朋友都安好。回来后，休息了两天，公司通知开大会，说董事长要来看望大家，通知全部都要到。到了公司，看到公司就像政府工程奠基仪式，阵势老大的，顾大伟心里说董事长来看望大家搞这么大阵势。

　　当董事长出现的时候，顾大伟大张着嘴半天没有合拢，董事长竟然是谢东信。他问旁边的老牛，说这公司董事长不是李成峰吗，咋就成了他的？老牛说让人家吞并了。老牛又说吞并了对咱们这些人好，东信多大的集团，背告大树好乘凉。顾大伟说李大少干得好好的，咋就让人吞并了？老牛说东信集团的老总盯上了，能跑脱？东信集团想吃啥吃不进去？

中国言实出版社全民阅读精品文库

"当代中国最具实力中青年作家作品选"系列图书

1. 《一路划拳》　　　孙春平 著　　2016 年 1 月出版　　9 787517 116974>

2. 《香树街》　　　　宗利华 著　　2016 年 1 月出版　　9 787517 116981>

3. 《金角庄园》　　　海 桀 著　　2016 年 1 月出版　　9 787517 116967>

4. 《眼缘》　　　　　郑局廷 著　　2016 年 1 月出版　　9 787517 117001>

5. 《江南梅雨天》　　张廷竹 著　　2016 年 1 月出版　　9 787517 116950>

6. 《午夜蝴蝶》　　　胡学文 著　　2016 年 1 月出版　　9 787517 117018>

7. 《股东》　　　　　丁 力 著　　2016 年 3 月出版　　9 787517 117254>

8. 《在时间那边》　　荆永鸣 著　　2016 年 3 月出版　　9 787517 117285>

9. 《金山寺》　　　　尤凤伟 著　　2016 年 3 月出版　　9 787517 117261>

10. 《人罪》   王十月 著   2016 年 3 月出版

（该书入选出版界图书馆界"全民阅读好书推荐书目（2015—2016）"）

11. 《桃花落》   温亚军 著   2016 年 4 月出版

（该书入选出版界图书馆界"全民阅读好书榜 50 种（2015—2016 ）"）

12. 《莫塔》   吕 魁 著   2016 年 6 月出版

13. 《营救麦克黄》 石一枫 著   2016 年 6 月出版

14. 《界碑》   西 元 著   2016 年 6 月出版

15. 《八道门》   周李立 著   2016 年 6 月出版

16. 《时间飞鸟》   邱华栋 著   2016 年 6 月出版

（该书入选出版界图书馆界"全民阅读好书推荐书目（2015—2016）"）

17. 《戏法》   杨洪军 著   2016 年 7 月出版

18. 《弑父》   曾维浩 著   2016 年 7 月出版

19. 《种春风》　　　　　余一鸣 著　　　2016 年 10 月出版

20. 《同一条河流》　　　阿　宁 著　　　2016 年 10 月出版

21. 《金枝夫人》　　　　弋　舟 著　　　2016 年 10 月出版

22. 《绣鸳鸯》　　　　　马金莲 著　　　2016 年 10 月出版

23. 《红领巾》　　　　　东　紫 著　　　2016 年 10 月出版

24. 《吼夜》　　　　　　季栋梁 著　　　2016 年 10 月出版

25. 《你没事吧》　　　　杨少衡 著　　　2016 年 10 月出版

26. 《隐声街》　　　　　薛　舒 著　　　2016 年 10 月出版

27. 《黑夜给了我明亮的眼睛》女　真 著　　2016 年 10 月出版